동궁
왕후

동궁왕후 2권

지은이_방은선 | 초판 1쇄 인쇄_2014년 2월 21일 | 초판 4쇄 발행_2016년 12월 19일 | 발행처_도서출판 청어람 | 발행인_서경석 | 편집책임_조윤희 | 경기도 부천시 원미구 부일로 483번길 40 서경B/D 3F (우) 14640 | 등록_1999년 5월 31일(제1081-1-89호) | 문의전화_032)656-4452 | 팩스_032)656-4453 | http://www.chungeoram.com | 전자우편_chungeorambook@daum.net | 어람번호_8-0033 | 파본은 구입하신 서점에서 교환하여 드립니다. 저자와 협의하여 인지를 붙이지 않습니다. 책값은 뒤에 있습니다.

ISBN 978-89-251-3718-6 04810
ISBN 978-89-251-3716-2 (SET)

방은선 장편 소설

下

완숙한 여인들은 후실에서 한숨을 내쉬며 애달아하는 그런 사내가.
그러나 신계에는 거리낌 없이 그리 불리는 사내가 하나 있었다.
이 두 가지 말에 공통점이 있다면 사내놈에게 갖다 붙이는 말은 아니라는 점일 것이다.
가질 수 없는 꽃, 제아무리 애타게 원한다 하더라도 바라볼 수밖에 없는 아름다운 여인을 징할 때.
갖고 싶은 꽃, 눈부시게 아름다운 여인을 이룰 때.

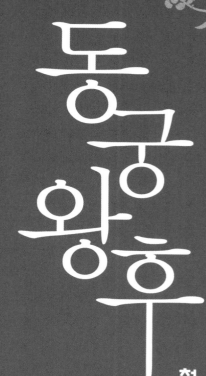

동궁 왕후

청어람

목
차

11장

신열의 이유

"우리 아가씨를 그리도록 해라. 매파에게 보낼 그림이니 제대로 그려야 한다!"

예쁘장하게 생긴 아가씨 뒤에서 시비(侍婢:계집 종)로 보이는 품이 넉넉한 여자가 다혜를 내려다보며 호통을 쳤다.

'……젠장.'

옆에서 보고 있던 주요는 부글부글 끓어오르는 화를 가라앉히기 위해 도경이라도 읊어야 할 지경이었다. 아무리 내성 안이라 할지라도 시전 바닥은 시전 바닥. 별 볼일도 없는 것들이 가문입네 하며 역린 앞에서 거드름 피우는 꼴을 보고 있자니 이건 오장육부가 뒤틀릴 지경이었다.

그렇다고 끼어들어 일을 키울 수도 없었다.

잡것들이라 해도 가문은 가문, 괜히 정식으로 고발이라도 들어간다면 골치 아파질 게 분명했다. 그 와중에 정체가 발각되면 상황은 저 너머 은하수를 향하겠지. 그리고 그 은하수 너머엔 주인님과 신요가 있겠지.

'제엔장.'

주요는 이를 갈았다.

지금 그에게 필요한 건 으슥한 골목이었다. 아무도 모르게 심도 깊은 대화를 나눌 수 있는 으슥한 골목.

오라비는 이렇게 속이 부글부글 끓는데, 다혜는 또 속 미어터지게 고개를 끄덕거리며 비위를 맞추고 앉아 있었다.

"예, 알겠습니다. 정성껏 그리겠습니다."

"너, 반신이란 소문이 있던데?"

예쁘장한 아가씨는 앞에 앉아 부채를 살살 부치며 다혜를 아래위로 훑어보았다.

"예? 그건 어찌……."

어쩐지 상품의 등급을 매기는 듯한 눈길이라 다혜는 조금 불편해졌다.

"시장 바닥 소문이야 빤하지. 너 우리 집에서 일해볼 생각 없니?"

"예? 아, 아니요!"

다혜는 급히 손을 내저었다.

"생각해 봐. 우리 오라비가 널 꽤 눈에 두는 눈치거든. 네게도 나쁜 조건이 아닐 거란다. 아직은 모를 테지만 반신으로 신계에서 살아남기란 보통 일이 아니거든. 신계에선 기댈 구석이 있어야 해. 보호해 줄 일족이 없으면 죽기 십상이란 말이야. 혹시 아니? 네가 오라비를 잘 뫼시면 첩실 자리에라도 앉혀줄지."

옆에 서 있는 작은오빠가 빠드득 이를 가는 소리를 들으며 다혜
는 식은땀을 흘렸다.

"괘, 괜찮습니다."

연이은 거절에 여인은 혀를 쯧 찼다.

"네 솜씨를 보아 좋게 말을 해주는데도 네가 버릇이 없구나."

"죄, 죄송합니다. 하지만……."

여인은 신경질적으로 부채질하며 또 버릇없이 말대꾸를 늘어놓
는 것의 말을 끊었다.

"미련맞기는. 너 같은 것한테 몇 번이고 같은 말을 할 줄 아니?
오라비 생일이 며칠 뒤니, 잔말 말고 순종하란 말이야. 내 너를 오
라비 생일 선물 삼기로 결정을 내렸으니."

그녀는 시비에게 초상화를 받게 하더니 값으로 몇 푼을 던져 주
곤 자리에서 몸을 일으켰다.

"내일 사람을 보낼 테니 넌 그리 알고 있거라."

"하하……."

다혜는 힐끔 작은오빠의 눈치를 살폈다. 역시나 작은오빠는 이
를 으득으득 갈고 있었다.

"하아아."

정말이지, 가끔씩 이런 이상한 신들을 만나는 걸 빼면 더 평화
로울 텐데. 다혜는 조용히 초상화 값을 챙겨 넣으며 고개를 내저
었다. 이를테면 지금 저기서 이쪽을 향해 오고 있는 저 남자라던
가.

다혜는 대로를 질러오고 있는 청윤의 모습에 한숨을 푹 내쉬었
다.

그는 사방에 악영향을 끼치며 걸어오고 있었다.

방금 시녀와 함께 우아하게 자리를 뜬 양갓집 규수님이 제자리에서 멍하니 얼어붙어 있었는데, 딱히 특이해 보이진 않았다. 지금 대로의 많은 여자들이 똑같이 그러고 있었으니까.

평범한 무명 흑의는 그가 걸치고 있으니 평범과는 전혀 상관없는 것으로 보였고, 입과 코를 가린 면구는 그저 궁금증만 더 달궈놓을 뿐이었다.

'가려도 저 모양이니, 저 남자는 아예 바깥출입을 금지시켜야 돼.'

청윤은 성큼성큼 가까이로 다가와 허리에 손을 짚고 삐딱하게 섰다. 다혜는 청윤을 보고 있었고, 청윤은 그녀 앞에 써 있는 글귀를 보고 있었다.

―삼베 환영

청윤은 글이 써져 있는 목판을 발로 걸어찼다.

"뭐 하는 거예요!"

다혜는 얼굴이 붉어지며 화를 냈지만 그는 천연덕스럽게 자리에 앉았다.

"나도 한 장 그려줘. 똑같이 그려, 예쁘게."

헐, 다혜는 혀를 찼다. 그러다 진지하게 말했다.

"공짜는 안 돼요."

"뭘 줄까?"

가린 면구 안쪽에서 그가 웃음 짓는 것이 보이는 듯했다. 그의 눈빛이 부드럽게 반짝였다. 이럴 때 보면 진짜 예쁜 것 같…… 어휴. 다혜는 자포자기하며 제 이마를 탁 쳤다.

그럼 그렇지, 내가 어쩌겠어? 골병이지, 골병. 하, 진짜 저 남자는 왜 저 모양으로 생긴 것인지. 생긴 게 아주 주변에 대한 배려가 없어요. 대체 왜 저렇게 예쁜 거야? 다 가리고 있는데도! 게다가 옆에서 부동자세로 서 있는 작은오빠는 그렇다고 해도, 지나다니던 남자들까지 힐끔대며 그를 훔쳐보고 있었다. 이유는 정말 알고 싶지도 않았다.

"그것도 지금 변장이라고 하고 나온 거예요?"

다혜는 허리를 굽혀 속닥대듯 물었다. 그도 똑같이 하며 대답했다.

"더 하면 아예 천 자루를 뒤집어쓰고 나와야 하거든. 그러니 날 나오게 하지 말았어야지."

"난 나오라고 한 적 없거든요. 그리고 난 당신 못 그려요. 너무 지나치게 예뻐서 감히 내가 어찌 그리겠어요?"

"잘 그리던데?"

다혜는 뭔 소린가 싶어서 멍하니 있다가 얼굴이 하얗게 질렸다.

"내 가방 뒤졌어요?"

"아니. 흐음, 난 그냥 그대가 작업하는 걸 보고 말한 것뿐인데. 날 그리긴 했었나 봐?"

제 입으로 직접 말해 버리고 만 다혜는 절망하며 머리를 감싸쥐었다. 진짜 또 말려들었어!

반면에 기분이 좋아진 청윤이 낮게 웃음을 터뜨렸다.

"생각나서 오랜만에 묻는데, 방은 대체 언제 옮겨줄 거예요?"

다혜는 팔짱을 끼고 물었다. 청윤은 또 금세 기분 나쁘게 만들어 버리는 다혜를 노려보았다.

"삼베로 몽땅 방을 채워 버리기 전에 얼른 옮겨줘요."

"그랬다간 그놈의 삼베를 모조리 불싸질러 줄게."

그는 눈가에 웃음을 띠며 말했다. 다혜는 다시 땅이 꺼져라 한숨을 내쉬었다.

"고맙네요."

다혜의 말투에 청윤은 다시 웃음을 터뜨렸다. 웃기기도 하겠다, 어휴.

"뭐, 그러니까⋯⋯."

청윤은 긴 손가락에 턱을 걸치고는 좌판을 흘겨보았다.

"지금까지 그 거지 같은 삼베를 모두 여기서 벌어왔다는 거지?"

"거지 아니라니깐요!"

"어쨌든, 그만 일어나. 갈 데가 있어."

다혜는 자신에게 손을 내미는 청윤을 물끄러미 바라보았다. 어딜 가자는 건지는 모르겠지만, 저렇게 웃으며 손을 내밀면 어디로든 다 따라가고 싶어진다는 게 문제였다. 다혜는 약간 서글퍼진 눈으로 그를 보다가 작게 한숨을 내쉬었다.

그가 아무 이유 없이 자신을 찾아 여기까지 나왔을 리는 없었다. 무슨 말을 할지 더럭 겁이 났다. 하지만 다혜는 애써 웃음을 지어 보이며 내민 그의 손을 붙잡고 몸을 일으켰다.

주요는 감히 참견하지 못하고 옆에서 또 속만 태울 뿐이었다. 그것을 알아차린 청윤이 그를 보며 말했다.

"상장군께선 먼저 궁에 돌아가 있도록 하십시오. 상상(上相)께서 그대를 찾고 있습니다."

"명…… 받잡겠사옵니다."

주요는 어쩔 수 없이 명을 받았다.

청윤은 다혜를 데리고 몸을 돌리다가 문득 생각났다는 듯 말을 붙였다.

"참, 상상은 한두 시진쯤은 더 기다릴 수 있을 것입니다. 볼일은 보고 들어가도록 하세요."

왜인지 주요의 입이 점점 벌어지기 시작했다.

"예, 예, 전하."

그런 주요를 뒤에 내버려 두고 청윤은 다혜를 품으로 끌어당겼다.

"그럼 날아볼까."

"네?"

다혜는 뜬금없는 그의 말에 눈을 동그랗게 떴다. 청윤은 입술을 말아 올리며 짓궂게 웃더니 그대로 다혜를 안아 들었다. 놀란 다혜가 조그맣게 비명을 질렀고, 청윤은 기분이 점점 더 좋아졌다. 그는 그 기분 그대로 땅을 차고 한여름의 맑은 하늘 속으로 날아올랐다.

하지만 어디로 가야 하는지 그 목적지를 잊지는 않았다.

❋   ❋   ❋

'한두 시진이면 충분하지.'

주요는 씩 웃고는 신형을 흩뜨렸다.

내일 찾아온다던 여자들은 한껏 고양된 목소리로 수다를 떨며 걷고 있었다.

"아까 그 남자 보셨어요?"

시비가 아양하며 호들갑을 떨었다.

"그 목소리하며, 면구로 가렸다지만 필경 보통 미색이 아닐 것이라니까요?"

"보통 무사는 아닌 것 같고…….."

"알아볼까요?"

시비는 말끝을 흐리는 제 주인의 속내를 귀신같이 읽어내며 간지러운 부분을 살살 잘도 긁었다.

"뭐, 네 생각이 정 그렇다면 그러려무나."

여인은 점잔을 빼듯 말했다.

"그분이 명가(名家)의 자제분이라 아씨와 맺어진다면 얼마나 좋겠어요."

"그 정도면 명가가 아니어도 놓치기 아쉽지."

점잔을 빼던 것도 잠시, 금세 속내를 드러내며 여자가 발갛게 달아오른 얼굴로 더운 듯 부채를 살랑거렸다. 하기야 벌건 대낮에 대로에서 첩실 운운하던 것이 점잔은 무슨.

"어휴, 놓치기는요? 제가 꼭 아씨 앞에 대령해 놓을 터이니 걱정 마시어요."

"역시 내 생각 해주는 건 너뿐이로구나."

주요는 높은 옥개 기왓장 위에서 두 계집이 하는 양을 보며 코웃음을 쳤다.

못자릴 파고 눕겠다는데 본의 아니게 말리는 입장이 되셨군. 내버려 둬도 알아서 황천길로 걸어 들어가겠는데.

'……흠.'

그는 긴 장검을 터억 어깨에 걸쳐 멨다.

아쉽지만 어쩔 수 없지. 일단 눈앞의 불이 먼저였다. 주요는 여자들이 외진 길로 접어드는 것을 보곤 훌쩍 아래로 뛰어내렸다.

"에그머니!"

퉁퉁한 시비가 괴성을 질렀다.

"웨, 웬 놈……!"

주요는 어깨에 걸치고 있던 장검을 성의 없이 휘둘렀다. 시비는 비명을 지르며 엉덩방아를 찧었다. 그러곤 뜨끔한 입 어귀를 감싸며 허우적 앉은걸음으로 뒤로 도망쳤다.

"네, 네놈은 누구냐! 감히 내가 누군 줄 알고……!"

여자는 말끝을 흐렸다.

"꺄아아악!"

베어 피가 흐르는 입가를 움켜쥐고 여자는 뒷걸음질쳤다. 뒷걸음질치는 걸음마다 잘린 머리채가 한 뭉텅이씩 남아 있었다. 여자는 그것을 보며 또 비명을 질러댔다.

"입조심해라. 아니면 다음엔 확 그냥 목이야."

여자는 목 긋는 시늉을 하는 주요를 보며 회까닥 눈을 뒤집으며 기절했고, 주요는 코웃음을 쳤다. 남자였으면 그냥 확 묻어버리는 건데, 참 아쉽게 됐다.

❋   ❋   ❋

'뭐, 알아서 잘 처리하겠지.'

청윤은 생각했다. 설마 여자라고 살려 보내준다 거나 하는 짓을 하진 않을 거라고. 그리 감싸고도는 동생에게 첩실 운운한 것들을 설마 살려 보내진 않을 테지.

물론 그는 아까 그 계집이 퍼부었던 말들을 다 들었다. 거리가 멀지 않았던 탓이다. 거리가 멀었다면 그 쓸데없는 말들에 이리 신경이 거슬리지도 않았을 것이다.

그는 사납게 생각에 골몰하며 빠른 속도로 하늘을 갈라냈다.

덕분에 다혜는 아무것도 볼 수가 없을 지경이었다. 그는 무슨 생각에 사로잡혀 속도 조절을 전혀 하지 않고 있었다.

"처, 청윤……."

아마 그러고 있다는 것도 모르는 듯했다. 다혜는 덜덜 떨며 그의 옷깃을 꽉 움켜쥐었다. 청윤은 그제야 너무 빨리 바람을 부리고 있다는 것을 깨달았다. 그는 낮게 한숨을 내쉬며 속도를 늦췄다.

"비늘이……."

그녀는 멍하니 그를 올려다보며 중얼거렸다.

그의 미색 뺨 위에 실핏줄 같은 청색 비늘이 돋아나 있었다. 속도를 끌어내린 청윤은 물끄러미 다혜를 내려다보았다.

다혜는 그의 눈 속에서 푸른 빛이 타오르는 것을 보았다. 그것은 믿을 수 없을 만큼 아름다운 빛이었다, 마치 밤하늘의 청색 별처럼.

"무서워?"

그가 웃음기 없는 목소리로 물었다.

"아니요, 아니에요."

다혜는 도리질 치며 한숨을 쉬듯 대답했다. 다혜는 저도 모르게 그의 눈가에 손을 가져다 댔다.

"너무 예뻐요."

청윤은 그녀의 대답에 순식간에 긴장이 풀리는 것을 느꼈다. 그 자리에 기쁨과 즐거움이 차오르는 감각은 믿기지 않을 정도였다. 청윤은 조금 못되게 미소 지으며, 그녀의 조그마한 손으로 고개를 기울였다. 다혜는 숨을 돌아쉬었고, 청윤은 다시 장난기가 돌았다.

약간 충동적이 되었던 모양이다.

비늘이 드러나고 순막이 열릴 정도로 자기 자신에 대한 통제가 느슨해졌다는 건 달갑잖은 일이었지만.

"잘 써먹네, 그대. 사내더러 계속 예쁘다고 하다니."

얼핏 드러난 짐승 같은 본모습에도 두려워하지 않고 다가오는 다혜의 손길에 화를 내기가 어려워졌다. 화가 나기는커녕, 즐거워졌다. 그는 일부러 으르렁거리며 작은 손바닥의 오목한 부분에 입을 맞췄다. 다혜는 그의 뜨거운 온기를 느끼며 가늘게 몸을 떨었다.

"심술부리지 말아요."

다혜는 손을 빼내며 작게 중얼거렸다. 그는 발갛게 달아오른 다혜의 얼굴을 보며 픽 웃었다.

'……두 시진이면 처리하고 뒷정리까지 할 수 있겠지.'

사납게 되돌아가는 생각을 밟아 누르곤, 심술맞게 몸을 홱 뒤집으며 다시 속도를 올렸다. 다혜가 비명을 지르며 더욱 그에게 매달렸다. 청윤은 낮게 웃음을 터뜨렸다.

"무, 무섭다구요."

"그러니까 잘 잡아."

그는 바람을 끌어다가 그 위에 늘어졌다. 청윤의 몸 위에 또 엎어진 자세가 되어버린 다혜는 씨뻘게진 얼굴로 씨근덕거렸다.

"일부러 이러는 거죠?"

"잘 아네."

그가 바람을 앞으로 슉 밀자 다혜는 다시 비명을 지르며 그의 목을 꽉 끌어안았다. 그가 낮게 웃음을 터뜨리자 다혜는 볼을 부풀렸다. 청윤은 다혜의 등허리에 손을 가만히 얹고, 손가락으로 다혜의 머리카락을 느슨히 얽어 쥐었다.

바람이 일자, 구름이 따라 날며 비행의 궤적을 따라왔다. 해서 꼭 바람길이 아닌 구름 위에 누워 있는 듯했다. 구름은 마치 꼬리처럼 길게 궤적에 흔적을 남겼다.

사실은 아주 어릴 적에나 하던 장난질이었다. 이런 유치한 짓을 다 커서도 하게 될 줄 누가 알았을까. 청윤은 자못 한심해하며 바람을 물려 몸이 아래로 뚝 떨어지게 만들었다. 놀란 다혜가 비명을 지르며 품으로 더 깊게 파고들었다.

"꺄아아악!"

자신의 품으로 파고드는 다혜의 체온에 다시 기분이 좋아진 청윤의 웃음이 조금 더 짙어진다.

"으……."

하지만 갑자기 땅이 꺼지듯 몸이 아래로 쑥 떨어지는 느낌에 다혜의 얼굴은 새파랗게 변했다. 미워 죽겠다는 듯이 눈물이 그렁그렁해서 저를 올려다보는 다혜의 까만 눈망울에 청윤은 심술궂게 입꼬리를 말아 올리며 씩 웃었다.

"청윤!"

"왜?"

그는 무슨 일이 있었냐는 듯 능청맞게 되물었다. 순막이 걷어진 그는 더없이 아름다웠다. 하지만 또 홀릴 듯이 응시해 와 다혜는 대꾸할 말도 찾지 못하고 한숨만 푹푹 내쉴 뿐이었다. 마주보면 도통 화를 낼 수가 없었다.

"우리 지금 떨어지고 있다구요."

다혜는 불평하듯 투덜거렸다.

청윤은 한 번 씨익 웃고는 어느새 빠질 듯 가까워진 바다의 수면을 딛고 다시 위로 날아올랐다. 수면은 누름에 둥글게 휘어지다가 탄력을 일으키며 그를 차올렸다. 그는 활시위 같은 그 반동을 타고 날았다.

다혜는 이제 그 어떤 것에도 놀라지 않겠다는 자신의 다짐을 지키려 최선을 다했다.

비록 잘되진 않았지만.

"아……."

청윤은 다혜의 눈이 휘둥그레지는 모습에 웃음을 터뜨렸다.

구름 사이로 맞는 듯 아닌 듯, 하늘이라기보단 바다에 가까운 청색빛이 얼핏얼핏 엿보였다. 다혜는 그것을 보며 움찔했다가, 다시 손을 뻗어보고 싶은 듯 몸을 기울였다가 오락가락하며 몹시 부산스러웠다. 무섭기도 하고 궁금하기도 하고 아주 복잡해 보였는데, 사실은 그게 굉장히 귀여웠다.

그는 자기 자신을 향해 쓴웃음을 지었다. 도대체 왜 이런 맹한 모습이 귀여워 보인단 말인가?

다혜는 드디어 구름의 매혹적인 꿈틀거림에서 눈을 떼고 청윤을 올려다보았다. 청윤은 그녀가 백일흔두 가지 질문을 쏟아붓기 전에 먼저 말했다.

"다 왔어."

다혜는 의심스러운 눈으로 그를 바라보며, 바다 물빛 같은 하늘의 한 모퉁이를 손가락으로 가리켰다.

"저기요?"

다혜는 청윤의 옷자락을 꽉 움켜쥐었다. 마치 듣기도 전에 대답을 알 것 같다는 듯이.

"설마…… 절대 안 돼요. 날 저기 내려놓을 생각이라면 애초에 포기하시라구요."

"마음에 들어 보였는데?"

그는 빙글대며 다혜를 놀렸다.

"예에, 하지만 떨어져 죽을 만큼은 아니에요. 살날이 구만 리라구요."

청윤은 다혜가 구시렁대는 소리에 웃음을 터뜨렸고, 다혜는 나지막이 한숨을 내쉬었다. 어쨌거나 이 모든 공포스러운 상황에도 불구하고 그의 웃음소리가 너무너무 듣기 좋았다. 더 많이 듣고 싶었지만, 그럴 수 없다는 것도 알고 있었다.

"아?"

다혜는 탄성을 지르며 생각을 멈추었다.

청윤은 열려진 하늘 사이의 틈 속으로 그녀를 데려왔고, 그 걸음을 따라 물이 튕겨 오르는 소리가 들려왔다. 다혜는 멍하니 입을 벌리고 사방을 둘러보았다. 잘못 들은 게 아니었다. 그녀는 수정처럼 맑은 바다를 내려다보았다.

수면이 일렁이는 크고 맑은 물 아래로, 구름이 바람을 따라 느리게 흘러 다녔다. 바다는 그렇게 하늘 위에 고여 작은 만(灣)을 이루고 있었다.

다혜는 바다 아래로 비치는 창공에 숨을 죽였다.

"이건……."

또 굉장히 낮은 하늘이 이곳 전체를 둥글게 휘어 감싸고 있었다.

그 낮은 하늘에서 구름이 흘러 다니고 빛이 쏟아져 내려 아름다웠지만, 어지러울 정도로 비현실적이었다. 그녀는 다시 고개를 돌려 자신이 들어온 입구를 바라보았다.

입구는 마치 동굴의 주둥이처럼 보였는데, 그 끝에서 바다는 흩어져 구름과 뒤섞였다. 바로 그것이 동굴의 입구를 교묘하게 가리고 있었다. 조금 전에 넋을 놓고 보고 있었던 구름이 바로 이것이었던 모양이다.

"여기가 어디에요?"

"청룡 일족의 안식처."

다혜는 그 대답에 마른침을 꿀꺽 삼켰다.

"안식처요?"

"청응(靑鷹)이라고도 하지."

그의 목소리가 어쩐지 건조하게 들려왔다. 다혜는 그의 안색을 더듬으며 물었다.

"혹시 화났어요?"

"아니."

청윤은 다혜를 내려주며 고개를 저었다. 다혜는 그가 자신을 수면 위로 내려놓으려고 하자 비명을 질렀다.

"내려놓지 마요!"

"괜찮아, 안 떨어져."

그의 다독임에 다혜는 청윤의 손을 꽉 붙잡은 채 크게 심호흡을 했다.

"와우, 하. 심장마비 걸리겠어요!"

다혜는 발을 디딘 수면이 단단한 것을 느끼고서야 제대로 숨을 내쉴 수 있었다. 하지만 감히 손을 놓을 엄두는 내지 못했다. 여전히 그의 손을 꽉 붙든 채 조심스레 한 걸음 내딛어 보았다.

그녀의 걸음을 따라 물결이 길게 흔들리며 번져 나갔다.

"하하, 와아!"

이번엔 허리를 굽혀 물을 만져 보았다. 그러자 물결이 흩어지며 손이 쑤욱 들어갔다. 보통 물과 다를 게 하나 없었다. 그런데도 이렇게 단단히 딛고 서 있을 수 있다니.

다혜는 치맛자락을 움켜쥐고 찰팍찰팍 뛰었다.

발밑으로 푸른빛 비단 잉어가 놀라 도망간다. 웃음을 터뜨리며 한 번 더 찰팍 발을 굴렀다. 물결이 길게 일어나며 수면 위에 앉아 있던 햇빛들이 날아올랐다. 다혜는 그 눈부신 반짝임에 입을 벌렸다.

"이건 뭐예요?"

청윤은 어린아이 같은 다혜의 모습에 고개를 흔들었다.

"신났군."

"이거요, 이거! 예전에 본 적 있어요. 큰오빠도 가지고 있었는데! 이게 대체 뭐예요?"

다혜는 전혀 듣지 않고 있었다.

그녀는 스쳐 지나가는 햇살을 잡으려는 듯 손을 뻗쳤다. 그것은 언뜻 조각난 빛의 파편처럼 보였다. 하지만 날갯짓을 할 때마다 눈부신 잔 빛이 떨어져 내렸고 꼭 살아 있는 것처럼 움직이기도 했다. 놀라 도망가기도 하고 호기심에 가까이 다가오기도 하며 다혜의 혼을 쏙 빼놓았다.

"령접(蛉蝶), 보통은 빛나비라고 불러. 이렇게 접을 수도 있지."

다혜는 그가 햇빛을 손으로 잡아 접는 것을 놀란 눈으로 바라보았다.

그의 긴 손가락이 우아하게 곡선을 그리며 한 줌 볕살을 잘라냈고, 감추어진 손안에서 그것의 모양이 변해갔다. 이윽고 다시 펼쳐진 손 위에는 조그마한 나비가 얌전히 앉아 날갯짓하고 있었다.

다혜는 놀라워하며 조심스레 손을 뻗었다. 아주 얇은 유리 같은 날개의 질감이 느껴졌다. 금방이라도 부서질 듯 여렸지만 또 햇살을 굳힌 것처럼 몹시 따뜻하기도 했다.

"하나 가져가도 돼요?"

"안 돼. 대신 접는 방법을 가르쳐 드리지."

청윤은 손을 거둬 나비를 날려 보냈다. 다혜는 아쉬워했지만, 그의 말에 혹하지 않을 수 없었다.

"나도 접을 수 있어요?"

"못 접으면 하는 수 없지."

심술쟁이! 다혜는 청윤 몰래 혀를 베 내밀었다.

"따라와, 언제까지 여기 서 있을 거야?"

청윤은 다혜의 손을 마주 잡은 채 성큼 앞서 걸었다. 다혜는 번지는 물결을 따라 바쁘게 그의 뒤를 쫓았다.

"안식처라면서 이렇게 들어가도 돼요?"

"걱정할 필요 없어."

그는 한숨을 내쉬며 대답했다.

"이제 남은 청룡은 나 하나뿐이니까."

"아…….."

다혜는 자신이 실수했음을 깨닫고 안절부절못했다. 청윤은 짓궂은 미소를 지으며 툭 던져 말했다.

"내가 슬퍼하고 있다고 생각했다면, 다시 재고해 보도록 해."

다혜는 무슨 말인지 못 알아듣고 멍한 얼굴을 했다.

"내 말뜻은 그들이 모조리 죽어버렸다는 게 아니거든. 그들은 모두 동궁으로 거처를 옮겼어."

"……!"

다혜는 입을 벌리고 방긋 웃는 청윤을 노려보았다.

"이 사기꾼!"

"거짓말은 안 했는데? 이제 이곳에 올라오는 청룡은 진짜 나 하나뿐이니까."

열쇠를 맡아 가지고 있던 부수장을 제외하면. 하지만 이젠 그도 올라오지 못할 것이다. 그 열쇠를 그가 가지고 왔기 때문이었다.

청윤의 표정이 조금씩 가라앉아 갔다.

오늘 말을 할 것이다. 앞으로 이곳에서 지내야 한다는 말을, 이젠 이곳에서 조용히 살아가야 한다는 말을. 그녀에게도 나쁜 조건은 아닐 터였다. 응양군을 비롯해 따로 그녀를 호위할 병력을 내어주고, 항아들을 배속해 주고 전각을 지어줄 것이다. 부족함 없이, 풍족하게 살아가게 해줄 것이다. 하지만 왜 이렇게 말을 꺼내기가 싫은 걸까.

'걱정이라도 되는 거야, 내가?'

그는 픽 웃고 말았다.

유폐(幽閉).

그런 줄도 모르고 다혜는 아이처럼 주위를 둘러보고 있었다.

"아름다워요."

그녀는 한숨을 내쉬며 흰빛에 노랑과 주홍, 짙은 붉은색이 섞여 있는 산호모래를 손으로 만져 보았다.

가루 낸 보석 같아 보이는 모래는 햇살에 온갖 빛으로 반짝거렸다. 그 산호 해변 위로는 눈부시게 푸른 풀로 뒤덮여 있는 초원이 원만한 언덕을 그리며 펼쳐져 있었다. 그 사이사이로 녹림이 한창이었는데, 나뭇잎들은 생기로 반짝였으며 햇빛을 머금어 환하게 피어 있었다. 나뭇잎이 바람에 흔들려 서로 부딪히는 소리가 마치 빗소리처럼 들렸다.

"정말이에요, 너무 아름다워요."

이렇게 아름다운 곳을 두고 그의 일족들은 왜 동궁으로 내려갔을까 싶었다. 물론 동궁의 웅장함과 정교함엔 비교할 수 없었지만, 이곳은 이 그대로도 너무나 아름다웠다. 주변으로 녹아들 듯 여린 바람이 불었고 그 바람에서 물 냄새와 숲 냄새가 동시에 맡아졌다.

"마음에 들어 하니 다행이군."

다혜는 날이 선 그의 말투에 고개를 갸웃거렸다.

청윤은 다혜의 손을 잡고 잔잔한 물결이 오가는 산호 해변 위로 걸어 올라왔다. 작은 손에 깍지를 끼우곤 한 걸음 앞서 걸었다. 다혜는 그의 유려한 손의 곡선과 따뜻함에 마음을 빼앗겼다. 그러고 보니 이렇게 손을 잡고 걷는 건 처음이었다.

작게 얼굴을 붉히며 몰래 그를 힐끔 훔쳐보았다.

초원에서 불어오는 바람이 그의 곁을 스쳐 지나갔고, 흑단처럼 검은 그의 머릿결과 옷자락이 바람을 따라 길게 흘렀다. 다혜는 그의 검은 옷자락과 자신의 노란 능라 치맛자락이 서로 부드럽게 부딪히는 것을 보며 행복한 마음에 웃음 지었다.

하지만 다른 한 손으로 풍성한 치맛자락을 살그머니 잡아 들었다. 부딪히던 옷자락이 서로 떨어진다. 가슴이 욱신거렸지만 다혜는 티를 내지 않았다. 그런 자신을 바라보는 청윤의 눈길이 느껴져 방싯 웃음을 짓고 말았다.

초원 위로 올라가자 청목당혜에 묻은 산호 가루가 잔 빛을 뿌리며 떨어져 내렸다.

그녀는 그 빛을 보며 감탄하다가 꿈처럼 아름다운 작은 바다를 돌아보았다.

"계속 넋 놓고 있으면 놓고 갈 거야."

으이구, 알았다구요. 속으로 투덜거린 다혜는 그의 손을 꼭 붙잡고 초원 위로 따라 올라갔다.

드넓게 펼쳐진 키 작은 풀밭 위로 묻어날 듯 하얀 백석(白石) 유적과 집터가 보였다. 더러는 바로 들어가 살 수 있을 정도로 온전했고 더러는 허물어져 뼈대만 남아 있었다. 바람 소리만 가득한 이곳에서 유적은 누군가가 살았었다는 것을 알려주는 유일한 단서였다.

청윤은 유적 안으로 들어가며 입과 코를 가리고 있던 면구를 잡아당겨 내렸다. 크게 한숨을 내쉬고는 평평한 돌 위에 다혜를 밀어 앉혔다.

"잠깐 앉아 있어, 뭐 먹을 거라도 가져다줄 테니까."

바람을 부려도 되지만 여기 바람은 워낙 사나워 잘못 부렸다간 집 몇 채 날려 먹는 건 순식간이었다. 청룡 일족이 바람을 익숙하게 부리는 건 이런 곳에서 나고 자랐기 때문이기도 했다.

청윤은 바람에 흐트러진 머리를 손으로 털어내며 숲 쪽으로 걸어갔다.

"후아."

다혜는 낮은 하늘을 바라보며 크로키북을 가져오지 않은 걸 후회했다. 흰 구름 몇 덩어리가 유적 사이에서 움틀거렸다. 별생각 없이 들에 핀 노란 꽃을 따다가 놀라 굳어버렸다. 힘을 너무 줘 뿌리까지 들려 버렸고, 그 틈으로 짙푸른 하늘이 비치고 있었다.

그새 까먹고 있었던 사실을 다시 상기했다. 여기가 하늘 위라는 사실을. 이곳에 있는 모든 풀과 나무와 유적은 땅이 아닌 하늘을 딛고 있었다. 갑자기 덜컥 겁이 났다. 설마 푹 하고 꺼지지는 않겠지? 겁이 나 몸을 웅크리고는 벌어진 풀들을 다시 투덕투덕 덮어두었다. 차라리 안 보는 게 나아, 다혜는 스스로에게 암시라도 걸듯 중얼거렸다. 여긴 하늘 위가 아니야, 여긴 하늘 위가 아니야.

혼자 중얼거리는 그녀의 발밑으로 탐스러운 과실들이 쏟아져 내린다.

다혜는 과일 비를 내린 청윤을 올려다보았다.

"먹어."

툭 던져 말하고 그는 유적에 길게 기대앉았다. 돌 위로 머리를 기대 젖히는 그가 조금 피곤해 보였다.

"어제 잠 못 잤어요?"

청윤은 그 물음에 다혜를 사납게 바라보았다.

"요새 누구 때문에 계속 잠을 설치고 있지."

"누구…… 나요? 내가 뭘요? 어제 날 불러낸 건 당신이었다구요. 난 밤에 작업도 안 하고, 삼베 천막 안에서 눈치 보며 살아가잖아요."

청윤은 고개를 획 돌려 버리며 코웃음을 쳤다.

"눈치? 하."

다혜는 그가 시선을 돌린 틈을 타서 콱 쥐어박는 시늉을 해 보였다. 그의 입꼬리가 길게 말아 올라가는 것을 보니 들켰는가 보다. 다혜는 슬그머니 주먹을 치맛자락 속으로 집어넣었다.

"피곤해."

낮게 말하는 목소리가 잠겨 있었다.

요즘 들어 이상한 병이 생겼다. 말도 안 듣는 저 조그마한 것을 안고 있지 않으면 잠이 제대로 오질 않아. 안고 있으면 또 갖고 싶어 미칠 것 같은데도…… 곁에 있어야 잠이 왔다.

지금처럼.

그는 다혜의 무릎에 이마를 갖다 대고 눈을 감았다. 도대체 내

가 왜 이러는지를 모르겠어. 하아. 여기가 마음에 들까? 만약 내
가 앞으로 여기에서 살아야 한다고 말하면 그녀는 뭐라고 할까.
당장 내일부터 이걸 떨어뜨려 놔야 하는데 그게 왜 이렇게…….

'……잠들었네.'

다혜는 금세 잠이 든 청윤의 얼굴을 내려다보았다. 어쩐지 깜빡
이는 다혜의 눈가에 물기가 배어들었다.

그녀는 그에게서 눈을 떼어내며 하늘을 올려다보았다.

오늘이 아마도 마지막인 듯했다.

내일…….

다혜는 다시 흐릿해지는 눈앞에 숨을 깊이 내쉬며 또 열심히
눈꺼풀을 깜빡였다. 그는 아마도 오늘 그 말을 해주려는 듯했다.

항아들은 눈코 뜰 새 없이 부산스러웠고, 금화조차도 잠깐씩 자
리를 비웠다. 그네들이 하는 이야기를 주워듣는 건 어렵지 않았
다.

작은오빠의 말이 떠올랐다, 주인님 곁에 있어야 신력이 가장 빨
리 깨어날 거라던. 또 그의 말도 떠올랐다, 떨어져 있을수록 한방
에서 지내야 하는 시간이 길어질 거라던. 무슨 뜻일까 내내 곰곰
이 생각했었다.

그는 왜 날 한방에 놓아두는 것일까? 그는 왜 날 곁에 두고 자려
는 것일까? 그는 점점 더 조급해하고 있었다.

북궁의 공주는 내일 온다.

다혜는 눈을 꼭 감았다. 눈물이 볼을 타고 뚝뚝 떨어졌다. 손바
닥으로 눈물을 밀어낸 다혜는 눈을 홉뜨며 다시 크게 숨을 내쉬었
다. 그는 날 흔들어 깨우려 하고 있는 것이었다. 그래야 그녀가 오

기 전에 완전히 날 밀어낼 수 있을 테니까.

'그렇죠? 그런가요? 물어보면 대답해 줄래요? 아마 또 내 마음 아프게 할 소리만 할 테죠.'

이 아름다운 입술은 또 얼마나 가차 없으신지. 다혜는 살풋 미소를 지으며 고개를 흔들었다. 운다고 될 일이 아니야. 그녀는 내일 오고, 자신은 자리를 비켜줘야 했다. 그의 옆자리는 그녀의 자리였으니까.

다시 눈물이 고이려 하자 다혜는 아랫배에 단단히 힘을 주고 숨을 들이마셨다.

근데 이 남자, 언제까지 잘 생각인 거야? 그가 기대 누운 다리가 점점 저려오고 있었다.

청윤은 눈살을 찌푸리며 잠에서 깨어났다. 뒷목이 뻐근해 고개를 젖히며 꾹꾹 주무르는데 어디선가 앓는 소리가 들려왔다. 청윤은 고개를 돌려 한쪽 다리를 붙잡고 끙끙거리고 있는 다혜를 바라보았다.

"뭐 해?"

"……내가 뭐 하겠어요."

꿍얼대며 다혜는 저린 다리를 꽉 눌렀다. 으으, 미치겠다.

"다리 저려?"

청윤은 대답도 기다리지 않고 다혜의 종아리를 받쳐 들었다. 다혜는 비명을 질러대며 두 손으로 얼굴을 꽉 눌렀다.

"만지지 마요, 만지지 마!"

그는 들은 체도 하지 않고 부드럽게 종아리를 주물러 주었다.

다혜가 몸을 비틀며 비명을 지를 때마다 청윤은 웃음을 터뜨렸다.

"죽겠다고 난리군."

"기대 잔 사람이 할 말이에요?"

다혜는 잔뜩 불만에 차 투덜거렸다. 청윤은 피식 웃으며 다혜의 이마를 탁 때렸다.

"앗! 왜 때려요!"

"시끄러워."

청윤은 다혜를 일으켜 덥석 안았다. 꺅꺅대고 시끄러워 죽겠는데도 안으니까 기분이 좋아졌다.

"넌 너무 시끄러워."

다혜의 여린 향을 맡으며, 그가 또 낮게 중얼거렸다.

"시끄러우면 내려놓음 되잖…… 으익!"

다시 투덜대던 다혜는 바람이 몰려들어 몸을 감싸는 것을 보며 비명을 삼켰다.

"꽉 잡는 게 좋을걸? 여기 바람은 좀 드세서."

심술궂게 말하며 입꼬리가 길게 말아 올라간다.

다혜는 그의 단단한 품속에 안겨, 그가 여유롭게 바람을 밟아 나가는 것을 감탄 어린 눈으로 지켜보았다. 그는 청웅이 내려다보이는 높은 곳까지 단숨에 올라갔다.

가장 높은 전각의 옥개(屋蓋) 위에 앉아, 그는 한동안 말없이 아래를 내려다보았다. 다혜는 조금씩 불안해져 갔다. 하지만 그만큼씩 체념이 되어가기도 했다.

"이곳에 놀러 온 건 아니야."

"알아요."

다혜는 그가 본론을 꺼내려는 것을 감지하고 작게 한숨을 내쉬었다.

"내일……."

다혜는 두 손으로 그의 입을 막았다. 그리고 크게 숨을 들이마셨다.

"알아, 알고 있어요. 그러니까 말하지 말아요."

다혜는 조심스럽게 손을 내리며 그의 눈을 더듬었다. 건조한 그의 눈빛은 무슨 생각을 하고 있는 건지 읽기가 어려웠다.

"내일부터 여기서 지내라는 거죠? 항아 언니들이 하는 얘기를 좀 주워들었어요. 그럼 오늘이 마지막이네요. 괜찮아요. 적응하기 쉽진 않겠지만 괜찮을 거예요."

입꼬리가 떨렸지만 무사히 말을 다 마친 다혜는 한숨을 내쉬며 그에게서 시선을 떼어냈다.

"……쉽군."

그는 제 입가에 닿은 작은 손을 움켜쥐며 말했다.

"날 밀어내는 게."

사납게 반짝이는 눈동자를 내리떴다.

"항상 쉬워."

"……아닌데."

다혜는 청윤을 올려다보며 서글프게 웃었다. 하지만 그가 무언가 이상한 것을 느낄 새도 없이 다혜는 다시 그를 밀어내며 품에서 떨어져 나왔다.

"너, 위험!"

밑으로 곤두박질칠 것 같아 청윤이 손을 뻗었지만 다혜는 붙어

오는 바람을 디디고 제대로 중심을 잡았다. 그녀는 금방이라도 사라질 것처럼 맑게 웃으며 바람을 타고 뛰었다. 지난번에 타본 바람하고는 비교하기도 힘들 정도로 거칠었지만 그만큼 힘이 세고 강했다.

다혜는 바람을 어루만지며 달래듯 아래로 타고 내려갔다. 날듯이 바닥에 땅을 디딘 다혜는 미소 지으며 그를 돌아보았다. 웃음이 환했다.

"나 많이 늘었죠? 여기 좋다. 예쁘고, 경치도 좋고. 바람들도 다 힘세고. 심심할 새도 없겠다. 그러니까 나 걱정할 거 없어요. 사고 안 치고 여기서 얌전하게 잘 지낼 수 있어요. 올라온 김에 그냥 오늘부터 여기서 지낼까요?"

다혜는 자기가 한 말에 자기가 상처를 받으면서도 아무렇지 않은 듯 마냥 맑게만 웃었다.

"원한다면."

그가 고개를 치켜들고 말했다. 순식간에 앞으로 다가온 그가 서늘하게 말했다.

"날 가질 수 있어요, 원한다면."

청윤은 충동적으로 말을 뱉어놓고는 조금 후회했다. 그가 원하는 일이 아니었다. 비록 그 말이 가리키는 방향이 마음에 든다 할지라도. 역린이라는 것은 결국 어떻게 해도 밀어놓을 수 없는 그런 존재인 것일까.

"괜찮아요."

다혜는 물끄러미 그를 올려다보았다.

그는 지나치게 예민해서 속마음을 다 읽어내기라도 하는 모양이었다. 그 앞에서 마음을 숨기기란 얼마나 어려운지.

"난 정말 괜찮아요."

그의 동정을 받을 수는 없었다. 그래서는 안 되는 것이었다. 다혜는 웃고 말았다.

"난 여기서도 씩씩하게 지낼 수 있어요."

"그럴 테지."

그의 얼굴에 씁쓸한 미소가 번져 갔다.

그가 다혜의 턱을 그러쥐었다. 고개를 기울여 오는 그를 보며 다혜는 싫다는 듯 두 손으로 입을 가렸다. 청윤은 멈칫했다.

"하지만 오늘은 아니야."

청윤은 다혜의 손등에다 대고 낮게 중얼거렸다.

나는 왜 이렇게 널 밀어낼 수 없는 걸까. 생각했던 것보다 더 많이 그녀가 내게 영향을 끼치고 있었다. 이것 역시 그가 원하던 일이 아니었다.

✳   ✳   ✳

"이걸 여기다 뿌리라고?"

신요는 주요의 물음에 토하고 싶다는 표정으로 고개를 끄덕였다.

"왜?"

주요는 나무통을 퉁 걷어차며 툴툴거렸다. 그의 머릿속은 피떡이 된 연골어강족의 사체가 아니라 다혜 걱정으로 가득 차 있었다.

"차지 마! 피 튀잖아!"

신요가 질색하며 소리를 질렀다. 문관인 그는 이런 유의 일에는 사실 전혀 면역이 없었다. 백정이나 다름없는 주요에겐 아무것도 아니겠지만.

"난리법석이군. 이게 무슨 독액이라도 돼? 닿아봤자 옷 좀 더러워지는 것 말곤 아무것도 없다고. 나는 아우님 고함 소리가 더 무섭다. 아우님 고함 소리 때문에 고막이 터질 것 같아."

"네에, 잘나셨습니다, 이 백정 같은 형님아. 닥치고 어서 뿌리기나 하지?"

신요는 빈정거리며 대꾸했다. 하지만 이 사랑스러운 형님을 미워할 수는 없었다. 최소한 지금 이 순간만큼은. 자신을 대신해 저걸 여기에다 뿌려줄 테니까.

사실 이것도 다 주군의 은총이었다. 그가 이 일을 질색하며 싫어한다는 사실을 알고 있는 주인님께서 대신 부려먹으라고 형을 내려주었기 때문이다. 허구한 날 역린과 어울려 동궁 밖으로 놀러다니던 상장군께서 어인 일로 일찍 찾아왔나 했더니, 주군께서 가보라고 하셨단다.

신요는 옳다구나 하고 얼른 주요를 붙잡았다. 내일까지 처리해야 하는 일 중에서 제일 짜증 나는 일이 바로 이 일이었다. 일전에 잡아온 연골어강족의 문초가 어제 끝났던 것이다. 개똥도 약에 쓰일 때가 있다더니.

"그러니까 왜 뿌려야 하냐고! 이유는 알려주고 일을 시켜라."

저놈의 개똥이 입을 다물고 일을 하는 미덕을 갖추고 있진 못하다고 해도 어쩔 수 없지.

"애완동물 먹이."

"……응?"

주요는 잘못 들었나 하고 귓구멍을 후비적거렸다. 신요는 진짜 더러워서 못 봐주겠다는 표정을 지으며 한 걸음 물러섰다.

"우리 주인님 애완동물이 식성이 좀 특이해서 말이지. 물론 주인님이 그렇게 키우신 탓이지만."

동궁에 잡혀온 연골어강족의 수순은 대략 이랬다.

숨어들어 온 이유에 대해 심문을 당한다, 죽는다, 재활용된다. 철저하게 살점 하나 남지 않았다. 먹이는 드물고 애완동물의 식성은 탐욕스러웠기 때문이다. 그런데도 저것들이 주인님의 얼굴만 봐도 설설 긴다는 사실은 뭐, 놀랍지도 않았다. 이 세상의 일에는 다 그럴 만한 이유가 있기 때문이었다.

신요는 깊게 한숨을 내쉬었다. 요새 주인님께서 그렇지 않아도 기분이 안 좋으신데, 내일 북궁의 공주에게 괜한 화풀이나 하지 않으면 다행이었다. 그랬다간 여오님이 눈보라를 몰고 동궁으로 쫓아올 테니까.

❄   ❄   ❄

"오늘만요, 오늘만 나 재워주세요."

밤이 찾아오고, 전각들의 불이 하나둘 꺼지기 시작했다. 그리고 누군가를 기다리듯이 그 어두운 밤하늘 속으로 연등이 떠올랐다.

다혜는 그것을 멍하니 바라보고 있다가 제 베개를 껴안고 청윤에게로 다가갔다.

"왜? 아깐 잘도 날 밀어내더니."

퉁명스럽게 말했지만, 심장이 조금씩 쿵쿵거리며 뛰는 것을 느끼고 청윤은 정색했다.

"그래도 재워줘요."

빨갛게 달아오른 얼굴로 다혜는 중얼거리듯 말했다.

청윤은 어쩔 수 없다는 듯 한숨을 내쉬고는 다혜의 팔을 끌어당겼다. 심장이 또 가파르게 뛰어오르자 청윤은 스스로에게 좀 짜증이 치밀었다. 안다가 안다가 지겨워지면 이 같잖은 광증이 치료될까? 어쩌면 생각만큼 대단한 것이 아닐지도 몰라. 단지 하룻밤만으로도 충분할지 모르지. 늘 그랬듯이 한 번 품고 나면 그것으로지겨워질 거다. 그래, 안 그럴 이유가 없어.

"눈은 왜 가리고 있어요?"

"뭐?"

방금 씻고 온 그의 머리카락은 아직 물기에 젖어 있었다. 살굿빛 입술은 더 발갛게 색이 올라 가만있어도 유혹하는 것처럼 여겨지기 십상이었다.

"눈동자요, 아깐 푸른색이었잖아요."

"그건 역린만이 볼 수 있는 색이야."

다혜는 청윤의 대답에 눈을 동그랗게 떴다.

"네?"

"역린이 아닌 자가 순막이 걷어진 눈을 보면 시신경부터 타들어가, 뼛조각 하나 남겨지지 않고 재가 될 때까지 찬불에 태워지거든."

어쩐지 섬뜩한 이야기였다.

그는 그 섬뜩한 말이 마치 재밌는 이야기라도 되는 듯 즐겁게 빙글거리며 말했다.

다혜는 작게 몸서리를 치고는 고개를 돌려 바깥에 있던 마지막 전각의 불이 꺼지는 것을 지켜보았다. 이제 불이 켜져 있는 전각은 하나도 없었다. 그의 침전을 제외하고는. 어두워지니 연등 불빛이 더 환하게 느껴졌다.

이곳으로 오고 있는 북궁의 공주를 위해 켜둔 연등이었다.

죄책감에 다리가 휘청였다. 하지만 다혜는 두 눈을 꼭 감고 말았다. 오늘이 마지막이었다. 마지막으로 오늘 딱 하루만 더, 삼베 문장 뒤에 숨지 않고 그를 보고 싶었다.

'오늘만…… 오늘만 나 봐주세요. 오늘 밤만 나 모른 척해주세요.'

기도하듯이 중얼거리고는, 다혜는 그의 베개 옆에 자신의 베개를 놓고 탁탁 두들겼다. 그게 기도가 아니라 변명에 불과하다는 것은 알고 있었다.

청윤은 비스듬히 돌아누워 그녀가 하는 양을 지켜보았다.

"뭐 해?"

"자려구요."

잠이 올 것 같지도 않았고 자고 싶지도 않았지만 다혜는 그렇게 대답했다. 청윤이 잠들기를 기다렸다가 밤새도록 그의 얼굴을 볼 계획이었다. 오늘이 마지막이니까, 밀어내지 않는다면 그의 곁에 있고 싶었다. 내일이면 이제 오래도록 보지 못하게 될 테니까.

"날 웃기려는 시도면 실패했어."

청윤은 다혜를 품으로 잡아당기며 낮게 말했다.

"내 옆에 있으면서 떨어져 잘 수 있을 거라 생각했던 거야?"

그는 꼭 비웃듯이 말했다.

다혜는 인상을 썼지만, 오래는 아니었다. 솔직히 그의 침의는 너무 많이 파여져 있었다. 옷깃이 너무 깊이 파여 명치 아래까지 드러나 있었고, 길게 늘어진 아랫단과는 달리 또 위쪽은 몸의 윤곽을 그대로 드러내고 있었다. 게다가 그의 미끈한 유백색 피부는 옷의 검은색과 묘하게 대비되어 더욱 색정적으로 느껴졌다.

다혜는 그의 가슴을 밀어내며 얼굴을 붉혔다.

"전부터 말하고 싶었는데요, 이거 생각보다 엄청 불편하거든요?"

"어제도 그렇고 잘만 자던데?"

다혜는 새빨갛게 달아올라 말을 더듬어댔다.

"그, 그건 그러니까, 정신이 없어서 그랬던 거죠!"

"그래?"

청윤은 다혜의 그 작고 부드러운 아랫입술을 꽉 깨물어 버렸다. 오늘 하루 종일 내내 이러고 싶었다. 작고 혈색이 맑은 입술은 믿을 수 없을 만큼 달았다. 아까워 함부로 맛볼 수 없을 만큼이나.

그는 으르렁거리는 소리를 냈다. 다혜는 놀라서 숨을 몰아쉬다가, 그의 붉은 입술이 벌어지고 뜨거운 혀가 자신의 입술을 더듬으며 안쪽으로 파고들자 결국 숨 쉬는 것도 잊어버리고 말았다.

머릿속이 멍해지며 아무런 생각도 들지 않았다. 주변의 모든 것이 희미해지고 귓속이 웅웅 울려댔다. 그의 타액이 섞이고 그가 느껴지고…… 뜨거운 불이 아랫배를 관통해 온몸으로 퍼져 가는 것 같았다. 이대로 녹아들어 죽는다고 해도 이상할 것 같지가 않왔다.

"……이제는 잘 수 있겠지."

그의 목소리가 낮게 잠겨 있었다. 청윤은 그녀에게서 느낀 감각을 믿을 수가 없었다. 몸속으로 퍼지는 그 오싹한 감각을 겨우 입맞춤 한 번에 느끼다니? 어떻게 점점 더 좋아질 수가 있는 걸까, 그 반대가 아니라.

"무, 무슨 말도 안 되는……!"

어젯밤처럼 기절이라면 또 할 수 있을 것 같았다. 이 상황에서 대체 잠을 어떻게 자냐고!

청윤은 버둥거리는 다혜의 머리를 다시 끌어 내렸다. 다시 다혜의 입술이 닿고 아찔할 만큼 달콤한 숨결이 맡아졌다. 청윤은 입술을 벌려 더 깊이 닿으며 이대로 그녀를 안고 싶은 자신을 억눌렀다. 그래, 착각이 아니다.

"하아."

청윤은 몸을 돌려 다혜를 내리눌렀다. 작게 한숨을 내쉬며 그녀의 팔을 천천히 쓸어 올려 거부하지 못하게 묶어놓고, 그 작고 부드러운 입술을 혀로 핥아낸다. 다혜의 숨결이 거칠어진다.

만족스럽다. 동시에 견딜 수 없을 만큼 부족하게 느껴졌다. 그녀의 다리 사이로 자신의 다리를 밀어 넣으며 그 여린 향을 마음껏 음미했다. 자신이 아주 위험한 상태라는 걸 그도 알고 있었다.

"안고 싶어."

다혜는 거의 으르렁거리는 듯한 그의 낮은 속삭임에 정신을 차릴 수가 없어졌다. 자신을 눌러오는 이 모든 감각 속에서 숨을 제대로 내쉬는 것조차 버거웠다. 그의 위험한 열기가 그녀의 작은 몸을 휘감고 있었다. 다혜는 그 열기에 휘말리며 그의 모든 움직임에 반응을 일으켰다. 그녀가 허락하고 있다는 것을 굳이 듣지 않아도 느낄 수 있었다.

청윤은 상체를 일으켜 가만히 그녀를 내려다보았다.

갑자기 기분이 극도로 가라앉았다.

"왜 밀어내지 않아? 날 상대하려면 좀 더 똑똑하게 굴어야 해. 이렇게 쉽게 유혹에 넘어가서 널 내어주면 안 돼. 넌 나를 잘 모르잖아? 이다음에 어떻게 될지 생각해 봤어? 이렇게 쉽게 그대를 내어주고 그다음엔 어떻게 될지."

청윤은 몸을 숙여 다혜의 귓가에 낮게 속삭였다.

"난 겨우 하룻밤 같이 지냈다고 사랑을 약속해 줄 만큼 순진한 사내가 아니야. 나를 좀 더 안달 나게 만들어. 그대가 원하는 것을 얻어내기 전까진 그대를 내어주어선 안 돼."

다혜는 가만히 그를 올려다보았다.

"내가 뭘 원한다고 생각하는데요?"

계집들이 그에게 원하는 것은 한결같았다. 그와 그가 가진 것들. 너라고 뭐가 다를까 싶었다.

그의 차가운 눈빛에 다혜는 서글프게 웃음 지었다.

"당신은 정말이지 가차 없다니까요. 그런 말 들으면 얼마나 아픈지 모르죠? 하여튼 못됐다니까."

다혜는 눈을 돌려 창밖의 연등을 다시 바라보았다.

"에이…… 되게 슬프다."

다혜는 베개를 껴안고 몸을 돌렸다. 몸이 밑바닥으로 푹 꺼지는 것 같았다. 이걸로 되었다는 생각이 들었다. 스스로가 더 미워지기 전에 이렇게라도 멈춰지게 되어 다행이란 생각도 들었다. 다혜는 베개를 꼭 껴안고 눈을 감았다. 그가 움직이는 기척이 느껴졌다. 나가려는 걸까. 이제 다 괜찮다고 생각했는데 또 마음이 덜컥 내려앉아 그녀를 울게 만들었다.

"하아."

청윤은 비스듬히 기대앉아 다혜의 머리를 쓸어 넘겨주었다. 차고 부드러운 감촉이 짜증스러운 마음을 달래준다.

'내가 뭘 원하는 건지를 모르겠어.'

혼란스러웠다.

몸에서 일어나는 뜨거운 열기가 이토록이나 그녀를 원하고 있는데도. 첫정은 깊이 들어가 단단히 뿌리를 내린다. 일전에 그가 한 말이었다.

"내 유혹에 넘어오지 마. 울게 될 거야. 널 아프게 하고 싶진 않아."

다혜는 두 눈을 꼭 감았다.

"제발, 울지 마."

청윤은 다혜의 눈가를 쓸어내며 짜증스러운 어조로 말했다. 보통 계집의 눈물이 그에게 일으키는 감정은 한 가지였다. 성가심. 하지만 그녀의 눈물은 동시에 애가 타게 만들어 더 짜증스러웠다. 다혜는 코를 훌쩍이며 중얼거렸다.

"알았어요, 안 울어요. 내가 뭐 하러 울겠어요."

처음부터 내 것이었던 적 없는 남자인데. 끝난 건 오 년간의 지긋지긋한 짝사랑뿐이었다. 그녀의 사춘기를 잡아먹었던 그 성장

통뿐이었다. 그러니 울 필요 없어, 울지 마. 하지만 머리를 쓰다듬어 주는 그의 손길에 또 왜 이렇게 서러워지는지.

다혜는 머리를 탁탁 흔들어 청윤의 손을 떨쳐 냈다.

청윤은 그렇게 또 자신을 밀어내는 다혜를 노려보았다. 그는 다혜의 팔을 꽉 움켜쥐고 침상에 등을 대고 누우며 잡아당겼다. 고여 있던 다혜의 눈물이 그의 가슴 쪽으로 툭 떨어진다. 청윤은 목울음 소리를 냈다.

"놔줘요."

청윤은 다혜가 도망가지 못하게 그녀의 허리를 꽉 눌렀다.

"싫어. 그냥 자."

다혜는 포기하며 그냥 그의 가슴에 뺨을 기댔다.

"진짜, 폭군."

"그런 짓을 할 정도로 머리가 나쁘진 않아."

다혜는 청윤의 대답에 작게 웃음을 터뜨렸다. 한숨 소리에 섞여 웃음소리가 잦아들며 다혜가 그의 옷깃을 꼭 그러쥐었다.

"청윤."

"음?"

소리가 몸에서부터 울려서 나왔다.

'사랑했어요……. 나는 지금도 당신을 너무 많이…….'

밖으로 내지 못하는 소리는 속에서 울리며 가라앉았다.

'사랑하고 있어요.'

그 소리가 몸의 이곳저곳에 부딪혀 잔향을 일으켰다. 잔향은 쉬이 가라앉지 않았다. 다혜는 다시 코를 훌쩍이며 그의 품으로 파고들었다.

청윤은 아무 말도 못하고 눈물만 뚝뚝 흘리는 다혜의 등허리를 토닥거렸다. 하지만 그녀의 말을 묻지는 않았다. 하지 못한 그 말이 무엇인지 읽어내고 싶지가 않았다.

내일 보낼 것이다.

막상 눈앞에 닥쳐 놔야 할 순간이 온다면, 그 또한 어려울 것 없을 터였다. 흉포한 자기 자신조차도 길들인 그였다. 같잖은 광증 하나 때문에 숙계(宿計)를 접는 일 따윈 없을 것이다. 그런 생각을 하면서도 청윤은 품 안에 있는 다혜를 꽉 그러안았다.

12장

그 의 신 부

다음날 아침.

청윤은 품 안이 텅 비어 있다는 것을 깨달으며 불유쾌하게 잠에서 깨어났다.

"일어났어요?"

그는 미간을 찌푸리며 화창하게 맑은 다혜의 목소리를 따라 고개를 돌렸다.

"뭐 해?"

청윤은 다혜가 해놓은 짓을 바라보며 몸을 일으켰다. 그의 목소리가 차갑게 굳어 있었다. 다혜는 삼베 문장을 걷어내고 있었다.

"오늘 올라가려면 미리 준비해 둬야죠."

뭘 당연한 걸 묻느냐는 투로 그녀는 밝게 말했다. 청윤은 길게 호흡을 들이마셨다. 가슴 한구석이 이상하게 무너지는 것 같았다.

"너⋯⋯."

벽에 이어져 있던 마지막 실을 탁 끊어내며 다혜가 떨어지는 삼베를 냉큼 붙잡았다. 방 한구석에 흉물스럽게 자리 잡고 있던 꼴 보기 싫은 문장이 치워지는데, 조금도 기쁘지가 않아. 마음도 그렇게 텅 비어버릴 것같이 몹시도 허전하게 느껴졌다.

"에구구, 쉽진 않네요."

다혜가 허리를 두들기며 투덜거렸다. 하지만 그마저도 밝아 청윤은 화가 치밀었다.

"어디 있어?"

"네? 뭐가요?"

허리에 팔을 얹은 채 돌아보는 그녀의 비단치마가 기생마냥 성큼 들어 올려져 있었다. 새벽부터 저러고 일을 한 모양이었다. 청윤은 침상 밑으로 내려오며 물었다.

"어젯밤에 내 품에서 울던 여자, 어디로 숨겼느냐고."

다혜는 멈칫하다가 두 눈을 꼭 감았다. 그리고 다시 뜨며 밝게 웃는다.

"없어요, 이젠. 꽁꽁 숨어버렸어. 두 번 다신 나타나지 않을 거예요."

그 말뜻은 이젠 두 번 다시 내 품에 안겨 우는 짓 따윈 하지 않을 거라는 건가. 청윤은 눈을 가늘게 뜨고 다혜를 노려보았다. 속에서 자꾸 무언가가 치고 올라왔지만 터뜨리면 그녀가 크게 상처받을 것 같았다. 아슬아슬하게 참아내고 있는데, 문 두들기는 소리가 들려왔다.

"주군."

신요였다.

"주군?"

신요는 대답 없는 주인 때문에 속을 태우며 침실 바깥에서 동동 거렸다. 평소보다 조금 이른 시각이긴 하지만, 분명히 안쪽에서 말소리가 들린 듯한데 왜 또 이리 늦장을 부리시는지 모르겠다.

"주군!"

신요는 조금 더 크게 불러보았다. 이러다 맞아 죽을지도 모르겠다.

"……시끄럽다, 그만 물러가."

문 안쪽에서 낮게 울리는 목소리가 흘러나왔다. 심기가 아주 불편하신 것 같았다. 신요는 침을 꿀꺽 삼키고는 자신을 이런 상황에 밀어 넣은 북궁의 공주에게 저주를 퍼부었다.

"급한 일입니다."

주인의 짜증스러운 한숨 소리 같은 것이 들리는 듯했다. 하지만 주인은 그가 아닌 다른 이에게 말을 잇고 있었다.

"다시 원상복구시켜 놔. 오늘이 아니라 내일 가게 될지도 모르니까."

"그런 게 어디 있어요. 순 자기 마음대로! 어제는 오늘이라더니, 오늘은 왜 또 내일이래요?"

신요는 멍한 표정을 지었다. 안쪽에서 들리는 게 말소리가 아니라 싸움 소리 같았다. 뭐지? 환청이 들리나?

"토 달지 말고, 원래대로 돌려놔!"

"싫어요! 내일 가게 되더라도 오늘부턴 여기서 안 자요! 청웅에 못 올라갈까 봐 걱정하는 거라면, 안 그래도 돼요. 작은오빠한테

동아줄이라도 내려달라고 할 테니까!"

"조그만 게 말은 더럽게 안 들어!"

베, 하고 혀를 내미는 소리도.

"주, 주군?"

신요는 이게 뭔가 하는 표정으로 문을 두들겼다. 그러다 기척도 없이 벌컥 문이 열리자 놀라 뒷걸음질쳤다. 그의 생각은 위험하게 반짝이는 주인의 검은 눈빛과 마주치자 싹 지워져 갔다.

"아침마다 날 찾는 새로운 버릇이라도 생긴 것이냐?"

주인은 이 이른 만남을 반기지 않는 게 분명했다.

"하나뿐인 목숨을 가지고 절대로 그런 짓은 하지 않습니다."

신요는 긴장된 목소리로 조심스럽게 말했다. 청윤은 길게 호흡을 내쉬었다. 그는 침실 밖으로 나와 문을 닫은 후, 다시 신요를 향해 몸을 돌렸다. 신요는 꿀단지라도 감춰놓은 듯 문을 단단히 닫아버리는 주인을 또 멍하니 올려다보았다. 왜 이렇게 이상하게 행동하시는 거지? 하지만 도저히 물어볼 용기는 나지 않았다.

"자, 그럼."

청윤은 부드러운 미소를 띠우며 물었다.

"이른 아침부터 이렇게 날 성가시게 하는 이유에 대해 들어보기로 할까."

때에 맞지 않는 주군의 미소는 공포를 불러일으키기에 딱 알맞았다. 신요는 침을 꿀꺽 삼키며 이런 폭풍을 일으키게 만든 북궁의 공주를 향해 다시 한 번 저주를 퍼부었다. 그는 평화로운 일상을 사랑하는 문관이란 말이었다.

"비씨(妃氏)께서 조금 일찍 당도하셨습니다."

신요는 마침내 이 말을 하게 되어 속이 다 시원해졌다.

"……그래?"

청윤은 낮게 읊조리고는 기대고 있던 문틀에서 몸을 떼어냈다. 그의 긴 옷자락이 유려한 선을 그리며 흘렀고, 입가엔 차가운 미소가 흘렀다.

미친 듯이 날뛰던 광기에 고삐를 매어줄 때가 된 모양이었다. 청윤은 문 뒤쪽을 낮게 쳐다보다 시선을 떼어내고 바깥으로 향했다. 이상할 정도로 기분이 내려앉는다.

다혜는 투덜거리며 삼베를 곱게 개켰다. 일부러 텅 빈 방 안을 보지 않으려 애썼다. 그렇지 않아도 힘든 날이었다. 이런 날 앉아 울기까지 하고 싶진 않았다.

차곡차곡 삼베 정리를 마친 다혜는 그동안 깔고 자던 이불도 마저 개려 몸을 돌렸다. 생각 없이 불쑥 뭉쳐져 있는 이불을 밟는데 안쪽에서 꺅! 하는 비명 소리가 터져 나왔다.

"뭐, 뭐야!"

"마마……."

놀라 이불을 홱 걷어 올리니, 조그마한 아이가 앉아 눈물을 뚝뚝 흘리고 있었다. 다혜는 멍하니 그 아이를 바라보았다. 아이 주위로 깨진 돌의 파편이 흩어져 있었다. 다혜는 그것이 무엇인지 한눈에 알아보았다. 저건 그때 그녀를 지켜주었던 그 새하얀 석영이다.

"말도 안 돼, 손바닥만 했는데."

아이는 머루처럼 검은 눈으로 그녀를 올려다보고 있었다.

"마마."

아이의 부름에 다혜는 손가락으로 자신을 가리켰다. 설마 날 보고 마마라고 부르는 건 아니겠지? 하지만 아이는 그 소리 없는 질문에 대답이라도 하듯 양팔을 벌리고 그녀에게로 손을 뻗었다. 마치 안아달라는 듯이. 다혜는 자기도 모르게 마주 손을 내밀어 아이를 안아버렸다.

아이는 작은 새처럼 따뜻했다. 맙소사, 이게 대체 어떻게 된 일이지? 설마 내가 엄마인 줄 아는 건가? 맙소사! 설마 알에서 깨어나 그녀를 처음으로 보고선 엄마라고 착각하게 된 건 아니겠지? 어떻게 해야 하지? 다혜는 여러 가지 생각을 동시에 하다가 갑자기 아이가 훌쩍거리자 허둥대기 시작했다.

"맘마……."

"마, 맘마? 배고파?"

아이는 고개를 끄덕였고, 다혜는 다시 고민에 빠져들기 시작했다. 이 아이에게 도대체 무엇을 먹여야 돼? 솔직히 얘기하자면, 아이는 그 괴물들과 몹시도 닮아 있었다. 사랑스럽다는 점만 제외한다면, 그 머리 붉은 괴물들과.

❋　❋　❋

"실로 오랜만에 뵙사옵니다."

청윤은 그녀의 몸 안에 있는 그의 독충을 보고 나서야 그녀가 누구인지 기억해 냈다. 이제는 수장이 된 북궁 적색 화련 일족의 연매. 하지만 굳이 잊어버리고 있었다는 티를 낼 필요는 없었다.

그는 짐짓 반갑다는 듯 부드럽게 답했다.

"오랜만입니다. 그동안 많이 힘들었겠군요."

진심이 아닌 그의 말에도 연매는 작게 얼굴을 붉혔다.

신요는 한숨을 내쉬고 싶은 기분이 들었다. 잊었다, 그의 주인은 절대로 기억을 못하고 있었다. 그렇게 오랜 세월을 당하고도 아직도 정신을 못 차린 걸 보면 저 여자도 어지간히 구제불능이다 싶었다. 하지만 자신이 주인의 성적 유인 물질이 작용하지 않는 사내놈이란 사실이 어찌나 다행스럽게 느껴지는지 모르겠다.

"비씨를 뫼시고 왔사옵니다."

연매는 자신의 어조에서 적대감이 드러나지 않게 하기 위해 갖은 애를 다 써야 했다. 오는 길에 그녀를 죽여 버리면 그 죄를 미룰 수가 없기 때문에 지금껏 참아왔다. 하지만 연찬 때문에 온갖 일족의 사신들이 모여 있는 이곳에서라면 더 참을 필요가 없었다.

솜털도 가시지 않은 이런 어린 계집이 감히 북궁의 공주라는 이유로 그의 곁을 차지하려 들다니, 어림도 없지. 그는 자신의 것이었다. 얼마나 오래도록 기다려 왔는데 이제 와서 포기할 수는 없었다. 그를 보라. 그도 이렇게 자신을 반기지 않는가. 그의 곁에 있기 위해 자신과 결혼한 빙궁의 공자까지도 사고사로 위장해 죽인 그녀였다.

"동궁에 오신 걸 환영합니다, 백리(白狸) 공주."

청윤이 연매에게서 눈을 떼고 북궁의 공주를 돌아보았다.

눈처럼 하얀 머리카락이 그보다 더 하얀 여자의 피부를 감싸고 있었다. 검은 동공에 회백색 홍채를 가진 여우의 눈이 차마 그를 마주 보지 못하고 얌전히 아래를 향하고 있었다.

그는 공주에게 손을 내밀었다. 백리는 망설이더니 수줍은 듯 그의 손을 마주 잡았다. 동궁왕, 계명의 요검 청윤. 아름답다, 아름답다 말로만 들었는데 실제로 보니 실로 숨 막힐 듯한 요색(妖色)이었다.

백리는 설레어 했지만, 청윤은 그녀의 손이 닿자 지독스러울 만큼 기분이 가라앉았다. 왜 갑자기 그 아이의 얼굴이 떠오르는 것이지? 그의 눈동자가 싸늘하게 내려앉았다.

그녀를 속에서 밀어내지 못하면, 그녀가 반려의 자리를 차지하지 못한다 하더라도 그에게 심히 영향을 미칠 것이 분명해졌다. 그녀를 속에서 밀어내야 했다. 감히 그를 변화시키지 못하도록. 거리를 두어야겠다. 하지만 그 생각에 왜 이리 가슴 한쪽이 욱신거리는 것일까.

✳ ✳ ✳

다혜는 요하를 데리고 놀다가 덜컥 문이 열리는 소리에 얼른 뒤를 돌아보았다. 청윤이 돌아온 줄 알고 기대했던 다혜는 조금 실망하며 작게 한숨을 내쉬었다.

"보자마자 한숨이니?"

"미안, 언니."

소하였다.

다혜는 그녀의 치맛자락을 붙들고 놀고 있는 요하의 머리를 토닥여 주었다. 요하는 다행히 완전히 육식종은 아니었다. 말하자면 잡식종이랄까? 과일과 채소도 썩 잘 먹었다. 게다가 도라지를 무슨 국수 집어먹듯 먹었다. 막 태어난 아이가 이래도 되는 걸까? 물론 겉보기에는 서너 살은 되어 보였지만.

"그를 기다리고 있었지?"

거침없는 소하의 물음에 다혜의 손이 멈칫거렸다.

"이리 와. 그는 오지 않아."

다혜의 눈빛에 아픔이 어리자, 소하는 작게 한숨을 내쉬었다. 정말이지, 저 바보 같은 게.

동궁왕이 북궁의 공주와 혼례를 올린다는 이야기를 전해 듣고 소하도 한참이나 앓았었다. 하지만 접을 수 있었다. 그렇다면 과연 자신처럼 다혜도 그럴 수가 있을까.

"술이나 한잔해. 나랑 한판 붙어보자고. 예전부터 그러고 싶었어."

"나 말술인데."

다혜는 요하를 안아 올리며 중얼거렸다. 소하는 작은 소리로 투덜거렸다. 술고래인 주요도 다혜에게 대패했었으니, 소하야 붙어 보나 마나였다.

"상관없어, 한판 붙어. 그런데 걘 또 누구니?"

"요하."

다혜는 하품을 하는 요하의 등을 토닥이며 작게 웃음 지었다. 소하는 꼭 엄마처럼 웃는 다혜를 보며 황당하단 얼굴을 했다.

"요하? 니가 지었지?"

"응. 주요의 요에다가, 지하의 하. 그래서 요하."

"나는!"

다혜는 방싯 웃었다.

"언니도 하잖아, 소하."

"너, 그거 내 진짜 이름 아니라는 거 알잖아."

"내가 언니의 진짜 이름을 모르니 그건 무효."

"쳇."

투덜거렸지만 소하는 자신의 진짜 이름을 가르쳐 줄 생각이 없는 듯했다.

"일부러 안 가르쳐 준 건 아니야. 내가 그 이름이 싫어."

다혜는 얼핏 드러나는 언니의 속내에 약간 놀랐다. 저런 말을 하는 언니가 아니었기 때문이다.

"그건 그렇고, 너 그거 비린내 나. 뱀 비린내에다 육식종 비린내에다. 도대체 어디서 났어?"

"공장에서 사왔다, 왜. 내가 키울 거야."

"뭐? 정체도 모르는 걸 키우겠다고? 어디서 어미 아비도 모르는 걸 주워 와선……."

소하는 말을 하다가 아차 싶어 입을 닫았다. 부모를 모르는 건 다혜도 크게 다를 바가 없었다. 다혜는 마치 아이를 보호하려는 듯 꼭 껴안고는 활활 투지가 불타오르는 눈으로 소하를 노려보고 있었다.

"좋아, 한판 붙어. 이기는 사람이 한 달 동안 언니야."

"야! 왜 하필이면 그거야! 너랑 나랑 나이 차가 얼마나 나는 줄이나 알아?!"

소하는 비명을 질러댔고, 다혜는 들으라는 듯 코웃음을 쳤다. 다혜는 방을 빠져나가기 전 잠깐 망설였다. 이제 두 번 다시 이곳으로 돌아올 일은 없겠지. 이걸로 끝인 건가? 왜 이렇게 허무하지. 마지막 작별 인사 정도는 할 수 있을 줄 알았는데, 오늘 아침 소리 높여 싸우곤 그걸로 끝이라니.

방 안을 돌아보았다. 그녀가 있었던 흔적이라곤 방 한구석에 놓여 있는 삼베와 커다란 가방 하나뿐이었다. 그것마저 치워지면 이곳은 예전 그대로 돌아가겠지. 그도 그렇게 나에 대한 기억을 치워 버리려나. 다혜의 얼굴에 쓸쓸한 미소가 번졌다.

"얼굴 봐라."

소하가 혀를 쯧 차댔다.

"티 많이 나?"

"말이라고 하니? 나 동궁왕 전하 사랑해요, 하고 얼굴에 써 붙인 것 같다."

다혜가 놀라 한 손으로 뺨을 감싸 쥐었다.

"지, 진짜?"

소하는 얼굴이 벌게지는 다혜를 보며 기분이 이상해지는 걸 느꼈다. 항상 밉기만 했던 이 아이에게 이런 마음이 들 줄은 몰랐다. 하지만 이제 더 이상 다혜를 미워할 이유가 없었다. 설마설마 했더니 청윤은 정말로 이 아이를…….

"그 마음 접어. 그는 그런 마음을 받아줄 사내가 아니야. 자기 필요에 부합되지 않는 건 모조리 잘라 버리는 사내니까."

소하는 더 말하기 싫은 듯 앞장서서 걸어가 버렸고, 다혜는 급히 그녀의 뒤를 따르는 수밖에 없었다. 그렇지 않다고 받아치고 싶었지만, 생각해 보면 그에 대해 아는 게 별로 없었다.

침소 밖으로 나오자 어둠 속으로 황금색 등롱이 휘영청 늘어서 있었다. 마치 연회라도 벌어지는 듯 들뜬 분위기에 음악 소리가 가득했다.

　침소에서 멀어질수록 소리는 더욱 짙어져 갔다. 령접들이 어둠 속으로 날아다녔고 향기로운 음식과 주향으로 머리가 어지러울 지경이었다. 밤이 깨어나 빛으로 단장하고 춤이라도 추는 듯했다. 화려하기 짝이 없는 풍경에 끔찍할 정도로 마음이 아파왔다.

　"빨리 가자."

　다혜는 소하가 갑자기 손을 잡아끌자 몸을 휘청거렸다. 그렇지 않아도 요하 때문에 무거워 죽겠는데.

　"으윽, 왜 이러는 거야."

　다혜는 자신의 질문의 답을 스스로 찾을 수 있었다.

　마치 화려한 꽃잎에 둘러싸인 봉우리 같은 곳이었다.

　어둠과 빛이 어울려 더없이 아름다운 그 누각 위로 그와 그녀가 올라가고 있었다. 그의 손 위에…… 그녀의 손이 얹어져 있었고, 그들은 모든 신들이 지켜보는 가운데 함께 계단을 올라가고 있었다.

　다혜는 그와 함께 걸었던 언덕의 풀 냄새와 깍지를 껴주던 그의 아름다운 손이 떠올라 갑자기 숨이 막히는 것만 같았다.

　"반려……."

　가르쳐 주지 않아도 알 것 같았다. 그의 옆에 당당히 서 있는 아름다운 그녀가…… 멀리서 봐도 결코 비천한 인간은 아닌 듯한 그녀가 누구인지.

　그의 소중한 반려.

　그가 사랑하는 여인.

　다혜는 그들을 하염없이 바라보고 서 있었다. 그는 원래 있던 먼 곳으로 되돌아가 버렸다. 그런데 왜 내 마음은 되돌아오지 않는 걸까.

그녀와 함께 아름다운 누각 위에 서서 자신을 내려다보는 그를 다혜는 오랫동안 올려다보았다. 그와 시선이 잠시간 마주쳤다. 다혜는 조용히 그의 시선을 피하며 고개를 떨어뜨렸다.

상상했던 것보다 더 고운 신부였다.

오늘은 지나 버렸다. 마지막도 끝이나 버렸다. 나도 이제 돌아가야 했다. 그런데 왜 영영 끝나지 않을 어제 속에 갇힌 듯한 기분이 드는 걸까.

'괜찮아.'

어차피 다 알고 있었던……. 거칠게 숨을 몰아쉬며 다혜는 그들에게서 몸을 돌렸다. 무언가로 심장을 쥐어짜는 것만 같았다. 하지만 이래서는 안 된다. 그에겐 그의 자리가 있었고, 눈부시게 아름다운 그의 신부가 있었다. 너무 고와서 차마 미워할 수도 없는 그의 반려였다.

그들에게서 몸을 돌린 다혜는 자신을 보고 있는 소하를 마주하며 애써 웃어보았다.

"……."

소하는 덜덜 떨리는 다혜의 손끝을 보지 않으려 애썼다. 이런 모습을 보여주려고 데리고 나온 건 아니었는데. 아니, 사실은 보여주고 싶었다. 이 바보 같은 게 하루 종일 침소에서 그를 기다리고 있다는 이야길 들었을 때부터 깨닫게 해주고 싶었다. 꿈에서 깨어나라고. 누군가가 자신을 기다린다는 것에 비정한 그는 조금도 관심을 기울이지 않을 것이란 사실을 잘 알고 있기 때문에…….

"이리 와, 바보야."

소하는 다시 다혜를 잡아당겼고, 다혜는 이번엔 휘청거리지 않았다.

다혜는 앞을 보고 똑바로 걸었다.

꽃처럼 고운 음악 소리가 귀에서 웅웅거렸다. 휘영청 늘어진 연등이 눈앞에서 흠실거렸다. 하지만 앞을 보고 똑바로 걸어갔다. 혼자 있게 될 때까지 참기로 했다. 그때 다 쏟아내 울자고 생각했다. 다 쏟아내 울고 나면 그다음엔 제대로 된 생각이란 걸 할 수 있을지도 몰랐다. 지금처럼 그저 휘청거리며 그저 울고 싶다는 생각만 하는 것이 아니라.

소하는 주요가 묵고 있는 전각으로 다혜를 데려갔다. 안으로 들어가니 주요와 지하가 벌써 술판을 벌여놓고 있었다. 이미 거나하게 취한 듯싶었다.

"그건 웬 혹이냐?"

지하가 요하를 보며 물었다. 그에게서는 아주 독한 술 냄새가 났고 눈은 취기에 약간 풀려 있었다.

"요하야. 예쁘지."

"반갑구나."

동문서답을 하는 것을 보니 완전히 취사량을 넘은 듯했다. 다혜는 환하게 웃었고, 소하는 이제 슬슬 그녀가 걱정스러워지기 시작했다.

"너 괜찮아?"

다혜는 잠이 든 요하를 침대 위에 내려놓고 술병 하나를 집어

들며 씩 웃었다.

"내가 왜?"

"하지만 그가……."

소하는 인상을 찌푸리며 되묻다가 다혜가 가만히 고개를 젓자 입을 다물었다.

"우린 아무 사이도 아니었는걸."

"……잠까지 같이 잤잖아. 대체 며칠 밤이야? 네 몸에서 사향 냄새가 진동을 해."

술병을 비우는 데 심취되어 있던 주요와 지하까지 그 주제에 지대한 관심을 나타냈다.

"아무 일도 없었어."

소하는 믿을 수 없다는 듯 입을 떠억 벌렸다.

"그렇게 오래 같이 있고서 아무 일도 없었다고? 그 말을 나더러 믿으라는 거야? 그가 얼마나 손이 빠르지 천궁에 한 번 다녀가면……."

소하는 말을 멈추며 술잔을 들이켰다.

"그래, 다혜야. 솔직히 얘기해도 돼. 그런다고 너한테 뭐라고 할 사람 아무도 없어. 다 못돼먹은 우리 주인님 탓이지."

주요도 술을 들이켜며 중얼거렸다.

"솔직하게 말하고 자시고 할 것도 없어. 정말 아무 일도 없었다니까그래."

아무도 그녀의 말을 믿지 않는 것이 분명해 보였다. 하지만 다혜는 그가 자신에게 아무런 매력도 느끼지 못했다는 사실을 거듭 강조하고 싶지는 않았다. 차라리 어젯밤에……. 다혜는 자신의 생각을 깨닫고 세게 고개를 저어댔다.

차라리 어젯밤에 그에게 안아달라고 빌어볼걸 그랬다고? 지금 그런 생각을 하고 있는 거야?

혐오스럽기 짝이 없는 머릿속 생각을 지우기 위해 다혜는 계속해서 술을 마셨고 언니와 오빠들에게도 계속해서 술을 먹였다. 아무리 마셔도 취하질 않아 다혜는 스스로가 너무나 원망스러워졌다.

왜 이렇게 태어났을까……. 인간이 아니라 이 세계의 일부분으로 태어났다면, 그랬더라면. 한 번쯤 욕심을 내볼 수도 있었을 텐데, 한 번쯤 매달려 볼 수도 있었을 텐데. 하루만 더 곁에 있게 해 달라고…….

"내일 날이 밝으면 천궁으로 돌아갈래."

다혜는 술에 취해 중얼거리는 언니에게로 고개를 돌렸다.

"아바마마께서 걱정하고 계실 거야. 계속 돌아오라고 하셨는데…… 내가 안 가겠다고 고집을 부려댔거든. 이 천궁의 공주가 고작 어린 북궁의 공주에게 밀릴 줄 누가 알았겠어. 창피해서 이제 아바마마 용안을 어찌 본담. 아, 분명히 천궁항아 년들 뒷말 꽤나 지껄이고 있겠지."

소하는 탁자에 널브러진 채 술잔을 홀짝거렸다. 소하의 말을 지하가 받았다.

"나도 같이 나가지. 일족에게 잠깐 다녀와야겠으니……. 얼굴도 안 비친다고 어제 소리말이 여든 개나 왔다."

불평하는 큰오빠의 얼굴에 따뜻한 미소가 번졌다. 다혜는 비어 있는 술잔을 가만히 내려다보았다. 무언가 깨져 가고 있는 느낌이

들었다. 잠시 조용해지려는 찰나에 누군가가 벌컥 문을 열고 들어왔다.

"내 이럴 줄 알았지."

다혜는 문 앞에 서 있는 녹색 머리카락의 사내를 바라보았다. 처음 보는 그가 어쩐지 눈에 익었다. 그리고 목소리도. 오늘 아침에 방에서 청윤을 불러낸 그가 분명했다.

"형님? 연회장에 코빼기도 내비치지 않고 어딜 갔나 했더니, 여기서 고주망태가 될 때까지 술이나 푸고 계셨습니까. 궁성친위군 상장군 주제에!"

그는 이를 갈며 말했고, 주요는 술 냄새를 풀풀 풍기며 손을 흔들어댔다.

"나 그거 때려치울 거야. 나 이제 그거 안 한다니까, 아우님……."

"뭐, 뭐야? 이 멍청한 돌덩어리가! 내가 진짜 망신스러워서! 당장 일어나지 못해? 왜, 역린 호위하는 것도 다 때려치운다고 그러지? 응? 있으나 마나 소용도 없는 것 같던데!"

신요는 소용없는 짓이란 사실을 알면서도 도저히 참지 못하고 소리를 질러댔다.

이 사태를 뭐라고 설명해야 할지 알 수가 없었다. 주인께선 사신들을 세워두고도 말씀 한마디를 안 하셨고, 북궁의 공주는 멍청하게 눈치만 보고 있었다. 사신들은 동궁왕의 심기를 살피느라 안절부절못하다가 결국 그의 수족인 신요를 목표물로 삼고 말았다. 주인이 왜 저러시는지 자기도 궁금하다고 사정을 해봐야 소용이 없었다. 결국 한참 시달리다 이를 갈며 이곳으로 도망쳐 온 것이었다.

"작은오빠…… 동생분 되시나 봐요."

이상한 질문이었다. 다혜는 그것을 스스로 느끼고 조금 씁쓸한 표정을 지었다.

신요는 작게 묻는 소리에 고개를 돌려 다혜와 눈이 마주치고는 사색이 되었다. 형 놈한테 정신이 팔려 조용히 앉아 있는 그녀를 눈치채지 못했던 것이다.

"여, 역린께서! 왜, 왜 여기에……!"

다혜는 작게 미소 지었고 신요는 허둥대기 시작했다. 그러다가 다 포기한 듯 그는 땅이 꺼져라 한숨을 내쉬었다.

"주인님께서 아시면 불벼락이 떨어질 겁니다. 아무리 동궁이라 해도 밤에는 함부로 돌아다녀선 안 됩니다."

만약 그녀에게 무슨 일이라도 생긴다면 그와 그의 형과 백호족의 수장은 모조리 죽은 목숨이었다. 천궁의 공주는 쫓겨나는 것으로 일이 마무리될 수도 있을 것이다. 하늘이 돕는다면.

"아까 봤어요. 괜찮아요."

다혜는 술잔을 기울이며 차분하게 말했다. 청윤과 눈이 마주쳤다고 다혜는 확신할 수 있었다. 그는 그녀를 보았고, 그리고 상관하지 않았다. 그거면 충분한 답이 되었다.

"물인지 술인지 모르겠네요. 한잔하시겠어요?"

다혜는 씩씩하게 말하며 신요에게 빈 술잔을 내밀었다. 신요는 가만히 그녀를 쳐다보다가 술잔을 받았다.

"쿠, 쿨럭!"

신요는 한 모금 술을 마시고는 기침을 해댔다. 가볍게 건네주기에 가볍게 마셨더니, 잔에서 엄청 독한 향이 맡아졌다.

다혜는 고개를 갸웃거리다가 술병 주둥이에 입을 대고 한 모금 꿀꺽 삼켰다. 맹하니 무슨 맛인지 모르겠다.

"이, 이걸 다 드신 겁니까?"

신요는 바닥에 널브러져 있는 술병을 가리키며 물었고, 다혜는 생글 웃었다.

"반만요. 반은 언니하고 오빠들이 마셨죠."

그녀는 조금 쓸쓸해진 기분을 느끼며 들고 있던 술병을 내려놓았다. 언니, 오빠들……. 언니의 가족들, 큰오빠의 가족들, 작은오빠의 가족들. 가족들…….

"다들 취해 버려서 어떻게 해야 하나 걱정하고 있었어요. 와 주셔서 다행이네요."

"항아들을 불러 정리하게 하겠습니다."

다혜는 고맙다는 듯 고개를 끄덕이고는 자리에서 일어났다.

그녀는 침대 위에 혼자 잠들어 있는 요하에게로 갔다. 커다란 침대 위에서 혼자 몸을 웅크리고 잠들어 있는 아이가 왜 이렇게 가엾어 보이는지.

다혜는 찡해지는 코끝에 입술을 깨물었다. 아이에겐 가족이 없었다, 그녀처럼……. 다혜는 요하를 안아 들었다. 하지만 어디로 가야 하는지 알 수가 없었다. 그의 침소로는 돌아갈 수 없었으니까. 그렇다고 계속 이곳에 남아 있을 수도 없었다.

"저는 이만 돌아가 보겠습니다."

다혜는 신요에게 고개 숙여 인사하며 말했다. 신요는 당황해 자리에서 일어나다가 탁자에 부딪힐 뻔했다.

"어, 어디로……."

주군의 침실에는 이제 돌아가지 않는 편이 나았다. 북궁의 눈도 신경 써야 하기 때문이었다. 아무리 역린이라 해도 비씨가 와 있는데 주군과 계속 한방에서 지낼 수는 없었다. 만나고 몇 시진씩 함께 있고 그런 건 아무래도 상관없었다. 그런 것과 한방에서 아예 같이 지내는 것은 완전히 다른 문제였다. 북궁을 무시한다고 비춰질 수도 있기 때문이었다. 하지만 신요는 그 말까진 할 수가 없었다.

애매한 것이, 주인께선 역린의 거처를 청응으로 정해놓긴 하셨지만 연회 일정이 겹쳐 지금 상당히 복잡해져 있었다. 인원이 새로 충당되지 않는 한, 역린에게 배정된 항아와 호위무사들은 전에 맡고 있던 임무도 함께 책임져야만 했다.

"일단은 한 번 더 만나보긴 해야 할 것 같아요. 당장에라도 청응으로 올라갈 수 있으면 좋겠네요."

다혜는 차분히 대답했다. 하지만 사실은 그곳으로도 가고 싶지 않았다. 그와 함께 있었던 곳이라면 이제 어디든 가고 싶지가 않았다. 그가 아주 많이 미웠다.

다혜는 문으로 발길을 돌렸고, 신요는 그녀를 붙잡을 수가 없었다. 그녀는…… 울고 있었던 것이다. 무던히도 참고 있었지만. 역린이라고 무언가 다르길 바랐던 것부터 잘못이었을지 모르겠다.

"잠깐만 기다리십시오, 아씨."

다혜는 잠시 발을 멈추고 그를 돌아보았다.

"그분을 너무 원망치는 말아주십시오. 이 모든 게 동향의 안전을 위한 것이니."

다혜는 그를 가만히 바라보았다.

"안전을 위해서라구요?"

"예, 역린께선 주군께 평범한 여인은 아니라는 것은 알고 계실 겁니다."

다혜는 가만히 주억거렸다.

"어느 정도는요. 서로의 숨이 이어져 있다는 그 정도."

"그뿐만이 아닙니다."

"……네?"

신요는 무겁게 한숨을 내쉬었다.

"주군께서…… 먼저 잘못되신다면 상황은 그것으로 끝입니다. 하지만 역린께서 먼저 숨이 끊어진다면 상황은 그것으로 시작이 됩니다. 아씨께선 말하자면 기폭제입니다."

그는 어떻게 설명할까 잠시 고민하다 다시 말을 이었다.

"인계에는 가스관이라는 것이 있다지요? 역린이란 그 가스관의 밸브 같은 존재입니다. 혼자선 아무런 파괴력도 물리력도 없지만, 역린과 이어져 있는 주군의 힘은 실로 가공하다 할 수 있습니다. 역린이 먼저 죽게 되면 그 힘이 폭주하기 시작하고 결국엔 수많은 생명들이 끌려들어 와 함께 죽임을 당하게 됩니다."

신요는 떨리는 인간의 여린 눈을 바라보았다. 인간에게 역린을 담으려는 주군의 계획을 미리 알았더라면 어떡해서든 막았을 것이다. 인간은 이런 운명을 감당하기에 너무 연약했다.

"때문에 주군께서 아씨를 자유롭게 놓아주고 싶다고 해도 그럴 수가 없는 것입니다. 그러니 그분을 너무 원망하지는 말아주십시오."

놓아버릴 수 있다면 진즉에 그러셨을 터였다. 아마도 이것이 그분의 마음대로 되지 않는 유일한 일이리라.

"원망……."

다혜는 신요를 바라보다 시선을 떨어뜨렸다. 그와 자신을 묶고 있는 것이 그 정도로 무서운 것인 줄은 몰랐었다. 알았다고 해도 달라지는 것은 아무것도 없었을 테지만. 다혜는 다시 고개를 들어 웃으며 눈인사를 했고, 신요는 당황하며 그 인사를 받았다.

그는 아이를 안고 돌아서는 그녀의 작은 어깨를 보다가 무겁게 한숨을 내쉬었다. 이렇게 상처를 주실 거면 차라리 모든 걸 다 숨기고 인계에서 살도록 놔두실 것이지, 왜 데리고 오셔선. 물론 사고가 있긴 했지만, 지금까지 잘 지켜오지 않았나. 그래, 하지만 그 한 번의 사고도 용납될 수 없는 것이 역린이었다.

'그런데 저 아이는 누구지?'

신요는 한숨을 내쉬다가 다혜에게 안겨간 머리 붉은 아이를 떠올리고 퍼뜩 정신을 차렸다. 동궁에 저런 아이가 있었나? 잘 모르겠다.

"다혜야, 오빠가. 오빠가아, 중매 서줄게에. 오빠만 믿……."

신요는 미간을 찌푸리며 술에 취해 잠꼬대하는 주요의 뒤통수를 쥐어박아 주었다. 하지만 멍청한 형님의 술주정도 아주 틀리지는 않았다. 역린에게도 합당한 짝이 있다면 이 모든 상황이 좀 더 수월하게 풀릴 수도 있었다. 곁에서 역린을 지키고 보호할 만한 짝이라면 그녀를 지키고, 보호할 군사들과 더불어 좋은 상승효과를 기대할 수도 있었다.

'한 번 말씀드려 볼까.'

위험한 대화가 될 거라는 생각이 드는 이유는 뭘까. 전혀 그럴 이유가 없는데도 불구하고 말이다.

※　　※　　※

새벽 공기는 차고 싸늘했다. 등롱의 불이 하나씩 꺼져 새벽빛 속으로 스며들었고, 주위는 너무 고요해 적막하게까지 느껴질 지경이었다.

아이의 온기가 더욱 소중하게 느껴져 다혜는 요하를 꼭 끌어안았다. 하지만 청윤을 다시 볼 용기가 나질 않아 그녀는 자꾸만 모르는 쪽으로 걸음을 옮기고 있었다. 아는 길과 모르는 길이 나오면 모르는 길을 선택하는 식으로 그녀는 자꾸만 그의 침소 쪽에서 멀어져 가고 있었다. 이러면 안 된다는 걸 알고 있었지만.

'조금 멀리 돌아간다고 나쁠 건 없잖아.'

이런 식으로 스스로에게 계속 변명만 늘어놓고 있었다. 하지만 아직은 조금 더 시간이 필요했다, 자신을 추스를.

그녀는 계속 모르는 쪽으로만 가다가 결국엔 아는 길을 하나도 찾을 수 없는 상태에 빠지고 말았다. 길을 잃었다고 생각한 순간 어느 쪽이 자신이 걸어온 쪽이고 어느 쪽이 걸어오지 않은 쪽인지 헷갈리기 시작했다. 모든 길이 다 빙글빙글 돌아 자신이 마치 이곳으로 뚝 떨어진 듯한 착각에 빠져 버렸다.

동궁이 이렇게 넓을 줄은 미처 몰랐다. 이건 꼭 낯선 도시를 헤매고 다니는 기분이었다.

'여, 여기가 어디지?'

주변에는 아무도 없었다.

"어?"

아니, 누군가 멀리 한 사람이 보이는 듯했다.

다혜는 반가운 마음에 무작정 그녀 쪽으로 달려가기 시작했다. 어쩐지 공기의 밀도가 다른 듯 느껴졌지만, 잠시뿐 그녀가 가버리기 전에 길을 물어야 된다는 생각으로 열심히 달렸다.

"저기, 길을 좀……."

다혜는 숨을 헐떡이며 말을 걸다가, 여인의 붉은 머리카락을 보곤 하고 있던 말을 잊어버리고 말았다. 그 피처럼 붉은 머리카락과 눈동자가 자신을 꿰뚫고 있는 것만 같았다. 눈꽃처럼 하얀 피부 위에서 그녀의 눈동자는 마치 설원 위에 피어난 붉은 꽃처럼 보였다. 그녀가 자신을 보며 곱게 미소 지었다.

다혜는 그녀의 입속에 날카로운 이가 늘어서 있지 않다는 것을 깨닫고 나서야 겨우 긴장을 풀며 안도의 숨을 내쉬었다. 그녀는 그 괴물이 아니었다. 하긴 그녀에겐 옥빛 지느러미도 없었다. 갈빗대를 따라 죽 벌어진 붉은 아가미도. 가만 보니까 눈도 붉은색이긴 했지만 피처럼 붉은색은 아니었고 조금 옅었다.

대체 무슨 생각을 한 건지, 다혜는 스스로를 탓하며 작게 고개를 저었다. 하지만 그런 다혜를 보는 여인의 얼굴엔 조금씩 놀라움이 번져 가고 있었다.

"이럴 수가, 그대는!"

그녀의 목소리는 기쁨으로 들뜨기 시작했다. 영문을 알 수 없어 다혜는 작게 얼굴을 찌푸렸다.

"절 아시나요?"

"어찌…… 어찌!"

놀라움이 곧 폭발적인 웃음으로 바뀌어져 갔다. 그녀는 허리를 젖히며 미친 듯이 웃음을 터뜨렸다.

"동궁왕의 역린이 인간이었다니! 어디다 감추어놓았나 했더니! 인간, 인간이라니요!"

"그게 무슨?"

다혜는 어리둥절한 얼굴로 묻다가, 또 다른 한 여인이 의식을 잃은 채 찬 바닥 위에 쓰러져 있는 것을 보고는 숨을 삼켰다. 다혜는 저도 모르게 뒷걸음질쳤다.

바닥이 붉었다.

여인에게선 붉은 피가 흘러나오고 있었다. 낯선 그녀가 누구인진 금세 알 수 있었다. 분명 오늘 저녁 그의 곁에 서 있던, 그의 반려임이 틀림없었다. 저 백색 머리카락, 귀한 은사로 테를 두른 하얀 비단옷, 머릿속에서 지우려야 지울 수 없었던 바로 그녀였다.

"이렇게 반가울데가!"

붉은 머리카락의 여인이 웃음을 삼키며 날카롭게 눈을 빛냈다. 다혜는 어쩐지 섬뜩한 기분이 치밀었다.

"먼저 인사드립지요. 저는 북궁 적색 화련 일족의 수장으로 있는 연매라 하옵니다."

연매는 제 붉은 머리카락을 하얀 손가락에 돌려 감으며 말했다. 핏물이 뚝뚝 떨어지는, 날이 선 단검을 쥐고 그녀는 태평스럽게 말하고 있었다. 다혜는 감히 그 붉은 핏물에서 눈도 뗄 수가 없었다.

"아, 이것 말이옵니까?"

연매가 다혜의 시선을 알아채곤 솜씨 좋게 검을 회전시켰다. 칼을 다루는 것이 몹시 익숙해 보였고, 누군가를 죽이는 것 또한 그래 보였다.

"남의 자리에 눈독 들이는 버릇은 명을 재촉할 뿐이지요. 솜털도 안 가신 계집이 꼴에 군주 혈통이라고 함부로 나대서야, 제 목숨 하나 제대로 보존할 수 있겠사옵니까. 그의 안곁은 이미 이십여 년 전부터 제 것이었단 말이옵니다. 이 동궁의 안주인은 바로 나 연매이니까."

다혜의 얼굴이 하얗게 질려갔다.

"그녀를 죽인다고…… 당신이 그의 반려가 되지는 않을 텐데요."

연매가 그 말에 표독스럽게 눈을 빛내며 이를 갈았다.

"그건 나도 알고 있사옵니다. 하지만 그렇다고 저 여우 공주가 동궁의 왕후가 되도록 내버려 둘 수도 없는 일 아니겠사옵니까? 게다가 하늘이 날 도우심인지, 이젠 내게도 가능성이 생겼단 말이옵니다."

연매는 힐끔 다혜를 보며, 독충이 잠들어 있는 왼쪽 팔을 쓰다듬었다.

독충의 실은 잔잔했다. 독충은 단숨에 그녀의 목숨을 끊어놓을 수 있었지만, 단지 두 가지 제약으로만 그럴 수 있었다. 하나는 주인의 명령을 어기는 것이었고 다른 하나는 주인의 생명에 해를 끼치는 것이었다. 지금까지의 경험으로 보건대, 이 두 가지 제약에 직접적으로 걸리지 않는 선에서라면 얼마든지 자의대로 움직일 수 있었다.

"한번 모험을 걸어볼 만하겠사옵니다."

다혜는 자신을 바라보는 연매의 탐욕스러운 시선에 소름이 돋았다.

"무슨!"

칼은 인지할 수 없는 속도로 움직여 다혜의 창백한 뺨을 베고 지나갔다. 다혜는 뜨거운 피가 흐르는 뺨을 더듬으며 숨을 죽였다. 손에 묻어난 붉은 피가 손가락을 타고 떨어져 내렸다.

"마마?"

소란에 깨어난 요하가 웅얼대며 눈을 비볐다.

다혜는 요하를 잊어버리고 있었다는 사실에 아차 싶어졌다. 그녀는 피가 묻은 손을 꾹 움켜쥐고는 요하를 내려놓았다.

"마마……?"

"나오면 안 돼."

등 뒤로 요하를 숨기며, 다혜는 억지로 웃음을 참고 있는 연매를 똑바로 마주 보았다. 연매는 즐거움에 취해 히죽거렸다.

"놀랍지 않사옵니까? 단지 제압할 생각으로 움직이니 발작이 일어나질 않사옵니다. 아, 이런! 제가 양해도 없이 실수를 하였습니다. 하나 죽일 생각은 없사오니 안심하시어요. 뭐…… 다리 힘줄 정도는 끊어놓겠지만. 도망치시면 아니 되거든요. 약간 따끔할 뿐이오니, 그 정도는 참으실 수 있을 것이옵니다."

"어째서 날 해치려는 건가요?"

연매는 차분히 묻는 다혜를 좀 의외라는 듯 바라보며 답했다.

"해치다니요? 오해십니다. 전 다만 그대를 제 칼과 방패로 쓰고 싶을 뿐이옵니다."

"내가 어떻게 칼과 방패가 된단 말입니까?"

연매는 되묻는 다혜를 가만히 바라보았다.

"역린의 생명이 본체인 용과 연결되어 있다는 사실을 모르고 계시옵니까?"

"알고 있습니다만, 그게 왜……."

다혜는 무언가를 깨달으며 옷깃을 꽉 움켜쥐었다. 그녀의 얼굴이 하얗게 질려갔다.

"설마!"

"쯧, 이래서 그대가 역린이 되었나 보옵니다. 신계의 일에 까마득하시군요. 그러니 손에 쥔 칼을 휘두를 줄도 모르시는 것이옵니다. 하긴 인계의 인간이 별수 없겠지만."

손에 쥔 칼……. 다혜는 단 한 번도 역린을 그런 식으로 생각해 본 적이 없었다. 아니, 그런 식으로는 감히 생각할 수조차 없었다.

역린은 소중한 그의 생명이었고 또 그와 자신을 이어주는 유일한 연결점이었다. 그것을 이용해 뭘 어떻게 한다거나, 뭘 얻어낸다거나 하는 생각은 애초부터 다혜에겐 무리였다. 그것은 너무 귀해 가지고 있는 것조차 죄스러운 동궁의 심장이었다. 움켜쥔 손에 핏기가 가실 정도로 힘이 들어간다.

"감히 역린을 이용해 그의 곁을 차지하려 한단 말입니까?"

연매는 청색빛이 감도는 다혜의 눈동자에 간담이 서늘해졌지만, 곧 무시해 버렸다. 눈앞에 서 있는 건 역린을 담고 있는 인간에 불과할 뿐이다.

"그 반대이옵니다. 사실 대대로 용은 제 역린과만 혼인을 올려왔습니다. 모든 용들이 다 그랬지요. 역린도 아닌 계집이 용의 안

곁이 된다는 것은 이변이나 다름없사옵니다. 전례가 없는 일이어
요."

연매는 비웃음을 감추지 않았다.

"역린 취급이나 제대로 받고 계시옵니까?"

그 말에 다혜의 눈동자가 작게 흔들렸다. 무슨 뜻일까, 저게. 그
럼 왜. 왜……? 그의 반려도 아닌 내가 그의 역린을 담고 있다는
말인 걸까. 난 그에게 뭐지? 그러고 보면 인간에 불과한 내가 대
체 처음부터 어떻게 역린을 갖게 된 것일까. 내내 모른 척 외면했
던 질문이 떠올라 강하게 답을 원하고 있었다.

"뭐, 그대가 어떻게 다루어지든지 간에 역린이란 사실엔 변함
이 없지요. 그러니 자, 이리 오시어요. 귀하게 대접해 줄 터이니.
그대를 가져 내가 역린이 되어야겠사옵니다. 억울해하진 마시어
요. 원래 그 역린도 내 것이었으니까!"

연매의 눈동자가 욕심으로 번들거렸다. 그녀는 다혜를 노리며
다가오다가, 아차 하는 생각에 이마를 탁 쳤다. 백리를 완전히 잊
고 있었던 것이다.

"아참. 그전에 먼저 백리 공주부터 마무리 짓도록 해야겠사옵
니다. 저래 봬도 군주 혈통이라 깨어나면 큰일이거든요. 먼저 숨
통을 끊어놔야겠사옵니다."

다혜는 쓰러져 있는 백리에게로 칼을 치켜드는 연매를 보며 경
악으로 눈이 커다랗게 떠졌다. 연매의 검의 정확히 백리의 가는
목덜미를 노리고 있었다.

하얗고 아름다운…….

그녀의, 다혜의 눈동자가 흔들렸다.

그녀가 미웠다. 사랑하는 이의 소중한 반려. 미워하지 말자고, 미워하면 안 된다고, 그럴 자격도 없다고 계속 생각해도 자꾸만…… 자꾸만. 그녀와 마주 보며 다정히 웃어주던 그의 모습이, 정답게 손을 잡아주던 그의 모습이 떠올라 자꾸만 그녀가 밉기만 했다.

그녀는 그의 내일 속에서 영원히 함께일 것이었다. 자신은 알 길이 없을 그의 하루는 그렇게 내내 그녀와 함께일 것이었다. 그러니 그녀를 죽게 내버려 둘 수 없어. 그가 내일을, 그 하루를 잃게 만들 수는 없었다.

"마마!"

다혜는 백리와 연매의 사이로 뛰어들었고, 이미 흐르기 시작한 칼의 궤적은 멈추지 못해 그녀를 베어내려 하고 있었다.

"큭!"

있는 힘을 다혜는 바람을 끌어 내렸다.

그녀의 눈동자가 푸른빛으로 발현을 일으켰다. 연매의 검이 끌어 내려진 바람에 부딪히며 궤적이 틀어졌다. 다혜는 바람을 몸에 두른 채 연매의 몸을 그대로 쳐냈다. 여자가 검을 떨어뜨리며 두어 번이나 바닥에 튕겨져 나갔다.

"요하야!"

다혜는 소리를 질렀다.

요하가 다혜에게 살기를 내비친 연매에게로 달려들고 있었다. 순막이 벗겨진 눈동자가 검은 별처럼 타들어갔고 목덜미와 뺨에는 검은 비늘이 드러났다.

'맙소사! 순막?'

다혜는 아이의 모습에 경악했다.

그녀의 용이 아닌, 다른 용의 벗겨진 눈동자에 눈이 따갑고 호흡기가 매캐해졌다. 쓰러진 여자가 손을 들어 달려드는 어린 용을 막아냈다. 이를 드러낸 아이는 그대로 여자의 손목을 물어뜯었다.

"요하야, 안 돼!"

요하는 이를 드러내고 으르렁거렸다. 스스로도 이해할 수 없는 붉은 머리카락에 대한 증오가 갓 태어난 검은 용을 몰아붙였다. 붉은 머리카락의 여자는 순막이 열리는 어린 용의 매캐한 불꽃에 눈을 피하며 비명을 질러댔다.

하지만 잠시였다.

"……마마?"

등 뒤에서 북풍의 힘이 휘몰아쳤다.

"마, 마마!"

요하의 비명 소리가 새벽을 찢어놓았다.

다혜의 몸이 활처럼 휘어지며 요하에게 도망가라고 속삭였다. 요하가 그녀에게로 뛰어들었지만 닿을 수조차 없었다.

중상으로 이성을 잃은 여우가 깨어나며 눈을 뜨기 시작했다.

여우 공주는 날카로운 손톱으로 제 앞에 있는 여자의 등허리를 길게 베어냈다. 뚝뚝, 역린의 피를 손에 묻힌 채 제어가 풀린 여우의 힘이 폭주하기 시작했고, 다혜는 그 속으로 힘없이 휘말려 들어갔다.

요하는 울며 안간힘을 썼지만, 한 발자국 앞으로 내딛을 수조차 없었다. 어린 군주 혈통과 전성기에 접어든 군주 혈통 사이에는 간극이 있었고, 한순간에 그것을 넘을 수는 없었다.

사방이 누에의 실 같은 여우의 흰 머리카락으로 엉켜들기 시작했다. 여우 공주의 파괴적인 힘이 주변을 장악하며 퍼져 가고 있었다.

13장

역린 (逆鱗)

"그녀에게 짝을 구해주라고?"

청윤은 빈 연회장 안에서 혼자 술잔을 비우다가, 갑자기 돌아와 헛소릴 늘어놓는 신요를 내려다보았다.

"나쁘지 않을 것이라 봅니다. 그분의 마음을 헤아려 잘 보살펴 줄 수 있는 짝을 맺어주신다면, 주군께선 신경을 덜 쓰셔도 될 것이고 아씨께선 조금이나마 마음이 편안해지지 않을까 싶습니다."

신요의 말이 이어질수록 청윤의 얼굴에선 차갑게 감정이 빠져나갔다.

"난 그녀를 내 곁에 둘 것이다."

주인의 말에 신요는 멈칫했다. 그는 그 말뜻을 알아듣고 싶지 않았다.

"무엇으로 말입니까, 주군. 아씨껜 가족도 없습니다. 제 형이나 백호족 수장 등이 주장하는 것처럼 그들은 그분의 가족이 못 됩니다. 그건 어리석기 짝이 없는 이기적인 주장에 불과할 뿐이지요. 어쭙잖은 동정심으로 곁에 있어봐야 외로움만 커지지 아니하겠습니까? 그런 아씨께 수천 년을 홀로 살아가라 하시겠습니까. 주군과 주군의 짝을 보면서, 또 두 분 사이의 아이들을 보면서 말입니까? 그건 여인에게 실로 잔혹한 삶이 될 것이고 숨을 붙이고 버텨설 한계를 넘어서는 것이 될지도 모릅니다."

청윤은 술잔을 바스러뜨리지 않으려 조심하면서 탁상 위에 내려놓았다.

"신이 합당한 자를 물색해 보겠습니다."

신요는 끝까지 입을 다물지 않았다.

"네가 골라준 자가 그녀의 마음에 차겠느냐."

그는 입가에 비웃음을 걸며 물었다. 비록 정비의 자리는 아니라 할지라도, 그를 가질 수 있는데 포기하고 다른 사내의 아내가 된다고? 그래, 설령 그럴 수 있다 하더라도, 그는 그럴 수 없었다. 다혜를 다른 사내의 계집으로 넘겨주진 않을 것이다.

신요는 마침내 인정했다.

"역린을 후궁으로 두실 생각이십니까?"

자신의 주인이 무슨 말을 하고 있는지를.

"말씀해 보셨습니까? 첩 자릴 내어줄 터이니 옆에 있겠느냐고. 한두 해도 아니고 앞으로 남아 있는 수천 년 세월을 정비의 뒤에 역린을 앉혀놓을 생각이십니까. 아니, 후궁 자리도 못 내주시지 않으십니까? 역린은 감춰 숨겨야 하는 부분이니 저 하늘 구석 청웅에 처박아놓고 선심 쓰듯 한 번씩 아씨께 다녀올 생각이십니까?"

집안 내력인지도 모르겠다, 목숨 내놓고 대드는 건.

표정 없는 얼굴로 무심히 자신을 내려다보는 주인을 마주하며 신요는 간청했다.

"아씨께 그런 삶을 어찌 버티게 하시겠습니까? 예, 물론 버티실 수도 있겠지요. 하지만 그러지 못한다면요? 그럼 어찌하려고 이러십니까?"

정비도 되지 못하고, 하다못해 후궁도 되지 못해서, 수천 년을 그림자 속에서 정부(情婦)로 살아가란 뜻이다.

첩보다도 못한 신세다.

그래, 물론 그런 참담한 삶을 버텨낼 수도 있다. 하지만 그렇지 못한다면 이건 여인의 삶 하나를 망쳐 놓은 것 정도로 끝날 일이 아니었다.

역린의 죽음은 외부에서만 오는 것이 아니었다. 역린은 스스로 죽음을 불러일으킬 수도 있었다. 그녀가 수천 년 명을 채워 살아 있게 하려면 그녀의 삶을 그렇게까지 벼랑 끝으로 내몰아선 안 되는 거였다.

"이제 그만 흔드시고 정리해서, 신에게 아씨님을 보내주십시오."

왕이 물으면 역린은 그마저도 좋다고 받아들일지도 몰랐다.

아씨께선 확실히 주인을 마음에 담고 있었다. 어쩌면, 신요는 담담히 스스로를 추스르던 그녀를 떠올리며 생각했다. 어쩌면 그런 괴로운 삶을 그녀 스스로가 거절할 수 있을는지도 모른다. 하지만 확인할 순 없었다.

그는 도통 계집들이 스스로 주인의 곁을 떠나는 걸 본 일이 없었던 것이다.

해서 신요는 주인 스스로 다혜를 내놓길 담담히 요구했다. 주인을 위해서도 그렇게 해야 했다. 일순간의 호기심으로 역린의 삶을 매어놓아 봤자 무에 이롭단 말인가.

"그쯤하고 이만 물러가라."

청윤은 기대앉은 손등에 턱을 괴며 느리게 말했다.

"하지만 주군!"

신요는 확실한 대답을 바라는 듯했다. 신요는 모르고 있었다, 지금 그가 자신의 오랜 권속을 살려두기 위해 얼마나 참고 있는지.

"이만, 물러가라고 했다."

결국 이성이 흐트러지며 순막이 열렸다.

신요는 그제야 숨을 삼키고 뒤로 물러섰다.

청윤은 일부러 시간을 끌며 순막을 닫지 않았다. 차가운 불이 상상의 속을 헤집도록 내버려 두고 그는 자리에서 몸을 일으켰다.

높은 연회장 바깥으로 동궁의 전경이 한눈에 들어왔다.

연등 아래 백리의 손을 잡고 그녀를 보며 웃음 지었을 때, 그의 머릿속에는 자신을 바라보던 다혜로 가득 차 있었다.

그녀는 밀어내도 밀리지 않다가 스스로 등을 돌려 천궁의 공주와 더불어 자리에서 떠나 버렸다.

그때 그녀가 또 울음이라도 터뜨릴 줄 알고 걱정했었는데…….우스운 일이었다. 그녀가 그냥 그렇게 담담히 가버리자, 견딜 수 없이 화가 치밀어 오르기 시작했다. 자신과는 아무런 상관이 없다는 듯, 그가 누구의 손을 잡아도 아무렇지 않다는 듯 그렇게 등을 돌려 가버리자, 견딜 수 없이 화가 치밀어 올랐다.

'짝을 찾아주라고?'

그와 그의 반려, 그 사이의 아이들. 그 말이 뒤집혀서 들렸다.

그녀와 그녀의 반려, 그 사이의 아이들.

다혜를 차지하고 다혜의 밤을 차지하고 다혜를 가질 권리를 가진 자에 대한 맹렬한 살의가 치밀어 스스로를 놀라게 만들었다. 그녀가 다른 누군가의 품에 안길지도 모른다는 생각에 아직 누구인지도 모르는 자에 대한 적개심으로 마음이 타들어갔다. 누가 되었든 그자는 자신의 손에 죽을 것이 분명했다. 설령 그녀가 그를 원한다 하더라도…… 보내줄 수가 없어.

청윤의 얼굴이 슬픔으로 이지러졌다. 이기적이라는 건 알고 있다. 하지만 아무리 해도 그녀를 내어줄 수가 없어. 만약 스스로 간다고 하면 가둬 버릴 것이었다.

신요는 자신의 광증에 대해 너무 쉽게 생각하고 있었다. 청윤 자신조차도 쉽게 생각했으니 당연했다.

청윤은 누각의 기둥을 움켜쥐었다.

돌이 우그러지는 소리와 함께 거미줄처럼 균열이 번져 갔다. 스스로의 화를 눌러놓을 수가 없었다. 이 광증을 지워 버릴 수만 있다면! 당장 그녀를 눈앞에서 치워 버렸을 텐데! 그것을 가장 강하게 원하는 것은 신요가 아니라 바로 그 자신이었다.

[마마……!]

청윤은 눈을 돌려 소리가 진동하는 쪽을 바라보았다.

아주 익숙하면서도 묘한 소리였다. 남궁의 어린화와 흑사가 뒤섞인 소리였다. 석영(石英) 안에 있던 어린것이 깨어난 모양이었다. 청윤은 눈살을 찌푸렸다. 그 곁에서 역린의 기운이 아주 미약하게 느껴졌다.

"주, 주군, 이건!"

청윤은 신요가 당황해 외치는 소리를 듣지 않았다. 그의 신형(身形)이 누각을 딛고 소리를 향해 쏘아져 나갔다.

역린의 곁에서 여우의 힘이 폭주를 일으키고 있었다.

❋　❋　❋

백리는 이성을 되찾으며 눈을 깜빡였다. 약에 취했던 것까지는 기억이 났다. 연매가 이만 돌아가자며 그녀를 이끌었고 그다음엔 가슴 쪽이 아주 뜨거워졌었다. 불에 달군 쇠에 베인 것처럼.

"고, 공주……."

백리는 천천히 고개를 들었다. 연매가 저를 보며 덜덜 떨고 있었다. 백리는 그녀에게 이를 한 번 드러내고는 고개를 돌려 자신의 앞에 쓰러져 있는 인간 여인을 바라보았다. 그녀에게서 느껴지는 신력은 보잘것없이 미약했다. 어디선가 맡아본 듯 익숙한 냄새가 났지만, 알아보기 힘들었다.

동향의 가장 깊숙한 곳에 인간이라니.

백리는 눈살을 찌푸렸다. 보고서도 믿을 수가 없었다.

'대체 누구지?'

온몸에 중상을 입어 이대로 두면 도저히 살아날 것 같지가 않았다. 그녀가 적인지 아닌지 판단이 되질 않았다. 머릿속이 혼미해서……. 하지만 한 가지 확실한 것은 백리 자신으로 인한 상처란 사실이었다.

백리는 경계하며 조심스럽게 뒤로 물러섰다. 그녀의 목에서 낮은 울음소리가 흘러나왔다.

[크르르르······.]

여우의 털이 적의로 긴장하며 일어섰다. 정신을 잃은 사이 본체로 돌아와 있었다. 형마저 흐트러질 정도로 중상을 입었단 뜻이다.

[카르르······.]

그녀의 적의와 맞부딪혀 우는 소리가 들렸다.

여우는 네 발로 몸을 지탱하고 사납게 자신을 노려보는 어린 것을 내려다보았다.

어린것의 기세가 실로 음습했다. 피부 위로 옥색과 흑색이 뒤섞인 비늘이 돋아 있었고, 그 검게 타오르는 흑색 동공에서 차가운 불의 냄새가 맡아졌다. 용의 냄새, 그리고 먹어치운 생명이 내는 피비린내. 피맛을 아는 것의 혈통이었다. 그리고 백리가 알기로 그런 혈통은 신계에서 딱 하나뿐이었다. 연골어강 일족.

요하는 으르렁대며 다혜의 앞을 막아섰다.

폭주하는 여우의 힘에 휘말렸다 튕겨져 나온 어머니는 죽은 듯 쓰러져 있었다. 여우의 기세가 감당할 수 없을 만큼 거셌지만, 요하는 속에서 치밀어 오르는 자신의 힘을 미약하나마 느낄 수가 있었다. 그 힘이 요하를 버티게 해주었다.

[너도 저 괘씸한 화련 일족과 한패더냐.]

백리는 제 앞을 막아선 어린 용을 보며 으르렁거렸다.

그사이 연매는 낭패감을 느끼며 도망칠 구멍을 찾아 필사적으로 눈을 굴렸다. 혈통 간의 힘의 차이는 극명해 정상적인 방법으로는 어찌할 도리가 없었다. 게다가 백리 공주는 북방 백색 여우 일족의 단둘뿐인 직계였다. 공주와 현 북궁왕만이 여우 일족의 순전한 직계 혈통이었다.

억울하기 짝이 없었다. 얼마나 기다리고 기다려 어렵게 잡은 기회인데, 이렇게 허무하게 날려 버리다니! 갑자기 나타난 역린에 정신을 팔지만 않았어도……. 그래, 역린! 연매의 눈동자에 다시 생기가 돌기 시작했다.

공주를 놓쳤다 하더라도 역린만 손에 넣으면 되는 일이었다! 연매는 백리의 발밑에 쓰러져 있는 역린을 탐욕스러운 눈으로 훔쳐보았다.

[적이라면 살려두지 않으…….]

백리는 말을 멈추고 피부로 느껴지는 광기 어린 살기를 향해 다급히 고개를 들었다.

먼 하늘에서부터 어두워지며 폭풍이 빠르게 번져 오고 있었다.

여우는 주춤주춤 뒤로 물러서며 인간의 형으로 되돌아왔다.

'이건!'

백리는 중상을 입어 의식을 잃고 있는 인간 여인을 중심으로 한순간에 믿을 수 없을 만큼 복잡한 결계가 구축이 되는 것을 보았다. 그리고 검은 구름에 휩싸인 귀신처럼 아름다운 사내도.

백리는 얼른 두 손으로 얼굴을 가리며 몸을 웅크렸다. 폭풍에 감싸인 푸른색 용의 동공이 드러나며 사방에 유독한 기운을 뻗치고 있었다. 고작 냄새뿐이던 어린것과는 차원이 다른 힘이었다. 마주한 자리에서 숨을 앗아가는 광포한 힘이었다.

백리는 이곳에 오기 전 오라비인 여오에게서 그에 대한 경고를 아주 단단히 들었었다.

"처, 청윤! 저 계집이 역린을!"

두려움에 엎어져 있던 연매는 순간적으로 정신을 차렸다. 청윤의 시선이 자신이 아닌 백리를 향하자 짧게나마 정신이 돌아온 것이었다. 그녀의 머리가 필사적으로 살길을 찾았다.

"저 계집이 역린을 해쳤습니다! 제가 두 눈으로 똑똑히 보았습니다!"

그녀는 백리에게 뒤집어씌울 속셈으로 다급하게 말했다.

연매가 선수를 치며 말했고, 백리는 숨을 몰아 삼켰다.

'여, 역린? 역린이라니!'

설마, 맡아지는 이 미약한 냄새가……. 하지만 백리는 입을 열어 물어볼 새도 없었다. 연매의 말이 이내 스스로의 비명 소리에 삼켜졌기 때문이다.

"제가 두 눈으로 똑똑히…… 똑똑히…….."

사그라지는 말끝에서 비명이 찢기듯 터져 올랐다.

"흐, 흐아아아아아아아악……!"

백리는 두 눈을 가린 팔의 틈 사이로 사지가 끊어져 나가는 연매를 훔쳐보았다. 속에서 욕지기가 올라왔다. 마치 그녀의 팔다리가 스스로의 의지로 몸에서 뚝뚝 떨어져 나가는 것처럼 느껴질 지경이었다.

팔이 끊어지고 다리가 끊어지며, 육신이 왈칵왈칵 피를 토해냈다. 눈이 희번덕 돌아가며 목이 끊어져 나가는 것이 연매의 마지막이었다. 연매의 죽음을 보며 백리는 자신의 처지를 깨달았다. 그녀는 서서히 공포에 질리기 시작했다.

역린에 관한 일이라면 북궁왕이 아니라 천제조차도 상관할 수 없었다. 종족의 사활이 걸린 문제였기 때문에 역린에 관해선 용과 말이 통하질 않았다. 역린을 건드리면 그것으로 선전포고나 다름 없었다.

백리는 이것이 자신의 선에서 끝나는 것이 아니라 자칫 잘못하면 북향과 동향의 전쟁으로 치달을 수도 있다는 생각에 머릿속이 하얗게 비어져 버렸다.

비록 다쳐 이성을 잃은 채 자의로 그런 것이 아니라 해도, 그녀가 역린을 해쳤다는 것은 부인할 수 없는 사실이었다. 그리고 용에겐 그것으로 충분했다. 그 어떠한 변명도 통하질 않을 것이었다.

온몸을 짓누르는 실로 잔혹한 존재감에 위턱과 아래턱이 턱턱 부딪쳐 왔다. 백리는 숨을 죽였다. 옴짝달싹할 수가 없었다. 그의 악마 같은 푸른 눈이 발현을 일으키며 그녀를 향했고, 백리는 자신이 역린을 잃은 용 앞에 서 있는 것이 아니기만을 간절히 바랐다.

"공주를…… 방으로 뫼셔라."

청윤은 결계 속으로 들어가며 낮게 중얼거렸다.

'위험해…….'

역린의 숨소리가 미약했고 덕분에 이성에 대한 통제력도 점점 잃어가고 있었다.

"도, 동궁왕 전하, 소녀의 말을……."

백리는 청윤이 완전히 이성을 잃은 건 아니라는 생각에 입을 열어 상황을 설명하려 들었다. 그러나 그것도 얼마간이었다. 쳐다보지도 않았는데 용의 차가운 불이 살갗을 지지며 파고들기 시작했다.

"카아아아아악……!"

백리는 신경이 타들어가는 고통에 비명을 질러댔다.

"공주와…… 저 어린것을 데리고 가 치료해라."

청윤은 이성에 대한 통제권을 되찾으려 애쓰며 천천히 말을 뱉어냈다.

내버려 두면 내장까지 다칠 수도 있었다. 하지만…… 순막이 닫히질 않았다. 그는 한 손으로 시야를 가렸다.

공주는 입을 다물어 줘야 했다. 그녀의 비명 소리가 너무 시끄러워서 자꾸만 죽이고 싶어지니까. 그런데도 불구하고 힘이 폭주를 일으키지 않는 것을 보니, 역린은 아직 살아 있었다. 죽지만 않았으면 어떻게든 살릴 수 있다. 그러니 공주를 처리하는 건 조금 미뤄야 했다.

살의가 머릿속을 마비시키며 당장 공주의 숨을 끊어놓으라고 끊임없이 날뛰었지만, 그것을 거부하는 것이 몹시도 힘이 들었지만, 청윤은 결계 속에서 다혜를 끌어내 품에 안음으로써 살의를 달래주었다.

그녀의 작고 여린 몸이 광기로 날뛰는 살의 위를 덮자, 피를 갈구하며 끓어올랐던 살의가 절망스러울 정도로 누그러들었다. 청윤은 다혜의 목덜미에 코를 대고 깊이 숨을 들이마셨다. 달콤한 채취 속에 피 냄새가 났다.

'하지만 살아 있어.'

청윤은 다시금 들끓어 오르는 살의를 달랬다.

군신들이 주군의 이성을 위협하는 폭발물을 신속하게 눈앞에서 치워 버렸다. 공주에 대한 예우는 오간데 없었다. 청윤은 쫓아가 마저 죽이고 싶은 것을 간신히 참아내며 다혜를 안고 침전으로 향했다. 정신을 차리기 전에 치료를 마쳐야 했다.

　　　　❋　　❋　　❋

　다혜를 침대 위에 내려놓은 청윤은 엉망이 된 작은 몸과 끊어질 듯한 여린 숨에 이를 악물었다. 피에 엉겨 붙은 옷을 걷어내니 상처는 생각보다 훨씬 극심했다. 주변의 살아 있는 모든 것을 다 죽이고 싶은 충동이 이성을 할퀴었다.

　"……일어나라. 네게 부과된 의무라곤 고작 살아 있는 것 하나뿐인데, 그마저도 못한다면 어찌하겠다는 것이냐."

　그녀가 싫었다.

　잘라낼 수도 버릴 수도 없는, 거추장스럽고 쓸모없는 작은 조각.

　그녀가 지긋지긋했다. 그가 지금까지 지켜온 모든 것을 스스로 파괴시키도록 내몰 수 있는 그녀가 진정 지겨웠다. 이 지긋지긋한 역린이 자신을 지배하고 요동시키는 것이 미치도록 싫었다.

　"그래, 그대가 진정 지겨워."

　살기에 찬 목울음 소리가 사방을 긁으며 울려댔다.

　"청윤?"

　얼마 뒤, 다혜는 온몸에 묵직한 뻐근함을 느끼며 정신을 차렸다. 두들겨 맞은 듯 아팠지만, 최소한 숨도 못 쉴 정도로 고통스럽지는 않았다.

　눈을 떠보니 그의 침실 안이었다.

　다혜는 작게 숨을 내쉬곤 몸을 일으키려 했다.

　"그냥 누워 있도록 하시지요, 다행히 죽지는 않았으니."

싸늘한 목소리가 그녀를 제지시켰다. 다혜는 그 무섭도록 차가운 목소리를 따라 고개를 돌렸다. 무슨 생각을 하고 있는지 읽어낼 수 없는 검은 우물 같은 눈을 하고서 그가 무감각하게 자신을 내려다보고 있었다.

"아……."

갑자기 두려워졌다. 이렇게까지 차가운 그를 본 적이 없었다. 그가 다혜를 찾아왔던 그날 밤, 자신의 세계에 상관치 말라고 딱 잘라 말하던 때도 이렇게까지 차갑지는 않았다.

"내가 말했지 않습니까. 그대가 해야 할 일이라곤 고작 살아 있는 것 하나뿐이라고. 한데 그것조차 제대로 못하다니. 정말이지 지긋지긋한 생물이란 말이지요, 인간이란 것은."

그는 읊조리며 낮은 웃음을 터뜨렸다.

"청윤……?"

가슴속으로 한기가 차올랐다. 다혜는 자리에서 일어나 앉으며 손으로 옷깃을 움켜쥐었다.

"약하고 허술하기 짝이 없는 밀도, 손만 대면 금방이라도 부서져 버리는 신체. 내가 이런 것에 역린을 담아두었다니, 정신이 나갔던 게 분명하지."

다혜는 그의 잔인한 말에 고개를 떨어뜨렸다. 하, 하지만 그가 이렇게 화를 내는 것도 어찌 보면 당연해. 다혜는 스스로를 탓하며 생각했다.

그녀는 이미 경고를 들은 상태였다. 그녀가 잘못되면 수많은 이들이 죽음으로 함께 말려들게 된다고. 그러니 충동적으로 걸었던 것은 자신의 목숨뿐만이 아니었다. 그의 목숨, 그리고 다른 수많

은 목숨까지 걸었던 것이다. 그러니 그가 이렇게 화를 내는 것은
다 내 잘못이야.

"미안해요. 하지만 내버려 두면 당신의 반려가 죽을 것 같아서.
그녀를 죽도록 내버려 둘 수가 없어서, 난……."

다혜의 변명에 청윤은 웃음을 터뜨렸다.

"좋습니다, 내 반려를 지키려다 이 꼴이 되었다는 소리군요."

그는 싸늘하게 그녀를 쳐다보았다.

다혜는 그 차디찬 시선에 마음까지 얼어붙을 것만 같았다.

"고맙다고 인사라도 드려야겠군. 내 소중한 반려를 그대의 몸
을 바쳐 지켜주었다니 말입니다."

말문이 막혀 버렸다. 싸늘하게 얼어붙은 시선에 넘을 수도 부술
수도 없는 단단한 벽 바깥으로 쫓겨나 버린 것만 같았다. 그가 흔
들리는 그녀의 눈동자를 직시하며 혼잣말하듯 낮게 중얼거렸다.

"어떻게 해야, 대체 어떻게 해야 널 떼어버릴 수 있을까."

어째서 이런 계집이 내게, 내 삶에 영향을 끼치도록 내버려 둘
수밖에 없는 것일까. 살아 숨 쉬는 것 외에는 아무런 가치도 없는
이따위 역린이 어째서 나에게 이렇게까지 영향을 미치는 거지?

그는 이 모든 사실에 실로 염증이 났다.

"처, 청윤 난……. 잘못했어요. 이제 얌전히 있을게요. 다치지
도 않고 그녀의 눈에도 띄지 않고. 그러니까, 그러니까……."

다혜는 하지 못하는 말들로 가슴을 옥죄였다. 그가 당장에라도
인계로 돌아가라는 말을 할 것만 같았다. 두 번 다시는 그녀를 보
지 않을 거라는 그 말을 할 것만 같았다. 보내지 말아달라고, 조금
만 더 곁에 있게 해달라고, 멀리서나마 지켜볼 수 있게 해달라고

그 말을 하고 싶은데……. 다혜는 그의 다정한 미소에 아무런 말도 할 수가 없었다.

그 눈동자는 한겨울의 우물처럼 차고 어두웠다.

"그래야 할 겁니다. 난 그대를 이곳에 유폐시켜 버릴 테니까. 지금 이 순간부터 그대는 이 침소 바깥으론 한 발자국도 나갈 수 없을 겁니다. 하지만 걱정하지는 말아요. 살아 숨 쉬는 것 외에는 아무것도 하지 않아도 될 테니까. 사실 그대는 그것 외에는 별다른 가치가 없거든."

다혜는 멍한 눈으로 그를 올려다보았다.

"지금 뭐라고……."

살아 숨 쉬는 것 외에는……? 지금 그가 뭐라고 한 것일까.

"하아, 정말이지 한심해. 그럼 도대체 그대가 뭐라고 생각했던 걸까. 신의 선택을 받은 인간? 아니면 군사들 속에 철통같이 보호되는 귀한 반신? 아니, 안타깝게도 다 틀렸어. 그대는 그저 역린을 담고 있는 살아 있는 보관함에 지나지 않아요."

그러니 그대를 안고 싶고, 갖고 싶고, 곁에 두고 싶은 이따위 광기 또한 너로 인해 비롯된 쓸모없는 부스러기에 지나지 않아. 청윤은 이제 더 이상은 그녀를 보고 있기가 싫은 듯 등을 돌려 버렸다.

"저를……."

다혜는 천천히 숨을 들이마시고 입을 열어 물었다. 목소리가 생각보다 훨씬 차분하게 들려서 너무 다행이었다. 하지만 눈물은 참을 수 있는 것이 아니었다.

"그래서 저를 이곳에 데리고 오셨나요? 그래서 이곳에 남으라 하셨던가요? 살아 숨 쉬고 있게 하기 위해서? 나는…… 나는 그런 것이었던가요? 역린, 보관함?"

"뻔한 것을 묻는군요."

그는 망설이지도 않고 차갑게 대답했다.

다혜는 손바닥으로 눈물을 훔쳐 낸 뒤 한 번 더 물었다. 가슴이 끓어올랐다. 타는 듯이 아픈데 말이 나와 그를 향해 물을 수 있다는 게 신기했다.

"그럼…… 왜 내게 입 맞추셨나요? 왜 나를 안아주셨나요? 왜 손을 잡고 함께 걸어주고 왜 마주 보며 웃어주었나요? 왜요. 나는 그때…….'"

"꿈이라도 꾸었습니까, 그대와 내가 영원히 함께할 거라는?"

다혜는 아름다운 그의 뒷모습을 바라보았다. 숨 막히도록 미혹적인 선, 사방을 짓누르는 지독한 존재감. 그런 그와 영원히 함께할 거라는 꿈?

"아니요, 나는…… 그런 꿈을 꾼 적이 없어요. 그런 꿈은…….'"

다혜는 어설픈 미소를 지으며 시선을 떨어뜨렸다. 청윤이 드디어 고개를 돌려 그녀를 힐긋 바라봐 주었다. 하지만 그의 눈을 도저히 더는 마주 보고 있을 자신이 없었다. 숨을 쉴 수가 없어.

"그런 꿈은 꿔본 적이 없어요."

꿈에서조차 당신은 내 것이 아니었기에.

또 뚝 하고 눈물이 떨어졌다. 눈물은 공기 중에 빠르게 식어갔다. 아니, 어쩌면 얼어붙은 그의 싸늘한 시선 중에.

"내가 무슨 말을 할 수 있을까요."

나는 당신에게 사람도 아니었는데, 난 살아 있는 존재도 아니었던 거야. 그냥 도구, 역린을 담을 도구. 이젠 모든 게 다 이해가

가. 그의 행동. 어째서 신족도, 그의 반려도 아닌 내가 역린을 갖게 되었는지도. 모든 게 다…… 이젠 알 수 있어.

"그냥…… 가요. 늘 그랬던 것처럼 그냥 그렇게 뒤돌아보지 말고…… 내게서 돌아가 주세요."

다혜는 몸을 웅크린 채 중얼거렸다. 쓸모없는 눈물이 차올랐다 떨어져 내리길 반복했다. 청윤은 무슨 생각을 하는지 알 수 없는 눈빛으로 그녀를 바라보다가 그대로 나가 버리고 말았다. 문 닫히는 소리에 가슴이 죄어들었다. 다혜는 두 눈을 꼭 감고는 텅 빈 방 안에서 혼자 중얼거렸다.

"알고 있었나 봐."

내내 그의 그림자만 좇던 진득진득한 내 마음을. 그렇게 끈질기게 그를 사랑한다는 것을 알게 되어서 이렇게 곁으로 데리고 온 건가 봐. 내버려 두면 그 마음이 내 삶을 갉아먹었을 테니까. 그로서는 어쩔 수 없었을 거야.

"어떻게든."

어떻게든 내가 살아 있어야 했으니까. 나는…… 나는 살아 있어야 했으니까.

"힘들었겠다."

그 마음을 숨기고 내게 웃어주고 다정하게 대해주느라 그는 또 얼마나 힘들었을까. 다혜는 허탈하게 웃음을 터뜨렸다. 그 웃음에 자꾸만 울음이 섞여서 다혜는 두 눈을 꽉 눌렀다.

"차라리 미워할 수 있었으면……."

차라리 그럴 수 있었으면 좋았을 텐데. 차라리 원망할 수 있었으면 좋았을 텐데. 왜, 왜 그럴 수도 없는 거지?

"나는 왜⋯⋯."

그를 사랑하는 거야. 왜 미워하지도 못하게, 왜 원망하지도 못하게⋯⋯ 나는 왜 이렇게 그를 사랑하게 된 거야?

"싫어⋯⋯."

다혜는 눈을 질끈 감았다.

이젠 정말 그게 싫어. 사랑하고 싶지 않아, 더 이상 사랑하고 싶지 않다고! 하지만 왜⋯⋯ 나는 지금도, 나는 왜 지금도 당신이 바라는 모든 것을 주고 싶은 걸까. 왜 다행이라는 생각이 드는 걸까. 당신이 내게 바라는 게 있어서, 내가 당신에게 줄 수 있는 게 있어서. 이상한 마음이야, 정말 이상한 사랑이야. 정말 다 이상해.

손을 떨어뜨리고 천천히 눈을 떴다.

"가져가요⋯⋯."

그의 역린, 그것을 담고 있을 그릇도.

줄 테니까. 그냥⋯⋯ 내게서 가져가요. 나는 이제 괜찮아. 줄 수 있는 게 있어서 차라리 다행이야. 줄게요, 난 이제 괜찮으니까.

눈동자에 깊은 바다의 푸른빛이 배어들었다. 투명하고 맑지만 한없이 차가운 빛. 그리고 그 위로 식은 눈물이 떨어져 내린다. 바라지 않던 내 마음만 가져갈게요. 당신에겐 무거운 짐이었지만, 내겐 너무 소중했던 마음이니까. 이건 내가 가져갈래요.

다혜는 서글프게 웃음 지었다.

숨은 천천히 조금씩 느려져 간다. 코끝으로 진한 백일홍 향이 번져 갔다. 몸이 아주 이상하게 느껴졌다. 굳어가는 것처럼 또 얼어가는 것처럼. 하지만 또 점점 편안해져 다혜는 희미하게 미소 지었다. 그만 돌아가야지. 이대로 결코 내 것이 아니었던 그의 일부분은 남겨놓고서. 그래, 내 삶으로 돌아가자.

다혜는 몸을 웅크리고 그렇게 간절히 바랐다. 이곳에 남겨놓고, 이곳에서 떠날 수 있기를. 코끝의 백일홍 향이 점점 더 짙어져 간다. 이곳에서 떠날 수 있기를……

❋　❋　❋

"빌어먹을!"

청윤은 화를 참지 못하고 궁전 기둥 하나를 못 쓰게 만들어놓았다.

"빌어먹을……"

왜 그런 말들을 쏟아부었던 것일까. 그는 이마를 짚으며 한숨을 내쉬었다. 신요의 말대로 그녀를 보내줘야 했다. 하지만, 하지만 도저히 그럴 수가 없어! 다른 사내의 품에 있는 그녀를 보고도 멀쩡히 제정신을 유지할 자신이 없었다. 이렇게 자기 자신을 제어할 수 없기는 처음이었다. 우습지 않은가. 가라는 그 말에, 뒤돌아보지 말고 가라는 그 말에, 그 밀어내는 말에 순간 발밑이 무너지는 줄 알았다.

청윤은 뒤돌아 다혜를 가둬놓은 침소 쪽을 바라보았다.

자신의 쏟아낸 그 수많은 잔혹한 말들은 제쳐 놓고 겨우 그녀의 몇 마디 말 때문에 이렇게 가슴이 조여들다니. 이렇게 안절부절못하고 이렇게 초조하다니.

"하아."

한심해. 그는 반쯤 부서져 뚝뚝 물이 떨어지는 기둥에 기대 거칠게 숨을 뱉어냈다.

도대체 널 어떻게 해야 하는 걸까. 그 쓸모없는 북궁의 공주를 지키느라 다쳤다니! 기가 막힐 지경이었다. 그래, 보내줄 것이다. 그렇게 그녀도, 그녀를 향한 광기도 모조리 이 손으로 끊어버리고 말 것이다. 그는 기둥 하나를 더 못 쓰게 만들어놓고 나서야 자리에서 몸을 떼어냈다.

'남궁의 사신이 도착했다지.'

청윤의 얼굴에 실소가 번져 갔다. 그의 시선이 마지막으로 한 번 더 침소 쪽에 닿았다. 그러고는 몸을 돌려 정반대 방향으로 향했다.

그의 권속들이 그를 기다리고 있는 정전(正殿)으로.

❊   ❊   ❊

정전 안에는 문무 대신들이 대열해 있었지만, 마치 아무도 없는 것처럼 쥐 죽은 듯이 조용했다. 그들 앞을 흐르는 왕의 걸음걸이는 마치 깊은 물과도 같아, 차고 고요한 흐름 속으로 물 아래는 비치지 않았고 단지 그 흐름이 주는 위압감에 다가가지 못하고 두어 걸음 물러서게 만들었다. 왕은 그 흐름 속에서 오롯이 홀로였다. 대신들은 주인이 왕좌로 나아가는 동안 숨조차 크게 내쉬지 않았다.

역린이 다쳐 중상을 입었다. 그것도 벌써 두 번째. 형벌을 피할 수 없는 무거운 죄였다. 역린을 보호해야 할 중책을 맡고 있던 상장군 주요는 처벌을 피할 수 없게 되었다. 하나 그것을 상장군만의 잘못이라고 할 수는 없었다. 동궁에 있는 모두가 역린을 어찌 대해야 할지 갈피를 잡지 못하고 있었기 때문이다.

역린은 주인의 일부분이었고 때문에 그 어떤 여인보다 귀했지만, 현재 공식적으로 역린은 동궁에 있지도 않았다.

역린의 거처는 정해져 있지 않았고, 역린의 시비는 지정되어 있지 않았고, 역린의 호위무사들에게는 예전의 직책과 직위가 여전히 짊어져 있었다. 죄는 저질러졌지만 그 죄를 물을 책임자들조차 불분명했다. 하나 왕께선 가장 중요한 문제에 대해서 이번에도 묵묵부답으로 일관하셨다.

"남궁의 사신을 들라 하라."

왕은 왕좌에 앉으며 말했다. 금과 보석, 상아 등으로 의장되어 있는 왕좌는 군주의 위엄을 드러내기 위해 사용되었다. 쓸데없이 번거롭기만 한 호화로움은 때론 무시무시한 위압감을 뿌려대기도 했다. 가치가 주는 무게, 또는 그 무게가 필요한 자들이 만들어낸 가치. 왕은 자신을 위해 만들어진, 동시에 자신을 위해 스스로 만들어낸 왕좌 위에서 이방인들을 맞이했다.

"동해용왕 전, 앞으로 남향 담남색(淡藍色) 로어(鱸魚) 일족의 임림이 나아가 동향의 지고한 지존을 배알(拜謁)하옵니다."

임림은 중년기로 접어든 남궁의 충신으로, 성품이 대쪽 같은 자였다. 동궁의 왕은 부드러운 미소를 지으며 그들을 환영해 주었다.

"먼 길 오시느라 고생하시었습니다. 내 기대치 못한 귀빈을 맞아 실로 마음이 기쁩니다."

동궁왕의 목소리는 화류동풍같이 부드럽고 온화했다. 임림은 몸을 숙여 한껏 절을 올리며 답했다. 하지만 몸의 움직임이 자연스럽지는 못했는데, 동궁 요새의 힘 때문에 몸이 무거워진 탓이었다.

그들은 아직 일시 정전 중인 적이었다.

"송구할 따름이옵니다. 남궁왕 전하께서는 시국이 혼탁하야 직접 거동치 못함을 안타까워하셨사옵니다. 대신 미쇄하나마 예물(禮物)을 보내시어 동궁왕 전하의 혼례를 축의 드리고저 하시었으니, 받아주시옵소서."

말을 듣고 있는 동궁왕은 인자한 미소를 띠었다.

"내 그 귀한 성의를 어찌 가벼이 여길 수 있겠습니까."

임림은 침음을 삼켰다. 볼 때마다 실로 요사스러운 아름다움이었다. 그러나 겉으로 드러난 것에 결코 속아 넘어가선 안 될 것이었다. 저 봄바람처럼 유한 미소 너머로 의중은 짚어낼 수 없을 만큼 깊이 숨어 있었다. 더욱 경계하고 조심해야 했다. 동궁왕은 자신이 갈아놓은 칼날이 얼마나 날카로운지 누구보다 더 잘 알고 있는 자였다. 그가 부리는 위압감에 휘둘려서야 말 한마디 제대로 할 수 없을 게 뻔했다.

임림은 정신을 차리려 애쓰며 말 한마디 한마디를 신중하게 골라냈다.

"수은망극하나이다. 동해용왕 전, 앞으로 남향의 임림이 송괴하오나 상주 하나를 덧붙임을 허하여 주옵소서."

"듣고 있습니다."

동궁왕은 유하게 말을 이었고, 임림은 오히려 그 때문에 더욱 조심스러워졌다. 그에게는 그의 주인인 남궁왕으로부터 부여받은 중요한 임무가 있었다. 동향과 남향의 평화가 그의 손에 달려 있는 것이다.

"남해용왕 언, 남향과 동향이 서로 부딪혀 얻은 슬픔이 실로 크고 골이 깊으나 기실 때로부터 많은 세월이 흘렀고 동향의 지존께서 짝을 얻어 새 영신(令辰)이 열렸으니 이번 기회를 빌려 오랜 피울음을 그만 재우는 것이 어떠한지 미천한 신으로 하여금 칙답(勅答)을 얻어오라 하시었사옵니다."

임림은 동궁왕의 묵언이 길어질수록 점점 더 긴장이 쌓여갔다. 그러다 마침내 동궁왕이 그 미혹적인 목소리로 긍정을 표했을 땐, 꼴사납게 무릎의 힘이 풀려 주저앉을 뻔했다.

"짐도 환영하는 바입니다."

"동궁왕 전하의 뜻을 전하겠사옵니다."

임림은 안심하며 확인 도장을 찍었다. 그러나 임림의 고통은 이것으로 끝이 아니었다. 사소하지만 어찌 보면 꽤나 예민할 수 있는 임무 하나가 남아 있었던 것이다.

"동궁왕 전하께오서 남궁의 뜻을 소납해 주시오면, 천궁에 화촉 불이 켜지기 전 동궁 연찬에 남궁왕께서도 어림(御臨)하시길 원함을 청하라 하시었사옵니다."

이번엔 묵언도 없었다. 까다롭고 교활하다고 정평이 나 있는 동궁왕이 반색하며 그 말을 환영했다.

"기쁘게 기다리고 있겠다고 전해주시길 바랍니다."

임림은 깊게 허리를 숙였다. 일이 이렇게 술술 풀리다니 믿을 수가 없었다. 받아들이기 난감할 정도로 까다로운 조건도 하나 없이 이리 수긍을 해주다니. 남궁왕께선 그가 무슨 조건을 걸든 다 받아들이라는 말까지 해두셨거늘.

임림은 동궁왕에 대한 평가가 혹 과장된 것은 아닌가 하는 섣부른 판단에까지 이르고 있었다. 동궁왕은 마치 그의 판단에 확신이라도 심어주듯 풀어진 기색으로 손짓했다.

"내 어제 오랜만에 연회를 즐겼더니 조금 피곤하여 오래 접견치 못함을 이해해 주길 바랍니다."

"황송하옵니다."

임림은 다시 예를 올렸고, 동궁왕은 적당히 받아주며 그의 권속에게로 시선을 돌렸다.

"신요, 손님을 정중히 모시어라."

"예, 전하."

신요란 이름을 가진 문신이 허리를 굽히며 제 주인의 명을 받았다. 꽤나 지위가 높은 자인 듯싶은데, 사신의 안내 따위를 맡다니 조금 의아하다는 생각이 들었다. 하지만 그도 잠시뿐 임림은 앞서 나가는 신요의 뒤를 따라갔다. 임림이 막 정전 문을 나서려는데, 동궁왕이 뒤에서 마침 생각났다는 듯 말 한마디를 이어 붙였다.

"아, 그렇지. 신요, 남궁의 사신들께선 이 바다가 처음일 테니 동향의 아름다움을 알리는 데 소홀치 말도록 하세요. 임림, 그대의 주인께 소리말을 보내고 나면 신요를 부려 마음껏 둘러보도록 하십시오. 내 바다도 남궁 못지않다 자신하고 있답니다."

동궁왕은 임림을 응시하며 작게 미소를 지었다.

"남향과 비슷한 정도의 수온을 가진 곳도 있는데, 내 그곳에 희귀한 애완동물을 몇 기르고 있답니다. 귀히 키우는 아이들인데 하는 짓이 제법 귀엽지요. 신요, 그이가 전주(傳奏)를 마치고 나면 네가 직접 안내를 해주어라. 아이들도 좋아할 것이다."

임림은 동궁왕이 꽤나 자신의 취미를 자랑하고 싶어 한다고 생각하며 실소를 금치 못했다. 다만 조금 이상한 것은 명을 받은 동궁왕의 문신이 질색하는 표정을 지었다는 점이었다. 하지만 그것도 찰나간이라, 임림은 단지 저이가 성가셔 하는구나 하며 가벼이 생각하고 넘어가 버렸다.

그는 결코 알 수 없을 것이다. 동궁왕의 애완동물이 실은 연골어강족 계집들을 먹고 자란 육식종이라는 사실을.

"알겠습니다, 전하."

문신은 다시 여상스러운 표정으로 주인께 답했다. 그러고는 더 없이 정중하게 사신들을 바깥으로 안내했다. 임림은 긴장을 풀고 동료들과 함께 그의 뒤를 따라갔다.

"흐음."

그들이 완전히 빠져나가고 난 뒤, 청윤이 손을 들어 몸속의 피를 뽑아 독충을 만들기 시작했다. 그의 권속들은 영문을 알 수 없는 얼굴로 주군을 지켜보았다.

그의 미색 손바닥 위에서 붉은 피와 푸른 불길이 일어 독충의 형과 틀을 완성하고 다시 희고 가느다란 기운이 일어 틀 속으로 파고들며 힘줄과 혈관을 이었다. 완성된 독충은 주인의 손 위에서 음전하게 잠들어 있었다. 이것은 죽은 연매가 삼켰던 것보다도 훨씬 정교하고 강력한 것이었다.

청윤이 곁에 있던 권속 하나를 불렀다.

"너는 가서 신요에게 이것을 전해라. 내 귀여운 애완동물들은 남궁 사신 셋으로도 만족할 수 있을 것이다. 하나는 반드시 살려, 특히 남향에 대한 충성심이 가장 강한 자로 하여금 스스로 이것을 삼키게 하라고 일러라."

실수 없이 이 일을 시키기 위해 신요에게 안내 따위를 맡긴 것이었다. 그렇지 않다면 동궁의 상상이 타향의 사신 따위를 떠맡을 이유가 없었다.

"명 받잡겠나이다."

권속은 신력을 엮어 새장을 만들어 그 속에 주인의 독충을 받아 넣었다. 주군은 독충을 보내놓고 남은 권속들을 돌아보았다. 그러나 권속들은 자신의 주인에게서 자세한 설명을 들을 거란 기대 따위를 하고 있는 것은 아니었다. 주인은 자신이 행하는 일에 대해서 설명을 붙이는 일이 매우 드물었다.

역시 방금 벌어진 일과는 전혀 상관없는 주제에 대한 말을 먼저 꺼내놓으셨다.

"그대들도 이미 예상했겠지만, 짐의 혼례는 취소하도록 하겠습니다. 역린이 공격당한 이상 혼례가 파기되는 것은 당연한 수순이겠지요. 북궁의 백리는 우리 동궁에 크나큰 죄를 범했습니다. 전후 사정이 무엇이든 연유가 어찌 되었든, 역린에 관해선 상관없는 이야기입니다. 나의 오랜 친우이자 우방인 북궁왕의 혈육을 차마 죽일 수는 없으니, 그녀의 처리가 확정되기 전까진 동궁 안에 수계(收繫)해 두도록 하겠습니다."

주인은 백리의 문제를 북궁 전체로 확대시키지 않고 그녀 하나로 한정지었다.

"하나 그렇다고 동궁의 혼례를 축하해 주기 위해 달려온 귀한 동맹 일족의 발까지 묶어두어선 아니 되겠지요. 궁성 친위군은 지금 즉시 부대를 나눠 동맹 일족의 사신들을 그들의 문중까지 호위하도록 하세요."

주군은 잠시 말을 끊으며 왕좌에 박힌 귀한 보옥을 긴 손톱으로 두드리셨다. 그의 얼굴에 다소 고민스러운 표정이 떠올랐다 사그라졌다. 그는 다시 인애한 목소리로 말문을 열었다.

"내 궁에 귀한 손님이 오시려나 봅니다. 실로 이십여 년 만의 종전이 될 수도 있겠습니다. 그러니 소홀함이 있어선 아니 될 것입니다. 연찬을 축하하기 위해 오시는 귀한 발걸음인데 그 손을 부끄럽게 해서야 되겠습니까. 동궁의 혼례가 파기되었다는 말을 들으면 또 얼마나 놀라시겠습니까. 그러니 이 일은 당분간 숨기고, 남궁왕께서 오시면 짐이 직접 전하도록 하겠습니다."

혼례를 취소하기로 했는데 혼례를 축하하러 오는 남궁왕을 맞이한다고? 권속 중 몇몇은 머리를 갸웃거렸지만, 그저 그러려니 하고 넘어가 버렸다.

"남궁왕께선 아마도 몹시 서둘러 올 것입니다. 우리 역시 서둘러 그를 맞이할 준비를 해야겠지요. 흩어져 있는 홍위위와 산호위를 불러 모아 곧 이곳으로 올 남궁왕의 뒤를 지켜드리라 하세요."

주인은 부드러운 미소를 지으며 말을 이어갔다.

"부담스러워하실지 모르니 굳이 따를 것은 없고 남궁과 동궁의 경계만 지키고 있으면 된다 이르십시오. 그대들도 알다시피 현재 동향 내엔 육식종이 숨어들어 와 있습니다. 샅샅이 걸러냈다 해도 틈은 있는 법이지요. 하나 그들은 또한 남향의 신민들이기도 합니다. 그러니 남궁왕이 돌아갈 때까지 육식종에 대한 모든 적대 행위를 금하겠습니다. 각자 일족에서는 피해자가 나오지 않도록 단속하십시오. 얼마 걸리지 않을 테지만, 혹 불만 갖는 자가 있으면 짐에게로 보내시길 바랍니다. 짐이 붙잡고 사정을 잘 설명토록 하지요."

권속들은 일족에 자살 기도자가 있는지 떠올려 보았다. 다행히도 그런 자는 없는 것 같았다.

"그리고 곧 요어족에서 파병 요청이 들어올 것입니다. 좌우위는 지금 즉시 요어족으로 이동해 진지(陣地)를 구축하라 전하십시오."

주인은 분명 파병 요청이 들어온 것이 아니라, 들어올 것이라고 말했다. 하지만 역시 물어봐야 설명을 얻지 못한다는 걸 경험으로 알고 있는 권속들은 주군의 명에 쓸데없는 질문을 달지는 않았다. 달아봐야 돌아오는 건 눈도장뿐이었다.

"지금 즉시 이행하겠나이다, 전하."

청윤은 군신들의 대답을 반쯤 흘려들으며 그것으로 정사를 파했다. 정사라고 할 것도 없었다. 그가 명을 내리고, 군신들이 그 명을 하달받는 자리에 불과했다. 동궁은 오래도록 그가 이끌어 왔고 군신들은 이끌려 가는 것에 익숙해져 있었다.

그는 일어나 정전 밖으로 걸어 나왔다.

아름다운 얼굴에 슬며시 권태로운 빛이 어린다. 군신들의 머릿속에서 역린의 처리 문제는 이제 반쯤 묻히고 있을 터였다. 그가 내린 명을 처리하기에도 바쁠 테니까. 목적도 모르고 해야 하는 바쁜 일은 머릿속을 더 복잡하게 얽혀놓을 것이었다. 수만 가지 추측으로 그물코를 뜨다 보면 걸리는 것이 있을지도 모르겠다. 하지만 그게 뭐가 됐든 그에게 제동을 걸 예신(禮臣)은 전무했다.

그게 그가 지금까지 동궁을 다스려 온 방식이었다.

'하아.'

청윤은 난간을 짚은 두 손에 체중을 싣고 동궁 아래를 내려다보았다.

'……바빠지겠지.'

자신도 한동안은 그녀에게 신경 쓸 겨를이 없을 만큼. 남궁이 고맙기는 처음이다. 그의 시선이 힐끗 침소 쪽을 향했다.

지금은 무얼 하고 있을까. 역린의 잘못은 아니었는데, 그렇다는 걸 알면서도 화를 참을 수가 없었다. 가서 말은 해두어야 할 것이다. 앞으로는 자주 볼 수 없을 거라는 말. 그리고 공식적으로 그녀의 거처를 마련해 주고 또 그녀를 보살필 항아들과 호위무사들도 선별해 주어야만 한다. 진작 그랬다면 이런 일 따윈 벌어지지도 않았을 것이다.

'우습지도 않은 핑곗거리.'

청윤은 걸음을 옮기며 스스로를 비웃었다.

이런 자신을 정말이지 믿을 수가 없었다. 이런 같잖은 핑곗거리까지 만들어내며 금세 또 그녀를 찾는 스스로를 이해할 수도 없었다.

말을 전하고 거처를 마련해 주고 항아를 들이고 호위무사들을 선별해 주는 것까지 모조리 다, 그가 직접 해야 할 필요는 없었다. 전혀 그럴 필요가 없는 일이었다. 그를 대신할 자는 얼마든지 있었다. 왜 그런 하찮은 일까지 내가 전부 다 해야 한단 말인가. 화가 치밀었다. 그녀는 일개 항아만큼의 위치도 차지하지 못한 지금도 이렇게 내게 악영향을 미치고 있었다. 빌어먹을 역린이란!

'이제는 정말이지, 널 지켜야 할 것으로만 대해주겠다.'

또다시 피가 끓어올랐다. 자신에게 그녀는 딱 그 정도의 의미만을 가져야 했다. 지켜야 할 것, 그 이상도 그 이하도 아니어야 해.

'그러니까…… 두 번 다신 다치게 하지 않아.'

그의 눈동자에 아픔이 스치고 지나간다.

검붉은 피와 꿰뚫린 상처와 죽은 듯 창백하던 얼굴이 자꾸만 눈앞에 떠올랐다. 백 리 따위가 뭐라고! 저가 나에게 어떤 의미인지 뻔히 알면서도 감히 목숨을 내걸어? 반려라니, 그런 것쯤은 얼마든지 버리고 새 걸로 다시 구할 수 있었다. 북궁의 공주 아니라 천궁의 공주라 하더라도 그에게는 다 마찬가지였다. 다른 것은 오직 저 하나뿐이라는 걸 왜 몰라?

청윤은 얼음같이 싸늘한 얼굴로 침소 쪽을 향해 가다가, 공기 속에 녹아 있는 농 짙은 백일홍 향에 미간을 찌푸렸다.

가까이 다가가면 다가갈수록 향은 짙어져만 갔다. 왜일까…… 또 마음이 이렇게 불안해지는 것은.

그는 굳게 닫힌 침소의 문을 밀어젖혔다.

자신이 닫아버렸던 그 문 안쪽으로 묘하게 허전한 침묵이 흘러다녔다. 그래, 이상할 정도로 조용했다. 잠이 든 것일까. 울다가 지쳐서? 그런 생각을 하니 가슴 한쪽이 아릿해져 왔다.

이제 보내주겠다는 말을 한다면 그녀는 다시 웃어줄까. 웃는 얼굴을 다시 보고 싶어. 하지만 자신에게서 떨어진다는 말에 기뻐할 거란 생각을 하니, 이대로 영원히 가둬 버리고 싶은 폭력적인 충동이 치밀었다. 내 품에서…… 오직 나만을 바라보며. 하지만 그렇게 하면 또 울리고 말겠지. 하, 내가 언제부터 그런 것에 신경을 썼더라? 눈물은 역린보다 더 쓸모가 없어.

청윤은 스스로에게 염증을 내며 안쪽으로 걸어 들어갔다. 잠이 들었다면 깨우고 싶진 않았다. 우는 얼굴을 또다시 보고 싶지는 않아.

'한심스러워.'

하지만 무언가 이상했다. 방 안으로 들어가면 들어갈수록 백일홍 향은 점점 더 짙어져만 갔다. 방 안에서 신력의 흐름이 어지러이 요동치고 있었다. 다혜는 나비를 접는 정도 외에는 신력을 다룰줄 몰랐다. 그는 조금 다급해진 심정으로 약간 걸음을 빨리했다.

'하아.'

다행이다. 그녀는 그저 침상 위에서 잠들어 있을 뿐이었다. 자신의 침상 위에서 곤히. 청윤은 안도감으로 긴장을 풀며 낮게 한숨을 뱉어냈다. 하지만 그제야 자신이 얼마나 긴장하고 있었는지 깨달았다. 불필요한 일이었다. 이건 정말…… 하지만 잠이 든 다혜는 못 견디게 사랑스러웠다. 그녀의 눈가에 눈물 자국이 고여 있다. 왜 이렇게 가슴이 아픈 것일까.

청윤은 다혜의 곁에 앉아 눈물자국을 닦아주었다. 이제 다시는 날 향해 웃어주지 않겠지.

"내가 싫어? 이젠 내가 미워졌어?"

입 밖으로 뱉어내자 그 말이 칼처럼 가슴을 헤집었다. 그러지 말라고 붙잡고 애원이라도 하고 싶어질 정도로. 차라리 이렇게 영원이 잠들어 있으면 좋겠다. 그러면 이런 쓸모없는 감정에 사로잡힐 일도 없을 텐데. 청윤은 애써 자신을 올려다보던 순진한 맑은 눈을 마음속에서 지워내며 생각했다.

그는 조금 망설이다가 다혜의 하얀 볼을 쓰다듬어 보았다. 손등에 느껴지는 부드러운 감촉에 신음이 흘러나왔다. 하지만…… 자꾸만 이상하게 불안했다. 감고 있는 눈이, 요동치지 않고 태엽처럼 규칙적인 작은 숨이 그를 불안하게 했다. 다혜는 그의 작은 시선에도 작은 손길에도 숨을 멈추며 어린 새처럼 떨곤 했다.

"다혜."

그는 작게 그녀의 이름을 불러보았다.

"잠깐, 일어나 보세요."

청윤은 불안한 마음에 다혜의 가는 팔을 움켜쥐었다. 그녀는 마치 피와 살로 이루어진 인형처럼 축 늘어졌다. 그런데도 불구하고 그 작은 숨은 무서울 정도로 규칙적이었다. 비정상적이고 부자연스러웠다.

"잠깐 일어나 봐."

그는 다혜의 어깨를 잡고 조금 거칠게 흔들어댔다. 다혜의 가냘픈 머리카락이 축 늘어져서 흘러 다녔다. 청윤은 점점 더 마음이 불안하고 초조해져 갔다. 감긴 눈이 뜨이지 않는다. 그것이 한정없는 거절로 들려 화가 나고 끝없이 폭력적인 충동이 치밀어 올랐다.

"일어나!"

왜 안 일어나는 거지? 왜 이렇게 죽은 듯이 가만히 있는 거야? 또 이 지독한 백일홍 향은 대체! 백일홍, 백일홍? 청윤은 하얗게 질린 얼굴로 다혜를 내려다보았다.

잠이 든 듯 평온한 그 얼굴…….

그녀는 여기에 없었다. 여기에 남은 건 이 빈 껍데기뿐.

내가 그녀에게 뭐라고 했었지? 그는 자신이 한 말을 천천히 떠올려 보았다.

"살아…… 숨 쉬는 것 외에는…… 아무것도 하지 않아도 돼. 그대는 그것 외에는 별다른 가치가…… 없어……. 역린을 담고 있는 살아 있는 보관함에 지나지 않아."

천천히 말을 되뇌어보던 청윤은 자신의 말에 숨을 멈추었다.

그리고 실로 자신의 뜻대로 되었음을 깨달았다.

자신의 손에 남아 있는 것은 진실로…… 역린을 담고 있는 살아 있는 인형에 지나지 않았다. 자, 뜻대로 되었으니 기뻐하도록 하지. 이제 이것을 아무도 찾지 못하는 곳에 처박아두고 숨겨놓으면 난 영원히 역린에서 벗어나게 되는 것이니까, 마음껏 기뻐하도록 하지. 영원히 역린에서 벗어나고…….

"영원히……."

영원히…… 너를 잃고…….

청윤은 빈 다혜의 육신을 움켜쥐고 가슴이 찢어지는 통증에서 벗어나려 안간힘을 썼다. 영원히 너를 잃는다고? 네 모든 것을 영원히 다 잃는다고?

"안 돼."

내가 원하던 건 이런 게 아니야.

"아니야, 다혜야. 난 이런 걸 원했던 게……."

이런 걸 원했잖아. 네가 아무런 의미도 되지 못하기를, 꼭두각시 인형처럼 죽은 듯이 있기를 원했잖아. 그렇게 됐으니 기뻐해야 해. 하지만 왜 조금도 그럴 수가 없지? 내 뜻대로 됐는데, 왜 조금도 즐겁지 않은 거야!

"이리 돌아와!"

청윤은 낮게 목울음 소리로 으르렁거렸다. 그 살기 어린 목울음 소리가 백일홍 향을 헤집고 다녔다.

"누가 멋대로 떠나라고 했어! 이 방 안에서 한 발자국도 나갈 수 없다고 했잖아!"

그대는 정말 골칫덩어리야, 왜 그대는 이렇게 내 뜻대로 되질 않는 것이지?

"놓칠 줄 알아? 내가 널 진정 놔줄 거라 생각한 거야? 어디에 있든 반드시 찾아내겠어! 신요!"

"예, 전하."

남궁의 사신들을 처리하고 온 신요는 반쯤 열려진 문밖에서 가만히 주인의 명을 기다렸다. 화를 내고 계셨지만 주인의 눈은 잃어버린 고통과 갖지 못한 소유욕으로 일그러져 있었다. 그것은 거의 두려움에 가까운 것이어서, 신요는 차마 고개를 들어 마주 볼 수가 없었다.

"인계에 다녀오겠다."

내내 말도 안 된다고 헛소리로 치부했지만, 이제야 확신할 수 있었다.

마음에 누군가를 들여놓은 것은 아씨 혼자만이 아니었던 모양이다. 주인 역시 마음에 다른 이를 들여놓은 것이다. 눈으로 보지 않았더라면 결코 믿지 않았을 것이다.

"늦지 않게 다녀오소서."

신요는 돌아선 주군의 뒤에서 깊게 몸을 숙였다. 이제야 모든 게 원래대로 돌아갈 모양이었다.

14장

백
일
홍

"다혜야."

민혁은 근 한 달 만에 완전히 다른 사람으로 변해 돌아온 사랑하는 사람을 바라보았다. 어딘지 모르지만 다혜는 완전히 변해 버렸고, 또 어딘지 모르게 부서질 듯 위태로워 보이기도 했다.

예전처럼 쉽게 대하기가 어려워졌다. 하지만 묘하게 그에 비례해 더욱 고와진 것도 같았다. 때론 마치 이 세상의 사람이 아닌 것처럼 아름답기도 했다. 그래서 보고만 있기가 불안했다. 금방이라도 사라져 버릴 것만 같아서.

"응?"

다혜는 창밖에서 시선을 떼며 민혁을 돌아보았다.

민혁은 햇빛이 마치 나비처럼 그녀를 감싸고 있는 것을 보며 숨을 죽였다. 햇빛은 그녀의 손등과 어깨 위에 앉아 있었고, 또 주위를 돌며 날갯짓을 하고 있었다. 그는 고개를 흔들며 눈을 깜빡였다. 헛것이 보이는 게 분명해.

'후아.'

다시 보니 다혜는 그저 창밖에서 쏟아지는 햇살을 맞으며 작게 미소 짓고 있을 뿐이었다. 민혁은 속으로 몰래 안도의 한숨을 내쉬었다.

"아, 저기 있잖아. 생각해 봤는데. 전시회에 초상화도 한두 점 있으면 괜찮을 것 같아서."

민혁은 눈치를 보며 운을 뗐다.

"그래서 말인데, 나 그래도 돼? 네 초상화 말이야."

그는 또 슬쩍 다혜의 눈치를 살폈다. 바보 같은 건 알지만, 다혜가 돌아온 이후론 내내 이 모양이었다. 말조차 쉽게 붙일 수가 없었고, 조금만 가까이 가려고하면 곧바로 가로막히기 일쑤였다.

"⋯⋯."

민혁은 꼬맹이치고는 지나치게 긴 요하의 다리를 노려보았다.

계속 이런 식이었다. 조금만 가까이 다가가려면 이 정체불명의 어린 꼬맹이가 막아서기 일쑤였던 것이다.

"포기할 줄을 몰라. 머리가 나쁘다."

요하는 민혁이 필요 이상으로 마마에게 접근하지 못하도록 막고 있었다. 이 인간은 모르겠지만, 그렇게 해서 요하는 그의 목숨도 지켜주고 있는 셈이었다. 청룡이 벌써 마마의 뒤를 쫓기 시작했다. 그의 무시무시한 기운에 등줄기가 섬뜩할 지경이었다.

"요하야."

다혜는 타이르듯 요하의 머리를 토닥였다.

요하는 그녀를 힐끔 보더니 얼굴을 붉히며 아기처럼 웃었다. 이렇게 아기 같기만 한 요하는 하룻밤 새 열셋 정도 먹은 소년만큼이나 자라 버렸다. 자신의 기운을 다루는 방법도 빠르게 습득해 그의 모습에서 인간과 다른 점을 거의 찾아보기 힘들 정도였다. 말은 아직 반 토막이었지만.

요하가 계속 옆에 있는 줄은 몰랐었다.

그때, 여우 공주에게 다쳤을 때 동궁의 신병들이 아이를 다른 곳으로 데려간 줄 알았었는데. 요하는 어떻게 몰래 빠져나와 청윤의 침전에 숨어들었던 모양이다.

청윤이 무서워 침소 안으로는 들어오지 못하고, 어린 녀석이 전각 한구석에 그냥 혼자 숨어 있었던 것이다.

그녀가 백일홍을 피웠을 때 가장 먼저 알아챈 것도 다름 아닌 요하였다.

어려도 용은 용인 것이다.

백일홍을 피워 인계로 돌아올 때, 요하는 고집스럽게 그녀를 따라왔다. 진짜 엄마가 아니라는 걸 이제 알 만도 한데 아이는 넘어지고 또 넘어지면서도 인계로 돌아가는 그녀의 뒤를 죽어라고 쫓았다.

가슴이 너무 아팠다.

끝까지 책임져 주지 못할 것이기에, 주어진 시간이 얼마 되지 않는다는 걸 알고 있었다.

다혜는 나중에, 이 시간이 끝날 무렵에 할머니께 아이를 잠시 맡겨야겠다고 생각했다. 아이가 다시 스스로의 힘으로 신계로 돌아갈 수 있을 때까지만. 그때까지만 맡아달라고 할머니께 책임을 미룰 수밖에 없었다.

나는 요하가 크는 걸 끝까지 지켜봐 주지 못할 테니까.

"마마?"

요하가 머리를 쓰다듬어 주는 다혜의 손이 가늘게 떨리는 것을 느끼며 눈을 동그랗게 떴다.

"응."

하지만 그녀는 저를 올려다보는 아이의 눈을 마주하며 그저 환히 웃었다. 그러다가 고개를 들어 요하를 뚫고 들어오지 못해 그저 분만 삭이고 있는 민혁을 보며 작게 한숨을 내쉬었다.

"그래, 민혁아. 그리고 싶으면 그려. 내가 뭐 그릴 게 있나 싶지만."

다혜는 소파에서 가방을 챙겨 들며 말했다.

"바쁘지 않으면 조금 있다가 시작하자."

"왜? 어디 다녀오려구?"

민혁이 조금 불안한 듯 다급하게 물었고, 요하는 짜증스러운 듯 신경질적으로 발을 차댔다. 그 발에 걷어차인 민혁은 잔뜩 약이 오른 표정으로 어린 꼬맹이를 노려보았다.

"우리 요하 먹을 것 좀 사오려구. 잠깐 요하 좀 봐줘. 요하야, 누나 잠깐 마트에 다녀올게. 말썽부리지 말고 얌전히 있어야 돼?"

요하는 순진무구한 표정으로 예쁘게 고개를 끄덕였다. 다혜는 착하다는 듯 요하의 머리를 다시 한 번 쓰다듬어 주고는 현관문을 빠져나갔다. 민혁은 재빨리 그녀의 뒤를 쫓아가려다 요하에게 또다시 덜미를 잡히고 말았다.

"형, 진짜 죽는다. 우리 마마 용, 무시무시하다. 형 죽는 거 상관없다. 하지만 마마 슬퍼한다. 그건 싫다. 우리 마마 상관 말고,

저 인간 암컷 달래라."

요하는 옆에서 아랫입술을 꽉꽉 깨물고 서 있는 윤지를 가리키며 말했다. 민혁은 그의 말에 얼굴이 붉으락푸르락해져서 소리를 질러댔다.

"이 건방진 꼬맹이가!"

요하는 귀를 후비는 시늉을 하며 윤지 몰래 슬쩍 흰 이를 드러 냈다. 민혁이 그 날카로운 육식종의 이를 보며 움찔 굳었다.

"우리 마마, 여기 먹을 게 얼마나 많은데. 힘들게 사러 간다."

요하는 저도 모르게 뒷걸음질치는 민혁을 보며 씩 웃었다.

진짜, 주제파악을 못한다. 저렇게 맛없게 생긴 불량식품을 먹었 다간 꼬박 나흘은 배앓이를 할 게 분명했다. 요하는 한숨을 푹 내 쉬고는 윤지를 보며 입맛을 다셨다. 수컷보다는 암컷이 더 맛나 보이긴 했다. 하지만 마마도 인간이고, 그러니까 인간은 먹는 게 아니다.

요하는 초식성인 흑룡의 영향을 받아 육식종이 아니라 잡식종 이었다. 뭐, 아무리 그렇다고 고기를 거부하는 건 아니었지만. 요 하는 근질근질한 표정으로 현관문을 바라보았다. 따라가고 싶은 마음이 굴뚝같았지만 마마가 여기 있으라고 했으니, 요하로서는 어쩔 도리가 없었다.

❊   ❊   ❊

다혜는 작업실 건물을 빠져나와 크게 숨을 들이쉬었다. 몸이 예 전과 다르다는 것은 분명했다. 조금만 정신을 놓으면 그녀는 햇살에 동화되는 자신의 손을 바라보며 다시 천천히 심호흡을 했다.

남아 있는 모든 날들을 이곳에서 보낼 생각은 아니었다. 조금만 더 이곳에 있다가……. 그녀는 버릇처럼 물끄러미 동쪽의 수평선을 보다가 시선을 떨어뜨렸다. 더 이상은 싫어. 전시회가 마무리되는 대로 이곳을 떠나자. 걷다가 바람에 흐트러지면 그곳이 마지막 땅이 되겠지.

"고기하고, 채소를 사가야지."

다혜는 밝은 체하며 혼잣말을 중얼거렸다. 요하가 편식을 좀 하는 게 걱정이었다. 그래도 고기만 먹는 건 아니니 얼마나 다행인지. 그렇다고 해도 편식하는 건 고쳐 줘야겠지만. 큰오빠도 이런 심정이었을까? 아니, 생각하지 말자니까. 오빠에게는 오빠의 가족이 있는걸.

"어?"

다혜는 뺨 위에 뚝 하고 떨어지는 빗줄기에 놀라 하늘을 올려다보았다.

"갑자기 웬 비가……."

화창하게 맑았던 하늘이 동쪽부터 검게 일그러지고 있었다. 어쩐지 심상치 않아 보였다. 아무래도 한바탕 왕창 쏟아질 것 같아 그녀는 걸음을 빨리했다. 하지만 그렇게 달려가다가 그만 저도 모르게 걸음을 멈춰 세우고 하늘을 올려다보았다. 그 검게 일그러지는 하늘 위에서 얼핏, 그의 모습이 스쳐 지나가는 것만 같았다.

"아니야."

그녀는 고개를 흔들어 저었다. 내가 또 무슨 생각을 하는 거야.

"그가 왜 여기에 있겠어."

그는 여기에 올 이유가 없었다. 그의 역린은 그의 곁에서 살아 있다. 역린이었을 때조차 그는 자신을 좋아한 적이 없었다. 그러니 이제 역린도 아니게 된 지금 자신은 그의 머릿속에서 이미 지워지고 없는 존재일 터였다.

'헛것이 보이나 봐⋯⋯.'

너무 그리워서 이젠 헛것이 다 보이는가 보다. 다혜는 어설프게 웃음 지었다. 이놈의 골병은 이제 그냥 익숙해져야 할 모양이었다.

"괜찮아."

더 이상 그의 거추장스럽고 무거운 짐은 아니니까. 그것으로 이제 괜찮았다. 그는 그의 하루를, 난 나의 하루를 살아가면 돼. 다혜는 머릿속에서 그를 지워 버리고 다시 달리기 시작했다.

✳　✳　✳

청윤은 자신의 힘에 감응하여, 요동치며 일그러지는 검은 구름 속에 휩싸여 있었다. 그 높은 하늘에서 인계를 내려다보며 그는 오직 하나의 존재를 찾고 있었다. 검고 긴 옷자락은 비를 품은 바람을 따라 흐르고, 머리카락은 미색의 목덜미에 부딪히며 이지러졌다.

그녀를 찾는 게 늦어지면 늦어질수록 화를 가두어놓는 것이 점점 더 어려워지고 있었다. 추적은 생각보다 훨씬 더 성가셨다.

백일홍의 향기는 시간이 지날수록 급격하게 사그라지고 있었고, 인계의 더러운 냄새와 뒤섞여 머리를 지끈거리게 만들었다.

무엇보다 그녀가 어디 있는지 정확히 알 수 없다는 것이 견딜 수 없이 마음을 불안하게 했다.

걱정과 초조함 때문에 화가 치밀어 올랐고, 점차 이 인계를 몽땅 헤집어 그녀가 스스로 나오게 만들고 싶다는 충동에 사로잡히기 시작했다. 그 통에 다칠지도 모른다는 쓸데없는 생각만 들지 않았다면, 지금 당장 사방을 휩쓸고 싶어 날뛰는 이 폭풍을 인계에 풀어버렸을 텐데.

청윤은 인간들이 뒤섞인 조잡스러운 거리를 보며 눈을 가늘게 떴다. 그러다 그의 얼굴이 안도감으로 풀어지며 동시에 사납게 들끓던 폭풍의 기세도 조금씩 누그러지기 시작했다.

저 미약하게 반짝이는 작은 빛, 그녀가 분명했다.

그리고 그녀 역시 자신을 보기라도 한 것처럼 하늘을 올려다보며 그 자리에 멈춰 서 있었다. 눈이 마주친 것 같은 느낌에 심장이 뛰었다.

그는 그녀가 자신을 보았다는 것을 거의 확신할 수 있었다. 하지만 그녀는 고개를 돌렸다. 그리고 도망치듯 자리에서 달아나 버렸다.

그 기분은 말로 설명할 수가 없었다.

'지금…….'

그를 보고 고개를 돌려 버렸다. 그는 주먹을 움켜쥐었다. 긴 손톱이 손바닥 사이를 파고들었지만 아무것도 느낄 수가 없었다. 고개를 돌려 버렸다. 어째서? 청윤은 스스로에게 묻고는 바로 후회했다. 그 질문을 하지 말았어야 했다. 갑자기 좌절감과 상실감이 밀려들어 견딜 수 없게 만들었다.

'감히.'

내게서 달아나다니! 청윤은 다혜가 사라진 빈자리를 차갑게 내려다보았다. 분노도 싸늘하게 가라앉기 시작한다. 사냥당하길 원한다면 그렇게 해줄 것이다. 그렇게 붙잡아 두 번 다시는 도망갈 수 없게 매어버릴 테다. 그래, 미약한 그녀의 향 대신 다른 것을 쫓도록 하지. 널 따라간 그 어린놈을.

청윤은 요하의 신력을 추적하기 시작했다. 일이 한결 수월해진다. 그의 입가에 차가운 미소가 번져 갔다.

✼　✼　✼

"이 냄새 때문에 머리가 아파 죽겠어."

윤지가 투덜거리며 민혁의 모델이 되어주고 있는 다혜를 노려보았다.

"뭐? 무슨 냄새?"

민혁은 영문을 모르겠다는 듯 되물었고, 덕분에 윤지의 화는 더욱 거세게 불이 붙었다.

"이 꽃 냄새 말이야!"

다혜는 사나운 윤지의 시선에 긴장하며 옷깃을 더욱 단단히 여몄다. 하루해가 저물수록 향은 점점 더 흐려져 가는데도 신경에 거슬린 모양이었다.

"웬 향수를 이렇게 뿌리고 다니는 거야? 누굴 꼬이고 싶어서?"

민혁이 가시 돋친 그녀의 말에 얼굴을 찡그렸다.

"송윤지, 너 말이 좀 심하다?"

"심한 건 너네 둘 아니니? 야, 서다혜. 너 말해봐. 어떻게 너 뻔히 알면서 이러니?"

다혜는 작게 한숨을 내쉬었다. 윤지의 신파극에서 자신은 빠질 수 없는 핵심인 모양이었다. 여길 가나 저길 가나 들들 볶이는 게 팔자인지도.

"내가 뭘 어쨌기에."

"네가 뭘 어쨌냐구?"

윤지는 그녀의 말을 앵무새처럼 좇아 하며 씩씩거렸다.

"연락도 없이 한 달 만에 돌아와선 평생 안 뿌리던 향수에다, 툭하면 실실 눈웃음이고. 지금 뭐 하자는 거야? 게다가 민혁이가 제의했더라도 네가 거절했어야 하는 거 아니야? 야, 이민혁! 너도 그래. 난 사람으로 보이지도 않니? 이런 게 필요했으면 나한테도 한 번쯤은 물어봐 줘야 되는 거 아니야? 난⋯⋯!"

윤지는 결국 울음을 터뜨리고 말았다.

"윤지야, 오해야."

다혜는 그녀를 달래려고 했지만 소용없었다.

"대체 뭐가 오해라는 거야!"

윤지는 악에 받쳐 소리를 질렀고, 곁에 있던 요하는 슬슬 바닥나는 인내심을 간신히 긁어모으고 있었다. 왜 저 우유부단한 인간 놈 때문에 마마가 이런 꼴을 당해야 하는 거지? 지금 이런 상황에서도 저 인간 놈은 눈치나 살피면서 꿀 먹은 벙어리처럼 가만히 있지 않은가.

"나만 여기서 나가주면 되지? 나만 여기서 빠져 주면 되는 거잖아!"

윤지의 신파극은 절정을 찍고 있었다. 그녀는 울며불며 소리를 지르더니 가방을 챙겨 들곤 그대로 나가 버렸다. 문 닫히는 소리가 어찌나 요란한지 경첩이 떨어져 나갈 것 같았다.

다혜는 땅이 꺼져라 한숨을 내쉬고는 안절부절못하는 민혁에게 나가보라는 듯 손짓했다.

"가서 윤지 좀 달래줘."

"그, 그럴까?"

민혁이 의자에서 엉덩이를 빼며 물었다. 다혜는 고개를 끄덕이고는 자리에서 일어나, 다시 소파 위에서 털썩 주저앉았다. 민혁이 윤지의 뒤를 따라 작업실에서 빠져나간 뒤에는 아예 자리에 누워버렸다. 정말이지 힘들다. 여기서도 평온한 일상은 쉽지가 않았다.

따지고 보면, 다 날 별로 좋아하지도 않는 남자들 때문에 공연히 시달리는 거잖아. 여길 가나 저길 가나. 내가 무슨 오해받을 만한 행동이라도 하고 다니는 걸까? 다혜는 땅이 꺼져라 한숨을 내쉬었다. 사실 청윤에 대해서는 할 말이 없지.

다혜는 설핏 웃음을 지었다. 충분히 오해받을 만한 행동을 했다. 아무 일도 없었다곤 해도 그의 방에서 계속 같이 지낸데다가 그가 별생각 없이 닿아오는 것을 피하지도 않았으니까. 피하긴커녕 기뻐했고 더 욕심을 부렸었다. 그래, 그러니까 벌을 받은 거야. 마땅히 그의 곁에 있어야 할 여인은 따로 있는데 내가 함부로 욕심을 부려서.

"많이 놀랐지?"

다혜는 요하를 돌아보며 멋쩍게 웃었다. 요하는 고개를 저으며 약간 걱정스러운 듯 물어왔다.

"마마, 괜찮아?"

"그럼 얼마나 익숙한 일인데. 자꾸 하다 보면 뭐든지 노하우가 쌓이는 법이거든."

요하는 고개를 갸웃거렸다. 다혜는 요하의 머리를 토닥여 주었다.

"결론은 말이야, 요하야. 아무한테나 막 다 잘해주면 못쓴다는 거야. 한 여자만을 사랑하는 멋진 남자로 자라주렴. 아! 너무 멋지면 또 곤란하다. 조금만 덜 멋진 남자로 자라야 해."

요하는 헛소리하는 다혜의 머리를 똑같이 토닥여 주었다.

"마마, 자."

"응."

다혜는 웃음을 터뜨리다가 작게 한숨을 내쉬었다. 한 것도 없는데 너무 피곤하고 졸렸다. 체력이 급격히 떨어진 듯한 기분은 단순히 착각인 걸까.

요하는 지친 듯 눈을 감는 다혜의 이마를 쓰다듬어 주었다. 마마가 걱정스러웠다. 지금 그녀의 몸은 보통 인간의 몸보다도 훨씬 연약했다. 조금이라도 정신이 흐트러지면 형체도 주변의 사물과 동화되면서 옅어지기 일쑤였다.

어린 요하는 이런 종류의 힘의 사용에 대해 배운 바가 없었고, 때문에 어떻게 해야 그녀에게 도움을 줄 수 있는지도 알 수가 없었다. 그저 마냥 한시라도 바삐 청룡이 찾아오기만을 기다리는 것밖엔……

'왔다!'

요하는 차가운 불의 냄새를 맡고는 고개를 번쩍 들었다.

이렇게 기척도 없이, 이렇게 빨리!

솔직히 요하는 오스스 몸이 떨렸다. 동궁왕은 징그럽게 무서운 용이었다. 만약 그가 어머니를 해칠 조금의 가능성이라도 있었다면 절대 이러지 않았을 것이다. 하지만 그는 절대로 어머니를 해칠 수 없었다. 그건 확신과도 같은 예감이었다.

때문에 요하는 아무런 죄책감도 없이 청룡이 도착하기 바로 직전 몸을 뺄 수 있었다. 그가 어머니를 이끌고 신계로 돌아가 준다면 더 바랄 게 없을 것이다. 마마는 이대로 오래 버틸 수 없었다.

청윤은 손바닥만 한 작업실 안으로 스며들어 갔다. 사방이 숨죽인 백일홍 향으로 가득했다.

그는 주변을 돌아보며 천천히 걸음을 옮겼다.

낡고 볼품없는 긴 의자 위에서 다혜가 몸을 웅크린 채 잠들어 있었다. 분노는 이제 살의가 되어가고 있었다. 이미 한 번 죽일 뻔했던 인간의 냄새가 그녀의 체취에 뒤섞여 있었다.

청윤은 긴 손가락으로 그 인간의 냄새가 진득하게 묻어 있는 화폭을 밀었다.

그림을 지탱하고 있던 이젤이 비스듬하게 뒤로 넘어간다.

진득해, 화폭에는 그 인간의 냄새가 역겨울 정도로 진득하게 묻어 있었다. 그리고 그 위에…… 그녀의 모습이 그려져 있었다. 머리카락 한 올까지 섬세하게.

그의 손톱이 화폭을 조금씩 찢어 들어갔다.

그 인간이 마음껏 다혜를 보고 그녀의 모든 곡선을 따라 이렇게 손을 놀려댔을 것을 생각하니 기분이 아주 그럴듯해졌다. 이제 그 무엇으로도 그 인간 놈을 살려둘 수 없을 터였다.

두 번 다시는 그림 따위 그리지 못하도록 손가락을 부러뜨려 버릴 테다. 감히 그녀의 모습을 담은 그 눈도, 그녀를 향해 말을 건넸을 가증스러운 혓바닥도, 그녀와 같은 공간에 있던 하잘것없는 육신도 모조리 다 갈기갈기 찢어버릴 테다.

청윤은 그것을 지나쳐 갔다.

그의 뒤에서 이젤의 철이 녹으며 뚝뚝 형체를 잃어갔고 청색 불에 휩싸인 화폭은 검게 타들어가기 시작했다. 청윤은 잠들어 있는 다혜를 내려다보았다.

"그만 일어나시지요."

그는 다혜의 가는 손목을 그러쥐었다. 속에서 분노와 뒤섞여 무언가 울컥하는 것이 치밀어 올랐다. 그녀의 몸은 마치 유리처럼 부서지기 쉬워 보였다. 이것이 무엇을 의미하는지는 알고 이런 엄청난 일을 벌인 건지 궁금해졌다.

청윤은 입꼬리를 말아 올리며 웃음 지었다. 자신에 대한 제어는 거의 이루어지지 않는 상태였고, 때문에 이성을 잃고 광기에 휩싸이는 건 거의 시간문제나 다름없었다.

"……청윤?"

다혜는 졸린 눈을 깜빡이며 그를 올려다보았다. 눈앞에 보이는 것을 이해하는 데 한참이 걸렸다. 그는 여기 있을 이유가 없었다. 그런데 왜 그가 여기 있는 것이지? 나 너무 그리워서 꿈이라도 꾸고 있는 것일까.

"이게 뭔지나 알고 있어? 이게 뭘 의미하는지는 알고 이런 일을 벌인 것이냐 묻고 있습니다."

그가 사납게 을러대는 소리에 살기가 섞여 있었고, 그 살기가 물리력을 행사하며 사방을 긁고 다녔다. 다혜는 쇠를 긁는 듯한 바람 소리에 순식간에 정신을 차렸다.

"여기 당신이, 왜……."

다혜는 당황해 말을 더듬으며 그의 검은 눈을 들여다보았다. 그를 본 순간 닫아놓았던 그리움이 넘쳐 버렸고, 그게 견딜 수 없이 마음을 아프게 만들었다.

잊고 싶었던 그의 말들도 어느 것 하나 잊히지 않고 모두 순식간에 수면 위로 떠올라 버렸다. 그렇게 잊고 싶었지만 하나도 잊을 수 없던 그 말들이 또다시 그녀의 마음속에 떠올라 생채기를 내고 있었다.

하지만 그는 여느 때처럼 정말 지독하게 아름다웠다. 다혜는 그 얼굴을 보면서는 도저히 아무런 말도 할 수가 없었다.

그녀는 시선을 피하며 나직하게 물었다.

"올 거라고 생각 못했어요. 다 놓고 왔다고 생각했는데, 내가 무언가 가지고 와선 안 될 거라도 들고 온 건가요? 당신의 역린은 분명히 다 놓고 왔는데."

청윤은 자신의 시선을 피하는 그녀의 모습에, 또 그 차분한 물음에 다시 발밑이 무너지는 듯한 기분을 맛봐야만 했다. 광기가 이성을 사로잡기 시작했다. 아주 짜릿짜릿하게.

"본인이 지금 처한 상황을 모르는 모양이군요. 그대가 의지해 육에서 혼을 빼낸 것이 무엇인 줄은 알고 있습니까."

그가 그녀 가까이로 몸을 기울이며 말했다.

"이 백일홍 냄새, 이것이 무엇인 줄이나 알고 있냐는 물음입니다. 이건 말이지요, 백 일밖에 살지 못한다 하여 붙여진 이름이랍니다. 듣고 있어? 백 일이 지난 뒤에는 그대의 혼이 산산조각이나 아주 죽어버린단 뜻이야! 백 일 뒤에는 아주 사라져 버린단 뜻이라구!"

다혜는 이렇게 소리를 지르며 화를 내는 그를 본 적이 없었다. 당황한 목소리가 조금 떨려서 나왔다.

"난, 알고 있었어요. 정확한 이름은 몰랐지만, 그래도 이게 무엇인지는 알고 있었어요. 그러니까 그렇게 화를 내지 않아도……."

"알고 있었다고?"

그가 조용히 되물었다.

다혜는 자신이 불씨를 건드린 건 아닌지 싶어 덜컥 겁이 났다. 하지만 그가 왜 화를 내는 것인지는 이해할 수가 없었다.

"백 일 뒤에 죽는다는 걸 알고 있었단 말이지? 어떻게 말이지? 대체 그걸 누가 그대에게 알려줬지, 응? 이렇게 육에서 혼을 빼내는 건 또 누구에게 배운 것입니까?"

그는 몹시도 친절하게 물었지만, 다혜는 어쩐지 두려움을 느끼며 몸을 움츠렸다. 그의 눈동자는 친절과는 전혀 상관이 없었다. 그리고 그는 여느 때와는 아주 달랐다. 다혜는 꼭 폭발하기 직전의 화약고 앞에 서 있는 듯한 기분이 들었다.

"그건 누가 가르쳐 준 게 아니에요. 그건, 그냥 알 수 있는 거였어요. 몸이 자꾸만 흐트러져서……."

그는 무서운 눈으로 다혜를 샅샅이 살폈다. 피어난 지 닷새도 지나지 않은 백일홍의 형이 벌써 흐트러진다고? 그렇군, 청윤은 실소를 터뜨렸다.

"덜 여문 신력으로 무리한 주법을 행해 문제가 생겼어. 가능치도 않은 주법이 한 가지 경로로 인해 이루어졌지. 염원!"

다혜는 목울음 소리를 내며 제 팔을 움켜쥐는 청윤의 모습에 완전히 겁에 질려 버렸다.

"그렇게도 내게서 떨어져 나가고 싶었나? 그것을 그렇게도 간절히 바랐어?"

청윤은 숨을 내쉬었다. 가슴이 일그러지는 것만 같았다. 숨이 막혀서 제대로 쉬어지는지 확인해야만 했다. 그녀의 대답을 기다리면서도, 이런 스스로를 설명할 길이 없었다. 그녀는 그가 화가 난 이유를 짐작조차 하지 못하는 듯한 얼굴이었고, 그 역시 그것에 대해 설명할 수가 없었다. 그 광증의 까닭을 자신도 몰랐으니까!

"왜, 왜 이렇게 화를 내는 거예요. 역린은 살아 있잖아요, 나랑 상관없이. 내가 잘못된다고 해도 이제 역린은 나와는 아무런 상관이 없는……."

다혜는 변명하듯 중얼거리다 퍼뜩 한 가지 생각을 떠올리고는 사색이 되었다.

"호, 혹시 내가 뭘 잘못해서 끈이 다 끊어지지 않은 건가요? 그래서 뭔가 문제가 생긴 거예요? 하지만 난 더 이상 그것을 느낄 수도 없는데."

그녀의 말이 이어질수록 그의 미소는 짙어져 갔다. 역린을 더 이상 느낄 수 없다는 그 말이 이젠 더 이상 그를 느낄 수 없다는 말처럼 들려왔다. 그래, 그녀가 끊어낸 건 그와의 연결고리였다. 하지만 그것이 이토록 상실감을 줄 줄이야.

그는 다혜에게로 조금 더 가까이 몸을 기울이며 달래듯 속삭였다.

"어째서 그대는 이렇게 잔인해? 이건 자살이나 다름없어. 그대의 가족들에게 미안하지도 않은 거야?"

다혜는 흔들리는 눈동자로 그를 올려다보았다. 눈물이 떨어질까 봐 눈을 깜빡일 수조차 없었다.

"나는 죽기 위해 나온 것이 아니에요."

또 시작이다. 다혜는 또 울고 있는 자신이 미워 견딜 수가 없어졌다. 왜 눈물은 마음대로 멈출 수가 없는 거지? 그는 어떻게 그런 말을 할 수 있는 걸까.

"나는 살기 위해 나왔어요."

결국 그녀는 울음이야 흐르는 대로 내버려 둔 채로 말했다.

"하루라도 내 삶을 살기 위해서. 청윤, 난 당신의 역린을 담고 있는 도구가 아니에요. 나는 이렇게 감정을 가지고 살아 있어요."

다혜는 비어 있는 가슴을 짚었다. 고동도, 그의 일부분도 느껴지지 않는 비어 있는 가슴. 하지만 후회하지는 않았다. 설령 남아 있는 시간이 단 하루라고 할지라도.

"누구도 내게, 아무리 당신이라도 내게, 역린을 담은 그릇으로서의 삶을 강요할 수는 없어요. 누구도 내게 그런 삶을 강요할 수는 없어요. 그게 죽음과 무엇이 다르죠? 내가 무슨 그리 큰 죄를 지었다고 수천 년을 그렇게…… 그렇게 고통받으며 살아야 하나요?"

"……다혜야."

청윤은 혼란스러운 눈으로 그녀를 내려다보았다. 그녀는 자신의 감정과 생각을 날것으로 내보이고 있었다. 직면한 진심은 그를 강하게 밀어내고 있었다.

"나는 알아요. 나와 역린과의 고리는 완전히 끊어졌어요. 나는 그걸 분명히 느낄 수 있어요."

다혜는 알 수 없어 흔들리는 눈으로 그를 올려다보았다.

"그러니 당신은 대체 왜 날 찾아오신 건가요?"

청윤은 생애 처음으로 말문이 막혀 버렸다. 자신은 그녀를 되찾으러 왔다. 그래, 하지만 왜?

❋　❋　❋

민혁은 작업실 앞 골목을 돌아오며 무겁게 한숨을 내쉬었다. 어떻게 윤지를 잘 달래긴 했지만, 매정하게 끊어낼 수는 없었다. 어쩌면 솔직하게 다혜를 좋아한다고 말하는 편이 나았을지도 몰랐다. 하지만 그랬다간 또 무슨 난리를 칠지. 게다가 사실 윤지는 그냥 자신을 좋아한 것뿐인데 가엾다는 생각도 들었다.

민혁은 결국 그 화살이 다혜에게로 돌아가고 있는 눈앞의 뻔한 현실에는 조금도 신경 쓰지 못하고 있었다.

"들어가지 마, 돌아가."

민혁은 혼자 이런저런 생각을 하며 걷다가, 등 뒤에서 들려오는 요하의 목소리에 화들짝 놀랐다.

'아, 진짜 놀라라! 기척도 없이 어디 숨어 있다가 갑자기 나타

난 거야?'

민혁은 불만 가득한 얼굴로 요하를 돌아보았다.

요하는 어린애답지 않은 매서운 눈으로 그를 직시하고 있었다.

민혁은 시커먼 홍채의 중심에서 음산한 빛을 내고 있는 핏빛 동공에 약간 소름 끼치는 기분이 들었다. 이 아이가 정말 사람이 맞는 것일까? 특이체질이라고 해도 그렇지, 이게 정말 열세 살짜리 아이의 눈이란 말이야? 그러지 않으려고 해도 저 눈만 보고 있으면 자꾸 재수 없다는 생각이 들었다. 수족관에서 느긋하게 상어를 관람하고 있는데, 수족관 유리에 금이 가기 시작하는 걸 목격한 기분이랄까.

"뭔 소리야? 들어가지 말라니?"

민혁은 겁먹은 것을 들키지 않으려 일부러 더 큰 소리를 내며 물었다.

"들어가면 죽어."

민혁은 뜬금없는 소리에 오만상을 찌푸렸다.

"죽어? 내가 왜?"

요하는 어깨를 으쓱거리며 다시 똑같은 소릴 반복했다.

"나는 말했어. 들어가지 마. 들어가면 죽어."

"아, 그러니까 왜!"

슬슬 짜증이 올라오는 것을 느끼며 민혁은 요하를 노려보았다. 요하는 설명을 해줘야 하나 말아야 하나 고민하는 표정으로 입을 조개처럼 다물고 있었다. 민혁은 점점 인내심이 바닥나기 시작했다.

"됐다. 내가 들어가서 다혜한테 물어보지, 뭐. 아! 혹시 다혜가 화가 난 거야?"

윤지를 쫓아가서? 민혁은 짜증이 났던 걸 까맣게 잊고는 이제 조금씩 설레기 시작했다. 다혜가 질투라도 하는 것일까? 화까지 낼 만큼. 그러나 요하는 그의 설렘을 박살 내며 또 헛소릴 해댔다.

"화가 난 건 마마가 아니야. 마마의 용이 화가 났지."

"아까부터 왜 자꾸 헛소리야?"

민혁은 다시 왈칵 짜증을 내고는 몸을 돌려 버렸다. 요하는 마지막으로 한 번 더 경고를 해주었다.

"마마의 용은 흉포하다. 문을 열고 들어가면 살아 나오지 못할 거야."

그것은 뭐랄까……. 광기에 가까운 사나운 불 그리고 그것을 다루는 차가운 이성. 마마의 용은 사납고 흉포했다. 단지 그것을 제어하고 있을 뿐이었다.

요하는 질색하는 표정을 했다.

단지 그가 흘리는 기운만으로도 이렇게 공포스러운데, 그 적의와 살의에 정면으로 부딪혀야 한다면 어떨지 생각만으로도 오싹했다. 민혁은 그 마지막 경고를 무시해 버리고 오피스텔의 유리문을 밀고 안으로 들어가 버렸다. 요하는 고개를 갸웃거렸다.

"모른다, 저 인간. 이 살의, 못 느끼고 있어."

신기하기까지 했다. 어떻게 모를 수가 있지? 이 지독한걸? 요하는 좀 걱정스러운 얼굴로 민혁의 뒤꽁무니를 보다가 어깨를 으쓱거렸다. 사실 마마한텐 저 인간이 필요 없었다. 저 인간은 귀찮은 파리 떼처럼 마마를 성가시게만 했으니까. 이 기회에 없어지는 것도 좋을지 몰라.

요하는 어쨌든 민혁의 명복을 빌며 냉큼 건너편 건물의 꼭대기로 도망쳐 버렸다.

※　※　※

"나도 모르니까, 묻지 마."

청윤은 거의 옥박지르듯 대답했다.

"그대가 먼저 대답해, 왜 이런 선택을 한 건지. 역린을 가지고는 하루도 그대의 삶을 살 수가 없을 것 같아서, 그래서 백 일밖에 살지 못하는 이런 삶을 선택한 거야?"

그의 눈에서 다혜는 아픔을 읽었다. 하지만 그는 차갑게 말을 이었다.

"내가 화가 나서 그대에게 쏟아낸 말이 잔인했다는 건 인정해. 하지만 이런 선택은 너무 성급했어. 내가 정말 구천 년 동안 그대를 내 침실에다 가둬둘 거라고 믿었던 거야?"

다혜는 그 말이 좀 미묘하게 들린다는 생각을 하며 작게 한숨을 내쉬었다.

"그건 당신 때문은 아니었어요."

다혜는 고개를 돌리며 중얼거렸다.

그는 그녀의 시선을 다시 제게로 되돌리고 싶은 사나운 마음을 짓눌렀다. 밀어내고, 외면하고, 아무렇지 않은 척 말을 주고받고 있긴 했지만 그는 얇은 껍질 아래 있는 것을 확연히 감지하고 있었다.

"그건……."

다혜는 고개를 돌린 채 생각을 정리했다. 그래, 어쩌면 이 모든 건 순전히 자기 자신 때문일 수도 있었다. 아니, 이 모든 건 순전히 그녀 자신 때문이었다.

　그녀에겐 백 일의 삶보다 구천 년의 삶이 더 버겁고 힘들었다. 자신이 없었다. 버티고 살 자신도, 그를 미워하지 않을 자신도. 그게 내어줄 수 있는 한계였다. 차라리 언젠간 당신이 아닌 다른 사람을 마음에 담을 수 있다면…….

　그녀는 눈을 질끈 감았다.

　그럴 수 있었다면, 차라리 다른 사람을 마음에 담을 수만 있었다면 그가 바라는 대로 신계의 한구석에서 죽은 듯 조용히 살아갈 수도 있었을 터였다.

　"그건 나 때문이었어요. 이렇게 하지 않았으면 언젠간 당신을 미워하게 됐을 거예요. 당신을 원망하고, 언젠간 당신의 골칫덩이가 되고, 당신의 문젯거리가 되었을 거예요."

　다혜는 어깨를 으쓱거렸다.

　"나는 긴 삶 같은 건 바라지 않아요. 내가 원하지 않는 모습으로 변할 만큼 긴 삶은 바라지 않아요. 나는 그냥 딱 평범한 삶을 바랐어요. 가족도 있고, 친구도 있고, 사랑하는 사람도 있는……."

　그녀는 문득 그를 한참이고 바라보았다.

　"있잖아요, 언젠간 내가 다른 사람을 사랑하게 될 날이 올까요?"

　스스로에게 문득 중얼거렸다.

　"……뭐?"

청윤은 물끄러미 다혜를 내려다보았다.

"언젠가는 마음이 바뀔 날이 올까, 언젠가는 다 잊게 될 날이 올까, 언젠가는 다 추억이었다 되새기게 될 날이 내게도 찾아오게 될까."

그걸 나는 견딜 수 있을까. 다혜는 자신을 내려다보는 싸늘한 그의 시선을 마주하며 웃고 말았다.

"그럴 수가 없을 것 같아서 내려온 거예요."

다혜는 자기도 답답하다는 듯 제 가슴을 콩콩 두들겼다.

"여기 있는 마음을 밀어내고 다른 사람을 담을 수가 없을 것 같아서, 그래서 내려왔어요. 그냥 담아만 두고 살 수도 없을 것 같아서."

아무렇지도 않게 말하는 그녀에게 그가 사납게 되물었다.

"담아? 대체 누굴 말하는 거야."

찢어 끄집어내듯이 답을 원하는 스스로를 외면하며 그가 눈을 내리떴다. 이 미완의 주법이 언제까지 다혜의 영을 지탱할 수 있을지 확신할 수 없었다. 이것은 당장에라도 무너질 수 있을 만큼 극도로 불안정했다. 그러니 지금은 신계로 돌아가는 게 우선이었다. 답은 나중에 원하는 만큼 알아낼 수 있다.

청윤은 길게 돋아난 손톱으로 다혜가 앉아 있는 소파의 등받이와 팔걸이를 그러쥐었다. 그것이 베이며 날카롭게 흉터를 냈지만 그의 얼굴엔 아무런 표정도 떠올라 있지 않았다.

"일단은 돌아가. 그대의 몸으로 다시 돌아가고, 그 뒤에 다시 얘기해."

청윤은 말했다.

"그대가 원하는 곳에서 그대가 원하는 삶을 살 수 있도록 해줄게. 그곳이 신계든, 인계든 그대가 원하는 곳으로 정해."

하지만 그곳이 어디든 너는 내 것이다. 그는 말을 조용히 숨겼다. 신계로 돌아가는 즉시 몸에 족쇄를 채워 버릴 테다. 질릴 만큼 내게 안기고 나면, 머릿속에 있는 게 누구든 그에게론 갈 수 없을 테지. 그럴 만큼 넌 순진하니까. 내게 안기고도 다른 사내에게 갈 수 있을 만큼 뻔뻔하질 못해, 나와 전혀 다르지.

"그대의 생명을 담보로 내게 고집부리지 마."

청윤은 그러나 제 머릿속에 휘감기는 생각과는 달리 부드럽고 다정하게 말했다.

"나는 고집부리는 게 아니에요."

거절.

"내가……."

청윤은 닿을 듯 다혜에게로 고개를 숙였다.

차라리 지금 안아버릴까.

실컷 울려 고집을 꺾어버릴까. 머릿속에 든 생각이란 건 모조리 밟아놓고 신계로 잡아끌고 돌아갈까? 더 이상 내게 거절 같은 건 하지 못하게 밟아놓을까.

"후우……."

그는 충동을 누르며 숨을 내쉬었다.

이곳에서 안을 수는 없었다.

불안정한 상태이니 자신을 받아내질 못할 것이다. 충격을 받아 형이 흐트러지기라도 하면 더 위험했다. 그러니 육신에 집어넣고 족쇄를 채우기 전까진 기다려야만 한다.

'게다가 육신이 있는 편이 더 낫겠지.'

모조리 감각하게 만들 수 있을 테니까. 내게 안기는 매 순간을 모조리 다 감각하게 할 것이다. 단 한 가지도 잊지 못하도록.

"난 돌아가지 않아요. 그러니까 당신이나 이제 그만 돌아……."

다혜는 그를 밀어내다가 현관문이 열리는 소리에 말을 멈추고 고개를 돌렸다. 청윤은 문이 다 열리기도 전에 이미 누군지 알고 있었다.

"다혜야, 윤지 달래주고 왔어!"

민혁은 작업실 현관문을 열고 들어오며 쾌활하게 재잘거렸다.

안에 있는 무언가를 보기 전까지는.

"아……."

민혁은 맹수가 할퀴어놓은 듯한 사방의 벽과 타들어가며 천천히 녹아내리고 있는 자신의 이젤을 보았다. 그리고 눈앞에 있는 낯선 자를 바라보았다.

우물처럼 검은 그의 눈이 민혁을 향했다.

민혁은 그 눈을 기억하고 있었다. 공포에 질리면서 반사적으로 몸이 후들후들 떨려왔다. 아무도 듣지 못하던 비명 소리와 난폭하게 꺾이던 팔다리의 고통이 순식간에 되살아나 머릿속을 헤집는다. 민혁은 절뚝거리며 뒷걸음질쳤다.

"미, 민혁아……!"

청윤은 당황스러워하는 다혜를 내려다보았다.

"나중에, 나중에 다 설명해 줄게. 그러니까 지금은 자리 좀 피해……."

"아니."

청윤은 몸을 일으키며 부드러운 어조로 다혜의 말을 잘라냈다. 다혜는 그가 봄꽃처럼 다정하게 짓는 미소를 보았다.

"그냥 돌아가기엔 조금 아쉽지 않습니까?"

그는 민혁을 고이 보내줄 생각이 없었다. 윤지의 드라마에서 다혜가 핵심이었다면, 청윤에게는 민혁이 핵심이었다.

"구면이지요?"

민혁은 자신을 보며 미소 짓는 사내에게 그대로 휘말려 들어갈 것만 같았다. 두려움은커녕 바닥이 없는 깊은 우물 같은 검은 시선에 자신이 살아 있다는 것도 잊어버릴 것만 같았다. 그 치명적인 아름다움에 시선이 홀렸고, 그 잔혹한 존재감 아래 무릎을 꿇고 조아리고 싶어졌다.

"두 번째던가, 아니면 세 번째던가."

그의 입술이 그려 올라가며 색정적인 미소를 만들어냈다.

"애초에 죽여 버렸으면 이런 골치 아픈 일은 겪지 않았을 텐데."

민혁은 사내 웃음에 제 심장이 덜커덕거리는 것에 당황했다. 그가 하는 말들은 머릿속으로 이해조차 되질 않았다. 그저 민혁은 자신을 휘어감는 온갖 감정적인 것들을 떨쳐 내려 안간힘을 쓰며 더듬거릴 뿐이었다.

"저, 그러니까…… 무, 무슨?"

자신이 뭔가 말을 하고 있단 사실조차도 제대로 인지가 되질 않는 듯했다.

"처, 청윤!"

겁에 질린 건 다혜뿐이었다.

청윤은 힐긋 그녀를 보곤 입을 열었다.

"그럼 대답을 들어보기로 하지요."

그는 웃음을 지었고, 그의 말이 끝나기가 무섭게 민혁의 비명 소리가 사방을 찢어놓기 시작했다.

그랬다. 그가 듣고 싶은 것은 다혜의 대답이었다.

자신이 저 인간을 죽이려 한다면 그녀는 어떻게 나올까. 청윤이 보고 싶은 것은 바로 그것이었다. 모든 걸 다 버리고 내려와 저 인간과 함께 있는 것이 우연이라는 확신이 필요했다. 마음에 담고 있다는 그 사내가 지금 내 앞에 있어서는 안 된다.

아니라는 말을 해줘, 그 말을 들어야 한다. 지금 저 인간이 자신과는 아무런 상관도 없다는 그녀의 대답을 들어야만 했다.

"흐, 흐으으으윽……! 끄아아아악!"

민혁은 오른팔의 살이 저절로 갈라지며 피가 터져 흐르기 시작하자 미친 듯이 비명을 질러댔다.

"민혁아, 안 돼!"

다혜는 하얗게 질린 얼굴로 몸을 일으켰다. 그의 이름을 부르며 망설임 없이 그에게로 손을 뻗쳤다. 청윤은 민혁에게로 달려가는 다혜를 뒤에서 거칠게 억눌렀다.

다혜는 벗어나기 위해 발버둥쳤다. 하지만 그의 힘을 당해낼 수가 없었다. 그녀는 고개를 돌려 싸늘하게 가라앉은 그를 올려다보았다. 생전 처음으로 그가 무섭게 느껴졌다.

"이게 그대의 대답이야?"

다혜는 건조한 그의 물음에 말문이 막혔다.

"저 벌레 같은 인간에게로 달려가는 것이 그대의 대답이냐는 물음이야."

"청윤!"

다혜는 겁에 질려 혼란스러운 눈으로 그를 올려다보며 소리를 질렀다. 민혁의 신음 소리와 울음소리가 계속 들려오고 있는데, 청윤은 그 속에서 웃음을 터뜨렸다.

"그대는…… 정말이지 아무것도 모르고 있어요. 그대가 화를 내는 모습조차 내겐 얼마나 사랑스러운지."

그는 다정하게 속삭였다.

"또 이렇게 내게 대적하는 것이 얼마나 어리석은 일인지. 나는 말이지요, 지금 이 자리에서 저 인간을 죽일 것입니다."

그 말을 증명이라도 하듯 다시 한 번 민혁의 입에서 핏물 섞인 비명 소리가 터져 나왔다. 다혜는 사색이 되어 덜덜 떨었다. 그의 검은 순막이 위험스러운 빛을 내고 있었다. 이대로 검은 순막이 열리기라도 하는 날에는 민혁은 산 채로 타 죽고 말 것이었다.

"이, 이러지 말아요! 대체 왜……! 안 돼! 민혁일 보지 마!"

다혜는 몸을 돌려 그에게로 손을 뻗치며 그의 시선을 막았다. 그러면서도 이제 자신도 역린이 아니니 금세 타 죽을 것이란 생각에 두 눈을 질끈 감았다.

"……재미있군요."

그는 화를 내는 대신 고개를 기울이며 낮게 웃음을 터뜨렸다. 다혜는 가늘게 실눈을 뜨며 그를 바라보았다. 자신을 마주 보는 그의 눈이 사납게 반짝이고 있었다. 다혜는 덜덜 몸이 떨려오는 것을 느꼈다.

"저 인간 대신 죽어서라도 그를 지키겠다는 것입니까? 이 내게서? 하지만 어쩌지? 지금 그대에겐 타들어갈 육신이 없잖아. 이건 백일홍으로 만든 가짜에 불과하니까. 그대는 결코 내게서 그를 구해내지 못할 거야."

그는 거의 이를 갈며 말했다. 다혜는 그 앞에 자신을 던짐으로써 그에게 상처를 주고 있었지만 그것을 눈치채지도 못하고 있었다. 다혜는 두려움을 꾹 참고 큰 소리로 그에게 대적했다.

"그만해요! 이러지 말아요! 민혁이가 대체 뭘 어쨌다는 거야! 도대체 왜 이러는 건데요!"

청윤은 그녀를 가만히 내려다보다가 나직하게 물었다.

"왜? 그럼, 그대는 왜 나를 막는 것이지? 대체 그대에게 저 인간은 무엇이야. 무엇이기에 죽음까지도 각오하고 지키려는 것이야? 그대가 원한 삶이란 것이 저 벌레만도 못한 인간과 함께하는 삶이었나? 응? 대답해 봐. 그대는 단지 백 일 만이라도 내 손을 벗어나 그와 함께 살아가고 싶었던 것뿐이야? 그렇지 않다면 그대의 말들을 이해할 수 없잖아!"

"청윤!"

다혜는 그의 말에 왈칵 울음을 터뜨렸다. 청윤은 가슴이 무너져 내리는 것만 같았다.

"언젠간 날 미워하게 됐을 거라고? 왜? 변할 수도, 잊을 수도, 추억이었다 밀어놓을 수도, 다른 사람을 사랑하게 될 수도 없어서. 그래서 다 버리고 내려와 그대는 여기에 있어, 왜? 왜 다른 사내와 함께 있는 거야?"

그는 입을 열어 세상에서 제일 어리석다고 생각했던 질문을 했다.

"……그를…… 사랑해?"

다혜는 멍하니 그를 올려다보았다. 사랑…… 민혁을 사랑하냐고? 다혜는 꿀꺽 눈물을 삼켰다. 그의 곁에 함께 있던 백리가 떠올랐다.

그의 세상에 완벽하게 어울리던 어여쁜 여우. 그들이 떠올랐다. 별조차 숨을 죽일 만큼 휘황한 연등 속에 함께이던 그 둘의 모습이. 선 밖에서 그녀는 버려진 채 혼자였고, 그는 백리의 손을 잡은 채 그녀에게서 등을 돌렸었다.

다혜는 고개를 돌려 민혁을 바라보았다.

"……."

청윤은 억지로라도 그녀의 시선이 민혁에게 닿지 못하도록 막고 싶었지만, 참아냈다. 만약 그녀가 진실로 그를 원한다면, 만약 그것이 자신의 목숨을 바칠 만큼 진심이라면…… 그렇다면…… 난 어찌해야 하는 것일까. 청윤은 자신의 품에서 떠나 민혁에게로 걸어가는 다혜를 놓아줄 수밖에 없었다. 숨을 쉬기가 어려워져 간다.

다혜는 민혁 앞에 다가가 잠시 그를 보다가, 고개를 돌려 청윤을 바라보았다. 그녀의 눈에선 멈추지 못한 눈물이 떨어져 내렸지만, 눈빛만은 똑바로 맑았다.

민혁은 고통과 두려움에 숨죽이고 있었다. 그는 청윤의 상대가 아니었고, 그 비슷하게조차 될 수가 없었다. 민혁은 인간이었다, 자신과 마찬가지로. 그리고 청윤은 단지 그곳에 있는 것만으로도 공기를 일그러트리는 존재감을 가진, 자신과는 너무나 다른 이세계의 신이었다.

그 낯설음이 지금 이 순간 너무도 분명하게 다가왔다. 그와 함께 하늘을 누빌 때도 느낄 수 없었던 그런 거리감이었다. 마음이 이상할 정도로 차분하게 가라앉는다. 드디어 그 말을 할 수 있을 만큼이나 차갑게.

"청윤, 내가 사랑하는 건 당신이에요."

청윤은 약간 눈살을 찌푸린 채 다혜의 눈을 응시했다. 민혁 또한 피가 흐르는 팔을 꽉 누르며 떨리는 눈으로 다혜를 올려다보고 있었다.

청윤이 약간 가라앉은 목소리로 되물었다.

"지금 무슨 말을 하고 있는 거야?"

다혜는 역시 청윤을 똑바로 바라보며 천천히 다시 말했다.

"나는 당신을 사랑해요. 아주 많이 또 너무 많이."

별것 아닌 것처럼 그렇게 말해 버린 뒤 다혜는 민혁의 상처를 지혈시켜 줄 것을 찾아 고개를 돌렸다. 당장 눈에 보이는 거라곤 윤지가 놓고 간 하얀 블라우스뿐이었다. 값비싸 보였지만, 지금은 이런 거 저런 거 생각하고 싶지가 않았다.

다혜는 윤지의 흰 블라우스로 민혁의 상처 입은 팔을 꽉 묶었다. 청윤은 끓어오르는 화를 내리누른 채 기다렸다. 하지만 다혜는 더 이상 할 말이 없다는 듯 툭 던져 말했다.

"이제 대답을 했어요. 그러니까 그만 돌아가세요."

다혜는 민혁의 상처를 다 묶어 매놓은 뒤에야 그를 돌아봐 주었다. 겨우 또 가라는 말을 하면서. 청윤은 민혁을 찢어 죽이는 상상을 하며 되물었다.

"지금 대체 무슨 말을 하는 거냐 물었습니다."

"뭐가요? 당신이 계속 물었잖아요, 아까부터 계속. 왜 이런 삶을 선택했는지, 내가 민혁일 사랑하는지. 왜 그게 궁금한 건지는 모르겠지만 난 대답했어요. 난 당신을 사랑한다고요. 당신을 사랑해서라고요. 그래서 다 버리고 온 거예요. 그게…….."

다혜는 서글프게 웃고는 말을 이었다.

"당신이 내게 원하던 거니까."

"……뭐?"

그의 검은 눈동자가 흔들린다.

"견디자고 생각했어요. 그래서 당신에게 조금이라도 도움이 된다면 그냥 견디자고."

다혜는 작게 한숨을 내쉬고 말을 이었다. 사실은 이 말은 하고 싶지 않았다. 이 말만은 제 입으로는 도저히 꺼내고 싶지가 않았다. 하지만 그는 결국 마지막까지 다 긁어내고야 만다.

"당신이 날 보며 웃어줄 때 난 바보같이 기뻤어요. 왜냐면…… 그냥, 날 돌아봐 준 것 같아서. 바보같이 난 모른 체하고 싶었어요. 문득문득 당신이 날 어떻게 보고 있는지 알고 있었으면서."

"난……!"

청윤은 어떻게든 변명을 하려 했다. 하지만 입에서 무슨 말이 나오든 다 거짓이다. 난 전혀 숨기고 있질 않았던 모양이다. 내가 그녀를 어떻게 생각하고 있었는지.

"알고 있었어요. 당신도 그렇잖아요. 화가 나서 내게 쏟아낸 말이 당신의 진심이었다는 거."

조금은 망설이며 이어가는 말에 청윤의 얼굴이 굳어갔다.

"오래도록 생각했어요. 당신이 정말 원하는 게 뭘까. 하지만 정말이지 나는 당신을 너무 오랫동안 생각해서 더는 생각할 것도 없었어요. 당신의 말을 듣고 그냥 모든 게 다 아, 하고 알게 되어버렸어."

다혜는 똑바로 그의 검은 눈동자를 바라보았다.

"당신의 적에게 창과 방패가 될 수 있다는 역린이 어떻게 되어야 당신에게 가장 좋을지. 버릴 수도 뗄 수도 없어서 곁에 두고, 미움만 받아야 하는 내가 당신에게 해줄 수 있는 게 뭔지."

"그래서?"

그의 차가운 되물음에 다혜는 고개를 떨어뜨렸다.

"그래서 두고 왔어요, 역린을 보관할 육신이랑 같이."

그는 자신이 한 말을 고스란히 되돌려 듣는다.

다혜는 눈을 질끈 감았다.

"어쩌면 다 핑계에 불과할지도 몰라요. 내 이 지긋지긋한 마음이 당신이 원하는 건 다 들어주라고 하잖아, 자꾸. 아까 말했잖아요, 결국은 다 나 때문이라고."

다혜는 웃음을 터뜨렸다. 그러다 그의 눈을 노려보았다.

"그래서 이제는 정말 싫어요."

손등으로 밀어 눈물을 치워 버리고, 입술을 꽉 깨물고, 그의 눈을 노려보았다.

"이젠 정말 싫어. 어째서 이래야 해요? 이래서 두 번 다신 당신을 만나지 않길 바랐어, 두 번 다시는! 어째서 알고 싶다는 거야? 어째서 다 말하게 만드는 거야? 내 마음 같은 건 단 한 번도 신경 써본 적 없으면서. 멋대로 나타나 날 헤집는 게 즐거워요? 이게 재밌어? 내가 죽든 살든 사실은 관심 없잖아요. 단 한 번도 역린이 아닌 내게 관심 같은 거 가져본 적 없잖아요. 당신, 정말 무엇 때문에 여기 있는 거예요?"

다혜는 숨을 몰아쉬었다.

"지긋지긋한 짐 덩어리, 놓을 수도 없어 어쩔 수 없이 안고 가야 하는 짐 덩어리. 인계에 두었다 신계에 두었다 멋대로 휘두르던 그 짐 덩어리도 당신 옆에 있잖아. 나도 역린 같은 거 갖고 싶지 않았어요. 당신이 물었었죠? 당신과 함께할 꿈을 꿨느냐고. 아니요. 난 그런 꿈조차 꿔본 적이 없어요. 꿈에서조차 당신은 날 돌아보지 않았어요. 난 꿈에서조차 빌기만 해야 했어. 그저 한 번이라도 더 당신을 보게 해달라고."

비명을 지르고 싶었다.

팔다리를 다친 것이 민혁이가 아니라 나였다면 좋았을 텐데.

"내 사랑은 이런 거였어요. 이게 뭐야, 이런 사랑 하고 싶지 않아. 이런 사랑은 더는 하고 싶지 않다고! 그러니까 이젠 그만둘 거야. 역린 같은 것도 더는 안 해."

안 돼! 청윤은 울고 있는 다혜를 보며 소리를 지르고 싶었다. 날 놓겠다고? 지금 날 포기하겠다고? 그렇게 내버려 둘 것 같냐고 소리라도 지르고 싶었다.

"난 돌아가지 않아요. 돌아갈 수 없어요. 당신에게 주고 온 게 내가 버틸 수 있는 마지막이었어요. 돌아간다 해도 나는 더 이상 살아갈 수 없을 거예요. 그러니까 처음이자 마지막으로 날 좀 내버려 둬줘요. 나도 좀 숨 쉬면서 살고 싶어……. 숨 좀 쉬고 싶다고요."

다혜는 울었다. 아이처럼 손등으로 눈물을 훔쳐 내며 울고 또 울었다.

"나한테 남은 건 이제 여기밖에 없어요. 당신은 여기 오면 안 돼요……. 가버리란 말이야."

청윤은 주먹을 움켜쥐었다. 손톱이 손바닥을 파고들었다.

"무슨 소릴 하는 거야."

믿고 싶지 않았다. 지금 그녀의 말들이 다 진심이라면 되돌릴 수 있을 리가 없었다. 그러니 차라리 거짓이어야 했다.

"날 너무 사랑해서 목숨까지 다 내게 내주고 넌 빈 몸으로 인계로 돌아왔다고? 그러고도 지금 괜찮다?"

믿지 않는다.

"살고 싶다고? 아니, 너 이대론 백 일도 못 살아. 무리하게 쓴 주법이 널 백 일씩이나 버티게 해줄 것 같아? 넌 지금 당장에라도 한 줌 바람으로 흩어질 수 있어. 그래도 좋다는 거야? 그만, 이제 내게로 와. 넌 아무것도 내게 받아낸 게 없잖아. 원하는 게 무엇이든 갚아줄 테니까."

제발, 내 손 잡아.

"그대가 바라는 대로 내가 다 해줄게. 뭐든 다 들어줄 테니까, 더 불안하게 만들지 마. 이리 와."

다혜는 자신에게 내밀어진 그의 손을 보며 아랫입술을 꼭 깨물었다.

"안 가요. 난, 안 간다고 했잖아요."

거절, 또 거절. 이렇게까지 계집에게 애원해 본 적이 없었는데.

"날…… 화나게 하면 안 돼. 어서 와."

그가 한 손을 들어 똑바로 응시하던 두 눈을 가린다. 위험하게 날 돋친 푸른빛이 반짝이는 검은 동공을 가려 버렸다.

"안 가요."

다혜는 완강하게 고개를 저어댔다.

"더 이상 나 필요 없잖아요. 돌아가요, 그냥 날 내버려 두라구요."

"시끄러워. 이리 오라고 했잖아. 아아, 넌 정말 나에 대해 전혀 몰라."

낮은 웃음소리, 살갗을 긁으며 흘러 다니는 낮게 가라앉은 웃음소리.

다혜는 겁에 질려 저도 모르게 뒷걸음질쳤다. 발뒤꿈치가 민혁의 무릎에 닿고 나서야 자신이 뒷걸음질쳤다는 사실을 깨달았다.

청윤은 그 꼴을 가만히 바라보다가 다시 입을 열어 말했다. 그의 목소리엔 웃음기가 섞여 있었다.

"그댄 정말 귀여워. 순진하기 짝이 없다니까. 난 몹시도 흉포한 자야, 다혜야. 마음대로 안 될 것 같으면 다 짓밟아놓거든. 물론 교활하기도 해. 하지만 내가 네게 교활하게 굴었더라면 지금 여기서 이런 쓸데없는 입씨름 따윈 하고 있지도 않았을걸."

너무 가까워, 그녀와 벌레와의 거리가. 그녀는 너무 심하게 나를 시험하고 있었다.

"이게 무엇인지 궁금해했었지요."

청윤은 손을 들어 주변의 공기를 말아 압축시키기 시작했다. 바람이 귀곡성을 내며 그의 손안으로 몰려들었다. 공기의 급격한 움직임에 작업실 안에 돌풍이 몰아쳤다. 원형의 구슬 속으로 바람이 하얗게 뒤집어지며 휘감겨 들었다.

다혜는 겁먹은 얼굴로 그것을 보고 있었다.

"기탄(氣彈)이라는 것이지요. 이렇게 사용한답니다."

그에게서 놓여난 기탄은 공기를 찢으며 작업실의 한쪽과 부딪혔다.

약간의 진동, 약간의 바람, 그것이 전부였다.

건물의 한쪽 귀퉁이가 흔적도 없이 날아가 버렸는데도 아무런 소리도 들리지 않았다. 다혜는 없어져 버린 한 공간을 바라보며 털썩 주저앉았다. 청윤은 한쪽 입꼬리를 말아 올리며 순식간에 기탄을 복구시켰다. 다혜는 하얗게 질린 얼굴로 그의 손가락 위에서 느리게 회전하며 떠 있는 기탄을 바라보았다.

그는 다혜에게 남은 마지막 하나를 부숴놓고 다정하게 웃음 지었다.

"이렇게 사용할 수도 있답니다."

기탄은 소리 없이 여섯 개의 작은 구슬로 분리되었다. 구슬은 앞의 것의 궤적을 따르며 느린 회전을 이어갔다. 하지만 잠시였다. 겨우 숨 한 번 내쉬기도 전에 그것들은 시야 밖으로 벗어나 버렸다. 그리고 이내 모든 것, 사그라들었다. 모든 것이⋯⋯.

"아⋯⋯."

앉아 있는 모든 곳은 잔해에 불과했다.

다혜는 멍하니 주위를 둘러보았다. 그녀에게 남아 있던 유일한 자리는 이젠 무너져 버린 폐허에 불과하게 되었다.

"내가 말했지, 아마? 널 데려갈 거라고. 남은 곳이 여기밖에 없었다라. 그럼 내가 어떻게 할 것 같아? 난 아마도 이곳을 철저하게 부숴 버릴걸. 이 세상 어디에도 네가 갈 곳이 없도록."

"……왜요?"

다혜는 텅 비어버린 눈으로 그를 노려보며 물었다.

"대체 왜요!"

"그게 내 광증을 치료할 유일한 방법이니까."

그는 차갑게 대답했다.

"광증?"

"용과 역린 사이에 밝혀지지 않은 것이 남아 있었던 모양이야. 내 광증도 그런 것일 테지. 난 그대가 곁에 없으면 불안해. 난 그대가 내 시야 밖으로 벗어나면 초조해져. 난 그대가 울면 숨쉬기가 괴로워지고 그대가 슬퍼하면 화가 나. 무엇보다도 그대 곁에 벌레가 꼬이면 죽여 버리고 싶은 이 살의를 참기가 힘들어진단 말이지. 나는 견디기 싫어. 이런 걸 대체 왜 견뎌야 하지? 너만 내 옆에다 두면 모든 게 다 괜찮아지는데. 하아, 그러니 내가 널 놓아 줄 수 있겠어? 그 생각만 해도 벌써 이렇게 밑바닥부터 화가 치밀어 오르는데!"

그의 기운이 터지듯이 뻗어 나왔고 덕분에 형체를 유지하던 몇몇 것들이 완전히 부서져 버렸다. 다혜는 잔해만 남은 그녀의 공간과 우레를 치며 검게 일그러지는 하늘을 번갈아 보았다.

완전히 무너져 버렸다……. 저 검은 하늘 아래 그녀가 몸을 둘 곳은 이제 하나도 남지 않게 되었다.

"몇 번을 말해야 해요…… 난 이제 역린이 아니라고."

"넌 내 역린이야!"

그는 또 화를 냈다. 자꾸만 계속 화를 내내. 다혜는 다시금 형체가 일그러지기 시작하는 팔을 추운 듯 쓰다듬었다. 그러고 보니 추운지 더운지도 잘 못 느끼겠다. 감각도 무디어가는 걸까.

"아니에요, 난 역린이 아니에요. 난 다혜에요…… 다혜."

한 번만이라도 나를, 나로 봐줘요. 언제나 그저 버리지 못해 안고 가야 하는 성가신 짐 덩어리처럼 여기지 말고. 한 번만이라도 나를…… 나로 봐준다면. 이것도 내 욕심일 거야. 난 자꾸 욕심만 많아지네.

"으, 다혜야. 다, 다리…… 다리……!"

민혁은 고통과 충격에 반쯤 넋이 빠져 있음에도 형체가 흔들리는 다혜의 다리를 보고 덜덜 떨며 손을 뻗어왔다.

다혜는 고개를 돌려 물끄러미 그를 보다가 시선을 내려 자신의 다리를 바라보았다. 수면이 번지는 것처럼 형체가 번져 주변의 사물과 섞여들고 있었다. 다혜는 작게 한숨을 내쉬며 다리를 문질렀다.

"끌어들여서 미안해, 민혁아. 미안해. 윤지라도 불러서 병원 가. 나는 못 갈 것 같아……."

"다, 다혜야!"

민혁은 무언가 불길한 예감에 겁에 질렸다. 그는 다시 손을 뻗쳤지만 다혜를 붙잡을 수가 없었다. 물을 휘저은 듯 손이, 그냥 그녀를 통과해서 허공으로 지나친다.

[카르르르르…….]

민혁은 거대한 짐승의 사나운 목울음 소리에 뒤로 넘어지며 구석으로 도망쳤다. 다혜는 괴로운 눈으로 민혁을 보다가 시선을 돌려 그를 보았다.

검은 연기와 구름에 휩싸인 그는 천둥과 우뢰를 발밑에 두고 폭풍 한가운데 서 있었다. 청빛이 어른거리는 비늘이 검은 연기 속에서 형체를 드러냈다.

다혜는 그가 인간의 형을 간신히 유지하고 있다는 사실을 깨달았다. 그의 미색 목덜미 위로 비늘이 갈라져 나왔다. 검은 눈은 당장에라도 순막이 열릴 듯 살얼음처럼 싸늘한 빛을 내었다.

[이대로 죽는 한이 있어도 돌아가진 않겠다는 거야?]

청윤은 한 걸음 그녀에게로 다가왔고, 동시에 다혜는 자신의 양옆으로 땅이 길게 패며 갈라지는 것을 보았다.

[좋아, 놓아드리지. 그렇게까지 원한다면 버려 드려야지.]

그것은 마치 손톱자국처럼 보였다. 거대한 짐승의 손이 차마 그녀를 끌어가지 못하고 땅을 긁어가는 것처럼…… 그것이 슬프고 안쓰럽게 보였다.

[이대로 죽는 한이 있어도 내겐 오지 않겠다면. 그래, 어디 원하는 대로 살아봐, 단 하루라도!]

지독스럽게 아름다운 그가 가까이 다가와 다혜는 그의 검은 눈에 되비치는 자신의 모습을 또렷이 볼 수 있었다. 다혜는 이것이 그를 보는 마지막이라는 것을 깨달았다. 다 놓고 왔다고 생각한 고통이 다시금 치밀어 올라 그녀를 울게 만들었다.

[웃어봐! 기뻐해! 원하는 대로…… 버려줄 테니까…….]

그의 숨결이 가까이로 다가왔고 그의 아픈 목소리가 귓가로 깊이 스며들었다. 그리고 다혜는 그가 썰물처럼 지며 자신의 세상으로 돌아가는 것을 지켜보았다.

검은 구름과 연기가 동쪽으로 밀려갔고 바람이 잦아들었으며 우레가 사그라져 갔다. 세상은 다시금 맑아졌고 흰 구름 사이로 고요히 햇빛이 비쳐들었다. 폭풍은 갑자기 왔던 것처럼 그렇게 갑자기 사라져 버렸다. 한줄기 바람도 없이 이 세상은 너무도 따뜻하고 고요하다. 그런데도 왜 이렇게 몸이 추운 걸까…….

다혜는 몸을 숙여 웅크리며 동쪽을 바라보았다. 아무리 달려도 결코 닿을 수 없는 수평선 너머에 그의 나라가 있었다.

"안녕…… 청윤……."

조금만 덜 사랑할걸……. 곁에 머물 수 있을 만큼만…… 조금만 덜 사랑할걸. 다혜는 두 눈을 감아버렸다. 눈물이 또 뚝 떨어져 내린다.

이것도 마지막이 될 것 같았다.

15장

악화 (惡華)

청윤은 침상에 팔을 짚고 반쯤 엎드린 채 물끄러미 역린을 내려다보았다.

"……."

사려한 침상 위에서 다혜의 육신은 조용히 잠들어 있었다. 단 한 번 흔들리는 법 없이 호흡은 단단했다.

그는 사납게 이를 드러냈다.

그대로 목덜미를 물어뜯을 듯 카르르, 몸을 낮추며 짐승 같은 소리를 흘렸다. 요동하는 대기에 늘어져 있던 역린의 긴 머리채가 흩어진다. 살기가 터지며 사방을 긁었다. 그러나 동궁왕의 살기를 정면으로 쏟아 맞는 다혜의 육신은 미동도 없이 평온했다.

"큭…… 큭큭."

청윤은 웃음을 터뜨렸다.

"……날 원한다고?"

거짓말처럼 웃음기가 지워진 목소리로 그가 싸늘하게 중얼거렸다.

거짓말, 진심일 리가 없다.

날 원한다는 게 네 진심이라면, 날 이렇게까지 거절할 리 없어. 날 사랑한다는 게 네 진심이라면, 이렇게까지 날 밀어낼 리가 없다.

"내가 원하던 거?"

그가 다시 웃으며 되물었다.

대답 없는 육신에게 되물었다.

넌 다 보고 있었어. 난 전혀 숨기질 않고 있었다. 그래, 그렇게까지 날 다 보고 있었다면. 내게로 다시 돌아와 줄 리가 없다.

그러니 차라리 다 거짓이어야 해.

다 거짓이어야만 한다.

"하하······."

그의 몸에서 터져 나가는 풍압으로 바람이 쇳소리를 냈다. 기둥과 천장, 바닥이 긁히며 갈라진다. 그 속에서 뇌전이 파지직, 파지직, 방전되어 흘렀다.

다혜의 예쁜 육신이 엉망이 된 침전 안에 누워 있었다.

머리카락이 흐트러지고 누워 있던 침상이 부서지며 찢겨졌는데도 미동도 하지 않고 누워 있었다. 안전하게 역린을 담은 채.

청윤의 시선이 눈앞이 아닌 머릿속 어딘가를 헤맸다.

흐트러지는 백일홍을 입고 폐허 속에서 울고 있던 얼굴. 청윤은 손을 뻗어 죽은 듯 누워 있는 육신의 입술을 매만져 보았다.

"날 사랑한다고?"

죽이고 싶은 충동이 치밀었다. 날 사랑해서, 내가 원하던 이 그

룻을 내어주고 너는 죽겠다?

거짓말, 웃기지도 않는 거짓말.

믿지 않는다.

그런 것이 있을 리 없다.

그런 것이 있을 리가 없어.

청윤은 몸을 일으켜 역린에게서 떨어져 나왔다. 부서진 침전에 역린을 내버려 둔 채 그는 침전을 빠져나와 버렸다.

"……계집들을 들여라."

청윤은 비어 있던 후궁전으로 들어가며 항아들에게 말했다.

항아들의 얼굴이 붉게 달아오르는 것을 힐긋 흘겨보았다.

그래, 어차피 다 똑같다.

하나든 열이든.

비어 있는 후궁전에서 청윤은 닥치는 대로 계집을 안았다.

계집들의 살덩이 속에 파묻혀 스스로가 현실을 직시하기를 바랐다. 계집들은 어차피 다 똑같다는 것을. 다를 게 무엇인가. 정말이지 하나든 열이든. 제 발로 들어온 계집들이 왕의 손길에 광란하듯 몸을 틀며 흐트러졌다.

후궁전의 제법 화려한 침상 위에서.

"역린을 후궁으로 두실 생각이십니까."

머릿속에서 신요가 물었다.

"아니, 후궁 자리도 못 내주시지 않으십니까?"

후궁전의 침상은 계집들의 신음 소리와 체액으로 더럽혀져 갔다. 청윤은 웃음이 터질 것 같았다. 아무것도 아니었다. 정말 아무것도 아니었어. 그런데 난 이런 것도 네게 내어주기가 싫어 아꼈다.

'……이유가 뭐였더라?'

아, 너로 인해 흔들리는 날 용납할 수 없었어.

"……역겨워."

계집들은 손을 뻗치며 왕을 원했다. 그의 육신과, 그가 가진 것들과, 그가 줄 수 있는 것들을 갈망하며. 몸을 더듬는 계집들의 손…… 그 달뜬 숨소리가, 그 끈적한 체온이 역겨웠다. 찢어 죽이고 싶을 만큼.

"어째서지?"

안으면 안을수록 네 생각만 나. 그대로 한 줌 바람으로 흩어지는 한이 있더라도 내 품으론 돌아오지 않겠다는 네 생각만!

"위험해."

청윤은 낮게 웃음을 터뜨렸다. 이러다간 이 계집들을 모조리 죽여 버리고 말겠어. 이 토할 것 같은 교성을 듣느니 차라리 비명 소리를 듣는 편이 더 즐거울 테지만.

"……하."

그는 긴 손가락으로 제 얼굴을 긁듯이 쓸어 내렸다.

끌고 올 수가 없었다.

내게 원하는 게 아무것도 없는 널 잡아채어 끌고 올 수가 없었다.

만약, 네 곁에 있던 그 반편이 같은 인간 놈이 이렇게 널 더듬어

보고 있다면 어떻게 해야 하지? 내가 이렇게 계집들에게 파묻혀 있는 것처럼, 울고 있는 널 그 인간이 안아주고 있다면? 이렇게 살의가 들끓는데도 난 도무지 그 인간을 죽일 수가 없잖아. 네가 또 울까 봐. 그렇게 또 내가 널 울릴까 봐.

"아하하…… 하하하하!"

그의 웃음소리가 점점 더 커져 갔다.

침실로 불러온 계집들이 왕의 싸늘한 살기에 겁에 질려갔다. 그녀들은 마음속에 품었던 실낱같은 희망, 왕의 눈에 들 수 있을지 모른다는 그 희망이 부질없는 것이란 사실을 깨닫는 데는 오래 걸리지도 않았다.

왕은 정상이 아니었다.

"주, 주군!"

밖에서 기다리고 있던 신요는 주인의 웃음소리에 위험을 느끼고 방 안으로 뛰어들었다. 주인의 이런 모습은 뵌 적이 없었다. 이렇게 흐트러진 모습은.

"주군, 대체 왜 이러시는……."

청윤은 시끄러운 소리에 시선을 돌려 신요를 바라보았다. 신요는 주인의 텅 빈 눈동자와 마주치고는 저도 모르게 흠칫 뒤로 물러섰다.

"계집들을 물려라."

청윤은 싸늘하게 말하며 옷깃을 끌어 올렸다. 얼마나 걸릴지 모르겠다. 완전히 이성을 잃고 미치기까지. 그는 길고 미려한 손으로 자신의 웃음을 가렸다. 사납게 번져 가는 짐승의 웃음을.

"그리고…… 임림, 그자를 데리고 와."

지겹다. 대체 왜 이렇게 지겨운 거야. 이 사향의 너른 바다에 진정 날 끓어오르게 해줄 것이 하나도 없단 말인가. 널 잊게 해줄 것이 하나도 없단 말이야? 그는 다시 낮은 웃음소리를 흘렸다.

여인들은 겁에 질려 덜덜 떨었고, 신요 또한 뼛속 깊이 위험을 감지했다. 왕의 웃음소리에 광기가 배어 있었다. 이대로는 정말 위험했다.

✻　✻　✻

독충이 움직인다, 실패가 감기는 대로. 청윤은 그를 비스듬히 내려다보았다. 남궁의 사신, 시랑휴귀의 뱃속 대신 독충을 선택한 그의 꼭두각시. 그러나 청윤은 관심 없는 듯 지루한 태도로 그를 맞이했다. 그러나 임림은 동궁왕에게서 흘러나오는 광포한 위압감에 목이 졸리는 기분이었다.

"주인을…… 뵙습니다."

임림은 겨우 한마디를 이어 붙이는 데 안간힘을 다해야 했다. 그는 두 번 다시는 고개를 들고 싶지 않다는 얼굴로 머리를 조아렸다. 청윤은 그를 비스듬히 내려다보았다.

"이런 처지에 빠뜨려서 미안하군요."

임림은 건조한 그의 목소리에 소름이 돋았다. 말의 내용과는 다르게 그 말이 원한다면 지금이라도 죽여주겠다는 것처럼 들렸다.

"그대가 해줘야 할 일이 있습니다."

청윤은 몹시도 무료한 어조로 말을 이었다.

"지금 즉시 그대의 본향으로 돌아가도록 하세요."

그의 눈이 위험스럽게 반짝였다. 임림은 그의 말에 따라 몸의 가장 작은 신경에까지 독충의 실이 연결되어 가는 것을 느끼며 마른침을 삼켰다.

"그리고 무슨 짓을 해서든 남궁왕후가 남궁 바깥으로 나오지 못하게 잡아두셔야 합니다. 특히 그 육식종이 남궁왕을 만나게 해서는 안 됩니다. 내 말을 명심하세요. 이것을 이행하지 못할 시엔 그대도 살아남지 못할 테니."

"명심…… 하겠사옵니다."

임림은 두려움 속에 자신의 속내를 감추었다. 저 간악한 작자가 왜 저런 명령을 내렸을까. 그 이면을 읽어낼 수만 있다면……. 임림은 침을 꿀꺽 삼켰다. 청윤은 그를 가만히 내려다보다가 흥미를 잃은 듯 시선을 돌렸다.

"알아들었으면 그만 물러가도록."

그의 시선이 멀어지니 그제야 숨이 제대로 쉬어졌다. 임림은 발소리를 죽이며 물러 나갔다. 곁에 있던 신요는 그가 완전히 빠져나갈 때까지 기다렸다 질문을 던졌다.

"주군, 어째서 그런 명령을! 남궁왕은 지금 화평을 위해 동궁으로 올라오고 있지 않습니까. 한데 어째서?"

그의 주인은 시선조차 돌리지 않은 채 건조하게 되물어왔다.

"그 전쟁광이 고작 호위부대만을 이끌고 이 먼 동궁으로 오고 있다고? 그것도 겨우 내 혼례 연찬에 참석하기 위해서? 설마."

왕은 웃음을 터뜨렸다. 지루하다는 듯 또 지겹다는 듯이.

"하, 하지만 분명 경계를 넘어올 때 얼굴을 확인했습니다. 게다가 그의 병사들 또한 왕과 함께 있다고 행동거지를 조심하는 모습을 보였습니다. 그러니 그가 가짜일 리는……."

"날 의심하는 것도 네 자유겠지."

신요는 무심한 주인의 말에 급히 부복했다.

"소, 송구합니다. 제가 감히……."

청윤은 창틀에 기대 밖으로 보이는 먼바다를 바라보았다. 왜 이럴까. 바다가 이리 넓은데 아무것도 눈에 들어오질 않았다. 망가지고 있었다. 작은 균열로부터 시작해 조금씩 부서져 가고 있었다. 그는 혼잣말하듯 나직이 말했다.

"진짜 남궁왕은 좌우위와 더불어 칼질을 해대고 있을 것이다. 살육의 즐거움에 시간 가는 줄도 잊고 있겠지."

진정 그가 부러웠다. 청윤은 낮게 웃음을 흘렸다.

"그, 그렇다는 것은 지금 요어족을 치고 있는 장본인이?"

신요의 안색이 하얗게 질려갔다.

"그래, 남궁이다."

주인은 자신의 말에도, 그 말이 뜻하고 있는 의미에도 전혀 관심이 없는 듯 보였다. 신요는 오싹해지는 기분이 들었다.

"요어족을 치는 것이 남궁왕이라면 좌우위만으로는 역부족입니다!"

"그렇겠지. 그러니 좌우위에게 전해라. 버티다 안 될 것 같으면 바람이나 흩뜨려 놓고 도망치라고."

또…… 또 그렇게 남의 일처럼! 신요의 얼굴이 사색이 되었다.

"주군! 홍위위와 산호위도 그쪽으로 돌리셔야 합니다! 그들은 지금 하는 일도 없이 남궁과의 경계를 배회하고 있지 않습니까!"

"아니, 그건 안 될 일이지."

주인께선 또 뜻 모를 소리를 하셨다.

"그렇게 되면 남궁왕후를 사냥할 병력이 부족해질 테니까."

신요는 낮게 읊조리는 왕의 말을 잘못 들은 것이 분명하다고 생각했다. 아무리 남궁왕이 바깥으로 나왔다 하더라도 겨우 이위로 남궁성을 칠 수는 없었다.

"주군, 설마!"

주인의 입가에 긴 미소가 번졌다. 신요는 두려워졌다. 게다가 주인께서 세워놓으신 계획이 무엇이라 하더라도 독충은 불안 요소였다.

독충은 두 가지 제약, 주인의 명을 따른다, 주인을 공격하지 않는다.

이것에 반하는 행동을 했을 때 실이 발작하여 숙주의 몸을 고깃덩이로 해체시켜 버렸다. 연매가 죽었던 바로 그대로. 하지만 연매의 경우에서 알 수 있듯이 직접적으로 제약이 걸리지만 않는다면 얼마든지 자의대로 행동할 수 있었다.

"주, 주군, 설마 임림 그자를 믿으십니까."

"물론."

주인은 너무도 간단히 대답했다.

"그는 내 곽독이지 않느냐."

"하지만!"

역린을 다치게 만들었던 연매 또한 곽독이었다.

"그는 내 기대에 어긋나지 않을 것이다."

"주군, 하지만……!"

청윤은 힐끗 그에게로 시선을 돌렸다. 시선을 마주친 신요는 움찔거리며 말문을 닫았다. 건조하고 무료한 어투와는 다르게 그 검은 눈동자는 간신히 억눌러 놓은 듯한 살의와 광기로 싸늘한 빛을 내고 있었다.

"시끄럽구나. 너는 그만 가서 손님을 위한 여흥거리나 준비하도록 해라."

"여흥거리라 하심은?"

신요는 주인의 대답이 두려워졌다. 주인께선 다시 몹시도 지루한 듯한 목소리로 대답해 주었다.

"시랑휴귀를 바다에 풀어라. 그리고 좌우위에겐 말을 숨겨라, 적이 남궁의 군사라는 사실을."

"그건 어째서……."

신요는 점점 더 영문을 알 수 없어졌다.

"적에 대한 예우는 지켜야지 않겠느냐. 나를 속이려고 이리 열심인데 속는 척은 해주어야겠지."

그래야 내 숨통을 조이러 오는 걸음이 더욱 바빠질 테니. 그는 무심하게 말하곤 손짓으로 권속을 물려 버렸다.

신요는 주군의 침소에서 돌아 나왔다. 주군은 내내 이쪽으로 시선을 돌리지 않고 빈 바다만 바라보고 계셨다. 모르겠다, 도대체 주인께서 무슨 생각을 하고 계시는 건지.

'시랑휴귀를 바다에 풀라고?'

도대체 왜? 그 육식종들을 대체 왜 풀어놓으라 하시는 걸까! 무엇을 위해서? 남군뿐만 아니라 자국의 신민들까지 혼란에 빠질 게 뻔했다. 그들은 시랑휴귀족을 조금 다르게 생긴 연골어강족이

라고 착각할 게 분명했다! 신족들 대부분은 이 세계에 육식종이라
곤 연골어강족 하나뿐이라고 믿고 있기 때문이었다.

"제길!"

하지만 주인의 명령을 거스를 순 없었다. 그것이 자신의 머리로
는 도저히 이해할 수 없는 것이라 해도. 주인의 명령은 판단을 해
서도 의문을 가져서도 안 되는 것이었다. 동궁의 권속들은 대부분
그렇게 길들여져 있었다. 그러니 주군께서 무너지시면 동궁은 그
날로 끝이었다.

"제기랄."

신요는 뒤돌아 주군의 침전을 절반이나 잡아먹고 있는 여섯 겹
의 결계를 노려보며 다시 욕설을 중얼거렸다.

결계는 강철 실로 짜놓은 거미줄처럼 정교했고 동시에 강력했
다. 왜 안 그럴까. 주군께서 직접 쳐놓으신 건데. 바로 저기에 역린
의 육신이 잠들어 있었다. 정말 이런 짓을 저지르실 줄은 몰랐다.
백일홍이라니! 하지만 더 예상할 수 없었던 건 주인의 반응이었다.

냉정하게 말해, 아무짝에도 쓸모없는 인간의 혼이 없어졌다고
설마 주인께서 저런 반응을 보이실 줄이야. 혼만 빠졌다 뿐이지
역린으로서는 제 기능을 다하고 있는데 말이다. 아무리 마음에 담
았다 해도 이런 반응이시라니.

"저, 저기, 아우님!"

신요는 자신을 부르는 목소리에 힐끔 뒤를 돌아보고는 후회를
하며 이를 갈았다. 그렇지 않아도 머리가 복잡해 죽겠는데, 생각
지도 못한 복병이 기다리고 있었을 줄이야. 주요였다.

신요는 감히 주인의 감각 안쪽으로 들어온 그의 비대한 간덩이

만큼은 높이 쳐주었다. 그렇다고 그게 걸음을 멈춰 말을 섞어줄 이
유는 되지 못했지만. 신요는 이를 박박 갈며 혼잣말로 투덜거렸다.

"동궁 안에 개새끼가 돌아다니네. 감문위는 대체 일을 하는 거
야, 마는 거야?"

"아우님!"

주요는 소리를 꽥 하고 질러댔다. 신요는 처음으로 칼 대신 붓
을 잡은 자신의 인생 경로를 한탄했다. 붓으로는 저 바보 같은 형
놈의 머리통을 뎅겅 잘라줄 수가 없었으니까. 신요는 어쩔 수 없
이 말대꾸를 해주었다. 너무 시끄럽게 굴면 주인님께서 나오실 수
도 있었고, 그것만은 제발 사양이었다.

"왜 아직도 동궁 안에 있어? 낯짝도 두껍네, 형님."

그렇지 않아도 심기 불편하신 주인님께 걸리고 싶은 마음은 눈
곱만큼도 없었다. 정말이지, 왜 저런 거랑 엮여서는. 신요의 사나
운 눈초리에 주요는 침을 꿀꺽 삼키며 기어들어 가는 목소리로 중
얼거렸다.

"그, 그게, 문중에 들어가면 맞아 죽을 것 같아서."

"들어오긴 어딜 기어들어 와? 우리 문중에는 주군의 권속 아닌
자는 필요 없어."

신요는 거침없이 타박했고, 주요는 땅이 꺼져라 한숨을 내쉬었
다.

"알고 있어, 아우님. 그러니까 난…… 작별 인사를 하러 왔어."

신요는 뚱하니 형을 노려보았다.

"그건 또 무슨 헛소리야?"

"문중에 들어가 어른들께 인사라도 하고 나오고 싶었는데, 들

어가면 진짜 맞아 죽을 것 같아서. 사실 아우님이 우리 일족 제일 어른이잖아? 그러니까 아우님 얼굴만 뵙고 가도 괜찮겠거니 생각했어."

신요는 물끄러미 주요를 보다가, 마치 안내원이라도 된 듯 친절하게 설명해 주었다.

"죽으러 갈 거면 괜히 멀리 갈 것도 없어. 저 전각 안에 들어가 주인님 계시는 데 가서 죽여달라고 부탁드려. 흔쾌히 들어주실걸."

어쩌면 반가워하실 수도 있었다. 지금은 아무나 걸리기만 하면 다 죽여 버리고 싶으신 용안이셨으니까. 신요는 어깨를 으쓱거렸다. 주요는 생각만 해도 끔찍하다는 듯 질색했다.

"차라리 연골어강족 밥이 되고 말지. 난 그렇게 비참하게 죽고 싶은 마음은 없어. 난…… 그러니까 인계에 내려갈 거야."

그의 말뜻을 알아들은 신요는 코웃음을 쳤다.

"주군께서도 찾는 데 하루하고도 반나절이나 걸리셨어. 지금은 그때보다 더 향이 흩어졌을 텐데 형님이 무슨 수로 찾겠다는 거야?"

"어떻게든."

주요는 발끝에 걸리는 돌을 툭 걸어찼다.

신요는 동궁 전체의 뼈대를 이루고 있는 귀한 물낯돌을 발로 차는 것을 보고 인상을 찌푸렸다. 저 물건이 얼마나 비싼 물건인데, 술 처먹다가 역린을 위험에 빠뜨린 멍청한 상장군 몸값과는 비교도 안 되게 비싼 물건이었다. 그런데 저 바보 같은 형 놈이 발로 툭툭 걸어차기나 하다니?

신요의 반응에는 아랑곳하지 않고 주요는 그저 제 할 말만 중얼거려 댔다.

"어떻게든 찾을 거야. 넌 아무것도 몰라, 아우님. 네 머릿속은
그저 동궁과 주인님 생각으로만 가득 차 있지. 하지만 우린 아씨
가 태어난 그 순간부터 계속 함께였어. 이렇게 그 애를 잃을 수는
없어, 절대."

신요는 몸을 숙여 돌을 제자리에 끼워 넣었다. 그러자 떨어졌던
돌이 서로 이어 붙으며 안쪽에 담긴 물색 파도가 다시 흐르기 시
작했다. 시간이 지나면 접착력이 떨어져 새 돌을 가져다 복구시켜
야 했다. 지난번에 주군께서 기둥을 두 개나 날려 버리신 것만으
로도 충분했다. 동궁이 부서지는 꼴을 보는 건.

"맞아. 내 머릿속은 오로지 동궁과 주인님뿐이지. 멍청한 형님
너나, 백호족 족부나, 천궁 공주 따윈 어떻게 되든 사실 상관없어.
죽든 말든. 자기들이 은연중에 아씨를 상처 입히고 있었다는 사실
조차 모르는 멍청한 백치들이 어떻게 되든 무슨 상관이겠어?"

"우리가, 뭐?"

주요는 동생의 말에 멍한 표정을 지었다.

"아씨께서 너희들을 진짜 가족으로 생각했다면 이렇게 아무 말
도 없이 떠날 수 있었을 것 같아? 그것도 백 일 뒤면 죽을 텐데?"

"너……!"

주요는 이를 갈며 주먹을 움켜쥐었다. 그의 힘이 휘몰아치며 풀
리기 시작하자, 신요는 아주 박수라도 쳐주고 싶다는 생각이 들었
다.

"그래, 이제는 주인님 계신 데서 날 잡겠다 하시는군. 같이 죽
자 이거야? 미안하지만, 난 형님과 달리 할 일이 많은 몸이야. 그

러니까 이 덜떨어진 거북아, 그 안 돌아가는 머리로 잘 좀 생각해봐. 네놈들의 진짜 가족을 목격한 아씨의 심정이 어땠을지."

"진짜 가족……?"

주요는 갑자기 맥이 탁 풀리는 기분이 들었다.

"그래, 그래, 지금 같아선 호적에서 파버리고 싶은 심정이지만. 안타깝게도 핏줄은 끊어낼 수 있는 게 아니지. 그러니까 제발 부탁인데, 괜한 짓 하지 말고 여기서 역린이나 지켜. 아무리 징계 중이라고 해도 지금 나라 꼴이 어떻게 돌아가는지 정도는 알 수 있잖아. 소란 중에 역린이 다치기라도 하면 아씨께선 정말 돌아오실 곳이 없어져. 설마 그러길 바라는 건 아니겠지?"

신요는 주요를 지나쳐 가며 말했다. 아씨께서 전쟁이 끝날 때까지만이라도 버텨주신다면 신요는 자기라도 가서 아씨를 납치해 와야겠다고 생각했다. 이대로는 너무 위험했다. 주군뿐만이 아니었다. 주군께서 계속 저런 상태면 동궁의 앞날은 풍전등화나 다름없었다.

＊　＊　＊

신요의 예상은 틀리지 않았다. 남군은 요어족을 치고 위로 올라오며 계속 승승장구했다. 남군의 대병력 앞에 좌우위는 속수무책이었다.

"바람이나 흩뜨려 놓고 도망치라는군."

동군 좌우위를 통솔하고 있는 상장군 안연은 정일품 문관 상상(上相)에게서 온 소리말을 닫으며 허탈한 표정을 지었다. 마침

내 동궁으로부터 연락이 와서 한껏 기대를 했건만.

"신요 나리께서 도망이나 치라 하셨다구요? 바람이나 흩뜨려 놓고요?"

곁에 있던 부관이 믿을 수 없다는 듯 물어왔다. 안연은 소리말을 들이밀며 말했다.

"못 믿겠으면 직접 들어보시게나."

부관들은 설마 그럴 리가 싶은 표정들을 하고 소리말을 열어 감겨 있는 바람 소리를 들었다. 소리말은 풀려 나오며 정확하게 안연이 읊었던 그대로를 부관들에게 들려주었다.

바람이나 흩뜨려 놓고 도망쳐라. 그건 그냥 통신망이나 끊어놓고 도망치라는 뜻이었다. 바람을 엉켜놓으면 보갑에 감아놓은 소리말이 아닌 이상 죄다 엉킨 바람에 말려들게 되어 있었다. 한마디로 직접 전달하지 않으면 떨어져 있는 대상과 그 어떤 말도 나눌 수 없다는 뜻이었다.

"하지만 상장군님, 적은 이미 대병력이거늘, 대체 통신망을 두절시켜 봐야 무슨 소용이 있단 말입니까?"

부관의 물음에 안연은 깊은 한숨을 내쉬었다.

"난들 알겠나?"

그는 답답한 듯 자리에서 벌떡 일어나며 중얼거렸다.

"……주군께서 무슨 생각이 있으시겠지."

적은 이미 동궁을 향해 진격 중이었고, 좌우위는 겨우 산발적인 기습으로 그들을 성가시게 만드는 것 외에는 할 수 있는 것이 거의 없었다. 병력 차이가 너무 심했다.

안연은 동군 주요 병력인 삼 위 중 이 위가 할 일 없이 남방의 경계를 배회하고 있다는 사실을 알고 있었다. 뿐만 아니라 병사의 수는 적지만 동군 최고의 정예로 이루어진 이군은 사소한 업무 때문에 제각기 흩어져 있다는 사실도 알고 있었다.

정체모를 적이 대병력을 이끌고 침공을 시작한 때에 이게 대체 무슨 말도 안 되는 상황인가 싶었다. 주요 병력을 끌어 모아 일전을 준비해도 모자랄 판에 이 모양이라니!

'이제는 주군을 믿는 수밖에 없다.'

그러나 안연이 모르는 것이 한 가지 있었다, 지금 그들의 주인은 광기에 사로잡혀 가고 있다는 것을.

❋   ❋   ❋

어린화는 동궁에서 돌아온 임림과 마주했다. 그러나 그녀는 임림의 몸 상태를 꿰뚫어 보고 있었다. 몸 안에 독충의 흰 거미줄이 가득 차 역겨울 정도였다. 그녀의 눈에는 독충이 토해내고 있는 실 뭉치와 차갑게 타오르는 청색 불의 실체가 똑똑히 보였다.

그렇기 때문에 그녀가 이렇게 임림을 마주하고 있는 것이었다. 저 꼭두각시 독충이 하는 말이 바로 동궁왕의 말일 것이기 때문에. 하지만 임림의 첫마디는 모든 것을 다 예상하고 있던 어린화를 놀라게 만들었다.

"왕후마마, 신은…… 신은 동궁왕의 곽독이 되었사옵니다."

임림은 자신의 목적을 이룰 때까지 독충의 실이 움직이지 않도록 극도로 조심해야 했다. 그는 한발 한발 신중히 내디뎠다.

어린화는 그의 이면을 읽어내려는 듯 붉은 눈을 반짝였다. 피처럼 붉은 동공이 임림의 숨소리 하나 놓치지 않으려는 듯 그를 쏘아보고 있었다.

"어째서 내게 그 말을 하는 것이냐."

임림이 곽독임을 미리 알아볼 수 있었던 건, 그녀가 살아 있는 것을 잡아먹고 살아가는 육식종이기 때문이었다. 그녀는 신계의 다른 어떤 종족보다 산 것이 내는 피의 흐름과 근육의 움직임에 민감했다. 그렇지 않았다면 결코 동궁왕의 독충을 알아보지 못했을 것이다. 그만큼 동궁왕의 힘은 교활하고 은밀했다.

"소신에게는 시간이 없사옵니다. 마마…… 동궁왕의 명을 전하겠사옵니다."

아주아주 조심해야 했다. 실이 조금씩 반응을 일으키고 있었다. 임림은 머릿속으로 동궁왕의 명을 이행하기 위해 최선을 다하고 있다는 생각을 짜 넣었다. 실은 다시 숨을 죽였다. 그러나 임림은 이것이 잠시뿐임을 알고 있었다.

"마마께오선 절대로 남궁을 떠나시면 아니 되옵니다. 특히 남궁왕 전하와 만나시면 아니 되시옵니다. 그렇게만 되면 동궁왕께서 이번 전쟁에서 승리하게 될 것이옵니다."

"그것이 동궁왕의 명이라고?"

어린화는 눈살을 찌푸렸다.

"남궁왕 전하께서……"

임림은 머릿속으로 독충의 실이 발작하여 자신의 몸을 고깃덩이로 해체하는 데 얼마만큼의 시간이 걸릴까 계산해 보았다. 몇 마디 말을 더 할 수 있을 만큼만 되면 충분했다.

"동방에서 승승장구하시는 연유를 생각해 보옵소서. 남궁왕 전하를 가로막는 것은 좌우위 하나뿐이옵니다. 허면 나머지……."

실이 꿈틀, 요동을 쳤다. 그 여파는 혈관을 타고 몸 전역으로 파도를 그리며 번져 나갔다. 얼마 남지 않았다.

"나…… 머지 동궁의 군사들은 어디 있을지 생각해 보소서."

어린화는 자리에서 벌떡 일어났다. 임림의 몸에 붉은 선이 그어지며 조금씩 피가 새어 나오기 시작한 것이다. 마치 안에서부터 날카로운 실로 베이기 시작한 듯이.

"마마…… 동궁왕의 병사들은 남궁을 향해 오고 있사옵니다. 마마를 잡기 위해서…… 큭…… 그러니 마마……."

조금만 더……!

"지금 즉시 남궁을 벗어나, 남궁왕 전하께로…… 오직 그분만이 마마를 지켜 드릴 수 있을 것……."

실이 터져 나오며 임림은 순식간에 고깃덩이로 무너져 내렸다. 그러나 그의 얼굴에는 희미한 미소가 떠올라 있었다. 동궁왕은 제가 판 덫에 걸리게 될 것이다. 동료들을 육식종의 아가리에 던져 넣었던 동궁왕이 마침내 죗값을 받게 되는 것이다.

"이, 이런!"

어린화는 해체된 붉은 핏덩이 위에…… 말하자면 꽤나 먹음직스러워 보이는 그 고깃덩이 위에 떠 있는 독충의 거대한 실 뭉치를 노려보았다. 허연 실 뭉치 한가운데 청색 빛이 싸늘하게 반짝이고 있었다. 그러나 숙주를 잃은 독충은 이내 소멸하고 말 것이었다. 임림은 죽었다, 독충의 주인을 배신하였기 때문에.

"……."

원래 어린화는 독충의 말을 듣고 그 반대로 행동할 생각이었다.

그의 말은 동궁왕의 말일 테니까.

"죽음까지도 각오하다니."

어린화는 남궁왕이 거칠 것 없이 승승장구하고 있음을 알고 있었다. 그렇지 않아도 이상하게 생각하던 차였다. 그 많던 동궁의 병사들이 다 어디로 사라져 버린 것일까 하고.

'서로 가장 치명적인 급소를 노리고 있었구나!'

그녀가 동궁왕의 역린을 노리고 있었듯이, 동궁왕도 그녀를 노리고 있었던 것이다. 남궁왕의 역린인 자신을. 어린화는 허리를 굽히더니 미친 듯이 웃음을 터뜨렸다.

"믿었던 꼭두각시 인형이 배신했다는 사실을 알았을 때 그 오만한 작자의 얼굴이 어찌 변할지 궁금해 참을 수가 없구나. 아이들아, 지금 즉시 떠날 차비를 하여라. 남궁왕께로 가야겠다!"

동궁왕은 실패할 것이다, 자신과는 다르게. 일이 이렇게 된 이상 인계로 보낸 아이들이 동궁왕의 역린을 해치우는 데 실패를 한다 해도 상관없었다. 동궁은 텅텅 빈 상태일 것이기 때문이었다. 어린화는 참을 수 없다는 듯 연신 키득거렸다.

❃　❃　❃

"……다혜야, 다혜야!"

작업실 폐허 위에 위태롭게 앉아 있던 다혜는 자신을 부르는 소리에 천천히 시선을 내렸다. 약간 눈앞이 흐릿해 초점이 잡히질 않았다. 시력이 안 좋아지는 것 같았다.

"민혁이구나. 미안…… 몇 번이나 불렀어?"

요 며칠 새 청력도 안 좋아졌기 때문에 다혜는 지레짐작하며 물었다.

"한 아홉 번쯤."

퉁명스럽게 말하는 민혁의 팔에는 하얗게 깁스가 감겨져 있었다. 다혜는 두어 번 눈을 깜빡이며 초점을 맞추려 애를 썼다. 멀리 있는 것보다 가까이에 있는 것에 초점을 맞추기가 더 어려웠다. 또 가까운 데서 들리는 소리보다 먼 데서 들리는 소리가 더 선명하게 들렸다.

다혜는 자신을 헤집고 지나가는 바람에 천천히 눈을 감았다. 바람은 백일홍 향을 흩뜨려 놓으며 멀리 날아갔다. 그녀는 요 근래 느꼈던 충동에 다시금 흔들렸다. 저 바람에 섞여 함께 날고 싶다는 충동.

"다혜야, 다혜야!"

"아, 미안."

다혜는 다시금 퍼뜩 정신을 차렸다. 하지만 초점을 맞추기 어려운 것과 마찬가지로 그에게 정신을 집중하는 것 또한 어려웠다. 마음은 온통 하나의 존재로 가득 차 있었기 때문에. 만약 모든 걸 다 포기하고 바람에 섞여든다면…… 다혜는 자신이 어디를 향해 날아갈지 잘 알고 있었다.

'바람이 되면 닿을지도 모르겠다. 다시 한 번, 그에게로.'

다혜는 동쪽을 바라보다가 애써 할 일을 떠올리고는 아래로 내려왔다.

"……."

민혁은 다혜가 마치 꽃잎처럼, 중력의 난폭한 끌림 없이 사뿐히 내려서는 것을 바라보며 입을 꾹 다물었다. 전보다는 더 많은 것을 알게 되었지만 그것이 기쁘지는 않았다.

"불러내서…… 미안해."

다혜는 느릿느릿 말했다. 민혁은 울컥 치밀어 오르는 무언가를 짓누르며 물었다.

"이제 말하기도 어려운 거야?"

다혜는 그저 그의 물음에 희미하게 웃기만 할 뿐이었다.

"그가…… 널 데려간다고 했잖아. 그를 따라가면 괜찮은 거 아니야? 왜 고집을 부려! 너 그냥 이렇게, 이렇게!"

민혁은 화가 났다. 다혜는 민혁에게로 다가가 그의 손을 붙잡았다. 민혁이 움찔하는 것이 느껴졌다. 이제 그에게 그녀는 그저 평범한 사람이 아니었던 것이다.

다혜는 그런 민혁을 탓할 마음은 없었다. 그가 자신을 무서워하고 있는 건 사실이었지만, 많이 걱정하고 있는 것도 사실이었으니까. 다혜는 걱정하지 말라는 듯 민혁의 손등을 톡톡 두들기고는 맑게 웃었다.

"괜찮아. 난 있잖아, 민혁아. 지금이 그 어느 때보다도 평온하게 느껴져, 약간 슬프긴 하지만. 좀 이상하지?"

다혜는 너스레 떨듯 말하고는 생긋 웃었다. 기묘할 정도로 말이 느렸지만 못 알아들을 지경은 아니었다. 다혜는 민혁의 손을 놓고 돌아섰다. 그리고 그 폐허 한구석에서 무언가를 꺼내 들었다. 영영 미완성으로 남을 줄 알았던 그림은 완성되었고, 자랑스럽게 전시회에 걸릴 줄 알았던 그림들은 모조리 부서졌다. 다혜는 손에 든 화폭을 한참 동안이나 말없이 내려다보았다.

"이것 때문에 불렀어. 내 그림은 다 이곳에 있었기 때문에 남은 건 이거 하나뿐이야. 전시회…… 부탁할게."

"그게 무슨 뜻이야? 그럼 넌."

다혜는 민혁의 추궁이 무서운 듯 얼른 그의 손에 그림을 넘겨주었다. 민혁은 얼떨결에 그것을 받아 들고는 더 이상 아무런 말도 할 수가 없어졌다.

"너……."

선은 곳곳에서 무너져 있었다. 흔들리고 끊어지고 닿지 않고 떨어져 내렸다. 거칠고 어두웠다. 한밤에 휘몰아치는 거센 폭풍…… 그리고 그 가운데서 이룽대는 하나의 빛, 새벽녘의 첫 별. 심연을 꿰뚫을 듯한 그 청색 눈과 마주치자 민혁은 등줄기가 오싹해졌다. 그림일 뿐이야……. 그러나 그 기이한 그림은 몹시도 아름다웠다. 마치 그날의 그처럼, 소름이 돋을 만큼 아름답다.

"나는 가벼운 짐이 되고 싶었어."

다혜는 민혁에게서 돌아서며 천천히 걸었다.

"아주 오랫동안 들고 가야 하더라도 힘들지 않을 만큼 가벼운 짐. 그게 내가 그에게 해줄 수 있는 유일한 거였어."

"다혜야?"

민혁은 걸어가는 다혜의 뒷모습이 흐릿하게 보였다. 눈물이 차올라서…… 그리고 그녀가 사라져 가고 있어서…….

"다혜야!"

그녀는 멈추지 않고 계속 걸었다. 언젠가 꿈꾸었던 석양 속으로. 그리고 자신이 진정으로 바라는 것은…… 어둠 속으로 넘어가는 저 황혼 속으로, 사그라지는 저 적하 속으로 그저 그와 함께하는 것뿐이란 사실을 깨달았다. 비록 내가 내가 아니게 된다 하더라도.

그렇게 되기 전에 끝을 낼 수 있어 다행이란 생각이 들었다.

그저 역린을 담는 그릇으로도 좋으니 그의 세계에 있게만 해달라고 바라기 전에.

다혜는 마지막으로 고개를 돌려 오랜 친구를 바라보았다. 그가 흘리고 있는 눈물 때문에 한없이 미안해졌다. 더 이상 같이 울어줄 수가 없었다. 어느새 우는 방법도 다 잊어버린 걸까. 아니, 어쩌면 몸속에 있는 눈물을 전부 다 흘려 버렸는지도 모르겠다. 어떻게 울더라……? 떠올려 보려고 애썼다. 하지만 도무지 기억이 나질 않아 다혜는 그냥 포기하고 작별 인사나 하기로 했다.

"아주 멀리 여행을 떠날 거야, 나 혼자서. 너무 멀어서 돌아오지는 못할 것 같아. 그러니까 우리 요하…… 부탁할게……. 혼자 울지 않게 해줘. 할머니께 데려다 주었으면 해. 부탁해…… 아직 어린아이라서."

민혁은 폐허 한구석에서 숨죽이고 우는 요하의 울음소리를 들었다. 민혁은 저 밉살맞은 꼬마 때문에 가슴 아프고 싶지 않았다.

"다혜야, 다혜야!"

차라리 다행이야, 그런 생각이 들었다. 매정하게 웃으며 돌아설 수 있어서 차라리 다행이라고. 다혜는 맑게 웃으며 돌아섰다. 앞으로 걸어가며 그녀는 마지막으로 걷고 싶은 곳을 떠올렸다. 끝까지 떠오르는 것은 그뿐이라 다혜는 자신도 진짜 어지간하다는 생각을 하며 웃음을 터뜨렸다.

'한 번만 더 울고 싶어.'

잃어버리고 나니까 그런 것조차 그리워져. 다혜는 천천히 걸어이 땅에서 그와 가장 가깝게 닿아 있는 곳으로 향해갔다. 바다 냄새가 가장 짙게 맡아지는 곳으로.

인간의 길과 제약은 더 이상 의미가 없어졌다. 그래서 다혜는 걷고 싶은 대로 걸어갔다. 그러면서 사람들의 눈에 자신이 보일까 궁금해졌다. 눈에 보이지 않는 것을 보던 시절에는 자신이 그 보이지 않는 것 중 하나가 되리라고는 전혀 상상도 해보지 않았었는데.

파도 소리가 들려왔다. 해변에 닿자 모래가 서걱 하고 밟혔다. 그건 아주 생소한 느낌이었다. 오랜만에 느끼는 감촉이라 그런지도 모르겠다. 더 이상 붓조차 쥘 수 없었던 몸이 그것을 느낀다. 간절히 바랐기 때문인 걸까.

'염원……'

그럼 한 번만 더 간절히 바라보면. 마지막으로 한 번만 더. 다시 한 걸음 더 내디뎠다. 서걱서걱 밟히는 모래의 따뜻한 감촉이 마음을 위로해 준다. 다혜는 천천히 모래사장을 거닐었다.

처음 멀리까지 달려온 새벽녘 텅 빈 바다를 향해 질렀던 말도 안 되는 말이 떠올랐다.

"약속을…… 너무 일찍 지켰다구요. 욕먹는 게 그렇게 싫었어요?"

조금만 더 늦게 찾아오지, 조금만 더 당신 그리워할 수 있게. 하지만 그래도 많이 행복했어요. 아팠지만 후회하지 않을 만큼 당신을 볼 수 있었던 그 시간들이 많이많이 행복했어요.

버틸 수 있을 거라고 생각했는데, 그럴 만큼 강하지 못해서 미안해.

"잘 있으라는 말은 안 할래요. 두 번 다시는 못 볼 것 같으니까…… 그러니까."

가끔…… 당신의 뺨을 스치고 가는 바람이 있으면 뒤돌아봐 줘요.

다혜는 공기 중으로 번지며 흐트러지는 자신의 몸을 움켜 안으며 두 눈을 꼭 감았다.

"그냥, 안녕."

착각일까, 다시 눈시울이 뜨거워지는 것 같았다. 마지막으로 한 번만 더 당신을 보고 싶어. 정말…… 정말 마지막으로 한 번만 더.

"……가지 마."

다혜는 등 뒤에서 자신을 단단하게 감싸 안는 팔을 느끼고 커다랗게 눈을 떴다. 잘못 들은 걸까……? 잘못 느낀 걸까? 그가 다시 찾아올 리가…….

"가지 마."

다시 또 그의 목소리가 들려왔다. 낮고 부드러운 목소리. 하지만 너무 아파서 그의 목소리 같지가 않았다.

"청윤?"

다혜의 목소리가 떨려서 나왔다.

"나와 함께 돌아가 줘. 아니면……."

그의 목소리도 떨리고 있었다. 다혜는 그다음 말을 듣기가 두려워졌다.

"내가 너와 함께 가겠어."

그의 목소리가 다시 차고 서늘해졌다. 다혜는 그것이 의미하는 바를 깨닫고는 겁에 질렸다. 가, 같이 가겠다니! 대체……. 다혜는 막 입을 열어 항변을 하려다, 자신들을 둘러싸고 있는 수많은 붉은 눈을 보곤 말문이 막혀 버렸다. 그 눈들은 하나둘씩 늘어나더니 이내 사방에 가득해졌다.

적의와 악의로 음울하게 빛나는 그 눈동자들! 다혜는 자신이 육식종 무리 한가운데 둘러싸여 있음을 깨달았다. 그것도 하필이면 그와 함께!

❉　❉　❉

신요는 주군의 침전을 향해 달렸다. 그의 손에는 남궁왕이 지척까지 치고 올라왔다는 급보가 담긴 소리말이 들려 있었다. 요새와 결계의 힘이 있으니 금방 무너지진 않을 것이다. 하지만 그것이 얼마나 버텨줄지, 결코 낙관할 수 없었다.

"주군!"

신요는 문을 벌컥 밀어 열며 방으로 뛰어들었다. 주인께 맞아 죽는다고 해도 상관없었다. 당장 무슨 방법을 찾아내지 않으면 동궁이 무너질 판이었으니까!

"……무엇 때문에 그리 소란을 떠는 게냐."

주군은 낮은 목소리로 차분하게 물었다. 너무 차분해서 이상하게 느껴질 정도였다. 신요는 수평선을 향해 거의 뜯겨지다시피 한 한쪽 벽을 멍하니 바라보았다. 주군은 그 휑하니 뚫린 벽에 기대앉아 바람을 맞고 계셨다.

그의 검은 옷자락이 사방에 늘어져 일렁였고, 그 사방으로 늘어진 검은 옷자락 위에 죽은 듯 잠든 아씨의 육신이 그의 무릎을 베고 눕혀져 있었다.

신요는 마치 무덤에 들어온 듯한 섬뜩함을 느꼈다.

"주, 주군!"

"듣고 있다."

그리고 신요는 그 모든 것을 합한 것보다 더 소름 끼치는 것을 발견했다.

주인의 눈동자······. 역린에 이상이 생긴 게 분명했다. 주인은 광기에 사로잡혀 가고 있었다. 지금 같은 상황에서 주인이 역린을 잃은 용이 되어버린 거라면 더 이상은 아무런 희망도 없었다.

"이상한 일이지."

청윤은 피식 웃음을 터뜨렸다. 그는 먼 수평선을 바라보았다. 정말 이상한 일이었다. 낭떠러지인 것이 뻔히 보이는데, 기꺼이 뛰어내리고 싶어지다니.

"내가 없다면 동궁은 어찌 되겠느냐."

청윤은 건조한 눈빛으로 제 권속을, 신요를 바라보며 물었다. 신요는 그 물음에 숨을 몰아 삼켰다.

"무너집니다."

청윤은 예상하고 있던 대답을 듣고는 웃음 지었다. 신요는 오히려 그 웃음 때문에 뱃속부터 두려움이 차올랐다.

"역린은, 역린은 이곳에 있습니다! 남궁왕이 지척까지 다가왔는데, 지금 인계로 내려가시면······."

"그래, 죽을지도 모르겠구나."

그런 말을 하면서도 그는 웃고 있었다. 청윤은 그 사실이 자신에게 미치는 영향이 너무나도 우스웠다. 죽음, 근사하지 않은가. 널 잃고 살아가야 하는 삶에 비한다면 그건 축복이나 다름없었다.

"그만 물러가라."

주인은 다시 고개를 돌렸다.

날카롭게 밖으로 밀어내는 말에 신요는 물러설 수밖에 없었다.

그리고 그는 폐허처럼 곳곳에 금이 간 침전 밖에서, 침전을 중심으로 순식간에 구축되는 여섯 겹의 결계를 보았다.

"나는……."

청윤은 뜯겨져 나간 벽에 기대어 잠든 다혜의 뺨을 무심히 매만졌다.

"믿을 수가 없었어요."

먼바다에서 불어오는 바람에 다혜의 머리칼이 흐트러졌다.

"내가 죽으면 곤란한 건가요, 당신이?"

인계로 찾아갔던 날 물었던 그녀의 질문에 청윤은 이제야 대답한다.

"네, 곤란해요."

"넘어오지 마세요."

눈물이 가득한 얼굴로 내게 선을 긋고는. 청윤은 픽 웃었다.

"그럴 수가 없는데."

"욕할 거야, 진짜라구요."

"그래요."

그는 힐긋 다혜를 내려다보며, 이마에 흩어진 머리카락을 가만히 치웠다.

"차라리 내게 욕을 해요."

날 보면서, 싫다고 밀어라도 내봐요. 그 말조차도 듣고 싶어. 그냥 목소릴 듣고 싶어. 그대의 목소리가 듣고 싶어.

청윤은 몸을 숙여 잠든 다혜의 입술에 입을 맞췄다.

"난 믿을 수가 없었어요. 아무런 대가도 없이 내게 다 내어만 주는 그대를."

살아 숨 쉬는 것 외엔 가치가 없어, 상상도 못했어. 정말 다 내어주고 그대가 내게서 돌아설 줄은.

"그대가 보고 싶어."

청윤은 무심히 중얼거렸다.

"그대가 그리워."

그저 난 그대를 보고 싶어.

❅　❅　❅

"도, 돌아가요! 어서요!"

다혜는 그에게서 벗어나려 버둥거리며 소리를 질러댔다. 육신이 없는 자신과는 다르게 그는 찢기고 베일 수 있는 몸을 가지고 있었다. 그가 다칠지도 모른다는 생각을 하니 머릿속에 하얗게 비워져 갔다. 하지만 도대체 그는 무슨 생각을 하는지 자신을 안고 놔주질 않았다. 밀어낼 수도 벗어날 수도 없었다. 무슨 재주를 부렸는지, 그의 품 안에서 옴짝도 할 수가 없었다.

"싫어."

다혜는 그의 대답에 말문이 막혔다.

"시, 싫다니, 지금 그게 무슨!"

"한 가지 알려줄까? 동궁은 지금 전쟁 중이지."

그는 몹시도 즐겁다는 듯 낮게 웃음을 터뜨렸다. 다혜는 하얗게 질린 얼굴로 그를 돌아보았다. 싸늘하게 자신을 내려다보고 있을 거라 생각했던 그의 눈동자가 의외로 다정해, 다혜는 도리어 더 무서워졌다.

"얼마 버티지 못할 거야. 금세 무너지겠지, 내 역린과 함께."

"처, 청윤? 전쟁 중이라면서 역린을 두고 왔어요? 그, 그럼!"

다혜는 숨이 턱 막혀왔다. 지금 그가 뭐라고 한 거지? 무너진다고……. 역린과 함께? 그, 그럼 그 뜻은 그가!

"그래, 이대로 있으면 힘들이지 않고 그대와 함께 죽을 수 있을 거야."

"안 돼!"

다혜는 비명을 질렀다. 죽겠다고? 죽겠다니? 어떻게 그런 소릴 할 수 있어?

"당장 돌아가요! 얼른요!"

다혜는 가까이 다가오는 육식종 괴물들을 보며 소리를 질렀다.

"빠, 빨리! 돌아가요! 돌아가란 말이야!"

다시 앙다문 입술에 두 눈엔 눈물이 그렁그렁했다. 그는 산책이라도 나온 듯 여유로워 보였고, 다혜는 그것에 더 화가 났다. 어떻게 이럴 수가 있어? 내가 뭐 때문에…… 대체 뭐 때문에 내 생명까지도 다 포기한 건데. 어떻게 내 앞에서 죽겠다는 소리를 해.

다혜는 정신을 차리려 애썼다. 이러고 있을 새가 없었다. 이러고 있는 와중에도 괴물들의 목울음 소리는 점점 더 가까워지고 있었다. 당장 그를 보내야만 했다. 걱정과 불안 때문에 견딜 수가 없었다.

"여기 있으면 안 돼요. 제발 돌아가요! 제발, 제발…… 부탁이야. 죽겠다니…… 어떻게 그런 소릴 해요."

다혜는 숨을 한 번 크게 들이마시고는 말을 골랐다.

"제발 돌아가요. 왜 이러는 거예요. 제발 한 번만 내 부탁 들어줘요. 어렵지도 않잖……."

다혜는 빠르게 가까이 다가오는 육식종 괴물을 보고는 그의 옷자락을 흔들어댔다.

"어렵지도 않잖아요! 엄청나게 잘하잖아요. 그냥 휙 돌아서서 휙 가버리는 거요! 지금 당장 해요!"

"역린이 부서지는 게 먼저일까, 저것들이 날 먹어 치우는 게 먼저일까?"

그는 피식 웃으며 마치 약 올리듯 물었다.

"포기해. 그대 없인 나도 안 가."

다혜는 결국 폭발하고 말았다.

"가라구요!"

소리를 질렀더니 머리가 핑 돌았다. 청윤은 다혜의 몸이 흩어지는 것을 감지하고 그녀의 몸 안에 힘을 엮어 넣었다. 아직은 안 돼, 아직은 보내줄 수가 없어. 청윤은 흩어지는 것만큼이나 빠르게 다혜의 몸을 재구축시키며 조금만 더 시간이 허락되길 빌었다.

"안 간다고 했잖아. 왜 그대는 툭하면 나보고 가라고 야단이야? 걱정하지 마. 다쳐서 고통스러운 건 나뿐일 테니까."

"내가 걱정하는 건 당신이라구요! 대체 왜 이래요! 제발 가요! 제발 가라구요! 당신 다치는 거 보게 하지 말아요……. 당신 죽는 거 보게 하지 말라구요!"

다혜는 분통을 터뜨리며 엉엉 울었다. 가장 가까이 다가온 연골 어강족 괴물 하나가 소름 끼치는 소리를 내며 달려들었다. 청윤이 그것을 막았고, 그것은 그의 팔을 날카롭게 내리긋고는 튕겨져 나갔다. 다혜는 그의 팔에서 피가 터져 나오는 것을 보며 비명을 질렀다. 그는 자신의 상처를 내려다보다 건조하게 말했다.

"날 살리고 싶어? 그러면 나와 함께 돌아가. 그렇지 않으면 그냥 가만히 있어, 내가 함께 죽어줄 테니까."

"협박이에요! 완전히 협박이라구요!"

"나도 알아."

괴물을 대할 때도 눈 하나 깜짝하지 않았던 청윤의 손이 가늘게 떨리고 있었다. 그녀가 끝끝내 자신을 밀어낼까 두려웠다.

"나도 알아……."

"이러지 말아요. 이러지 말고 제발 돌아가요!"

다혜는 점점 더 다급해져 갔다. 괴물들이 다시금 귀곡성을 내며 몰려들고 있었기 때문이다. 그녀는 울며 애원했다.

"제발! 나 당신 죽는 거 못 봐요. 내가 왜 다 버리고 왔는데…… 어떻게 버리고 온 건데. 당신 죽으면 아무런 소용도 없잖아. 나 좀 봐줘요, 한 번만. 나 불쌍하다 생각하고 한 번만 봐줘요! 제발, 제발 돌아가!"

울음 때문에 자꾸만 말이 더듬더듬 나왔다. 눈앞이 뿌예서 잘 보이지도 않았다. 울어도 울어도 부족한 것처럼 멈춰지질 않았다.

"내 앞에서 죽지 말아요……. 그러면 안 돼요……. 대체 왜 이러는 거야……."

청윤은 무너지는 다혜를 더욱 꼭 그러안았다. 괴물들이 다시 달려들었고, 청윤은 이번에도 그것들이 달려들도록 내버려 두었다. 그의 어깻죽지부터 등허리 아래까지 날카롭게 베이며 피가 흘렀다. 다혜는 다시 비명을 질렀다. 청윤은 달래듯 그녀를 안고는 토닥였다.

"사랑해……."

다혜는 그가 미쳤거나 자신이 미쳤거나 둘 중 하나가 분명하다고 생각했다. 그렇지 않으면 이런 말을…… 들을 수 있을 리가……. 그것도 지금…… 이런 상황에서!

"사랑해."

다혜는 멍하니 그를 바라보았다.

"……사랑해. 그러니까 나 좀 그만 밀어내."

그는 가장 가까이에 있던 연골어강족 무리 서넛을 묶어 베어내며 건조하게 말했다. 그것들이 지르는 비명 소리에 귀가 시끄러웠다. 다혜는 모든 사고가 멈춰 버린 듯 멍하니 그를 보고 있기만 했다.

"알아? 너 그럴 때마다 못 견디겠다는 거. 자꾸만 숨이 막혀. 넌 내 손에서 완전히 도망쳐 버릴 거면서, 나보고는 동궁으로 돌아가라고 하고. 넌 여기서 죽을 거면서 나보고는 왜 자꾸 가라고 야단이지? 가면 뭐가 있다고. 거긴 아무것도 없어. 네가 여기 있잖아.

내 전부가 다 여기 있잖아. 그러니 내가 왜 돌아가야 해?"

다혜는 믿을 수 없다는 듯 중얼거렸다.

"미쳤……. 지금 대체 무슨 말을…… 이런 상황에서……."

청윤은 팔의 상처를 핥으며 말했다. 하는 말과는 달리 무심한 얼굴이었다.

"미치기야 널 여기다 내버려 두고 갔을 때부터 미쳐 있었지. 내가 제정신으로 널 두고 갔을 거라 생각한 거야? 이젠 몰라. 아무래도 상관없어. 죽은 다음에 같이 후회하도록 하자구. 함께 죽든, 함께 살든…… 난 아무래도 상관없으니까."

그렇게 또 무심하게 중얼거리며 생각했다. 혼자 남겨지는 것만 아니라면 아무래도 좋다고.

"안 돼……."

하지만 다혜는 아니었다. 혼자 죽든, 혼자 남겨지든 그런 건 얼마든지 견딜 수 있었다. 그가 이 세상 어딘가에 살아 있기만 하다면!

"안 돼요, 돌아…… 가요. 빨리, 빨리 돌아가자구요!"

"무슨 뜻이야?"

다혜는 다시 덤벼드는 괴물을 보고 비명을 지르듯 대답했다.

"가요! 돌아간다구요! 그러니까 빨리…… 빨리 도망치라구요!"

청윤은 가만히 다혜를 내려다보다가, 한 손으로 그녀의 두 눈을 가렸다.

"지금 뭐 하는……!"

"쉿, 조용히 해."

다혜는 갑자기 이상한 기분이 들었다. 서늘한 바람이 부는가 했더니, 갑작스럽게 정적이 찾아왔다. 피부를 따갑게 긁고 올라오던 괴물의 목울음 소리가 잠잠해져 버렸다. 그리고 이내 비릿한 냄새가 코를 아프게 찔러왔다.

"청윤?"

청윤은 다혜에게 팔을 뻗치는 육식종의 팔을 밟아 으스러트렸다. 다혜가 움찔하는 것이 느껴지자 그는 다시 작게 한숨을 내쉬었다. 귀도 막았어야 했는데.

"눈 뜨지 마. 이런 것들을 무서워하다니, 정말 못 참아주겠어. 넌 대체 날 뭐라고 생각하고 있는 거야?"

그러나 청윤은 다혜가 주변의 참담함을 보지 못하도록 여전히 눈을 가린 채 물었다.

"다시 말해봐. 뭐라고 했어?"

다혜는 꿀꺽 목 뒤로 눈물을 삼켰다. 진짜 나쁘다……. 약았어, 정말 못됐어.

"돌아가요. 함께 돌아가요."

하지만 그래도 그를 너무 많이 사랑하고 있었다.

16장

———

가
려
지
다

남궁왕은 길게 자라난 흰 수염을 쓰다듬으며 동궁을 바라보고 있었다. 남쪽에서부터 기분 좋은 바람이 불어오고 있었다. 오래도록 끌어온 전쟁이었다.

　'이제야 드디어 끝을 볼 때가 된 게지.'

　인자하게만 보이던 사내의 눈빛에 교활함이 스쳐 지나갔다.

　"진정 아름답지 않느냐? 저 빛이라니."

　바다의 수면을 딛고 있는 거대한 동궁의 토대는 초저녁의 달처럼 눈부신 흰색이었다. 그리고 그 위로 떨어뜨린 듯 자연스럽게 계단이 이어져 있었다. 하나하나 섬세한 조각이 새겨진 계단을 따라 올라가면 푸른빛이 흐르는 동궁이 허공을 딛고 서 있었다. 심연을 떠다 깎아놓은 듯 실로 위압적인 아름다움이었다.

　토대와 동궁 사이의 빈 허공에는 열일곱 겹의 대결계 방어진이 열두 방향을 향해 손을 뻗친 채 느리게 회전하고 있었다. 푸른 빛의 향연이었다.

그래, 하지만 이제 동궁의 잔치가 끝날 때가 되었지. 남궁왕은 웃음을 흘렸다.

"주군, 요새의 빛이 꺼졌습니다."

아름답게 빛나던 동궁의 빛이 점멸하다 이내 검게 꺼져 갔다. 마치 영혼이 빠져나간 육신처럼. 그것을 지켜보던 남궁왕의 웃음소리는 점점 더 커져 갔다.

"진격한다!"

드디어, 드디어 걸려들었다. 그 미꾸라지 같은 청룡 일족의 어린놈이 드디어 덫에 걸려든 것이다! 동궁의 왕이 인계로 향했고, 주인의 부재로 인해 왕의 돌은 빛을 잃었다. 동궁을 지키고 있던 요새의 힘이 사라지고 남궁왕의 앞을 가로막고 있는 것은 이제 저 얄팍한 대결계 방어진 하나뿐이었다.

신요는 침통한 눈으로 남궁왕의 대병력을 내려다보았다. 적들이 시야를 가득 메우고 있었다. 신장은 거대한 위용을 자랑하며 뱀의 머리처럼 병사들을 이끌었고, 병사들은 신장을 따라 꼬리처럼 유기적으로 움직였다. 훈련이 잘되어 있었다. 근래의 연전승으로 사기 또한 충만했다.

"갈수록 태산."

신요는 중얼거리며, 그들의 중심에 서 있는 검은 왕을 노려보았다. 흑룡 일족의 수장인 주제에 보란 듯이 흰 수염을 기르는 자, 남궁왕 흑사. 백전노장이라고 칭송받고 있는 자였지만 신요는 그다지 동의해 주고 싶은 생각은 없었다. 백전노장은 무슨, 전쟁에 미친 살인귀에 불과할 뿐이지. 동궁 아래, 시가지가 불타고 있었다.

"버림받은 거냐?"

짐승같이 거대한 자가 빈정대며 물어왔다. 신요는 지하를 노려보며 쏘아붙였다.

"버티고 있으라 하셨습니다."

"돌아오긴 한대? 너희 왕이 이렇게 충동적인 자였을 줄이야."

신요의 눈이 더 사나워졌다.

"그 입 다무시오, 백호 족부. 주인을 능멸하면 용서치 않겠소."

"곧 죽어도."

그놈의 주인 타령은. 지하는 투덜거리며 심각한 눈으로 남궁왕의 병력을 내려다보았다. 그의 귓가로 신요의 타박 소리가 끊이질 않았다.

"당신은 그만 돌아가시오. 이 땅은 그대 일족과는 상관이 없지 않소."

"흥, 내 딸이 여기 있는데 버리고 도망가라고?"

신요는 가슴이 답답해졌다.

"또 그 타령이오? 아씨는 그대와는 아무런 상관이 없질 않소!"

지하는 신요를 힐끔 쳐다보았다. 신요는 그의 사나운 눈에 움찔, 입을 다물었다.

"네놈 주요한테 한바탕 쏟아부었다며? 진짜 가족이 어쩌구저쩌구."

"하지만 그건!"

"사실이라고? 그래, 그런데 사실이 뭐가 그렇게 중요하단 말이냐."

지하는 가두어두었던 힘을 깨우며 씩 웃었다.

"그 아이는 내 딸이다. 그게 내 진심이지. 그리고 내겐 사실보다 진심이 더 중요해. 이 어린놈아, 피가 이어져 있다 한들 어떠하고 이어져 있지 않다 한들 어떠하냐. 피붙이끼리도 죽고 죽이는 세상에 그깟 한 바가지 피가 마음보다 더 중요하더냐?"

북풍이 칼바람을 일으키며 치솟아올랐다. 신요는 군주 혈통의 강력한 힘을 느끼며 천천히 뒤로 물러섰다. 하, 저런 주제에 피 운운이지.

지하는 신요의 생각을 읽기라도 한 듯 씩 웃음 지었다.

"내가 그 전란 통에 호족의 남은 혈족을 주워 담았을 때, 내 기준은 오로지 한 가지였다. 진심을 아는 자와 모르는 자. 마음을 모르는 자는 다른 이의 피를 삼키는 자가 된다. 전쟁을 좇으며 사는 저 남궁왕처럼. 그래, 바로 네놈의 왕처럼. 내가 그래서 네놈들을 싫어해. 뭐, 어쩌면……."

지하는 모든 것을 버리고 다혜를 쫓아간 청윤을 떠올리며 고개를 갸웃거렸다.

"조금은 좋아질 수도 있겠지."

말을 마친 그는 한바탕 웃고는 힘을 완전히 개방시켰다. 군주의 힘이 하늘을 꿰뚫을 듯 솟아올랐고, 남궁왕 또한 그것을 지켜보고 있었다. 그는 화답이라도 하듯 쇳소리를 내며 힘을 개방시켰다. 동시에 천둥 같은 북소리가 울리며 남군이 전진을 시작했다.

그들의 걸음은 닿는 모든 것을 부수고 짓밟고 헤쳤다. 대결계 방어진은 영향권 내에 적이 침입해 들어오자 공기를 진동시키며 적들을 쳐내기 시작했다. 남군은 대항했고, 대항하는 힘과 대항하는 힘이 부딪히자 힘의 양상이 분명해졌다. 방어진만으로는 저 대병력을 어찌할 수 없었다. 바람이 일그러지고 대기가 탁해졌으며 구름이 쏟아져 내렸다. 벌려진 틈 속으로 남군의 병력이 밀고 들어왔다.

"밥버러지들아, 너희들의 상장군이 역린을 지킬 동안 너흰 나와 저 시커먼 뱀을 상대해야겠다!"

지하는 목울음 소리를 내며 아래를 향해 달렸다. 신요는 이를 으득 갈았다. 멍청한 백호, 역린 얘긴 왜 꺼내? 하여튼!

"백호 족부를 따라라! 결코 저들이 동궁 안으로 발을 들이지 못하게 하라!"

신요는 남은 감문위와 응양군에게 빠르게 명을 내리곤 역린이 잠들어 있는 곳을 향해 달렸다. 모든 것을 다 잃어도 역린만은 반드시 지켜야 했다.

"형님!"

주요는 창을 고쳐 쥐며 달려오는 아우님을 바라보았다. 큰 싸움을 앞에 두고 주요의 눈빛은 잠든 호수처럼 고요했다.

"시간을 벌어! 무슨 수를 써서라도 역린을 지켜야 해."

신요는 그를 지나치며 말했다. 주요는 침실 안으로 뛰어 들어가는 신요를 보며 고개를 끄덕였다. 신요는 한마디를 덧붙였다.

"그리고 제발 부탁이니까, 일 더 커지기 전에 소하 공주님은 좀 돌려보내!"

주요는 그 말을 듣고는 재빠르게 고개를 저었다.

"아우님, 할 수 있는 걸 시켜."

신요는 침실 안으로 사라지기 직전, 주섬주섬 날개옷을 꺼내는 소하를 보곤 오만상을 찌푸렸다. 소하는 그와 눈이 마주치고는 생긋 웃었다.

"하늘 문이 닫혔어. 나 죽으면 다 너희 책임이야."

대결계 방어진이 움직이는 바람에 대기가 흐트러졌다. 천제는 딸을 위해 이 전쟁에 발을 들이지는 않을 것이었다. 소하도 그런 사실을 잘 알고 있었다. 아마도 전쟁을 막기 위해서가 아니라, 그녀를 구하기 위해서 신장들이 파견되었을 것이다.

때가 늦어진 것은 천제의 문제가 아니라 동궁왕의 문제였다. 남궁왕이 이렇게 빨리 동궁에 도착할 줄을 누가 예상이나 했을까. 그는 마치 터진 길을 질주해 온 것 같은 속도로 동궁에 도착해 버렸다. 어쨌거나 소하는 하늘 문이 그대로 잘 닫혀 있기만을 바랐다. 이 상황에서 천궁으로 돌아갈 마음이 눈곱만큼도 없었다.

"네, 그럼 염라궁에서 다시 뵙도록 하죠."

신요는 모르겠으니 네 마음대로 하라는 듯 툭 던져 뱉고는 침전 안으로 쏙 들어가 버렸다. 소하는 약간 어이없다는 표정으로 주요를 바라보았다.

"야, 네 동생 성격이 왜 저래?"

"주인님하고 너무 오래 붙어 있었습니다."

주요의 대꾸에 소하는 단박에 이해가 간다는 표정으로 고개를 끄덕거렸다. 그러고선 날개옷을 사방으로 펼쳐 늘어뜨렸다. 날개옷은 천제가 그녀를 위해 마련해 준 검이고 창이었다.

"지하는 괜찮을까?"

소하는 시무룩하게 중얼거렸다. 아까 맹렬하게 솟아오르는 백호의 힘을 느꼈다. 하지만 소하는 알고 있었다. 왕의 자릴 가진 군주와 그렇지 못한 군주 혈통 사이에는 메우지 못할 간격이 존재한다는 사실을. 게다가 남궁왕은 나이를 아주 많이 먹은 오래된 용이었다. 빌어먹을 늙은이, 노망이 난 거지. 그래서…… 자꾸만 걱정이 되었다.

'빨리 돌아와, 이 망할 계집애야.'

소하는 역린이 잠든 결계의 중심을 노려보았다. 돌아오기만 하면 이렇게 걱정시킨 대가를 톡톡히 치르게 해줄 테다.

그러고 있는 사이 역린을 보호하고 있던 여섯 겹의 결계가 더 복잡하게 얽히기 시작했다. 안으로 들어간 신요가 재주를 부리고 있는 모양이었다. 혀를 내두를 만큼 치밀한 동궁왕의 결계에 상응하는 보조결계가 사방으로 뻗쳐 갔다. 주요는 싸우는 소리가 점점 더 가까워지는 것을 감지하며 그 재주가 도움이 되기를 바랄 뿐이었다. 그리고 그보다는 주인께서 한시라도 빨리 돌아오시기를.

'하지만 돌아오신다고 크게 달라질 것이 있을까.'

이미 전황은 뒤집기 어려울 지경이었다. 주요는 창을 고쳐 잡았다. 죽음을 목전에 두고 그의 눈빛은 담백했다.

❈　❈　❈

대결계 방어진이 부서진 것은 첫 천둥소리가 울리고 약 반 시진 정도 뒤의 일이었다. 아무리 요새의 힘이 사라졌다고 해도 겨우 반 시진 만에 동궁 문이 뚫리다니. 지하는 신장들과 뒤엉켜 싸우면서 흑사에게 가까이 다가갈 기회만을 노렸다. 그는 백전노장이라는 이름이 부끄럽게 부하들 틈에 숨어서 앞으로 나서질 않았다.

'아니, 그 이름에 걸맞은 것인가?'

지하는 피비린내를 맡으며 사납게 웃었다. 언제 동궁왕과 싸워야 할지 모르는 판에 괜한 곳에 힘을 빼지 않겠다는 뜻일 테지. 지하는 호흡을 가다듬었다. 마지막이 될지도 모르겠다. 그의 회백색 동공이 가늘게 응축했다.

'뚫고 들어간다!'

그의 시선은 검은 연기를 풀풀 풍기고 있는 늙은 용에 고정되어 있었다. 서리를 품은 찬바람이 터져 나오고 백호는 여지없이 남궁왕에게 달려들 것처럼 보였다. 그러나 그때 그를 막아서는 소리가 있었다. 그는 움찔했고, 멈춰서 화를 내며 흉흉한 기세를 뿜어댔다. 백호는 흑사에게로 달려드는 대신 몸을 회전시키며 덤벼드는 신장 하나를 꼬리로 흉포하게 쳐냈다.

[크아앙!]

족히 열 자(약 3m) 길이의 거대한 백호의 목에서 포효가 터져나왔다. 그는 으르렁거리며 주변을 살폈다. 동군은 파죽지세로 밀리고 있었다.

[……후퇴한다!]

지하는 이를 갈며 군사들을 뒤로 뺐다. 그러나 그마저도 쉬운 일이 아님은 분명했다. 남궁왕은 뒤로 후퇴하기 시작하는 동군을 보며 비소를 흘렸다.

"천하의 동군이 역린 하나 잘못 들여 제대로 한 번 싸워보지도 못하고 저무는구나."

그나저나 저 북방 백색 호족 놈은 왜 저와는 상관도 없는 싸움에 끼어들어 죽음을 자초하는 것인지 까닭을 모르겠다.

"쫓아라."

남궁왕은 하얗게 갈라져 나온 손톱으로 검게 불이 꺼진 동궁을 가리켰다. 이제 얼마 안 남았다. 설령 동궁왕이 돌아온다고 해도 이미 늦었다.

동궁은 그의 것이었다.

남김없이 부숴 버리리라. 그 피 묻은 토대 위에 흑룡 일족의 검은 신전을 세우고 승전의 영광을 기릴 것이다. 그리하여 세상은 알리라, 진정한 왕이 누구인지.

남궁왕의 번들거리는 검은 눈이 하늘을 노려보았다. 그의 욕망은 더 높은 곳을 향해 있었다.

남군의 병사들은 깨진 대결계 방어진의 틈을 타고 도망가는 동군을 쫓아 물밀 듯이 치고 올라갔다. 세상은 어두웠고, 맞붙어 싸우는 신력의 요동으로 대기는 출렁거렸다.

해를 가린 먹구름 밑으로 시퍼런 뇌전이 수면 아래까지 내리꽂혔다.

하얗게 뒤집어지는 동쪽의 바다는 번개와 부딪히며 방전을 일으켰다. 그 곳곳으로 죽은 피가 넘실거렸다. 남군은 가차 없이 동군 병사들을 베어내며 그들의 거처를 더럽혔다. 동궁의 가장 깊숙한 곳까지.

"이만 포기하는 것이 어떨까 싶네, 상장군 주요."

남궁왕 흑사는 왕의 침전을 지키고 있는 동군 상장군 앞으로 천천히 걸어 나오며 말했다. 발밑으로 깔린 결계가 그를 밀어내며 방해했지만 남궁왕의 걸음은 전혀 멈춰지지 않았다.

주요는 쓴웃음을 지었다. 계급의 격차는 극심해서 도대체가 어쩔 도리가 없었다. 군주는 군주로 상대해야 했다. 하지만 우리 주인님은 부재중이시니, 원. 주요는 땅이 꺼져라 한숨을 내쉬며 창으로 바닥을 툭툭 쳤다. 저 늙은 뱀의 앞을 얼마 동안이나 막아낼 수 있을까. 죽을 때 죽더라도 팔 한쪽 정도는 가져가야겠지.

그는 차분하게 가라앉은 눈으로 남궁왕을 노려보았다.

"좋은 눈빛이로구나."

늙은 왕은 칭찬이라도 하듯 말했다.

"한데 그대는 어찌하여 내 앞을 막는고? 그대의 왕은 제 목숨 하나 지키려 이 나라를 버렸거늘."

주요는 남궁왕의 말에 인상을 찌푸렸다. 주인께서 목숨을 지키려 나라를 버렸다고? 대체 저 늙은이가 무슨 뚱딴지같은 소릴 하는 건지. 주인께선 이 동궁에다 목숨을 버리고 가셨는데. 역린을 버려두고 가버리셨단 말이다. 말하자면 사랑을 좇아서. 나 참. 주요는 어쩐지 기분이 한결 나아지는 것 같았다. 스스로도 이해를 못하겠지만, 어쨌든.

"궁금하구나, 저 안에 무엇을 숨겨두었기에 상장군은 앞을 지키고 왕의 결계는 뒤를 지키는지. 알려주면 내 친절을 베풀어 살려줄 수도 있다."

흑사는 동궁왕의 냄새가 가득 밴 여섯 겹의 결계를 주의 깊게 살펴보았다. 동궁왕은 몹시도 교활한 자라, 끝까지 긴장을 놓을 수가 없었다.

"별것 없소."

주요는 퉁명스럽게 대답했다. 하지만 속은 바짝바짝 타들어가고 있었다. 남궁왕은 이곳에 주인의 역린이 있다는 사실을 모르고 있는 모양이었다.

"그러지 말고 좀 일러⋯⋯."

남궁왕은 슬슬 구슬리듯 말했다. 제법 인자해 뵈는 그의 미소는 깨지지 않았다. 동궁왕의 나직한 목소리가 귓가를 파고들기 전까진.

"그래요, 상장군. 저리 궁금해하시는데 매정하게 거절해서야 되겠습니까. 손님을 맞는 예우가 아닙니다."

뱃속을 울리는 낮은 저음에 치가 떨리도록 나긋나긋한 목소리.

"네놈⋯⋯!"

흑사는 겹겹이 둘러쳐진 침전의 결계 한가운데 느긋하게 앉아 있는 검은 옷의 사내를 보며 사납게 눈을 치켜떴다.

"오랜만에 뵙습니다, 남궁왕 흑사. 이십 년 만이던가요?"

청윤은 입꼬리를 말아 올리며, 인사라도 하듯 고개를 까닥거렸다. 동시에 주인을 맞은 왕의 돌이 호흡을 시작했다. 검게 죽어 있던 동궁이 청빛을 되찾는다.

흑사는 침음을 삼켰다. 몸이 짓눌린 듯 무거워지며 팔다리를 쓰기가 어려워졌다. 마치 깊은 물속에 강제로 끌려 들어온 것처럼. 동궁 요새의 힘, 이런 것이었던가. 곳곳에서 남군의 신음 소리가 터져 나왔다. 한 번에 판을 뒤집을 정도는 못 된다 하더라도 움직임을 방해하기에는 충분한 힘이었다. 무엇보다도 동궁왕의 등장에 군사들이 동요하고 있었다.

"재회의 선물로 이곳에 무엇이 숨겨져 있는지 알려 드리지요."

동궁왕은 제가 손수 친 결계를 톡톡 두들기며 말했다.

"제 역린이 벌써 며칠째 낮잠에 빠져 있습니다. 이 아래에서 말이지요."

그렇게 말하는 청윤의 눈가에 따뜻함이 비쳤다. 그리 애를 태우던 다혜의 혼이 육신으로 돌아와 잠에 빠져 체력을 회복하고 있었다. 얼른 이 귀찮은 일을 다 정리하고 그녀에게로 돌아가고 싶었다. 이렇게 쓸데없이 시간을 허비하게 만드는 남궁왕에 대한 짜증이 왈칵 솟아올랐다. 그러나 그의 미소는 여전히 친우라도 맞이한 듯 다정하게만 보였다.

"헛소리!"

흑사는 한 발 앞으로 내딛으며 물낮돌을 밟아 부쉈다. 엄청난 기세의 탄성력이 느껴졌으나, 흑사는 기어코 발아래 있는 청윤의 돌을 밟아 부숴 버렸다.

"네놈의 역린이 인계에 있음을 내 뻔히 알고 있거늘! 어디 감히 잔꾀로 나를 농락하려 드느냐!"

청윤은 손등에 비스듬히 턱을 괴며 고개를 기울였다. 설마 저자는 아직까지도 내 역린이 인계에 있는 줄로 믿고 있는 것일까. 아니겠지. 일이 틀어졌음이 뻔히 보이는데도 저리 천연덕스럽게 굴수 있는 것도 재주라면 재주였다. 뒤에 서 있는 제 군사들을 의식함이겠지만.

"네놈이 돌아왔다 한들 이미 전세는 기울어져 있다. 네깟 놈 하나로 대체 뭘 할 수 있단 말이냐!"

흑사는 비웃으며 기세 좋게 소리쳤다. 그의 말에 힘을 얻은 남군의 기세가 다시 흉흉해지기 시작했다. 청윤은 그것을 바라보며 싱긋 웃었다.

"자신만만하시군요. 보기 좋습니다. 그 정도 기백도 없으면 재미가 없겠지요. 한데 저는 이곳에 있는 역린이 제 것 하나라는 말은 하지 않았습니다만."

흑사는 쿡쿡 웃는 동궁왕을 노려보았다. 이 대군을 앞에 두고 어찌 저리 웃을 수 있단 말이지? 허세라 하기엔 뭔가 불안했다.

"무슨 뜻이냐."

동궁왕은 긴 손가락으로 사납게 드러난 이를 가렸다.

"반가우실 겁니다."

그는 숨겨진 바람 속에서 그녀를 끌어냈다. 바람이 열리고, 숨어 있던 두 상장군이 거대한 가시나무 새장을 이끌고 모습을 드러낸다.

"……!"

그 순간, 흑사는 순간 말문이 막힌 채 입을 다물지 못했다. 어…… 째서?

"와, 왕후?"

"왕후께서 왜!"

남궁에 있어야 할 그녀가 어째서……! 경악스러운 신음 소리가 남군 사이로 역병처럼 퍼져 나갔다. 흑사가 그녀를 바라보았다. 하얀 가시나무 새장 안에 어린화의 핏빛 머리가 죽은 듯 늘어져 있었다. 얼음 같은 주박의 말이 흰 새장 바닥을 기어 다니고 그녀는 그 속에서 죽어가고 있었다.

"네, 네놈이……."

흑사는 귀신처럼 아름다운 동궁왕을 올려다보았다. 그 연한 살굿빛 입술에 미소가 맺히고 검은 눈동자는 즐거움으로 반짝이고 있었다. 거짓, 죄다 거짓말이다.

동궁왕은 산책이라도 나온 듯 여유로운 모습으로 결계 아래로 내려왔다.

"구경 잘하셨습니까. 패를 둘로 갈라 저를 시험하는 동안 즐거우셨길 바랍니다. 소감은 어떠신지요? 동궁과 제 역린을 동시에 노리며, 승전 기념비는 어디쯤 세울까 꿈꾸셨을 듯한데."

청윤은 흑사에게로 천천히 걸어가며 말했다. 흑사는 이를 갈며, 자신을 능멸하는 그를 노려보았다.

"……어떻게, 어떻게 알았느냐."

청윤은 푸른빛이 일렁이는 제 손톱을 바라보며 건조한 목소리로 대답했다.

"저는 천성이 의심이 많은 자라, 대가를 바라지 않는 적의 호의 따위는 믿지 않습니다. 천궁이라도 씹어 먹을 듯 정정한 남궁왕 전하의 기백을 아는데 종전 제의라니? 너무 꿈만 같아 믿을 수가 있어야지요."

그는 힐끔 흑사에게로 시선을 돌리며 말했다.

"차라리 제 혼례 선물로 자객이나 보내지 그러셨습니까. 축하 사절 대신 말입니다. 그랬다면 저도 마음을 놓았을 텐데요."

흑사는 명백한 비웃음이 담긴 그의 눈과 부딪히고는 사납게 목울림 소리를 냈다. 그 적의에 반응하며, 아찔한 속도로 동궁왕의 순막이 열렸다.

새벽녘의 싸늘한 빛, 차가운 불의 유독한 냄새가 공기를 휘감았다.

그에 맞서며 흑룡의 순막도 열린다. 밤과 새벽이 서로를 마주 보며 노리고 있었다.

두 용이 서로를 노리고 있는 동안 남은 자들은 영향권 안으로 휩쓸려 들지 않도록 잔뜩 긴장한 채 전황을 주시하고 있었다.

"그녀를 어떻게 한 거지? 어째서 그녀가 네 손에 잡혔단 말이더냐!"

청윤은 남궁왕의 형체가 흐트러지기 시작하는 것을 보았다. 그는 고개를 기울이며 삐딱하게 웃음 지었다.

"금슬이 아주 좋으신 모양입니다. 그리움이 컸는지 왕후께서 당신을 찾아 밖으로 나왔더군요."

"이놈! 믿을 수 없다! 왕후가 스스로 남궁 밖으로 나왔다고? 무슨 까닭으로 그런 말도 안 되는 짓을 했단 말이더냐! 어린화! 대답해 보시오! 이게 다 무슨 일인지 대답을 해보란 말이오!"

남궁왕의 시선이 가시나무 새장으로 향했고, 청윤은 흑룡의 차가운 불길이 새장을 지키는 두 상장군에게 미치지 않도록 쳐냈다. 두 힘이 겨루고 있는 동안 어린화가 병든 새처럼 바들바들 떨며 상체를 일으켜 세웠다.

"이…… 가증…… 스러운…… 놈……."

청윤은 악에 받친 어린화의 가는 목소리에 시선을 돌렸다. 흑사는 힘을 겨루는 와중에 아무렇지도 않게 신경을 분산시키는 청윤을 보고 그의 힘이 만만치 않음을 뼈저리게 느껴야 했다. 청윤은 시선을 돌린 것도 모자라 순막마저도 닫아버렸다. 흑사의 눈에 싸늘한 빛이 스쳐 지나갔다.

저놈은 저것이 문제였다. 저 하늘 높은 줄 모르는 오만함, 그것이 그의 목을 조르게 될 것이었다. 흑사는 한 번에 그의 명줄을 거

머물 빈틈을 찾으며 숨을 죽였다. 새장에 갇힌 어린화의 목소리가 공허하게 그의 귓가를 스쳐 지나갔다.

"임림은…… 거짓을 말하지 않았다! 그는 남궁을 배신하지 않았어. 그는 충의를 지키고 네놈의 더러운 독충의 실에 갈가리 찢겨 죽었단 말이다! 한데, 한데 어째서…… 어째서!"

그녀의 손톱이 가시나무 새장을 긁어댔다. 청윤은 그 소리를 들으며 피식 웃었다.

"왕후께서 생각보다 순진한 구석이 있으시군요."

"그는…… 그는 내게 도망치라고 했다……. 그는 네놈이 날 노리고 있음을 알고 내게 도망치라고 그리 말하고 죽었거늘……."

피 맺힌 어린화의 말을 청윤은 꽤나 간단하게 받았다.

"그랬습니까? 단직하군요. 그는 죽음 앞에서도 충의를 지키는 신하였으니, 충분히 자랑스러워하셔도 좋을 것 같습니다. 충성의 대상을 잘못 고른 것은 그의 불행이었지만. 최소한 저에 대한 충의를 지켰다면 목숨은 건졌을 텐데, 아쉽군요."

그는 미소 지으며 말을 이었다.

"그가 거짓을 말했든 진실을 말했든, 아무런 상관 없이 왕후께선 남궁 밖으로 나올 수밖에 없었을 것입니다. 그의 말을 귀담아 듣기로 한 순간부터 마마의 운명은 이미 결정된 것이나 다름없었으니까."

"무슨…… 소릴……?"

어린화는 멍하니 동궁왕을 바라보았다.

"귀찮긴 하지만, 마지막 친절은 베풀도록 하지요. 애초에 제 곽독이 된 임림은 하나의 명령을 받고 돌아갔습니다. 남궁왕의 역린을 남궁에 붙잡아놓으라는 내용이지요. 말도 안 되는 명령이 아니 겠습니까? 도대체 왕후께서 이 전쟁 통에 궁 밖으로 나올 일이 뭐 가 있단 말입니까."

동궁왕은 쿡쿡 웃음을 터뜨렸다.

"하지만 상황이 참으로 이상했지요. 남궁왕은 파죽지세로 동궁 을 치고 올라오는데, 동궁의 군사들은 모두 어디로 사라져 버렸는 지 나타나질 않고. 연일 승전보가 들리니 좋기는 한데 불안하더란 말입니다. 한데 때마침 동궁에 사신으로 간 임림이 곽독이 되어 돌아와 알현을 요청하지요. 왕후께선 그의 말을 듣고 판단하자 하 셨겠지요. 그가 한 말은 내가 한 말이 될 터이니."

"이, 이놈!"

어린화는 마치 그때의 자신을 보고 있기라도 한 듯 세세하게 읊 어대는 청윤의 모습에 소름이 돋았다.

"임림이 말을 합니다, 마마, 남궁에 꼭 붙어 계시옵소서. 왕후 께선 그 말을 믿으셨겠습니까? 뭔가 있겠구나 싶어 냉큼 남궁 바 깥으로 도망치셨겠지요. 반대로 그가 마마, 한시바삐 남궁 바깥으 로 도망치시옵소서. 동군 전체가 마마를 노리고 남궁으로 진격해 오고 있습니다, 하고 독충의 실에 찢겨 죽는다면 왕후께선 그 목 숨 바친 충의를 의심할 수 있었을까요. 글쎄요. 결과는 지금 보신 바대로이지요. 그러니 임림의 말을 귀담아듣기로 한 순간이 왕후 마마의 운명이 결정된 순간이라 할 수 있지 않겠습니까."

어린화는 몸을 덜덜 떨었다. 처음부터 끝까지…… 처음부터 끝 까지 저놈 손에 놀아난 것이었던가. 그 모든 게, 임림의 죽음마저 도 다 철저하게 계산된 것이었다니!

동궁왕은 그런 그녀를 보며 자못 안타깝다는 듯 말을 덧붙였다.

"그가 제 곽독이라는 걸 안 순간 잡아 가두셨어야지요. 그가 무슨 말을 하든, 그가 무슨 짓을 하든, 듣지도 보지도 마셨어야지요. 그랬다면 지금쯤 남궁에서 제 서거 소식을 들으셨을 텐데."

청윤은 빙긋 웃고는 손을 뻗어 단숨에 목줄기를 꿰뚫을 듯 질러 오는 흑룡의 힘을 막았다. 그는 시선을 돌려 어둡게 일그러진 남궁왕의 동공을 직시했다. 기습 공격이 실패하자 남궁왕은 더 이상 망설이지 않고 본신을 드러내기 시작했다.

[네놈이 감히…… 감히 남궁을 능멸했더란 말이더냐! 오냐, 어디 한번 그 잘난 힘을 보자꾸나! 기름칠한 네놈 주둥이만 한지, 그 힘을 드러내 보이란 말이다!]

흑사의 검은 동공이 흰자위를 잡아먹으며 커져 갔다. 흰 연기와 구름이 그를 향해 몰려들었다. 그 농 짙은 안개 속으로 빛을 쳐내는 검은색 비늘이 번질거리는 광택을 드러냈다.

그가 딛고 선 자리가 벼락을 맞은 듯 그슬리며 움푹 패었다.

물냇돌이 파도를 일으키며 터져 나간다. 그리고 그 자리가 순식간에 말라붙어 갔다. 본신을 드러낸 흑룡이 몸을 낮추고 적을 향해 짐승의 우는 소리를 냈다.

"입이 험하십니다. 보는 눈도 많은데 그리 흥분하셔야 되겠습니까."

청윤은 그를 보며 씩 웃음 지었다. 날카로운 적의가 짜릿짜릿하게 피부를 긁고 올라왔다. 마지막이다.

전쟁을 끝내는 건 평화가 아니었다.

전쟁을 끝내는 건 손실이었다. 감당할 수 없는 손실.

'평화는 그다음에 주어지는 귀한 선물이지.'

그리고 바로 지금 그는 그 선물이 꼭 필요했다. 청윤은 힐끔 얽혀 있는 여섯 겹의 결계를 바라보았다. 그의 얼굴에 옅게 웃음이 번졌다 사라져 갔다. 그리고 이내 그는 자신의 내부에서 바람을 불러일으키기 시작했다.

하늘이 검게 일그러지고 바람이 귀곡성을 내기 시작한다. 그 휘몰아치는 바람 속으로 동궁왕의 형체가 가리어졌다. 폭풍의 한가운데서 순막이 걷힌 청룡의 동공만이 싸늘한 새벽빛을 발하고 있었다.

하얀 안개를 휘감아 쓴 흑룡이 몸을 뒤틀며 먼저 짓이겨 왔다.

바람과 안개가 서로를 노리며 맞붙고 세상은 온통 천둥과 우레 소리로 터질 듯 팽창했다. 두 용이 붙을 때마다 동궁이 무너질 듯 요동쳤다.

청룡은 동궁 바깥으로 흑룡을 밀며 압박했다.

하늘로 옮겨 붙은 두 신의 싸움에 대기가 요동치기 시작했다. 사방은 서로 맞붙어 싸우는 기운으로 일그러졌다. 안개를 휘몰아치는 바람, 우뢰를 질식시키는 안개. 왕들의 싸움에 천지가 뒤틀리며 요동쳤다.

"주군……."

주요는 비틀대며 침소 바깥으로 나오는 신요를 바라보았다. 남군은 사로잡혀 있는 역린 때문에 쉽사리 움직이지 못하고 있었다. 하지만 그 때문만은 아닐 것이다.

주요는 쓴웃음을 지었다.

사라졌던 동군의 기척이 감지되기 시작했다. 주인의 군사 전체가 동궁을 포위하듯 감싸고 있었다. 남군은 사지에 갇힌 꼴이었다. 왕의 싸움이 어떻게 끝이 나든 판세는 이미 뒤집히고 있었다.

이제야 알 것 같았다. 주인께선 남군을 동궁에 가둬놓고 잡을 생각이셨던 것이다. 주인의 예상을 빗나갔던 건, 다혜와 그 아이를 향한 그분의 마음뿐이었던 모양이다. 항상 그랬듯이 일은 아무도 모르는 곳에서 주인의 계획대로 잘 진행되고 있었다.

"싸우고 계셔."

주요는 다시 일그러진 하늘로 고개를 들어 올리며 동생을 안심시켰다. 하지만 이럴 때 아무런 도움도 될 수 없다는 사실에, 스스로에 대한 화가 치밀었다. 아무렇지도 않은 척 잘 숨기고 계셨지만…… 사실 주군께선 부상 중이셨다. 신요 또한 그 사실을 알고 있을 텐데도 그의 얼굴에선 작은 불안 하나 읽어낼 수 없었다.

"돌아오셨으면 됐어."

신요의 얼굴에 희미한 미소가 번졌다. 수만의 적군을 앞에 두고도 주인을 보며 웃을 수 있는 신요가 징그럽기 짝이 없었다. 이러니 동군은 관병이 아니라 동궁왕의 사병이라는 소리가 나오는 거였다. 나라가 어찌 되든 주인만 괜찮으면 모든 게 다 괜찮지.

'뭐, 내가 할 소리는 아니지만.'

주요는 씩 웃으며 창을 어깨에 턱 걸쳤다. 상처에서 흘러나온 피가 아직도 뜨거웠다. 하지만 마음속으론 벌써부터 시원한 바람이 불고 있었다. 남군이 좀 불쌍하긴 했지만 먼저 불씨를 건드린 건 저쪽이었다. 결론적으론 죽든지 말든지 내 알 바가 아니다! 주요는 중얼거리며 밑으로 떨어지는 흑룡을 피해 냉큼 뒤로 물러섰다. 싸움이 끝나가고 있었다.

"이대로는 좀 부족하지 않습니까."

인간의 형상을 다시 입은 청룡이 남궁왕의 팔을 밟아 부러뜨리며 낮게 중얼거렸다. 목소리가 너무 낮아 남궁왕에게도 겨우 들릴 정도였다.

"이대로 여기서 끝내실 요량이십니까."

그의 목소리가 덫처럼 끈적끈적하게 흑사의 몸을 얽어맸다.

"그만 돌아가십시오, 남궁왕 흑사."

"이놈…… 죽여라……!"

이십일 년 전까지만 해도 해볼 만했다. 청룡의 힘은 덜 여물었고 뱀처럼 교활한 그 심기를 감안한다 해도 싸울 만한 호적수였다. 그랬었다, 이십 년 전까지만 해도! 흑사는 자조적인 웃음을 짓다가 기침을 하며 피를 뱉어냈다. 이 정도까지 성장했을 줄이야…….

"우리의 인연도 꽤나 깊지 않습니까. 역린을 이곳에 두고 남궁으로 돌아가십시오. 살려 드리겠습니다."

흑사는 낮게 말하는 청윤을 노려보았다.

"네놈! 설마…… 역린을 인질로 날 이용할 생각인 게냐!"

"안 그럴 이유가 있습니까?"

생긋 웃으며 답하는 청윤의 얼굴에 흑사는 말문이 막혔다. 동궁왕은 그를 내버려 둔 채 몸을 일으켜 남군들을 향해 말했다.

"왕을 모시고 그대들의 나라로 돌아가십시오. 오늘 일에 대한 책임은 후일에 묻겠습니다."

그러고는 남군이 흑사를 수습할 수 있도록 뒤로 물러서 주었다. 남궁왕의 상태는 보이는 것만큼 심하지는 않았다. 그러나 그것이 동궁왕이 필살을 하지 않았기 때문이란 사실을 알고 있었다. 그가 자신을 죽일 생각이었다면 싸움이 시작되자마자 죽었을 것이다. 흑사는 신하들의 부축을 받아 비틀거리며 몸을 일으켜 세웠다. 그러나 그의 눈은 여전히 적의로 번들거리고 있었다.

"……돌아가겠다."

흑사는 새장 안에 갇혀 있는 자신의 역린을 힐끔 보고는 이를 갈며 말했다.

"괜찮겠습니까?"

주요는 물러가는 남군을 바라보며 조심스럽게 주인에게로 다가갔다. 주요는 주인의 얼굴에 걸린 그 미소가 불안했다.

"전쟁은 손실이지. 이걸로는 뭘 어떻게 해도 수지 타산이 맞지 않아."

"예?"

무슨 말인지 알아들을 수가 없었다. 청윤은 주요를 향해 시선을 돌리며 말했다.

"남궁왕의 역린을 데려다 잘 모셔놓아라."

"정말 살려두실 겁니까?"

주요는 못마땅한 눈으로 어린화를 보며 되물었다. 저것 때문에 다혜가 다친 걸 생각하면 갈아 마셔도 시원치가 않았다. 주요는 불만스레 얼굴을 구기다가, 자신이 주인의 말에 토를 달았다는 무시무시한 사실을 깨닫고는 얼어붙었다. 하지만 그는 침을 꿀꺽 삼키고는 한마디를 더 조심스럽게 여쭤보았다.

"저…… 다혜는?"

그러나 주인은 그의 말을 싹 무시해 버리곤 신요 쪽으로 걸어가 버렸다. 주요는 구시렁거리며 땅을 파기 시작했다.

청윤은 잔뜩 뿔이 난 얼굴을 하고 있는 신요를 보며 물었다.

"왜 그러고 있는 거지? 견적 뽑고 있는 거라면 좀 나중에 해라."

"……전 화가 난 거란 말입니다."

청윤은 목덜미를 쓰다듬으며 피식 웃었다.

"어째서 말이냐?"

"어째서라니……!"

신요는 말문이 막혔다. 동궁은 무너질 뻔하고, 남군에 정복될 뻔했으며, 주인께선 돌아가실 뻔했다. 그런데 왜라니?

"돌아왔으니 됐지 않느냐. 성가시게 하지 마라."

신요는 주인의 눈이 위험하게 반짝이는 걸 보고 한숨을 내쉬었다.

"네, 그럼요. 입 다물겠습니다."

청윤은 결계를 해제시키며 작게 숨을 몰아쉬었다. 생각보다 피를 많이 흘린 모양이었다. 체온이 점점 떨어지고 있었다.

"주군, 괜찮으십니까?"

청윤은 금세 걱정스러운 표정으로 물어오는 신요를 힐끔 쳐다보았다.

"괜찮다. 너는 지금 가서 남궁왕의 뒤에 군사를 붙이도록 해라."

"군사를…… 말입니까?"

신요는 이 명령에 무언가 다른 것이 있다는 것을 직감하고는 조심스럽게 되물었다.

"가짜 남궁왕은 아직도 이리로 올라오고 있겠지? 좌우위가 일을 잘했다면 말이다."

신요는 좌우위에게 내려진 마지막 명이 바람을 흩뜨려 놓으라는 것임을 상기했다.

"예, 아직 소리말이 오가지 못하고 있습니다. 패전 소식을 듣지 못했을 테니 여전히 이리로 올라오고 있을 겁니다."

"그래. 그럼 그 둘이 서로를 확실히 볼 수 있을 때쯤, 바람을 재우고 남궁왕의 역린을 죽여라."

신요는 멍하니 주인을 올려다보았다. 그건 주요 또한 마찬가지였다.

"……살려주신다고 하지 않으셨습니까?"

주인은 또 아무렇지도 않게 대꾸했다.

"언제까지 살려준다는 말은 하지 않았는데?"

"하지만……!"

신요는 머리를 저어댔다.

"역린을 인질로 붙잡고 남궁왕을 이용하는 편이 낫지 않겠습니까? 굳이 죽일 이유가……."

"상상."

"예, 전하."

주인이 갑자기 직관으로 부르자 신요가 긴장하며 고개를 숙였다.

"흑사는 남궁에 돌아가자마자 살해될 확률이 큽니다."

"예? 어째서……."

신요는 뜻밖의 말에 눈을 크게 떴다.

"남궁의 군주 혈통은 흑사 하나뿐이 아니니까. 내게 역린까지 붙들려 있는 그를 흑룡 일족에서 남궁의 왕으로 살려둘 리가 없지요. 흑룡 일족 중 왕 노릇을 하고 싶은 자가 어디 흑사 하나뿐겠습니까? 게다가 이번 전쟁은 흑사가 일으킨 것이 아니라 남궁이 일으킨 것입니다. 남궁 없이 흑사 혼자서는 절대 일어날 수 없는 일이었지요. 전쟁을 종식시키는 것은 손실입니다. 남궁은 그 손실을 입을 때가 되었어요. 그들은 흑룡 일족을 잃어야 합니다. 그래야 우리도 오늘 일에 대한 보상을 얻어내기가 쉬워질 테니, 더더욱."

청윤의 입가에 사악한 웃음이 어렸다. 이제 남궁은 각 군주 혈통끼리 벌이는 내전에 휩싸일 것이다. 흑룡 일족 때문에 숨죽이고 있던 기린과 비휴 일족이 이번 기회를 놓칠 리가 없었다. 그렇게 내버려 두지 않을 테니까. 적당히 지원해 주며 충동질할 생각이었다.

"하지만 이번 일로 남궁 신민들이 흑룡 일족을 내치겠습니까?"

흑룡 일족은 문무 깊숙이 요직을 차지하고 있었다. 왕의 자리를 가지고 있는 다른 모든 군주 혈통과 마찬가지로.

"그렇게 될 겁니다."

주인은 봄 향기처럼 달콤한 미소를 지으셨고, 그것을 바라보고 있던 신요와 주요는 하얗게 얼어붙었다.

'더 있어, 뭔가가 더 있는 거야.'

대체 왜 남궁왕은 벌집을 들쑤셔서 화를 자초한 것인지 이유를 모르겠다.

"어디 가십니까?"

옆을 지나쳐 걷기 시작하는 주인을 보며 신요가 물었다.

"침전에."

주군은 담백하게 대꾸하곤 걸어가 버리셨다.

신요는 의원을 불러야겠다고 생각했다. 청윤이 그 생각을 미리 알았더라면 남궁왕을 죽이는 데 좌우위 대신 상상을 보내 버렸을 것이었다.

17장

사
랑

다혜는 금이 간 천장을 올려다보았다.

멍하니 보다가 몸을 일으키며 주위를 둘러보았다. 천장은 물론이고 벽이며 기둥까지 성한 곳이 별로 없었다. 반쯤 폐허가 된 침전을 둘러보다가 문득 밀려오는 바닷바람을 느꼈다.

'아…….'

바다를 향해 있는 벽과 담장이 환히 잡아 뜯겨 있었다.

뒤에서 문이 여닫히는 소리가 들려왔다.

다혜는 고개를 돌려 침전 내부로 걸어 들어오는 청윤을 보았다.

"전쟁은……."

"이겼어, 대충."

무심히 대답하는 그를 보며 다혜는 천천히 두어 번 눈을 껌벅거렸다. 다혜는 자신의 불안함을 그가 알아채지 않길 바랐다. 동궁 가장 깊숙이 있는 왕의 침전까지 이 지경이면 다른 곳은 어떨지 생각만으로도 무서웠다.

"피해가…… 커요?"

청윤은 그녀를 바라보며 가까이로 다가왔다.

"복구할 수 있는 수준이에요."

"여기는……?"

그에게서 눈을 돌리며 천장을 올려다보는 다혜의 뺨을 두 손으로 감싸 쥐었다.

"보고 싶었어."

청윤은 다혜의 입술에 입을 맞추며 중얼거렸다. 그녀의 심장이 쿵쿵, 가쁘게 뛰는 소리를 들을 수 있었다. 청윤은 홀린 듯 그 소리에서 관심을 떼지 못하며 고개를 기울여 갔다. 다혜의 숨이 색색 흐트러졌다.

다혜는 그의 팔을 잡다가 움찔 굳었다.

손끝이 차고 축축했다. 눈을 떠 손끝으로 시선을 돌린 다혜의 얼굴이 창백해졌다.

"……피."

그녀는 고개를 들며 급히 그의 얼굴을 더듬어보았다.

"청윤, 피가……!"

"괜찮아요."

그는 무심하게 또 아무렇지도 않은 듯 대꾸했다.

"아, 아까……."

붉은 머리카락의 괴물들에게 다친 상처에서 피가 멈추지 않고 있었다. 팔이 이러니 더 깊게 베인 등허리는 더할 것이었다.

"봐, 봐봐요!"

청윤은 다급하게 저를 올려다보는 다혜를 물끄러미 내려다보았다.

"주고 싶은 게 있어."

어쩐지 겁이 날 정도로 똑바로 직시하는 그의 시선에 다혜는 조금 놀라 굳고 말았다.

"무조건 받겠다고, 약속해요."

다혜는 속이 탔다. 검은 그의 의복이 젖는 게 보일 정도로 그는 많은 피를 흘리고 있었다. 그런데 신음 소리 한 번 내지 않고 그는 조용히 그녀의 손을 잡은 채 밖으로 걷고만 있었다.

"청윤, 치료 먼저 해요. 네?"

몇 번째 말하고 있는 건지 모르겠다. 그는 무심히 걸으며 듣지도 못한 것처럼 굴고 있었다. 다치지만 않았더라면 정말 쥐어박고 싶어졌을 것이다.

청윤은 다혜가 한 번도 걷지 못한 곳으로 걸었다.

흐드러지게 피어 있는 새하얀 벚나무.

녹음과 담장, 길고 긴 회랑으로 둘러싸여 있는 여러 채의 전각들과 청빛이 흐르는 수로가 보였다. 폭이 좁고 물 높이가 그리 높지 않은 완만한 수로 위엔 고운 조각이 들린 석교 다리도 놓여 있었다. 너른 뜰의 연못엔 분홍빛 연꽃이 환하다.

그리고 그 모든 것의 중심에 화려한 청색 기와를 올린 한 채의 아름다운 전각이 있었다.

"받겠다고 약속해."

"청윤, 난⋯⋯."

다혜는 사실 어떻게 해야 할지 아직 갈피를 잡을 수가 없었다.

그가 죽겠다고 해서 신계로 돌아는 왔지만, 사실은 이제 어떻게 해야 할지 아직은 혼란스러웠다.

"아파……."

청윤은 머리가 핑 도는지 다혜의 머리에 이마를 괴고 낮게 숨을 내쉬었다.

"처, 청윤!"

다혜는 중심을 잃는 그를 붙잡으며 소리를 질렀다.

다혜는 고집을 부리는 청윤을 노려보았다. 그는 항아들을 다 물려 버렸다. 어의도 필요 없다고 내처 버렸다.

그는 그녀를 끌고 온 전각의 침상에 늘어져 누워 내처 고집을 부리고 있었다.

"하……."

그는 숨을 내쉬며 낮게 눈을 떴다. 하얀 깃베개 위로 섬세한 그의 머리칼이 흐트러진다. 다혜는 힘에 겨운 듯 숨을 내쉬는 그의 곁으로 달려가 몸을 낮추고 앉았다.

"청윤!"

그는 다혜를 흘겨보며 물었다.

"……약속은?"

"한다고, 해!"

다혜는 버럭 소리를 질렀다.

청윤은 그제야 입꼬리를 말아 올리며 심술궂게 웃었다.

"그럼 이제 치료해 줘."

"……네?"

다혜는 움찔 굳었다.

다혜는 그의 옷자락을 붙잡고 바들바들 떨었다.

"버, 벗겨요?"

"아니면?"

청윤이 되물었다.

다혜는 크게 숨을 삼키며 그의 옷 매듭을 풀었다. 왜 내가 꼭 이걸 해야 하는지 알 수는 없었지만, 청윤이 그녀가 아니면 치료를 하지 않겠다고 또 고집을 부렸다. 다혜는 바들바들 떨리는 손으로 옷 매듭을 풀고 옷깃을 옆으로 벗겨냈다.

"다, 다른 데 좀 봐요."

그의 시선이 줄곧 다혜를 응시하고 있었다.

하의 매듭을 풀고 상의를 벗겨내야 하는 방식의 옷이라서, 다혜는 마치 그의 옷을 전부 다 벗겨내고 있는 듯한 기분이 들었다. 하의 매듭을 다 풀어낸 다혜는 눈을 질끈 감고 조심스럽게 상의를 잡아 올렸다.

"어느 세월에 다 벗기려고?"

치골을 드러낸 그가 밉살맞게 물었다.

"좀, 조용히 좀 해요."

이를 악물고 중얼거리고는 간신히 하의 속에서 상의를 다 빼올릴 수 있었다. 다혜는 작게 한숨을 내쉬고는 상의를 그의 어깨 너머로 벗겨냈다. 이것 역시 만만찮은 일이란 걸 금세 알 수 있었다.

청윤은 빌빌거리는 다혜를 보며 속으로 웃음을 삼켰다.

"청윤, 상처가……."

어깨를 넘어간 옷깃이 왼쪽 팔에 눌러붙었다. 상처에 엉긴 피 때문이었다. 생각했던 것보다 상태가 훨씬 심각했다. 그녀는 알 수 없었지만, 부상을 당한 채 남궁왕과 싸우느라 상처가 악화된 탓이었다.

다혜는 피에 엉겨 붙어 있는 옷자락을 떼어내며 신음 소릴 냈다. 들러붙은 옷자락을 떼어내느라 상처가 벌어져 들릴 지경인데도, 청윤의 얼굴 표정은 하나 변하는 기색이 없었다. 마치 아무렇지도 않다는 듯 무심했다. 그럴 수 있을 리가 없는데.

다혜는 입술을 꾹 깨물었다. 정말 이렇게 다쳤으면서 고집이나 부리고…….

"많이…… 아파요?"

"별로."

그는 시큰둥하게 대답했다.

"등도 봐요."

간신히 왼쪽 팔을 빼낸 다혜는 아무렇지 않다는 듯 말했다. 그의 왼쪽 팔을 잡은 손은 형편없이 덜덜 떨리고 있었으면서.

"엎드려?"

"네."

다혜는 당연한 걸 왜 묻냐는 듯이 대답했지만, 그러고 여유 부리던 것도 정말 잠시뿐이었다.

그의 미끈한 등허리가 드러났다.

매듭이 풀린 하의는 허리 아래 부근에 아슬아슬하게 걸쳐져 있었다. 다혜는 그의 몸이 겉보기보다 훨씬 더 늘씬하고 탄탄하다는 것과, 그의 엉덩이 위에 옅게 패인 보조개가 있다는 걸 처음으로 알게 되었다.

다행인 건, 어쨌든 당장은 신경 쓸 겨를이 없다는 점이었다.

다혜는 그의 등허리에 엉겨 붙은 피에 젖은 옷자락과 붉게 피가 번져 있는 이부자리를 보며 숨을 삼켰다.

청윤이 한동안 말이 없는 그녀를 돌아보았다.

"울어?"

"어, 엎드려 봐요."

상처를 바라보던 다혜가 코를 훌쩍이며 그의 등을 꾹 눌렀다. 청윤은 자꾸 뒤를 돌아보려고 했다. 다혜는 고개를 흔들고는 다시 그의 등허리를 눌렀다.

"아니, 그냥, 엎드려 있으라니까……."

청윤은 다혜가 시키는 대로 얌전히 팔을 괴고 엎드려 누웠다. 등 위로 눈물방울이 뚝뚝 떨어져 내렸다. 청윤은 작게 한숨을 내쉬었다.

"울지 말라고 했잖아. 너 우는 거 싫다니까."

"그러니까 안 운다니까요."

다혜는 훌쩍이며 딱 잡아뗐다.

"미안해요……."

"왜?"

그녀는 마저 남은 옷가지를 그의 등허리에서 떼어내며 중얼거렸다.

"나 때문에……."

인계에 내려가지 않았다면, 어쩌면 그가 이렇게 다칠 일은 없었을지 모른다. 그는 그의 세계의 중심이었고, 그가 다친 건 개인적인 일이 아니었다.

청윤은 다혜의 마음을 알아채고 밉살맞게 놀렸다.

"나 고생시킨 거 알긴 알아?"

다혜는 입을 꾹 다물고 그의 뒤통수를 노려보았다. 하지만 너무 예뻐서 노려보고 있기도 쉽지가 않았다.

"하지만, 당신이!"

청윤은 다혜가 다신 생각하고 싶지 않은 그날 일을 되새기려고 하자, 고개를 돌려 차갑게 그녀를 노려보았다. 다혜도 입을 꾹 다문 채 물끄러미 그를 노려보았다. 검은 순막 바깥으로 청색 빛이 쏟아질 듯 넘실거렸다.

한동안 그러고 서로를 노려보고 있다가, 청윤이 먼저 손을 뻗어 다혜를 끌어당겼다.

"이리 와봐."

다혜는 그가 우리 바깥으로 뛰쳐나온 맹수라도 되는 것처럼 경계하며 주춤거렸다. 청윤은 인내심 없이 다혜의 허리를 끌어안았다.

"처, 청윤?"

그는 그대로 다혜의 허리를 끌어안은 채 그녀의 무릎을 베고 엎드려 누워버렸다. 자신이 흘린 붉은 피 위에서 그는 마치 상처 입은 짐승처럼 마음을 아프게 만든다. 그래서인지 다혜는 파고드는 그를 밀어낼 수가 없었다.

"……상기시키지 마."

청윤은 다혜의 허리를 더 강하게 끌어안았다.

"기억나게…… 하지 마."

다혜는 숨을 죽이고 아이처럼 자신을 안고 있는 그를 바라보았다.

"숨 막혀서 죽는 줄 알았어. 그대가 없는 동안 미쳐 버릴 것 같았어. 기억나게 하지 마. 지금도…… 그래. 힘들어."

다혜는 그의 머리를 쓰다듬어 주고 싶어 손을 들어 올렸지만, 망설여졌다. 청윤이 그것을 느끼고는 다혜의 손을 붙잡아 자신의 머리 위에 턱 올려놓았다. 그러고는 다혜의 무릎 속으로 더 파고들었다.

"나는……."

다혜는 말끝을 흐렸다.

이제 어떡해야 할까. 일어났던 그 모든 일을 없었던 것처럼 덮어놓고 살아갈 수가 있을까? 갈피를 잡을 수가 없었다. 그는 여전히 그였고, 그녀는 여전히 역린의 몸이었다. 상황은 변한 것이 아무것도 없었다. 역린인 것만으로도 좋으니 그의 곁에서 살아만 가게 해달라고 정말 바라게 될까 두려웠다.

다혜는 화제를 돌리며 말했다.

"치료부터 해요."

아직은 더 깊이 생각하고 싶지가 않았다.

청윤은 그녀를 안은 손에 힘을 주었다.

"……미안해."

다혜는 멈칫거렸다.

"미안해."

그녀의 무릎에 파고든 채, 청윤은 혼이 나는 아이처럼 작게 중얼거렸다.

"내가 괜히 화를 냈어."

인계에서도, 동궁에서도 그녀가 다친 건 모두 그의 방치 때문이었다.

그녀가 다쳤던 건 밤중에 뛰어나가 연골어강과 마주쳐서도 아니고, 여오의 동생인 백리를 감싸서도 아니었다. 그가 방치했기 때문이다.

모른 척하고 싶었다. 그렇게 없는 것처럼 그냥 외면하고 싶었다.

그의 마음이 기울지 않았더라면 차라리 그녀는 안전했을 터였다.

"내가, 잘못했어."

아이처럼 굴었다.

처음 겪는 마음의 진통은 그를 어린아이로 되돌려 놓았고, 그로 인한 고통은 모두 다혜가 겪고 말았다.

"무서웠어. 한 번도 사랑은 해본 적이 없단 말이야."

"네?"

다혜는 움찔 놀랐다.

"없다고, 한 번도. 사랑 같은 건 내 일생에 없는 줄 알았지."

"……무슨."

다혜는 제 허리를 끌어안고 있는 청윤의 몸이 덜덜 떨리는 것을 느끼곤 그만 입을 다물고 말았다. 살이 베이고 피를 철철 흘리는 와중에도 눈썹 하나 까딱하지 않던 남자였다. 다혜는 어깨를 늘어뜨리며 작게 한숨을 내쉬었다.

"대체 무슨 고백을 이렇게 밉살맞게 해요?"

청윤은 다혜의 무릎에 얼굴을 묻은 채 웃음을 터뜨렸다. 그러다 이내 낮게 가라앉은 목소리로 싸늘하게 말했다.

"미안해. 하지만 두 번 다시 그러지 마. 또 나한테서 도망치면 이번에야말로 그대의 가족들을 모조리 다 죽여 버릴 테니까."

다혜는 한 대 쥐어박아 주고 싶은 표정으로 그의 뒤통수를 노려보았다.

"이……! 못돼먹어 가지곤!"

밉살스러운 그는 빙글거리며 웃을 뿐이었다.

"눈치챘어? 똑똑하네. 난 정말이지 말도 안 되게 못됐지. 아주, 아주 그렇다니까. 그러니까 정말 두 번 다신 그러지 마. 내가 또 그대의 마음을 아프게 하거나 그대를 울리면…… 차라리 내게 화를 내."

그는 웃음기 가신 목소리로 말했다. 어쩐지 다혜는 가슴 한 켠이 욱신거렸다.

"두 번 다시…… 그러지 마. 두 번은 못 견딜 거야."

가만히 있던 다혜는 그의 머리를 조용히 쓸어 내렸다.

"청윤?"

"음?"

그는 목울림 소리로 대답했다. 다혜는 떨리는 숨을 가라앉히려 애쓰며 가만히 눈을 감았다. 이번에야말로 제대로 말하고 싶었다. 다혜는 다시 눈을 떠, 자신의 상처 입은 아름다운 용을 바라보았다.

"사랑해요."

그가 멈칫하며 숨을 멈추는 것이 느껴졌다. 다혜는 다시 천천히 말했다.

"사랑해요, 너무 많이 사랑해요."

청윤은 다혜의 얼굴을 보려 돌아누웠다. 상처가 다시 이부자리 천에 닿아 쓸렸지만 별로 신경 쓰이지 않았다. 그것 때문에 안달복달하는 것은 다혜뿐이었다.

"너무 많이는 없어."

그는 다혜의 뒷머리를 감싸며 제게로 끌어 내렸다.

"더 사랑해 줘, 더 많이."

끌어 내려 다혜의 입술을 제 입술로 물 듯이 머금었다. 여린 숨을 삼키듯 다혜의 입술을 훑으며 빨았다.

"사랑해."

그가 나지막이 중얼거렸다.

"응, 나도 더 많이요."

이제야 다혜도 웃었다.

청윤은 울컥할 정도로 행복한 마음에 괜히 으르렁거렸다.

"안 돼, 여기서 더 하면 내가 그대를 잡아먹어야 할걸?"

그걸 농담으로 알아들은 다혜는 웃음을 터뜨렸다.

"이제 핥아줘."

다혜는 눈을 댕그랗게 떴다.

"네?"

청윤은 옅게 웃었다.

"치료해 주기로 했잖아."

"……응? 야, 약 줘요?"

"아니, 핥아달라고."

청윤은 못 알아들은 척도 할 수 없게 정확히 잘라 말하며 심술 궂은 표정으로 다혜를 올려다보았다.

"예전에 기억나? 너 다쳐서 동궁에 처음 왔을 때."

"그, 그때 왜요?"

다혜는 뭔가 불길한 예감을 하며 말을 더듬었다.

"그때 내가 했던 그대로 하면 돼. 그때도 한 번 설명했었잖아. 나와 역린은 원래 하나였기 때문에 서로 접촉을 하면 생체 회복력이 좋아진다고. 다른 약은 필요 없어. 말하자면, 네가 내 최고의 약이란 뜻이지."

그는 혀를 내밀어 자신의 입술을 핥으며 사악하게 웃었다. 다혜는 심장이 덜컥 내려앉는 것 같았다.

"그, 그냥 어의 부르시면……."

"싫어."

얼굴이 시뻘게진 다혜를 보며 청윤이 다시 시큰둥하게 잘라 말했다.

"그, 그럼 진짜 지금……."

다혜는 기어들어 가는 목소리로 되물었다.

"정 내키지 않으면 안아주던지."

"뭘 하라구요?"

다혜는 도끼눈 떴다. 청윤은 슬픈 표정을 지으며 말했다.

"다 싫다면 어쩌자는 거야? 그럼 그냥 날 이 핏물 속에 내버려 둬."

다혜도 이번엔 그가 장난치고 있다는 사실을 알아챘다.

"으윽! 정말…… 못됐어!"

청윤은 맞장구라도 쳐주듯 방긋 웃었다.

"그렇다니까. 자, 얼른."

"아."

다혜는 엎드려 누운 그를 내려다보며 침을 꿀꺽 삼켰다. 너무 긴장이 되어서 손발이 덜덜 떨리는 것 같았다. 그는 너무…… 정말이지 너무, 악마처럼 아름다웠다.

'안 돼, 싫어. 내가 덮치는 것 같잖아!'

다혜는 얼굴을 감싸 쥐고 하늘을 원망했다.

좋아, 괜찮아. 그냥 치료하는 것뿐이야. 다혜는 긴장된 숨을 몰아쉬고는 천천히 몸을 숙였다. 청윤 역시 다혜의 어린 숨결을 느끼며 몸을 긴장시켰다.

'하아.'

그는 낮게 숨을 몰아 삼켰다. 정말이지, 계집과 처음으로 몸을 섞은 게 언제인지 기억도 나지 않을 만큼 오래되었는데, 그 뒤로 셀 수도 없었는데……. 이제 와서 긴장이 되는 건 정말이지 웃기지도 않는 일이었다.

청윤은 숨을 참으며 짐승처럼 목울림 소리를 냈다.

그런데도 다혜의 어린 숨이 등허리에 닿을 때마다 미칠 것 같았다. 몸이 달아오르기 시작했다. 조그마한 혀가 살갗에 닿자 참아내기 어려울 정도가 되었다.

"아, 아파요?"

그의 신음 소리를 오해한 다혜는 안절부절못하며 더 살살 상처를 핥았다. 머릿속으로는 고양이가 다친 상처를 핥는 상상을 계속하면서 그의 고통을 덜어주는 데에만 신경을 집중하려 안간힘을 썼다. 하지만 그게 쉽지가 않아서…….

"주군, 여기 계십니……!"

"……!"

문이 덜컥 열리고 신요가 방 안으로 쳐들어왔다. 다혜는 자신을 보고 있는 신요와 눈이 마주치고는 그대로 얼어붙었다. 그대로 굳어버린 건 별생각 없이 덜컥 문을 열고 들어오던 신요 역시 마찬가지였다.

침전에 가시겠다고 해서 당연히 그런 줄 알고 찾아가 보니 주인이 없어서, 항아들에게 물어 찾아온 것이었는데. 어의를 물렸다는 말을 듣지만 않았어도 그저 말았을 것이었다.

그런데, 그러니까.

설마 이런, 아니, 이게 무슨…… 주인님 위에 아씨가…… 올라타 앉아 계시다니! 신요의 손에서 약상자가 털썩 떨어져 내렸다. 그 소리를 기점으로 다혜와 신요는 서로를 보며 비명을 지르기 시작했다.

"꺄아아악!"

"으, 으아악!"

청윤은 손을 뻗어 다혜를 품속에다 숨겨 버리곤, 신요를 사납게 노려보았다.

"당장 나가!"

신요는 망설이지 않고 냉큼 방에서 도망쳐 나왔다.

"헉헉……!"

문밖에 기대선 채 신요는 뜀박질이라도 한 듯 거칠게 숨을 몰아쉬었다. 아니, 이게 무슨 일이지? 아씨께서 언제 돌아오셨……. 아니, 그것보다도!

'세상에, 맙소사!'

신요는 밖에서 안절부절못하고 있을 형님을 향해 내달렸다.

"형님!"

"아우님, 왜?"

주요는 씩씩거리며 뛰쳐나온 신요를 보고 긴장했다. 또 무슨 일이 있는 건가?

"아씨께서……!"

주요는 다혜의 얘기가 나오자 눈을 크게 떴다. 다혜가 돌아온 건가, 그런 건가!

"아씨께서, 주군을 덮치고 있어!"

"……응?"

주요는 멍하니 신요를 바라보았다. 신요도 멍하니 주요를 바라보았다. 두 형제는 서로를 마냥 멍하니 바라보고 있었다.

"등신들."

소하는 혀를 쯧쯧 차며 남군의 피가 묻은 날개옷을 수습해 거둬들였다. 그러면서도 시선은 힐긋 곁에 앉아 있는 지하를 향했다. 신요의 말을 들은 지하의 표정 또한 볼만했다. 하얗게 질려서는 입을 떡 벌리고. 쯧. 저 바보 형제와 다른 점이 있다면 좀 귀엽다는 거? 소하는 씩 웃으며 어깨를 으쓱거렸다.

"다혜한테 한 수 배워야겠네."

지하는 충격에 빠져 있다 퍼뜩 정신을 차리며 어울리지도 않게 말을 더듬었다.

"어, 어? 뭐…… 뭘? 뭘 배워?"

소하는 활짝 웃으며 대답했다.

"그냥, 뭐든지."

지하는 뭔가 불안해졌다. 그의 앞날에 소하가 드리워지는 순간
이었다.

※   ※   ※

"그만 좀 나와 봐."

청윤은 거대한 무덤이 된 다혜를 보며 한숨을 내쉬었다. 망할,
신요 놈. 이 보복은 반드시 해주고 말 테다. 청윤은 이불을 확 들
춰 올렸다.

"으아아⋯⋯."

다혜는 이불에 대롱대롱 매달려서 불쌍한 눈으로 청윤을 올려
다보았다. 이불 속에 숨어 있어서 그런 건지 아니면 부끄러워서
그런 건지, 다혜의 뺨은 꼭 잘 익은 복숭아처럼 불그스름했다.

청윤은 다시 작게 한숨을 내쉬고는 다혜의 허리를 끌어안았다.
다혜는 화들짝 놀라며 바동거렸다. 심장이 터질 듯이 쿵쿵거리고
있었다.

"가만 좀 있어. 아프다고 했잖아."

"하, 하지만."

다혜는 불안한 눈으로 청윤을 올려다보았다.

"다, 다른 방법은 어, 없어요? 다른, 좀 덜 그런⋯⋯."

다혜의 머루같이 까만 눈이 울먹이며 젖어들었다. 청윤은 그 모
습이 정말 대책 없이 귀엽다는 생각을 하며 작게 한숨을 내쉬었다.

그는 다혜를 품에 안고 귓가에 낮게 속삭였다.

"더 좋은 방법?"

"네? 네에……."

다혜가 기어들어 가는 목소리로 대답했다.

"아까 말했잖아, 있다고."

다혜는 아차 싶은 마음으로 몸을 뒤로 뺐다. 하지만 그 순간 깨닫게 된 건 이미 그에게 옴짝달싹 못하게 붙잡혀 있다는 사실 뿐이었다.

"자…… 잠깐만요!"

청윤은 다혜의 허리를 끌어당기며 제 허벅지로 다혜의 다리를 갈라냈다. 제 허벅지 위에 그녀를 앉히고, 그녀의 예민한 부분을 지그시 누르며 하얀 목덜미를 혀로 핥았다. 다혜가 몸을 바르르 떨었다.

"아……."

청윤은 다혜의 귓가를 이로 물며 말기를 느슨히 풀어냈다. 그의 긴 손가락이 말캉한 가슴을 그러쥐었다. 다혜는 눈을 질끈 감았다.

"날 믿어. 이게 제일 확실하다니까."

싫다고 해도 놔줄 생각은 전혀 없었지만. 청윤은 제 입술을 핥으며, 눈웃음을 흘렸다. 말캉한 젖무덤을 움켜쥐니 그의 손안에서 보기 좋게 모양이 변했다. 그는 조금 더 주무르며 만지다가 말기를 끌어 내렸다.

"처, 청윤!"

"음?"

청윤은 하얗게 드러난 소담한 가슴을 핥듯이 내려다보며 목울림 소리로 답했다. 그의 검은 눈동자가 짙게 젖어 있었다. 처음 보는 모습이었다. 다혜는 반사적으로 움츠러들며 도망치려 들었다.

"웃!"

하지만 청윤이 도망치려는 허리를 휘어 안고 어린 쇄골을 이로 물었다.

그녀가 가늘게 떨며 그를 밀어냈다. 파르르 떨 때마다 하얀 살갗도 바르르 떨렸다.

다혜는 가슴을 가리려 애쓰며 어깨를 움츠렸다. 머리부터 발끝까지 붉게 달아오르는 듯했다. 그가 도망치려는 등허리를 눌러 제 명치에다 그녀의 몸을 밀어붙여 놓았다. 숨을 쉴 때마다 벗겨진 젖가슴이 그의 옷깃과 옷깃 사이로 드러난 그의 단단한 살갗에 자꾸만 부딪혔다. 다혜는 쥐 죽은 듯이 숨을 죽였다.

"저, 정말…… 다른 방법은 없는…….."

"없어."

청윤은 딱 잘라 말했다. 다혜는 버둥거리며 소리쳤다.

"그냥 핥을게요!"

버둥거릴 때마다 가슴이 그의 살갗에 닿는다는 사실을 무시하려 안간힘을 썼다.

"어딜……?"

다혜는 정신없이 대답했다.

"어디든지요!"

청윤은 다혜의 옷고름을 다 풀어헤쳐 놓고는 쿡쿡 웃어댔다.

"너 가끔 진짜 엄청난 말을 한다는 거 알아?"

하지만 이걸 놔주다니, 절대 말도 안 되지. 남김없이 다 먹어치울 테다.

"괜찮아. 이젠 내가 핥아줄게."

"뭐, 뭐를…… 나, 난 안 다쳤는……."

다급하게 말하던 다혜는 그의 혀가 가슴의 민감한 정점을 쓸어 올리자 거칠게 숨소릴 삼켰다.

"싫어!"

청윤은 들은 척도 하지 않고 다혜의 허리를 그러안은 채 위로 조금 더 끌어 올렸다. 다혜의 벗겨진 몸이 그의 늘씬한 상체 위로 밀려 올려지며, 거의 그의 갸름한 턱 가까이에 젖가슴을 내준 꼴이 되었다.

그는 입맛이 도는 듯 제 입술을 핥다가 젖가슴의 볼록한 살점을 입속에 넣었다. 그 배꽃같이 하얀 젖가슴의 볼록한 살점을 입술로 물어 쪽쪽, 빨아 당겼다.

다혜는 울먹이며 그 소리와 감각에 진저리를 쳤다.

청윤은 심술궂게 입꼬리를 올리며 씩 웃었다.

"얌전히 있어주면 나도 얌전하게 굴게. 하지만 자꾸 이렇게 도망치려 하면 못되게 굴 거야."

"버, 벌써 그러고 있잖아!"

"내가 못되게 굴기 시작하면……."

그는 사분히 볼록한 살점을 입에 넣고 혀로 핥았다.

"확실히 알게 될 거야."

청윤은 옅게 웃으며 그녀의 이마에 입을 맞췄다. 그녀의 풀어진 옷자락이 명치와 골반을 지나 엉덩이 골 아래로 떨어져 내렸다.

청윤은 가려진 머리채를 치워내며 다혜의 몸을 바라보았다.

동그란 어깨와 소담한 가슴을 손끝으로 그리듯 따라 만지며 그는 자신의 타액이 묻은 유두를 엄지손가락으로 조금 쓸었다. 다혜가 숨을 죽였다. 누르듯 문지르니 눈을 질끈 감고 눈물을 삼킨다. 갈증이 났다.

청윤은 아랫입술을 살짝 깨물며 고개를 기울였다.

"……예뻐."

그는 다시 가슴의 볼록한 살점에 쪽, 입을 맞췄다. 마치 이마에 하는 것처럼 다정하다.

"하아."

사납게 충동이 일었다. 순진한 몸에 거칠게 그를 밀어 넣고 울리고 싶었다. 머릿속이 하얗게 변해 오직 그 하나만이 남아 있을 때까지.

그런 생각을 하며 천천히 그는 손을 미끄러트리듯 내리며 명치와 말랑한 아랫배를 지났다. 그의 손이 아직은 치맛자락에 반쯤 덮여 있는 곳으로 내려가자 다혜가 헉! 하고 숨을 삼켰다.

"처, 청윤!"

당황한 그녀가 그의 팔목을 붙잡았다.

"사납게 굴까?"

조용한 물음에 도리질을 친다.

청윤은 옅게 웃으며 손을 더 아래로 내렸다. 손끝에 체모가 닿고 갈라진 틈새가 만져졌다. 숨이 뜨거워진다. 손을 조금 더 밀어 넣어 볼록한 살점을 매만지다 동그랗게 원을 그리며 문질렀다.

"흑!"

다혜가 울며 바들바들 몸을 떨었다.

청윤은 다혜의 입술에 다정히 입을 맞추며 손가락을 밀어 넣었다. 놀란 내벽이 그의 손가락을 죄며 수축해 왔다.

그가 사납게 으르렁거렸다.

"조이지 마."

다혜는 눈물이 맺힌 얼굴로 숨을 몰아쉬며 그를 올려다보았다.

"나, 난 아무것도……."

그러는 사이 그가 두 번째 손가락을 밀어 넣었다. 다혜는 눈을 커다랗게 홉뜨며 몸을 바들바들 떨었다.

청윤은 내벽의 질감을 느끼며 손가락을 조금 넣었다 뺐다 했다. 숨이 달뜨고 피가 몰린다. 손가락을 죄는 감촉이 더없이 부드럽다.

그가 목덜미에 고개를 괴고는 뜨거운 숨을 흘렸다.

"하아."

청윤은 픽 웃었다. 얼마나 많은 계집을 안았던지는 상관이 없었다. 마치 숫총각으로 되돌아간 느낌이었다. 그때도 이렇진 않았는데. 단지 내벽을 만지고 있는 것만으로도 사정을 할 것 같았다.

"뒤로 누워요."

"네?"

그는 손가락을 조금 빼내 축축하게 젖은 볼록한 살점을 천천히 매만지며 남은 손으로 제 하의를 끌어 내렸다. 다혜는 치골 아래로 드러나는 그의 남체에 하얗게 얼어붙었다.

"나, 나는…… 흐으윽!"

하지만 정신을 차릴 새도 없이 그의 손가락이 가장 예민한 곳을 앞뒤로 문질러 댔다.

"뒤로 등을 대고 누우라구요. 아니, 다리는 벌려야죠."

아무것도 모르는 순진한 여자를 가르치며 그가 상당히 친절하게 말했다. 물론 다혜는 하나도 고맙지가 않았다.

"아……."

다혜는 숨을 삼켰다. 그가 목 뒤를 그러쥐며 입을 맞춰왔다. 숨이 그에게 삼켜진다고 생각했다. 그의 혀가 질척하게 혀를 감아오고 눈앞이 하얗게 비는 동시에 숨이 차 헐떡거리고 있었다. 다혜는 비명을 질렀다.

떠밀려 누운 침상이 질척하게 젖어든다. 몸이 갈라지고 있었다. 그의 것이 몸속을 파고드는 생경한 느낌이 비명을 지르게 만들었다. 찢어지며 둔통이 깊숙이 밀려왔다. 다혜는 다리를 그러모으려 애쓰며 반사적으로 그를 밀어내려 했다.

청윤은 허리를 밀어붙인 채 긴 손가락으로 다혜의 다리를 잡아눌러 더 활짝 열었다. 다혜는 떼어내고 싶은 듯 그의 팔을 붙잡고는 파들파들 떨었다.

"아파, 흐으윽."

"숨을 내쉬어."

속삭이듯 말하며 그가 자신의 성기를 끝까지 밀어 넣었다.

"아아악!"

아직도 더 남아 있었다는 걸 믿을 수가 없었다. 뱃속 가득 찬 이물감이 생생하게 느껴졌다. 그가 누르고 있는 탓에 다리를 오므릴 수도 없었다. 할 수 있는 것이라곤 그저 그를 받아낸 채로 파들파들 떨며 견디는 것뿐이었다.

엎드린 그의 서늘한 머리카락이 뺨에 와 닿았다.

"후우."

그가 뱉는 숨이 살갗을 오싹하게 한다.

"조이지 말아요."

"아, 아파요…….."

"그대가 나를 미치게 하고 있어."

그가 낮게 중얼거렸다.

"천천히 움직일게요, 사랑한다고 말해줘."

다혜는 눈을 껌벅거렸다. 맺혀 있던 눈물이 눈가로 툭 떨어진다. 그녀는 아름다운 청윤의 얼굴을 올려다보았다.

"……아, 아픈데요?"

그 아름다운 얼굴에 설핏 웃음이 흘렀다.

"느껴져요? 그대의 속이 내게 맞춰지고 있어. 말해, 그대는 내 것이야."

"나는…… 당신의 것이에요."

청윤은 닿을 듯 고개를 떨어뜨렸다. 그가 웃고 있는 것이 느껴졌다. 뺨에 닿던 그의 검은 머리카락이 이마에 고이며 흘러내렸다.

"그래, 나도 그대의 것이야."

그는 약속대로 천천히 움직였다. 하지만 검게 가라앉은 눈동자의 얇은 막 너머에서 무언가가 으르렁거렸다.

청윤은 맞닿은 다혜의 허벅지와 무릎 뒤쪽을 쓸었다. 고정시키 듯 다리를 그러쥐고는 귀여운 무릎에 입을 맞췄다. 그녀의 몸이 천천히 열리고 있는 것이 느껴졌다.

"하아, 흑."

그녀가 간간이 어쩔 줄 몰라 하며 뜨거운 숨을 뱉는다. 그럴 때 마다 몸이 죄이며 그를 자극시키고 있었다. 청윤은 흉포하게 밀어 붙이고 싶은 충동을 밟아 눌렀다.

'한 번?'

그렇게 생각했던 적도 있었다. 한 번 안고 나면 늘 그렇듯 지겨워질 것이라고.

청윤은 제 입술을 핥으며 제 몸 아래에서 가늘게 숨을 뱉고 있는 여린 다혜의 몸을 바라보았다. 등허리로 저릿한 것이 스치고 지나간다. 청윤은 아랫입술을 지그시 물며 숨을 뱉어냈다. 몸을 밀어 넣을 때마다 눈앞이 아릿해져 갔다. 조금이라도 욕심을 채우려면 서둘러선 안 된다.

"아흐윽……."

작은 신음 소리가 그를 미치게 몰아갔다.

청윤은 사납게 목울음 소리를 내며, 절정을 맞이하는 다혜의 몸속에서 정욕을 풀었다.

"하아."

한차례 열락이 지나갔다. 그는 여전히 그녀 안에 있는 채였다. 청윤은 팔에 무게를 싣고 상체를 반쯤 일으켰다.

"……미안."

"네?"

놀라 파르르 떠는 것이 더없이 미안해진다.

"자제를 못할 것 같아."

그는 옅게 웃었다.

시간이 얼마나 지났는지 가늠할 수가 없었다. 설핏 잠이 들었던 것도 같았고, 그가 제게 뭘 먹였던 것도 같았다. 이 아름다운 전각은 치명적인 단점이 하나 있었는데, 욕전이 침방 바로 곁에 붙어 있다는 점이었다.

그의 손에 한 번인가 두 번쯤 씻겨지고 나왔을 때마다 항아들이 들어와 침상의 금침을 새 걸로 갈아놓고 나가는 듯했다.

"하아…… 하아……."

눈앞이 까무룩 검게 죽었다. 다혜는 몸을 비틀려고 애써보았다. 등 뒤에서 허리를 그러안은 그의 팔이 쓰러지려는 그녀의 몸을 고정시키고 한계까지 남성을 밀어 넣었다.

"아흑!"

깊게 밀어붙이며 쳐올릴 때마다 눈앞이 까무룩 죽었다.

"시, 싫어……."

벌써 몇 번이나 절정을 맞이했는지 알 수 없었다. 그는 적절히 조절하며 딱 그녀가 정신을 잃기 직전까지만 몸을 움직였다.

흐트러진 머리채를 움켜쥐며 그가 등허리를 핥았다.

다혜는 바르르 몸을 떨며 숨을 헉헉 내쉬었다. 차라리 기절이라도 하고 싶었다. 이 나쁜 놈, 이 못된 놈……! 다혜는 속으로 온갖 욕을 다 했다.

"다쳐서 그래."

그가 상큼하게 말했다.

"흐으윽."

다혜는 눈물이 그렁그렁 맺힌 눈으로 그를 돌아보았다. 그는 봄꽃처럼 상큼하게 웃음 짓고 있었다. 오싹 소름이 끼친다. 반은 눈먼 골병 인생의 반사적인 반응이었고, 나머지 반은 정말 겁에 질려 그랬다.

"상처 때문에 정욕이 더 들끓잖아."

"거짓말……."

"들켰어?"

그가 웃었다.

"아흐으윽!"

청윤이 깊숙이 남성을 밀어붙이자 다혜가 고꾸라지듯 앞으로 엎어졌다. 그대로 도망칠 수만 있다면 좋을 텐데. 그의 허벅지가 조금 더 넓게 그녀의 다리를 벌리고 허리를 안은 손이 갈라진 볼록한 살점을 질척하게 문질러 왔다.

"아흐윽!"

앞에서 자신을 절정으로 달아오르게 하는 그의 손에서 도망치려 몸을 뒤로 빼면, 몸속에 있는 그의 남체가 더 깊이 들어왔다. 다혜는 머릿속으로 떠오르는 고사성어를 무시하려 애썼다. 진퇴양난이라고오…….

청윤은 사납게 목 긁는 소리를 냈다.

그는 다시 한 차례 절정을 맞고 축 늘어져 쌕쌕거리는 다혜의 등허리 곡선을 손끝으로 누르듯 쓸어 내렸다. 작은 견갑골, 여린 척추와 살갗, 소담한 엉덩이를 벌리듯 움켜쥐고는 그녀의 몸속에서 단단하게 선 것을 조금 빼냈다가 뿌리까지 밀어붙였다.

다혜가 울며 다시 도망가려 들었다.

청윤은 다혜를 바로 눕히고는 젖은 눈가에 입술을 맞췄다. 무력한 다리를 단단한 팔로 고정시키고 새겨 넣듯 거칠게 몸을 움직인다. 질척한 소리가 그를 자극했고 다혜를 울렸다. 청윤은 사납게 움직였다. 다혜의 가장 안쪽, 깊숙한 속살이 송두리째 그에게 닿고 있었다.

송두리째 긁어가듯이 그는 다혜를 가졌다. 그것이 그의 속에 있는 짐승을 더없이 만족스럽게 했다.

대체 왜 이러는 걸까. 다혜는 고민했다. 대체 왜 아무도 이 방문을 안 두드리는 걸까! 제발 누구라도 와줘…….

욕전이라도 침소에서 좀 떨어져 있었으면, 사람 살려달라고 소리라도 질렀을 텐데!

"아흐으윽……."

다혜는 청윤의 위에서 허리를 움직이며 가쁘게 숨을 몰아쉬었다.

"하아, 하아……."

다혜를 몸 위에 올려놓은 청윤은 그녀가 허리를 비틀 때마다 아랫입술을 깨물며 뜨거운 숨을 뱉어냈다. 다혜는 애원했다.

"제발, 이제…… 제발……."

청윤은 가늘게 몸을 떠는 다혜의 검은 머리카락을 손가락으로 감아 입술에 가져다 댔다.

"아직 사정하지 않았어요. 안 느껴져?"

느껴져, 느껴진다고! 다혜는 꽥 소리를 지르고 싶었다.

의심스러웠다. 그가 참고 있는 것만 같았다. 다혜는 남은 체력을 모조리 긁어모아 허리를 움직였다. 그를 타고앉은 다혜의 몸이 조여오자 청윤은 고개를 젖히며 낮게 숨을 토해냈다. 이번에도 그는 절정에 이르지 않았다.

다혜는 다시 울먹이며 애원했다.

"그만, 제발…… 응?"

"그대가 애원하는 게 좋아. 내 것을 넣고 있는 것도."

사실은 몇 번이고 탐해도 만족스럽지가 않아, 더…… 더 갖고 싶었다. 사납게 날뛰려는 것을 밟아놓으려 일부러 제 몸 위에 올려놓은 것이었다.

손을 내려 이어진 정점을 어루만지자 다혜가 몸을 젖히며 바르르 떨었다. 미칠 듯이 조여오는 작은 몸에 청윤은 낮게 신음을 흘렸다.

"하아."

조금 더 견딜 수도 있었지만, 다혜의 눈꺼풀이 감기는 것을 보았다. 이번엔 다시 아래로 눕혀야겠다고 생각하며 그는 이성을 살짝 놓았다. 사정을 하는 것만큼이나 그의 것을 받아내며 수축하는 다혜를 느끼는 것이 좋았다.

다혜는 쓰러지듯 그의 가슴으로 안겼다. 청윤은 살살 그녀의 등허리를 쓰다듬어 주었다.

"다혜야."

"응……?"

다혜는 지친 듯 졸린 듯 웅얼거리며 대답했다. 그게 또 너무 귀여워 청윤은 작게 한숨을 내쉬었다.

"마지막."

다혜는 움찔하더니 그의 단단한 가슴을 꼭 껴안고 달라붙었다.

"나 죽었어요."

"다혜야……."

청윤은 어리광을 부리며 졸라댔다. 다혜는 절대로 떨어지지 않겠다는 각오로 그를 안은 팔에 힘을 꼭 주었다. 그래 봐야 그에게는 아무것도 아니라는 사실을 알고 있었지만, 다혜로서는 필사적이었다.

"약속했잖아요……! 내가…… 내가 위로 올라가면 그러면 그만하겠다고! 힘들어, 나 힘든데 자꾸만, 자꾸만 왜……!"

"화낼 기운이 있는 것 보면 아직 괜찮은 것 같아."

다혜는 자신의 몸속에 있는 그가 다시 단단해지는 걸 느끼고는 벗어나려 바둥거렸다.

"안 괜찮……."

청윤은 몸을 틀어 그녀를 아래에 눕히고는 천천히 움직이기 시작했다. 그는 예민한 다혜의 귓가를 핥으며 짓궂게 속삭였다.

"사랑해…… 응? 그러니까 가만히 있어요. 내가 이성을 잃으면 그대가 꽤나 곤란해질걸?"

그의 야한 목소리가 귓가를 긁었다. 다혜는 다리 사이가 젖어드는 것을 느끼며 속으로 비명을 질러댔다. 이거 원래 이런 거야? 원래 이렇게 죽기 직전까지 하는 거야?

"아……."

또 눈앞이 하얗다.

다행이다. 드디어 기절이란 걸 했었던 모양이다. 까무룩 정신을 놓았다 깨어난 다혜는 저를 걱정스럽게 쳐다보고 있는 청윤에게서 등을 돌리고 이불 속으로 파고들었다.

"미안해, 미안하다니까. 다혜야, 나 좀 봐, 응?"

"싫어."

다혜는 이불 무덤으로 들어가 꽁꽁 싸매고는 골을 냈다. 힘들다고 한바탕 울고 난 뒤였다.

"미안해. 이제 안 할게, 응?"

청윤은 살살 달래며 이불 속으로 손을 집어넣어 다혜를 꺼냈다.

"약속도 안 지키면서!"

어쩔 수 없이 이불 속에서 꺼내지며 다혜는 분통을 터뜨렸다. 불신의 골이 깊어진다.

청윤은 작게 한숨을 내쉬었다. 뭐, 자업자득이라 할 수 있었다. 하지만 이렇게 자제가 안 되기는 그로서도 처음이었고, 적당히 하려면 이렇게 천천히 조절하는 수밖엔 없었다. 안 그랬다간 정말 송두리째 이성을 놨을 테니까.

"진짜야, 이젠 재워줄게."

청윤은 다혜를 자신의 배 위에 올려놓고는 등허리를 토닥여 주었다.

"진짜……?"

다혜는 미심쩍어하며 긴장을 풀지 않았다. 청윤은 씩 웃으며 경고했다.

"한 번만 더 물어보면……."

"아니에요! 안 물어볼게요!"

청윤은 작게 한숨을 내쉬었다.

"포기도 빠르시지."

그는 이불을 끌어다가 그녀의 작은 몸을 감싸 덮어주고는 다시 느리게 토닥거렸다.

다혜는 작게 한숨을 내쉬었다. 죽을 것 같았다. 대체 며칠이나 흐른 걸까. 잠을 제대로 잔 기억이 없었다. 뭘 혼자 제대로 먹은 기억도 없었고. 노곤한 몸이 늘어지기 시작했다. 푹신한 이불보다 단단한 그의 가슴이 더 편안하게 느껴지는 이유는 알 수가 없었지만. 다리 사이에선 아직도 뭔가가 흐르는 것 같았고 몸은 물 먹은 솜처럼 늘어졌다. 여전히 봄꽃처럼 화사해 보이는 그는, 그는…….

'……대마왕이었어.'

다혜는 눈물을 질끈 삼키며 그의 품 안으로 파고들었다.

청윤은 길게 다시 한숨을 내쉬었다.

"하아."

학습 효과가 전혀 없는 게 분명했다. 하지만 잠에 빠져드는 다혜의 무게에 더할 나위 없이 만족스러운 충족감이 채워졌다. 무방비한 상태로 그를 믿고 있는 다혜가 몸살 나게 사랑스러웠다. 그의 입가에 행복한 듯 작은 미소가 어려 있었다.

'한나절 정도는…….'

좀 재우고. 배부른 호랑이처럼 느긋하게 다혜의 머리채를 손가락에 감으며 그는 웃음을 지었다. 그가 어떤 무시무시한 생각을 하고 있는지 모르고 있는 다혜는 그저 아이처럼 주먹을 쥔 채 잠에 빠져들고 있을 뿐이었다.

18장

일상, 누구에게나 소중한

"자, 아씨. 일어나세요."

늦은 아침, 다혜는 자신을 깨우는 소리에 끙끙거리며 눈을 비볐다.

"금…… 화 언니?"

침대 맞은편에서 금화가 다정하게 웃으며 자신을 내려다보고 있었다.

"전하께선 벌써 조례(朝禮)를 시작하셨어요. 오찬까지 준비를 마치려면 빠듯하답니다. 자, 서두르세요."

금화는 햇살처럼 화사한 송화색 능라 욕의를 펼쳐 보이며 방긋 웃었다.

'기시감!'

다혜는 이 낯설고 익숙한 상황에 이불 속으로 파고들었다. 금화는 혀를 쯧쯧 차댔다.

"또 시작이세요? 나흘 만에 밖에 나갈 기회라고요. 전하께오선 승전 축제까지도 미루셨어요. 피해 복구가 끝난 뒤에 하신다나 뭐래나. 뭐…… 그 말을 믿는 바보는 없겠지만."

금화는 슬쩍 놀라 눈을 동그랗게 뜨는 다혜를 보고는 말을 이었다.

"오찬이 끝나자마자 다시 침전에 처박히실 생각이신 건 분명해요. 그럼 아씨도 자동적으로. 다음은 말 안 해도 아시겠지요?"

다혜는 하얗게 질린 얼굴로 금화를 바라보았다. 하지만 다시 침전에 처박힐 거라는 무시무시한 예보 때문만은 아니었다. 다혜가 놀란 것은 날짜 때문이었다.

"나흘, 나흘이나 지났다구요?"

나흘이면 사 일이란 소리였다. 금화는 눈을 깜빡이더니 되물어 왔다.

"시간 가는 줄도 모르신 거예요? 하긴, 주인님 밤 기술이……."

금화는 금세 빨갛게 얼굴이 달아오르는 다혜를 보고 슬그머니 말문을 닫았다. 하여튼 순진하시긴, 귀엽다니까.

"자, 어쨌거나 냉큼 일어나셔요. 이 기횔 놓치면 언제 다시 바깥세상 구경할지 아무도 모른답니다."

북궁 공주 때문에 속을 끓였던 금화는 은근슬쩍 다혜를 놀려먹었다. 다혜는 다시 얼굴을 붉히며, 일어나 욕의에 팔을 끼워 넣었다. 금화는 예전처럼 금잠초로 옷깃을 고정시키고는 다혜의 팔을 다정하게 잡아주었다.

"피로를 푸는 데는 입욕만 한 것이 없지요. 회복에 좋은 지치 꽃잎을 준비해 두었답니다."

다혜는 싫은 얼굴로 발을 끌었다.

"안 돼요, 아씨. 제대로 시중을 받으셔야지요."

다혜는 어설프게 미소를 지었다. 바로 그 제대로 된 시중 때문에 발이 떨어지질 않는 거였다. 하지만 다혜는 금화를 초조하게 만들며 오래 망설이진 않았다. 더 이상 여기에 갇혀 있을 순 없기 때문이었다. 인계에 내려가 봐야 했다. 다혜는 청윤의 반응을 생각하며 불안하게 한숨을 내쉬었다. 불같이 화를 낼 게 분명했다.

"그런데 언니, 여기가 어디에요?"

다혜는 욕전을 향해 걸어가며 별다른 생각 없이 금화에게 물었다.

금화는 조금 당황스럽다는 듯이 대답했다.

"왕비전이요. 모르셨습니까?"

다혜는 고개를 팩 돌려 금화를 쳐다보았다. 입은 반쯤 벌어진 상태였다.

"와, 왕비전이라구요?"

내가 왜 여기 있게 된 거지? 아, 그의 침전이 부서져서 그렇게 된 걸까. 혼자 그러고 끙끙거리며 고민을 하는 다혜를 보며 금화는 쯧쯧 혀를 찼다.

'모르고 계시는구만.'

분명히 아무것도 모르고 계신 게 확실해 보였다. 아니, 국혼이 코앞인데 아직도 아무 말씀을 안 해놓으시면 어쩌자는 거야?

❊　❊　❊

청윤은 서로서로 승전을 축하해 대는 낯간지러운 조례를 일찌 감치 파해 버리고, 집무실로 신요를 따로 불러들였다. 신요는 붉은 비단을 댄 쟁반을 양수궤 위에 올려놓았다. 비단 위에는 여섯 개의 소리말이 놓여 있었는데, 신요는 그중 하나를 두 손으로 밀어놓았다.

"남궁왕의 폭주 결과입니다."

청윤은 여섯 개나 되는 소리말을 보고 미간을 찌푸렸다.

"뭐가 이리 많아?"

"말씀드렸다시피 하나는 남궁왕의 폭주 결과이옵고, 나머지 네 개는 승전을 축하하는 동맹 일족의 것입니다."

청윤은 얼음돌로 만들어진 눈꽃색 보갑을 가리키며 물었다.

"그럼 이건?"

신요는 작게 한숨을 쉬며 대답했다.

"비통함과 송괴스러움에 혈육과의 인연을 끊겠다는 북궁왕의 전언이 있습니다."

청윤은 코웃음을 치며 얼음돌을 내려다보았다. 동궁의 물낯돌 과 마찬가지로 눈꽃색 얼음돌은 북궁왕 혼자서만 쓰는 보옥이었다. 즉, 북궁왕이 직접 감아 보낸 소리말이라는 뜻이었다.

"흥, 내가 이걸 빌미로 뭐라도 뜯어낼까 봐 미리 선수를 치는 군. 신요, 북궁왕에게 갈 곳 없는 백리를 차마 내칠 수는 없으니 동궁의 바닥을 닦는 항아로 쓰겠다고 소리말을 감아 보내라."

청윤은 소리말을 받자마자 여오가 펄펄 뛰며 달려올 것이라고 확신했다. 그 꼴이 우스워서라도 더 골려줘야겠다.

여오는 동궁이 오랜 싸움에서 승전도 했겠다, 역린도 무사하니,

잘하면 그가 강력한 우방의 여동생을 그냥 돌려보내 줄지도 모른다고 생각하는 것이 분명했다. 하지만 역린에 관해선 용과 말이 통하지 않는다는 오랜 격언을 무시한 건 그의 실수였다.

그날 극심하게 다쳤던 다혜를 떠올리면 백리고 친우고 모조리 씹어 먹어버리고 싶을 지경이었으니까. 게다가 그 일 때문에 다혜가 인계로 떠나 버리기까지 했지 않은가! 뭐, 덕분에 결과적으론 자신의 마음을 확인한 셈이기도 했지만…… 너무 위험했었다. 만약 그때 다혜가 잘못됐다면……. 청윤은 간요하게 북궁왕의 보갑을 부숴 버렸다. 밀어내는 탄성력이 느껴졌지만, 기별도 오지 않았다.

"오기만 해봐라."

죽도록 왕창 패주거나, 한동안 북궁이 재정난에 허덕일 정도로 왕창 뜯어내 줄 테니. 청윤은 코웃음을 치며 신요를 보았다.

"폭주 결과나 보고해 봐."

"예, 명하신 대로 가짜 남궁왕이 있는 제1진과 남궁왕이 회우할 즈음에 남궁왕후를 처리했습니다."

남궁왕은 내려가던 중간에 폭주를 했고, 피아를 구분할 수 없는 상태에서 감지되는 모든 생명체에게 살의를 드러내기 시작했다. 그는 자신의 군대와 싸웠고, 그의 군대는 자신의 왕을 물어뜯었다. 실로 골육상쟁의 아비규환이었다.

"그것을 제1진이 제대로 목격했습니다. 그들은 이미 시랑휴귀에게 시달린 상태여서……."

주인의 명령으로 동궁 전역에 풀려난 시랑휴귀는 자신들이 먹고 자란 피 냄새를 쫓아 남궁의 제1진에게 달라붙었다. 남군의 병사들은 시랑휴귀를 변형된 연골어강족이라고 판단했다. 자신들이 모시고 섬겨오던 왕후의 일족에게 사냥당하던 그들은 왕가에 대한 불만이 극에 달하게 되었다. 그러던 와중 역린을 잃은 흑룡이 아군을 살육하는 것을 목격한 것이었다.

"흑룡 일족에 대한 신뢰는 이미 바닥으로 떨어지기 시작했습니다. 게다가 여왕을 잃은 연골어강족 또한 혼란에 휩싸여 닥치는 대로 사냥을 하고 있는 모양입니다. 남궁은 총체적으로 혼란에 빠져 있고, 덕분에 왕좌를 놓고 갈라진 의견 또한 일치를 보지도 못하고 있습니다."

신요는 만족스러운 듯 입꼬리를 말아 올리고 있는 주인을 보며 한숨을 내쉬었다. 정말이지, 언질이나 좀 해주실 것이지. 주인은 입을 열어 느긋하게 말했다.

"한 번의 혼란으로 뒤집힐 만큼 남궁은 얄팍한 상대가 아니다. 기린과 비휴 일족에 동맹 제의를 해보도록 하지. 남궁은 내버려 두고 흑룡 일족을 집중적으로 흔들도록 해라. 그들의 힘을 빼놔야 기린과 비휴 일족에게도 승산이 있을 테니까."

용은 막강한 군주 혈통이었다. 모든 군주 혈통 중에서도 가장 강력한 피가 흐르고 있었다. 역린이라는 부담을 지고 있었지만, 그 이상으로 상응하는 힘을 가지고 있기도 했다. 지금까지 남궁의 뼈대를 이어온 것은 흑룡 일족이었다. 남궁의 신민들이 용이 가지고 있는 역린이라는 작은 부담을 견딜 수 없게 만들어야 했다. 스스로 자신의 뼈를 잘라내도록.

"그래, 흑룡 서너 마리가 몇 번 더 폭주를 해주면 딱 좋을 듯하구나."

신요는 봄꽃처럼 다정하고 부드러운 주인의 미소에 살짝 소름이 끼쳤다. 사실 역린은 건드리기 매우 부담스러운 기폭제였다. 역린에 관해선 용과 절대적으로 말이 통하지 않았고, 일단 건드리면 일족 전체가 달려들었다. 그 일에 용서나 타협은 없었다. 그러니 실수로라도 역린을 건드려선 안 되는 거였다. 그러니까 주인께서 하시는 말씀은…….

"연골어강 계집들이 역린을 잡아먹도록 만들어. 중요한 요직을 맡은 인사의 것이라면 더욱 그럴듯해지겠지. 흑룡 일족의 힘을 빼는 데도 도움이 될 테고. 쉽진 않겠지만 지금 같은 상황에선 어렵지도 않을 것이다. 그들이 좀 더 혼란스러워지도록 기린과 비휴 일족이 우리를 도와줄 테니까."

"……네."

신요는 순순히 대답했다. 기린과 비휴 일족이 이번 일에 말려드는 건 이미 기정사실이 되어버린 듯했다.

"뭔가 불만스러워 보이는데."

"그럴 리가 있겠습니까. 전 다만 화를 자초한 남궁왕에게 조의를 표하고 있을 뿐입니다. 남궁을 향해 묵념."

신요는 남쪽을 바라보며 고개를 숙였다. 진심이었다. 하지만 주인은 고개를 기울이며 낮게 웃음을 터뜨리셨다.

"참, 이번 혼례 준비는 금화에게 맡기도록 하겠다. 그러니까 넌 남궁 일에나 신경 쓰도록 해."

"아씨께는 말씀드리셨습니까?"

주인은 묘하게 가만히 있다가 말꼬리를 돌렸다.

"오찬 준비는 다 되었겠지?"

"제가 밥 차리는 사람입니까?"

안 했군, 안 했어. 신요는 눈을 가늘게 뜨고 뺀질거리는 용왕을 쳐다보았다. 대체 혼례가 며칠 뒤인데 당사자가 모르고 있는 상황이라니. 냅다 천궁에 밀어놓고 거절할 새도 없이 일을 치러버릴 생각이신 거겠지.

"역린께 말씀을 드리셨어야죠!"

그의 말에 주인은 정색을 하셨다.

"다혜."

"예?"

신요는 뭔가 알 수 없는 반응을 보이시는 주인을 멍하니 올려다보았다.

"역린이 아니라, 다혜라고."

신요는 무슨 소린지 알 수 없었다. 그분이 그분이고, 그분이 그분 아니셨던가……?

"……네."

어쨌든 대답은 했다. 하지만 신요의 눈에는 초점이 돌아오지 않은 상태였다.

"흐음, 말을 꺼내니 또 보고 싶어지는데."

게다가 주인의 얼굴에 차마 바라보기 힘들 정도로 밝은 미소가! 윽. 대체 누구지, 이 낯선 사내는?

"기다리고 있겠군. 조그만 게 너무 귀엽단 말이야. 난 이만 가봐야겠다. 그럼 조금 이따 오찬 때 보도록 하지."

그 말을 끝으로 주인은 거의 살랑거리듯 발걸음도 가볍게 집무실 바깥으로 나가 버리셨다. 신요는 한참 동안 움직일 수가 없었다. 이건……

　'꿈인가……?'

　그래, 꿈일 거다.

✻　✻　✻

　금화에게 다혜를 보살피라는 명을 내린 것은 청윤 본인이었다.
그러니 화가 날 이유가 없었다.

　청윤이 다혜를 찾아 욕전에 도착했을 때 금화는 다혜에게 밝고
화사한 복숭앗빛 능라 치마를 입히고, 섬세한 자수가 들어간 연둣
빛 말기에 눈물고름을 매어주고 있었다. 손이 닿아 있었다, 가슴
에.

　"나가라."

　청윤은 성큼성큼 다가가 금화의 손에서 연분홍색 머리끈을 빼
앗았다. 금화는 굳은 얼굴로 재빨리 몇 발자국 물러섰다. 다혜는
영문을 모르겠다는 듯 청윤을 올려다보았다. 인계에 내려간다는
말도 아직 꺼내지 않았는데, 벌써부터 그가 화를 내니 마음이 불
안해졌다.

　"왜 그러는……."

　청윤은 다혜를 끌어당기며, 금화에게 낮게 경고했다.

　"나가라. 그리고 두 번 다신 다혜의 시중을 들지 마라."

　다혜는 작게 입을 벌리고 그를 바라보았다. 금화의 얼굴이 하얗
게 질려갔다.

　"왜 그러는 거예요. 내가 뭘 잘못……."

"잘못? 만졌잖아, 널."

다혜는 잠깐 동안 입을 다물고 엉뚱한 소릴 하는 그를 올려다보았다.

"그거야 제가 옷고름을 제대로 못 매니까 그렇죠. 혹시 제가 이렇게 비싼 옷을 입은 게 아까운 거라면, 으으으……."

청윤은 엉뚱한 소리를 하는 다혜의 볼을 잡아 늘어뜨렸다. 이런 것까지 귀여워 죽겠다.

"보이는 것도 아까워. 그러니까 다른 누가 널 만지게 하지 마, 화나니까."

청윤은 다혜의 뺨을 감싸 쥔 채 쪽 소리가 나게 입을 맞췄다. 다혜는 고개를 부르르 흔들어댔다. 그러고는 척 하니 청윤의 이마에 손을 얹어보았다.

"열 있죠? 상처가 덜 나은 거예요?"

청윤은 다혜의 머리를 툭 밀고는 휘청거리는 그녀를 냉큼 잡아 입술을 훑었다.

"확인해 볼래?"

다혜는 단단한 청윤의 가슴을 밀어냈다. 하지만 힘이 얼마나 센지 도무지 조금도 밀리지가 않았다. 게다가 그가 만지는 바람에 심장이 또 미친 듯이 쿵쾅대기 시작했다.

"안 나가?"

청윤은 힐끗 싸늘한 눈으로 금화를 보며 경고조로 말했다.

"예, 지금 나갑니다."

그 둘이 하는 짓을 바라보고 있던 금화는 짜증 난다는 얼굴로 물러섰다. 주인만 아니면 욕을 한 바가지 퍼붓고 싶다는 얼굴이었다.

얼씨구나야 잘들 노신다. 옷고름이 대수냐, 목욕도 시켜드렸다! 내가 왜 시중 들어드린 걸로 투기를 받아야 해? 난 지극히 종족 번식에 합당한 성적 취향을 가지고 있다고. 금화는 속으로 코웃음을 쳤다.

이 계집 저 계집 동시에 끼고 노시더니 아주, 아씨께 다 일러바치고 싶다! 아니, 게다가 처음부터 아씨의 시중을 들라고 한 장본인이 주인님이라는 건 둘째로 친다고 해도, 시중을 못 들게 하면 아씨는 어쩌라는 거야? 설마 주인님이 직접? 일 리는 없지, 흥. 에이씨…… 더러워서. 너네 마음대로 해라.

"어, 언니!"

다혜는 화끈대고 민망한 얼굴로 그대로 나가 버리는 금화를 향해 손을 뻗었지만 돌아올 리가 없었다. 청윤은 자연스럽게 그 손을 거둬들이고 다혜를 의자에 앉혔다. 그러고는 아무렇지도 않은 듯 그녀의 긴 머리를 빗기기 시작했다.

"대체 뭐 하는 거예요?"

다혜는 뚱한 얼굴로 물었다.

"빗질."

청윤은 말꼬리를 돌리며 대답했다. 다혜는 작게 한숨을 내쉬었다. 그는 정말이지 장난기가 너무 심했다. 하지만 그의 우아하고 긴 손가락은 믿을 수 없을 만큼 부드럽고 섬세하게 움직였다. 빗질을 한 번할 때마다 몸에서 저절로 긴장이 빠져나갔다.

"그런 걸 묻는 게 아니잖아요. 정말…… 무슨 생각하는지 모르겠어."

느슨하게 반 묶음한 머리의 연분홍색 머리끈에 작은 벚꽃 모양의 연옥 장식을 달아주고, 청윤은 긴 손가락으로 다혜의 턱을 들어 올려 뺨에 입을 맞췄다.

"사실 예전에도 좀 느꼈던 건데……."

그는 다혜의 귓가에 속삭이며 말했다.

"내 질투심이 정상적인 범위를 좀 벗어나 있는 것 같아. 아무래도 앞으로 그대의 시중은 내가 들어야겠어."

그는 혀를 내밀어 다혜의 여린 입술을 할짝대며 맛보았다.

"나, 나 혼자서도 할 수 있어요."

다혜는 숨 쉬는 것도 잊고 정신없이 그를 바라보다가, 퍼뜩 정신을 차리며 중얼거렸다. 시중이라니? 씻고 옷 입는 데 도움이 필요한 건 이미 예닐곱 살 때 졸업했다. 옷고름 매는 거야 좀 배워야겠지만.

"안 돼. 내가 해주고 싶으니까."

그는 심술궂게 입꼬리를 말아 올리며 웃었다. 다혜는 다시 머릿속이 멍해지는 것 같았다. 그는 정말이지…… 숨 막히도록 아름다웠고, 아직도 그가 자신을 사랑한다는 사실이 꿈만 같았다. 다혜는 떨리는 가슴을 쓸어내리며 작게 심호흡을 했다. 안 돼! 정신 차려야 해. 지금 이 말을 꺼내려면 제정신을 빠짝 차려도 모자랐다. 그에게 홀려 있는 건 정말이지 아무런 도움도 안 돼.

"청윤?"

다혜는 용기를 내자고 생각했다. 최소한 그가 날 잡아먹지는 않을 테니까.

"음?"

그는 버릇처럼 목울림 소리로 답했다. 다혜는 또 그때마다 바보처럼 가슴이 떨렸다. 그녀는 마른침을 꿀꺽 삼키고는 용기를 끌어모았다.

"나, 인계에 내려가 봐야 해요."

"……어딜 간다고?"

그는 낮은 목소리로 되물어왔다.

"인계에……."

다혜는 기어들어 가는 목소리로 대답했다. 물론 예상대로 그는 불같이 화를 냈다.

"요하를 데리고 와야 한다구요!"

다혜는 무작정 안 된다고만 하는 청윤에게 기어이 화가 났다.

"아무나 하나 보내서 그 꼬맹일 데려다 주면 될 거 아니야."

청윤은 고압적인 태도를 유지했다.

"할머니도 뵈어야 하고……."

다혜는 인상을 콱콱 찌푸리며 맞받아쳤다.

"민혁이한테 사과도 해야 한다구요!"

다혜의 말은 청윤의 화를 폭발하게 만들었다.

"그 인간 이야긴 꺼내지도 마! 전부터 알고 싶었던 건데, 도대체 그 인간 놈은 뭐지? 응? 왜 자꾸 사사건건 내 눈에 거슬리는 거야?"

"민혁이가 뭘요? 걘 그냥 내 옆에 있다가 벼락 맞은 죄밖에 없다구요! 당신이 걔 팔을 이렇게, 피가…… 왕창! 기억나죠?"

"안 나."

청윤은 잡아뗐다.

"우기지 말아요! 작업실도 당신이 다 부숴 버렸잖아요! 거기 보증금 일부는 민혁이가 낸 거란 말이에요. 만약 그날 일이 CCTV에라도 찍혔으면 보증금은커녕 애꿎은 민혁이가 몽땅 뒤집어쓸지도 몰라요. 당신한텐 별거 아닐지 몰라도 우리 같은 인간 서민에겐 그건 엄청난……."

다혜의 말에 순간 청윤의 눈빛이 사나워졌다.

"너랑 그 인간 놈을 같은 범주에 넣고 우리라고 말하지 마! 게다가 나는 절대 인간이 만들어낸 기계 따위에 비치지 않아! 만약 무언가가 날 찍었다 해도 그저 검은 폭풍으로밖에는 보이지 않을걸? 그러니 그 멍청한 인간 따위를 걱정하면서…… 날 화나게 만들지 말란 말이야!"

"뭐라구요? 화나게 만들면 어쩔 건데요! 내가 내 친구 걱정하는 것까지 허락을 받아야 되는……."

맞받아치며 화를 내던 다혜가 인기척을 느끼곤 말끝을 흐렸다. 청윤은 이미 한참 전부터 기척을 감지하고 있었기 때문에 놀라지도 않았다. 단지 다혜와 단둘이 있는 시간을 방해받는 게 짜증스러울 뿐이었다. 그게 비록 싸우고 있는 중이라 하더라도.

"이건 뭐지, 청윤? 정말 놀라운 광경인데……. 네가 화내며 소리를 지르고 있잖아?"

다혜는 느긋하게 말하는 그와 눈이 마주치고는 그대로 얼어버렸다. 회백색 여우의 동공. 그날, 백리 공주의 눈과 똑같은 것이 자신을 보고 있었다. 다혜는 귀신이라도 본 것처럼 놀라며 청윤의 품으로 달려들었다. 청윤은 즐거워하며 달려드는 다혜를 품에 안아 숨겼다.

이것도 꽤나 괜찮다. 무서운 것을 보고 품으로 달려드는 다혜라니. 종종 써먹어야지. 하지만 여오를 돌아보는 그의 눈빛은 몹시도 사나웠다. 어쨌거나 다혜를 놀래킨 것은 못마땅했던 것이다.

"버르장머리 없는 건 여전하구나, 여오. 감히 욕전 안까지 들어오다니. 정신이 나간 모양이지?"

여오는 굉장히 익숙한 태도로 긴 소매단을 들어, 자신을 보는 청윤의 시야를 가렸다. 때를 맞춘 듯이 검은 순막이 열리며 푸른 빛이 쏟아져 왔다. 얼음누에의 실로 짠 비단이 타들며 녹아내리는 냄새가 맡아졌다.

저 무지막지한 놈, 쯧. 여오는 화기가 가신 걸 느끼고 투덜거리며 소매 너머로 슬쩍 청윤을 노려보았다. 그새 청윤은 등을 돌려 여자의 머리카락 하나 보이지 않게 가리고 있었다. 제 눈으로 보지 않았다면 죽어도 믿지 않았을 것이다.

"난 다만 네놈 기운이 느껴지는 곳으로 왔을 뿐이야. 어쨌거나 뜬눈으로 꿈을 꾸는 기분인데. 알아? 난 네놈이 지난 천팔백여 년간 소리 지르는 걸 한 번도 본 적이 없어. 내 궁금증 좀 풀어줄 생각 없어?"

그가 아는 청윤 저놈은 어떤 상황에 빠져 있어도 미소를 잃지 않을 놈이었다.

"별로. 앞으로 종종 보게 될걸? 내 여잔 날 미치게 하는 재주가 있으니까. 뭐, 여러 가지 면으로."

청윤은 피식 웃으며 다혜의 뺨에 입술을 맞췄고 다혜는 궁싯대며 발갛게 얼굴을 붉혔다. 여오는 정밀이지 믿기 힘든 광경을 목격하곤 놀라움으로 눈동자를 반짝였다.

다혜는 그런 그를 청윤의 어깨 너머로 몰래 훔쳐보았다. 청윤의 품 안에 있으니 좀 덜 무서웠다. 아니, 솔직히 말해 하나도 안 무서웠다. 다혜는 청윤의 옷자락을 꼭 부여잡고는 그를 자세히 살펴보았다. 그는 백리와 닮아 있었지만, 또 어딘지 모르게 묘하게 달랐다.

머리카락은 눈꽃처럼 흰색이었는데 어찌나 긴지 허리 아래까지 흘러내려 와 있었다. 한쪽 어깨에 비스듬히 검은색 끈으로 고정시킨 흰 머리카락은 너무 가늘고 고와서 마치 명주실처럼 보일 지경이었다. 흰 머리카락에, 흰 피부에 속눈썹만 그린 듯 검어서 그에게서 느껴지는 이질감은 지금껏 본 신족 중 최고였다. 게다가 저 회백색 눈동자…… 윽. 다혜는 거의 주요만큼이나 커다란 그에게 다가가고 싶은 마음이 전혀 들지 않았다. 하지만 오가는 말을 들어보건대 그는 청윤과 아주 가까운 사이임이 분명했다.

'친구…… 인 걸까?'

다혜는 물끄러미 청윤을 올려다보았다. 청윤은 다혜의 머리를 슥슥 쓰다듬어 주고는 여오를 흘겨보았다. 그의 시선이 곱지 않았다. 어쩔 수 없는 경우를 제외하고 청윤은 다혜를 다른 놈에게 보여주고 싶지 않았다. 최소한 안전하게 혼례를 마치기 전까지는.

"뭐 하러 왔는지는 알 만하다만, 밥이나 처먹고 돌아가도록 해."

청윤은 다정하게 웃으며 말했다. 여오는 좌절하지 않고 그를 살살 달래려는 시도를 해봤다. 물론 씨알도 안 먹힐 거라는 건 알고 있었지만, 시도해서 나쁠 건 없었다.

"백리는 아주 어린 애라구. 물론 그 애가 실수를 하긴 했지만,

절대 일부러 그런 건 아닐 거야. 굳이 그 애를 동궁에 가둬둘 건 없잖아."

청윤은 희미하게 미소 지었다. 뭐, 공식적으로는 연을 끊겠다고 하고 비공식적으로는 뒤로 빼내려는 저 교활한 시도는 칭찬받을 만했다. 끼리끼리 논다고 여오와 청윤은 비슷한 구석이 많았다. 그래도 아주 똑같은 건 아니었지만.

"오래 가둬둘 생각은 없어."

여오는 순순히 인정하는 청윤을 약간 불안한 눈으로 바라보았다.

"그런 말 들어봤지? 역린에 관해선 용과 절대적으로 말이 통하지 않는다, 라는 말. 일단은 나도 용이라서 말이야."

"너……!"

여오의 안색이 창백하게 변했다. 저건 반 협박이나 다름없었다. 백리를 죽이겠다는.

"하지만 한 가지 일만 도와준다면 내 오랜 친우의 여동생을 놓아줄 마음도 있기는 해."

"……빌어먹을 놈."

여오는 이를 갈아댔다. 청윤은 다만 웃을 뿐이었다.

"설마 날 상대로 날로 먹을 생각은 아니었을 거야, 그렇지?"

"빨리 말이나 해."

청윤은 빙그레 웃으며 어리둥절해 있는 다혜의 뺨에 소리 나게 입을 맞췄다. 여오는 기절하고 싶다는 표정을 지어댔다.

"내가 한동안 바빠질 것 같아서 말이야. 네가 나 대신 남궁 일을 좀 맡아줘야겠어. 오래 걸리진 않을 거야, 좀 위험해서 그렇지."

"……네놈은 절대 편히 죽진 못할 거다."

청윤은 간단히 말을 받았다.

"구천 년 뒤에 결과를 알려주지."

여오는 청윤이 더한 조건을 갖다 붙이기 전에 냉큼 수락했다.

"좋아, 백리는 어디 있어?"

"따라와. 식사 때가 다 됐거든. 끝나면 백리도 불러줄 테니까."

여오는 그렇게 말하며 지나쳐 나가는 청윤을 묘한 눈으로 바라보았다. 그보다는 그의 품에 안겨 있는 조그마한 다혜가 무지막지하게 그의 호기심을 자극했다. 저 인간 여인이 역린임은 분명해 보였다. 하지만 그가 아는 청윤은 역린이라 할지라도 절대 계집을 저리 품에 안고 다닐 놈이 못 되었다. 교활하고 잔인하고 못돼 처먹은 저놈이 누군가를 안고 다닌다니, 말도 안 되지. 하지만 말도 안 되는 장면을 바로 눈앞에서 목격하고 있지 않은가. 게다가 화는커녕 매사 여유작작한 놈이 소리까지 질러대고.

"청윤, 나 내려주지."

조그마한 여자가 작게 투덜거리는 소리가 들렸다. 여오는 청윤이 냉큼 계집을 떨어뜨려 놓을 것이라 생각했다. 자신을 밀어내는 계집 따월 저놈이 안고 있을 리가…….

"안 돼, 얌전히 있어. 저 여우 같은 놈 앞에 널 내려줄 생각은 전혀 없으니까."

여우 같은 놈이 아니라 여우였다. 흐음, 이거 놀라운데. 이렇게 궁금할데가! 여오는 갑자기 융통성이라곤 바늘귀만큼도 없는 신요가 보고 싶어졌다. 그것도 격하게.

다혜에 관련된 청윤의 태도는 세 가지로 압축될 수 있었다. 말걸지 마, 건들지 마, 보지도 마. 여오는 기가 막혀 하며 한마디로 일축했다.

"미친놈."

오찬 내내 청윤은 다혜를 무릎 아래로 내려놓질 않았다. 여오는 도무지 이 상황이 적응되질 않았다. 청윤은 자꾸만 슬금슬금 무릎 밖으로 내려가려는 여자의 허리를 한 손으로 끼고 있었다.

"가만히 있어. 저놈은 백리를 거저 가져가기 위해서 널 해칠 수도 있는 놈이니까."

포기하지 않고 청윤의 품에서 벗어나려 시도하던 다혜는 그 말에 얼어붙었다. 여오는 긍정을 표함으로써 확인 도장을 찍어주었다.

"물론이지."

그는 이를 드러내며 씩 웃었고, 청윤은 코웃음을 쳤다. 익숙한 기 싸움에 신요는 한숨만 내쉴 뿐이었다. 이 두 분이 각기 다른 방향에서 태어난 게 얼마나 다행인지 몰랐다. 한곳에서 태어났으면 정말 끔찍했을 것이다.

오찬은 예전, 연회가 열렸던 높고 아름다운 누각 위에 준비되어 있었다. 자리는 모두 일곱. 여오의 요청이 있었지만, 청윤은 백리의 참석을 허락하지 않았다.

진미와 향기로운 술이 차려진 상 주위로 소하와 지하, 주요, 신요 그리고 두 왕이 서로를 마주 보고 있었다. 서로 겸상할 수 있는 처지들은 아니었지만 비공식적인 자리였기 때문에 특별히 구분을 나누지 않았다. 뭐, 그렇다고 화기애애한 식사 시간이 되지도 않았지만.

신요는 총체적으로 난감한 분위기 속에 진행되는 오찬을 살피며 고개를 저어댔다.

두 왕 사이에 끼어 있는 것이 정신 건강에 전혀 도움이 되지 않는데다가, 특히나 북궁왕과 백호 족부인 지하는 철천지원수나 다름없는 관계였다. 북궁왕이 백호 일족을 밀어내고 권좌를 차지했기 때문이다. 거기에 주인님의 입김이 아주 긴요하고 긴밀하게 작용했다는 것은 밝힐 수 없는 비밀이었다.

하지만 지금 백호 족부인 지하가 동궁의 군식구로 있는 현재의 처지에 별다른 불만이 있는 것 같지는 않았다. 워낙 패권에 관심이 없는 인물이기도 했지만, 아씨와의 관계도 무시할 수 없었을 것이다.

'어휴, 정말 못 봐주겠군.'

신요는 똥 마려운 강아지처럼 서로를 살피며 끙끙대는 네 식구를 보며 혀를 쯧쯧 차댔다. 아무래도 시간 좀 걸리겠다. 왜 안 그럴까. 아씨께서 무단으로 저지르신 행동이 워낙에 엄청났어야지. 졸지에 식물인간이 되실 뻔하지 않았는가. 어쨌거나 그들이 한 가족이라는 건 더 이상 부정할 수 없는 진실인 듯했다. 비록 피는 이어져 있지 않지만, 그들이 함께 보내온 시간은 피보다 더 끈끈한 것이었나 보다. 목숨까지 내걸 수 있을 만큼.

"내가 잘못했어요."

먼저 입을 연 건, 드디어 주인님의 무릎 아래로 내려오는 것을 포기한 아씨 쪽이었다. 그것을 기점으로 덩치가 산만 한 백호 족부와 언덕만 한 상장군의 눈시울이 붉게 달아올랐다. 진짜 못 봐 주겠다. 저러다 울겠군. 방금 먹은 게 도로 올라오는 기분이었다. 다 큰 사내들이 밥상 앞에서 우는 것만은 제발 좀 참아주었으면 싶다.

"시끄러워, 밥이나 처먹어. 너, 그동안 제대로 먹기는 한 거야? 살이 다 쏙 빠졌네."

소하 공주는 투덜거리면서 아씨의 앞으로 먹을 것을 가져다 나르기 시작했다. 아씨는 그것을 집어 먹으며 기어코 눈물을 터뜨리고 말았다. 신요는 보았다, 주요가 고개를 돌리며 눈가를 훔쳐 내는 것을. 진짜 밥 맛 떨어져서……. 신요는 젓가락을 탁 내려놓았다.

"분위기 묘하네. 대체 무슨 관계들이야?"

여오님이 흥미롭다는 표정으로 물어왔다. 신요는 손을 들어 하나하나 가리키며 말했다.

"엄마, 아빠, 새언니."

"음?"

신요는 못 알아듣는 북궁왕에게 풀어서 말해 드렸다.

"상장군, 백호 족부, 천궁 공주 순서입니다."

주요가 고개를 홱 쳐들고 항의해 댔다.

"내가 왜 엄마야!"

물론 신요는 싹 무시해 버렸다. 이렇게 소란스러운 와중에도 주인님은 아씨에게서 한 번도 눈을 떼지 않았다. 거의 집착에 가까운 집중력이었지만, 아씨는 식구들에게 정신이 팔려 눈치도 채지 못하고 계셨다. 웃어야 할지 울어야 할지, 원. 하지만 어쨌거나 주인님께선 끈기 있게 참을성을 발휘하고 계셨다. 최소한 아씨의 머리카락을 감아 입술에 가져다 대시는 것 이상의 짓은 하지 않으셨으니까.

나흘 동안 침소에서 국정 토론이라도 벌이셨나? 그만하면 만족하고도 남으셨을 텐데? 싫증난다고 한 여인을 두 번도 못 안으시던 분이! 아…… 아씨께 지난 세월 문란했던 주인님의 밤 생활을 낱낱이 일러 버리고픈 충동이 뜬금없이 치밀었다. 목숨이 두 개면 한번 해보련만.

"누가 나한테 설명 좀 해줘, 저놈이 저렇게 유별나게 구는 이유가 뭔지. 꼭 무슨 사랑에라도 빠진 놈처럼……."

"맞아."

청윤은 여오의 말을 잘라내며 씩 웃었다. 여오는 충격에 빠진 눈으로 오랜 친구를 바라보았다.

"뭐?"

"네놈 말이 맞다고. 난 지금 사랑에 빠져 있지."

청윤의 목소리는 너무 나긋나긋해 마치 노래라도 부르는 것 같았다. 청윤은 다혜에게 시선을 고정시킨 채 두 팔을 둘러 보호하듯 그녀를 안았다. 그러고는 사납게 이를 드러내며 말했다.

"그래서 말인데, 다 먹었으면 이제 좀 꺼져 줘. 음…… 부탁할게. 이제 그만 단둘이 있고 싶단 말이지."

"청윤!"

다혜는 그의 거침없는 말에 눈을 동그랗게 떴다. 여오는 기가 막혀 웃음을 터뜨릴 뿐이었다. 청윤은 뻔뻔스럽게도 아무렇지 않은 얼굴로 웃음 지었다.

"신요."

"예."

"가서 북궁왕께 남궁의 일을 전해 드려라. 감사하게도 우리 대신 어려운 일을 맡아주신다는구나. 그가 일을 마칠 때까지 백리 공주께선 한동안 더 동궁에 머무르실 것이다. 부족함 없이 잘 살펴 드려라."

동궁왕다운 교활한 말이었다. 북궁왕은 불평하지 않고 깨끗이 자리를 털고 일어났다. 어차피 담보도 없이, 약속을 이행하기 전에 백리를 돌려받을 것이란 기대는 하지 않았다. 뭐, 그리 기분이 나쁘지도 않았다. 오랜만에 하도 재미있는 광경을 봐서.

여오는 기적을 일으킨 조그마한 여인을 내려다보았다.

"제수씨?"

"네?"

다혜는 갑작스런 호칭에 조금 놀란 표정을 지었다. 그러나 여오는 상관하지 않고 낮은 목소리로 은근하게 말했다.

"많이 드십시오. 저 녀석의 밤 상대를 하려면 어지간한 체력으론 어림도 없을 겁니다."

쿡쿡 웃어대는 그의 말에 다혜의 온몸이 불타오르듯 빨갛게 변해 버렸다. 그 모습을 본 여오는 큰 소리로 웃음을 터뜨리며 청윤의 사정권 바깥으로 달아났다. 그는 도망치며 작별 인사를 했다.

"백리의 일은 제가 대신 사과드리지요. 그럼, 빠른 시일 내에 천궁에서 뵙도록 하겠습니다."

"……빌어먹을 놈."

청윤은 이를 갈며 노려보다가, 신요에게 고갯짓을 했다.

"따라가 봐."

"알겠습니다."

다혜는 북궁왕의 빈자리에 안도감을 느끼며 한숨을 내쉬었다.

"천궁?"

무슨 소린지 모르겠다. 다혜는 의자 뒤로 몸을 기울인 채 술잔을 기울이는 청윤을 좀 미심쩍다는 듯 바라보았다. 그는 또 읽을 수 없는 얼굴을 하고 있었다. 미풍이 그의 머릿결을 흐뜨려 놓고 지나갔다. 다혜는 잠시 망설이다 손을 뻗어 그의 머리카락을 뒤로 넘겨주었다. 그의 웃음이 조금 더 짙어진다. 다혜는 작게 한숨을 내쉬었다.

"뭔가 있죠?"

"날 건드릴 때마다 멈칫거리는 걸 그만두면 말해주지."

그의 눈이 꿰뚫을 듯 자신을 바라보고 있었다. 다혜는 어쩐지 조금 부끄러워져, 청윤의 무릎 위에서 내려가기 위해 몸을 움직였다. 하지만 발이 땅에 닿기도 전에 청윤에게 다시 붙잡히고 말았다.

"뭐 해?"

그가 잔뜩 불만스러운 어조로 물었다. 다혜는 고개를 갸웃거렸다. 북궁왕도 갔는데.

"이제 괜찮잖아요. 내려줘요. 언니, 오빠들 좀 안아보……."

"안 돼."

청윤은 더 들을 것도 없다는 듯 딱 잘라 말했다. 다혜는 잔뜩 불만스러운 얼굴로 그를 올려다보았다.

"진짜 유별나다."

지하가 투덜거리며 주요를 바라보았다. 주요는 당황스러운 얼굴로 손가락을 들어 자신을 가리켰다.

"나? 내가 왜?"

"정말 유별나서 못 봐주겠다. 네 주인은 대체 왜 저러는 것이냐?"

지하는 자리를 털고 일어나며 투덜거렸다. 주요는 주인의 눈치를 살피며 고개를 저어댔다. 아니, 불평을 하려면 알아서 혼자 할 거이지, 왜 나는 경유하고 난리래?

"그러게. 쟤 그리고 아무것도 모르는 모양인데? 말 안 해준 거야?"

주요는 자신을 보며 따져 묻는 소하를 향해 손을 휘저어댔다.

"아니, 그런데 다들 왜 나한테 그러는……."

주요는 끙끙 앓아댔고, 소하는 간단하게 정리해 주었다.

"따져 묻기에, 네 주인님은 너무 무섭잖아."

묘하게 납득이 가서 주요는 그만 말문이 막혀 버렸다.

"아무 말도 안 해주다니, 뭐를?"

소하는 눈을 동그랗게 뜨는 다혜를 보며 혀를 쯧쯧 차댔다. 설마설마 했더니.

"첫날밤 치를 때 말해주려나? 아무리 그래도 그렇지……."

청윤은 술잔을 기울이며 소하의 말을 잘라냈다.

"그만 나가보시지요."

소하는 다혜에게 안됐다는 표정을 지으며 어깨를 으쓱거렸다.

"어, 언니, 잠깐만! 그게 무슨 소린데에!"

다혜가 좀 가엽긴 했지만, 동궁왕이 나가라는데 버티고 있을 재주는 없었다.

"다혜야, 걱정하지 마라. 잘될 거다."

"응, 뭐가?"

다혜는 남은 술을 입안에 털어 넣고 소하의 뒤를 따라 나가는 큰오빠의 뒤통수에 대고 애타게 물었다. 하지만 큰오빠는 말없이 나가 버릴 뿐이었다. 얼른 고개를 돌려 작은오빠가 있던 곳을 살펴보니…… 이미 도망가 버리고 난 뒤였다.

"대체 뭐야아."

다혜는 바람에 부풀어 오르는 치맛자락을 꾹 누르며 인상을 썼다.

"빨리 말해줘요. 이렇게 아무 말도 안 해주면 불안하단 말이에요."

"인게 얘기나 마저 해봐. 하지만 경고해 두는데, 나 너 못 보내. 단순히 그댈 설득시키기 위해 들어보겠다는 거니까 기대는 하지 마."

청윤은 빈 술잔을 채우며 낮은 목소리로 말했다. 다혜는 작게 한숨을 내쉬었다.

"내가 잘못했다는 건 알고 있어요. 식구들한테 말도 없이 너무 큰일을 저질렀고……. 하지만 청윤, 난 당신이 무슨 생각을 하고 있는지 솔직히 잘 모르겠어요. 내가 역린이긴 역린인데…… 도대체 여기에서 하는 일이 뭐죠? 살아만 있어도 된다는 말은 제발 하지 말아요. 그 말 들을 때마다 억장이 무너진다구요."

다혜는 불안하게 뛰는 가슴을 꾹 눌렀다.

"그래서 인계로 돌아가고 싶다는 거야?"

그의 눈길이 사나워졌다. 다혜는 다시 뚱한 표정으로 청윤을 바라보았다.

"난 그런 말 한 적 없어요."

뭐가 어떻게 된다고 해도 이제 더는 그와 떨어져 있고 싶지 않았다. 그녀의 대답에, 청윤은 싸늘하게 굳었던 표정을 풀며 술잔을 입에 가져다 댔다. 그의 길고 아름다운 손가락의 우아한 움직임에 다혜는 저도 모르게 시선을 빼앗겼다. 그녀는 바르르 고개를 흔들며 정신을 차렸다. 청윤은 알 만하다는 듯 입술 한쪽을 말아 올리며 씩 웃었다.

"이렇게 나한테 반해 있으면서."

다혜는 다시 한숨을 내쉬었다.

"하여튼 심술. 청윤, 어쨌거나 난 하는 일도 없이 빈둥거리며 살 자신은 없어요. 그리고 인계에 돌아가고 싶다는 게 아니라, 그러니까 난 돌아가고 싶지 않다구요. 단순히 다녀와야 한다는 말이에요. 요하도 그렇지만, 할머니도 뵈어야 하고 민혁이한테 사과도……."

다혜는 그의 눈빛이 다시 사나워지자 슬그머니 말문을 닫았다.

"좋아, 그대의 말은 다 알아들었어. 정 일이 하고 싶다면 이곳에서 아이들을 가르쳐."

청윤은 예전 다혜의 책장에서 보았던 보육 관련 책들을 떠올리며 말했다. 다혜는 자신이 하고 싶은 일을 먼저 꺼내 말하는 청윤을 보고 눈을 커다랗게 떴다. 청윤은 작게 한숨을 내쉬었다. 왜 이런 것까지 귀여운지 모르겠다. 또 안고 싶어지잖아.

"학교 비슷한 걸 지어주지. 다른 걸 더 원한다면 그것도 허락해 주겠어. 하지만 너무 많이는 안 돼. 난 일을 끝내고 돌아왔을 때 그대의 품에 안길 수 있는 게 좋으니까."

그런 낯부끄러운 이야기를 아무렇지도 않게 말하는 청윤 때문에 다혜의 얼굴을 다시 발갛게 달아올랐다. 이 남자는 도대체가, 어휴.

"그리고 인계는, 좋아. 한 번은 다녀와야겠지. 그대의 이십일 년짜리 인생을 마무리 짓긴 해야 할 테니까."

긍정적인 말과는 다르게 그는 화를 꽉 억눌러 참는 듯한 기색이 역력했다. 다혜는 다시 좀 불안해지기 시작했다.

"청윤?"

그녀의 조심스러운 부름에, 청윤은 깊게 한숨을 내쉬었다.

"하지만 그대가 기억해 둬야 할 게 있어."

"뭘…… 말이에요?"

그는 다혜의 턱을 잡아 가까이 끌어당기며 낮게 속삭였다. 그의 눈에서 푸른빛이 흘러나오고 있었다.

"그대는 아마 상상도 못 할 거야, 내 소유욕이 얼마나 지독한지. 난 하나도 남김없이 산 채로 그대를 잡아먹고 싶을 지경이니까."

그는 다혜의 입술에 가볍게 입맞춤을 했다.

"내가 육식종이 아닌 게 다행이지 않아?"

맹수처럼 사나운 눈을 하고선 그가 중얼거렸다. 뭐가 다행이라는 건지 알 수가 없었다.

"그러니까…… 민혁을 조심해. 내가 정말 죽여 버릴 수도 있으니까."

다혜는 인상을 찌푸리며 악마처럼 아름다운 그의 뺨을 살포시 감싸 쥐었다.

"제발 참아줘요. 난 정말이지…… 걔가 불쌍해지기 시작했다구요."

다혜는 그의 이마에 이마를 맞대고 작게 중얼거렸다. 민혁은 지금껏 그녀를 힘들게 했던 것 이상으로 보복을 당하고 있었다. 딱해 죽겠다. 오랜 세월 민혁을 짝사랑하던 여인들 때문에 괴롭힘을 당해오던 다혜는 이 관계에서 누구의 역할이 중요한지 잘 알고 있었다.

청윤은 그냥…… 불안한 거였다.

"사랑해요."

다혜는 발갛게 얼굴을 붉히며 속삭였다. 사실 그는 다른 이를 신경 쓸 필요가 전혀 없었다. 정말이지, 그가 옆에 있는데 다른 사람이 눈에 보일 거라고 생각하는 걸까? 청윤은 자신을 달래주려는 그녀의 마음을 느끼고는 작게 웃음 지었다.

"알아, 하지만 그래도."

그들은 머리를 맞댄 채 동시에 중얼거렸다.

"더 많이 사랑해 줘."

둘은 서로를 마주 보며 웃음을 터뜨렸다.

❀ ✱ ❀

깊은 밤 곳곳 연등이 불을 밝혔다. 천궁항아들의 노랫소리, 달처럼 고운 음악 소리가 몸을 휘감으며 달짝지근하게 흘러 다녔고,

밤공기에선 진한 꽃향기가 났다.

다혜는 짧게 한숨을 내쉬었다.

청윤은 겨우 이틀 전에 내일모레가 혼례라는 말을 해주었다. 기가 막혀 하는 그녀에게 그는 되려 뻔뻔하게 되물었었다.

무조건 받겠다고 약속했지 않느냐고.

그제야 다혜는 인계에서 되돌아왔던 날 그가 우겼던 말들이 떠올랐다. 무조건 받겠다고 약속해, 약속……. 그때 분명히 약속한다고 하긴 했었다. 그런데 그게 왕비전인 줄은 꿈에도 몰랐었지. 금화 언니가 거기가 왕비전이라고 말해줬을 때 알아챘어야 했던 건지도 모르겠다.

다혜는 기가 막혔다.

'하아.'

그게 청혼이었던 것이다. 정말이지 또 말렸어, 또. 아니, 왕비고 뭐고, 무슨 청혼을 반지로 해야지, 전각으로 하는 남자가 세상에 어디 있냐고.

"나참."

다혜는 못살겠다는 듯 설핏 웃으며 서늘한 기운이 흘러나오는 혼례복을 손으로 가만히 쓸어보았다. 북향에서만 나는 귀한 얼음누에의 비단. 다혜는 이것을 선물해 주던 백리를 떠올리며 작게 웃음 지었다.

"새로 지은 것입니다. 그날 이후로 동궁에 갇혀 있으면서 내내 생각했습니다. 죽을지도 모른다구요. 네…… 동해용왕께선 가차 없는 분이시잖아요. 죽을 때 죽더라도 사죄는 드려야겠다고 생각했습니다. 감사드립니다, 또 죄송하구요."

백리는 다혜가 다치게 된 전후 사정에 대해 들어 알고 있었다. 그녀는 당황해하는 다혜에게 억지로 혼례복을 안겨주고는 이렇게 말했다.

"오라버니께서 정신이 없으셨나 봐요, 절 그분께로 보내시다니. 역린께서도 알고 계시지요? 어휴, 사실 전 그날 산 채로 찢겨 죽는 줄 알았답니다. 그 광포한 기운이라니. 전 역린을 잃은 용 앞에 서 있는 줄 알았지 뭡니까. 아니라는 걸 알았을 땐 오히려 놀랐어요. 생각만 해도 이리 덜덜 떨리는데. 용을 감당할 수 있는 게 역린뿐이라는 말이 사실이었나 봅니다. 아니, 반대로 됐나 보네요. 떨어져 나온 역린은 용을 감당할 수 있는 천생 짝을 찾아간다는 말도 있거든요. 어쨌든……."

고개를 설레설레 내젓던 백리는 마른침을 꿀꺽 삼키며 그렇게 말했다.

"행복하시길 빌겠습니다."

행복이 아니라 명복을 빌어주는 분위기여서 다혜는 한참 동안 웃어댔다. 사실 그 생각을 떠올리면 지금도 웃겼다. 청윤이 좀 사나운 구석이 있긴 하지만 아무 때나 그러는 것도 아니고, 사실 굉장한 장난꾸러기에다 어리광부리길 좋아하는 구석도 좀 있었다.

"무엇 때문에 그리 웃는 것인지, 계속 말 안 해줄 거야?"

청윤은 심통스러운 얼굴로 낮게 중얼거렸다. 주위를 에워싸고 있는 신들이 귀를 쫑긋 세우고 그들이 하는 말을 듣기 위해 안간힘을 쓰고 있었다.

다혜는 각자 독특한 기운을 가진 수많은 신들이 자신의 일거수일투족을 주시하고 있는 상황이 좀처럼 적응되질 않았다. 게다가 그들의 시선은 단순히 호기심만이 아니라…… 뭐랄까, 두려움과 경외, 또 질시와 선망 등이 뒤섞여 아주 묘했다.

뭐, 다들 그렇게 복잡한 눈을 하고 있는 건 아니었고. 보다 분명한 시선을 가지고 자신을 노려보고 있는 존재들도 있었다. 그들의 한결같은 공통점이라면 여인들이라는 점이었다. 예전에 언니가 뭐라고 했었지?

"당신, 천궁에 한 번 다녀가면……."

"음?"

다혜는 모르는 척하는 그를 정말 한 대 때려주고 싶어졌다.

"보여요, 지금? 다들 나 노려보는 거. 이상해, 괜히 노려보는 게 아닌 것 같단 말이야."

"그럴 리가? 그저 기분 탓이야."

청윤은 다혜를 바짝 당겨 안으며 싸늘한 눈빛으로 주위를 흘려보았다. 다혜를 노려보던 항아들이 재빠르게 시선을 피했다. 청윤은 작게 한숨을 내쉬었다.

과거의 문란했던 생활을 이제 와서 후회하게 될 줄이야. 그녀가 알게 되어 마음 상하게 되는 것은 정말이지 사양이었다. 하지만 웃기지도 않은 상황이었다. 그는 어느 누구에게도 희망 따위를 심어준 적이 없었다. 그는 자신과의 관계가 겨우 두어 시간뿐이라는 사실을 항상 분명히 했었으니까. 그러니 감히 항아 따위가 눈을 똑바로 뜨고 동궁의 왕후를 보는 일 따위를 가만히 넘겨줄 수는 없었다.

"더 수상해."

다혜는 투덜거려 댔다. 청윤은 화제를 전환해, 그녀의 사고를 분산시켰다.

"내일 같이 인계에 내려갈까?"

꼭 친정 내려갈까, 하고 묻는 것 같았다. 다혜는 발그레 달아오른 뺨을 손으로 누르며 얼른 고개를 끄덕였다. 청윤은 그런 다혜를 잡아먹고 싶다는 표정으로 내려다보고 있었다. 어찌나 사랑스러우신지, 하아…….

"마지막 날까지, 진짜."

소하는 연회가 열리는 정자 위로 올라온 둘을 노려보며 이를 갈았다. 동궁왕이 어떤 자인가…… 하면 신계 내에서 모르는 자가 없을 터였다. 다정하게 웃는 얼굴을 가면처럼 뒤집어쓴 냉정하고 잔혹하고, 그 드리운 그림자는 사납고 흉포하고. 부나방처럼 달려드는 여인들을 취해 마음을 태워 버리는 그 지독하게 아름다운 용이 아니냔 말이다.

물론 저 동궁왕이 지금 팔불출처럼 헤헤거리며 빈틈을 보이고 있는 건 아니었다. 하지만 바로 그게 문제였다. 전혀 빈틈을 보이지 않고 있다는 것이!

'으, 눈꼴 시려!'

소하는 술잔을 비워 버리며 크으…… 눈물을 삼켰다.

누가 다혜를 삼 초 이상 쳐다보면 바로 사납게 노려보는 동궁왕의 눈초리에 난도질당해야 했다. 감지기라도 달렸나? 응? 동궁왕후와 좀 친해져 보겠다고 술이라도 한잔 권해볼라 치면 동궁왕의 꽃 같은 미소에 얼어붙기 일쑤였다. 문제는 남녀를 가리지 않고 있다는 점이었다. 여자는 좀 빼줘, 응? 저거야말로 문란했던 옛 과거의 해악임이 틀림없었다. 지가 하도 여러 계집과 한꺼번에 놀아났다 보니 여자끼리도 서로⋯⋯ 응? 내가 지금 무슨 생각을⋯⋯.

"크으!"

생각을 가까스로 멈춘 소하는 자학하며 다시 술잔을 비워 버렸다. 다혜에 관한 동궁왕의 태도는 정말이지 한결같다 할 수 있었다. 말 걸지 마, 건들지 마, 보지도 마. 다혜야, 정말이지 엄청나구나. 소유욕, 독점욕, 동궁왕이 저런 성격이었을 줄이야. 계집이라곤 발끝에 채는 돌멩이쯤으로 여기던 작자가. 에잇, 퉤! 못 봐주겠다, 진짜 작작 좀 해라!

"크으윽!"

"언니?"

다혜는 연거푸 술잔을 비우는 소하를 걱정스럽게 불렀다. 소하는 뚱한 눈으로 동생을 흘겨보았다.

"좋니?"

소하의 직접적인 물음에 다혜는 발갛게 얼굴이 달아올랐다.

"응⋯⋯."

다혜는 눈도 들지 못한 채 애꿎은 술잔만 자꾸 만지작거렸다. 지금도 자꾸만 꿈만 같아서 조금 불안하다는 점만 빼면 너무너무 행복했다.

"하긴, 왜 안 그렇겠니. 넌 신계 최고의 남자를 거머쥔 거야. 축하한다, 동생아."

"어, 언니!"

다혜를 놀려먹던 소하는 씩 웃으며 또 물었다.

"잘해줘?"

물론 소하는 불순한 의도를 가지고 물은 것이었다. 다혜는 전혀 못 알아들었지만.

"응, 잘해줘. 조금 장난이 심하고 심술부리는 면도 있지만……."

다혜는 누가 들을세라 소하의 귀에 대고 속닥거렸다.

"어쩔 때는 그게 엄청 귀엽고 웃긴다니까."

소하는 멍한 눈으로 다혜를 바라보며 물었다.

"너, 누구 얘기를 하는 거니?"

말을 훔쳐 들은 동궁왕이 쿡쿡 웃는 가운데, 천궁 연회의 마지막 날 밤이 끝나가고 있었다. 혼례 축연의 마지막 밤이었다.

❋　❋　❋

다음날 아침. 인계의 집으로 되돌아간 다혜는 할멈에게 정말이지 눈물 쏙 빠지게 혼이 났다. 중간에 동궁왕이 끼어들지 않았더라면 공천덕은 끝까지 머리 싸매고 드러누운 채 입도 떼지 않았을 거였다.

"어찌 내게 이러시오? 내 아씨를 이렇게밖에 못 가르쳤더란 말이오? 그 어린것을 폐허에다 혼자 내버려 두고 그래, 속 편히 가지셨소?"

"할멈…… 잘못했어."

다혜는 울며 싹싹 빌었다.

"그래…… 이 할미 한 번 보지도 않고 그냥 가시려 했단 말이오?"

"잘못했어요, 잘못했어요."

다혜는 그저 손이 발이 되도록 싹싹 빌 수밖에 없었다. 이 느아쁜 민혁이 놈! 미안했던 거 다 취소다! 그새를 못 참고 할멈한테다 일러? 이 나쁜 놈! 하지만 누굴 탓하랴. 다 그녀의 잘못이었거늘.

"잘못했다면 단 줄 아시오!"

다혜는 정면으로 날아오는 토기 단지를 보고 눈을 동그랗게 떴다. 아니, 저거 금 갔었잖아? 왜 아직도 멀쩡한 거야!

"감히…… 누구한테."

다혜는 날아오던 토기 단지를 가루로 부숴 버리곤 위압적인 분위기를 조성하는 낭군 앞에 또 비는 시늉을 했다.

'제발, 제발 좀 가만히 있어요. 네?'

청윤은 코웃음을 치고는 엉망진창 뒤죽박죽으로 쌓여 있는 집을 뒤흔들기 시작했다. 공천덕의 얼굴은 하얗게 질렸고, 다혜는 비명을 질러댔다.

"으아아악! 지, 지진……!"

"가만히 있어."

청윤은 난리법석을 피우는 다혜를 끌어다 제 무릎 위에 앉히고는 공천덕을 바라보았다. 공천덕은 찔끔해서 시선을 피해 버렸다.

"그간 내 역린을 보살펴 주신 노고에 대해선 감사드립니다, 공천덕. 하지만 그녀가 그대의 손녀이기 이전에 이젠 동궁의 왕후라는 사실을 잊지 말아주셨으면 합니다. 그리고……."

청윤은 미소를 지어 보이며 달래듯 말했다.

"우리가 인계에서 머물 수 있는 시간은 한정되어 있습니다. 짧은 시간을 얼굴 붉히며 보내진 않았으면 좋겠군요."

공천덕은 짧게 신음했다. 우리, 우리라고? 동궁왕의 성격으로 보건대, 그는 절대 그런 말을 할 자가 못 되었다. 자기 자신과 타인을 한데 엮어 한 바구니에 넣을 작자가 못 된다는 뜻이었다. 그는 이렇게 말을 해야 했다. '나와 그녀가'라고. '우리가' 아니라. 도대체 저자한테 무슨 일이 생긴 거지? 게다가 무력시위 뒤에 회유라니, 말 안 들으면 집이고 나발이고 다 부숴 버리겠다는 뜻이 아니고 무엇이냐. 저 교활한 작자의 손에서 순진하기 짝이 없는 다혜가 무사할지 걱정이었다. 어쨌거나 공천덕은 상황을 수습했다.

"쇤네가 경황이 없어 실수를 하였습니다. 오랜만에 만난 손녀가 그저 반갑기만 하여."

"할멈!"

다혜는 저자세로 나오는 할멈에 식겁해 소리를 질렀다.

"시끄럽…… 흠! 그럴 것 없소, 아씨. 실상 신계는 인계와는 달라 각자의 본분과 분수를 지키지 않으면 아니 되오. 내 지위가 낮다 하여 하찮다 생각한다면 그도 착각이오. 낮은 것은 낮은 것대로, 높은 것은 높은 것대로 저마다 귀하고 중하지 않은 것이 없소. 우리 세계의 당연한 이치이니, 아씨께서도 다르다 불평 말고 잘 배워두시오."

다혜는 할멈의 진지한 말에 의연한 얼굴로 고개를 끄덕였다. 그러면서 자신의 처지가 예전과는 사뭇 다르다는 생각에 기분이 이상해졌다. 얼마 전까지만 해도 그녀의 세계는 바로 이곳이었고, 그의 세계는 머나먼 이방인의 세계에 불과할 뿐이었다. 하지만 지금은 그의 세계가 우리의 세계가 되어 있었다. 드디어 그의 세계에 일부분이 된 것이었다. 드디어……. 그 사실이 조금씩 실감나기 시작해 가슴이 벅차올랐다.

청윤은 그런 그녀를 보며 약간 불평을 해댔다.

"흥…… 할머니 말은 꽤나 잘 듣는걸, 그대. 내 말은 그리 죽어라고 안 들으면서."

"내가 언제요!"

청윤은 피식 웃었다.

"지금도 대드는 것 보라지."

다혜는 또 뭐라 뭐라 웅얼거렸고 동궁왕은 그게 귀여운지 웃음을 터뜨렸다. 공천덕은 방아 찧는 토끼처럼 쿵딱쿵딱 잘도 노는 둘을 가만히 지켜보았다. 뭔가 했더니, 일이 이렇게 된 모양이었다. 하긴 짚신도 짝이 있는 법이고, 칼도 칼집이 있는 법이니.

'나쁘진 않구먼.'

저리 교활한 작자에겐 살짝 무딘 다혜가 제격인지도 몰랐다. 사실 동궁왕이 성격이 좀 흉포하고 사납고 냉정해서 그렇지, 신랑감으로는 어디 가서 절대 빠지지 않았다. 신분 훌륭하지 머리 좋지 딱 부러지지 돈도 많아, 인물이 너무 좋다는 게 흠이라면 좀 흠일까. 인물값은 이미 옛날에 다 했을 테니 뭐, 그것도 괜찮았다. 드러내 놓고 제 성질 흉포하다 나대는 천치도 아니고. 게다가 먼저 건들지만 않으면 세상 그 누구보다도 가장 안전한 자가 동궁왕이었다. 먼저 건들면 보복이 좀 악랄해서 그렇지. 쯧, 손녀사위 됐다고 벌써 팔이 안으로 굽는구면.

"그런데 할멈, 요하…… 좀 만날 수 있을까?"

다혜는 근심이 가득한 얼굴로 물어왔다. 내내 요하가 마음에 걸렸었다. 물론 가족들한테도 죽을죄를 지었지만…… 요하에게는 정말 말로 미안하다고 해서 될 문제가 아니었다.

"가보시오. 지금 아씨 방에서 지내고 있다오."

다혜는 할멈의 말에 자리에서 벌떡 일어났다. 그러고는 누가 말릴세라 단숨에 방으로 달려갔다. 하지만 쉬이 문을 열 수가 없어, 다혜는 심호흡을 하며 마음을 진정시키려 애썼다. 노크라도 해볼까 하다가 그만두었다. 그녀는 결연한 표정으로 벌컥 문을 밀어젖혔다.

"요하야!"

그러고는 그대로 얼어붙었다.

"……마마?"

요하는 눈을 동그랗게 뜨고 다혜를 올려다보았다. 다혜는 이 상황을 이해해 보려고 노력은 해보았다.

"할멈이…… 밥을 안 줬어?"

"그게요, 이빨이 간지러워서."

침대 헤드, 옷장, 책상 모서리가 닥닥 갈아져 있었다.

겉모습은 그녀가 떠났을 때와 크게 달라진 것이 없는데 이갈이라도 하는 듯했다. 눈빛도 더 깊어졌고, 말하는 것도 훨씬 더 매끄러웠다. 며칠 새 속이 부쩍 자란 듯했다.

요하는 아빠 다리를 하고 책상 위에 앉아 다혜를 멍하니 바라보고 있었다. 꿈인지 생시인지 확신하지 못하는 요하의 표정에 다혜는 마음이 아파왔다.

"요하야……."

요하는 두 눈을 꼭 감더니 고개를 부르르 흔들어댔다. 꼭 예전의 자신을 보는 것 같아 다혜의 마음이 더 아파졌다.

"요하야, 누나가 미안해!"

다혜는 달려가 요하를 꼭 끌어안았고, 요하는 눈을 끔벅거렸다.

"정말 마마야?"

다혜는 요하를 붙잡아 안은 채 고개를 끄덕거렸다. 요하는 조금씩 울음을 터뜨리기 시작했다. 다혜는 요하의 등을 토닥이며 엉엉 울었다. 둘이 서로를 붙잡고 우는 동안, 청윤은 정말이지 참을성 있게 기다려 주었다. 1초…… 2초…… 3초…….

❉　　❉　　❉

민혁은 전시회의 마지막 그림을 정리해 두고 밖으로 나와 계단 위에 털썩 주저앉았다. 휴가철도 이제 슬슬 끝물이었고 아침저녁으로 바람은 조금씩 서늘해지기 시작했다. 민혁은 얼마 전부터 피우기 시작한 담배를 입에 물고 저물어가는 석양을 물끄러미 바라보았다.

'이상하지⋯⋯ 저걸 볼 때마다 자꾸만 네 생각이 나.'

멀리 여행을 떠났다고 생각해야 할까. 아주아주 이상한 그런 여행을? 민혁은 힘에 겨운 듯 계단 난간에 몸을 기댔다. 아무것도 해줄 수가 없었다. 그리 오랫동안 사랑해 오던 이에게, 친구에게. 가지 말라는 말 한마디조차 해줄 수가 없었다. 사실은 무서웠다. 이해할 수 없는 그 상황들이, 공기에 뒤섞여 사라져 가던 다혜가 사실은 무서웠다.

"민혁아, 제발 기운 좀 내."

윤지가 그의 옆자리에 털썩 주저앉으며 한숨을 내쉬었다. 그녀가 화를 내며 돌아간 바로 그날, 작업실은 무너져 버렸고 민혁은 크게 다쳐 병원에 입원하게 되었다. 정확히 무슨 일이 있었는지 그녀로서는 알 수가 없었다. 다른 곳은 다 멀쩡한데 어떻게 딱 그 건물만 무너진 것인지. 게다가 다혜⋯⋯.

윤지는 다시 무거운 얼굴로 한숨을 내쉬었다. 민혁은 다혜 얘기만 나오면 정색하며 입을 다물어 버렸고, 다혜는 휴대폰이고 집 전화고 도무지 연락이 되질 않았다. 원래부터 집 전화는 불통이긴 했지만. 내일이 전시회인데 고작 한 작품에, 그것도 민혁이 손에 들려 보내고. 도대체 무슨 생각인 건지.

"민혁아, 내가 그냥 넘어가려고 하긴 했는데, 도저히 안 되겠⋯⋯ 어?"

윤지는 눈을 깜빡이며 자신들 쪽으로 다가오는 낯선 두 사람을 멍하니 바라보았다.

"다혜⋯⋯?"

약간 확신할 수 없는 게 조금 이상했다. 게다가⋯⋯. 윤지는 다혜 곁에 서 있는 남자를 보고 숨을 죽였다. 아름다운 남자였다. 너무 아름다워서, 사실은 거의 공포스러울 지경이었다. 몹시도 이질적이고 낯선 남자였다.

그에게 닿은 공기가 일그러지고 그가 밟은 땅이 숨을 죽였다. 그 유연한 아름다움은 동시에 폭력적이었다. 숨을 삼켰고, 시선을 삼켰고, 사고를 짓밟았다. 더 이상 아무런 생각도 할 수가 없었다. 그저 폭풍에 휩쓸린 것처럼 그렇게 무서울 정도로 아름다운 이질감.

가까이 다가온 다혜가 멍하니 자신을 바라보고 있는 친구들에게 멋쩍은 얼굴로 말을 걸었다.

"오랜만이야. 잘 지냈냐고 물으면 조금 이상하겠다. 그런데 민혁이 넌 언제부터 담배를 피웠어?"

"너…… 너!"

민혁은 다혜를 보다가, 청윤에게 시선을 돌리고는 점점 현실을 자각해 가는 것 같았다. 그는 기절할 듯 놀랐다. 다혜는 귀신이라도 본 듯 하얗게 질리는 민혁을 보고는 미안하다는 표정을 지었다.

"괜찮아. 제발…… 진정해 줄래. 아무 일도 없을 거야, 응?"

"어, 어떻게 너!"

민혁이는 말도 잘 안 나오는 모양이었다. 다혜는 볼을 긁적이며 말했다.

"얘기가 좀 길어질 텐데, 차 한 잔만 줄래?"

다혜의 말에 청윤은 들으라는 듯 불평을 해댔다. 이번에도 참아야 하는 시간인 모양이었다. 다혜는 달래듯 청윤의 손을 꼭 붙잡왔다. 그러고는 협조해 주기로 약속했잖아요, 라는 표정을 지어 보이고는 그의 손을 잡아끌었다.

청윤은 조그마한 다혜의 손에 끌려가며, 그녀에게 끌려다니는 자신의 기분이 썩 즐겁다는 생각에 땅이 꺼져라 한숨을 내쉬었다. 기분이 나빠야 정상이 아닌가? 아니, 다혜에 관해서라면 이게 정상이긴 하지. 어쨌거나 저 인간 놈에게 다혜가 자신의 아내가 되었다는 말을 해줄 수 있을 거란 생각이 들자 더없이 행복해지기 시작했다.

"커, 커피…… 드, 드세……."

다혜는 벌벌 떨며 잔을 채우는 윤지를 보고 어설프게 웃음 지었다. 어지간한 신족들도 청윤을 무서워하긴 했지만 윤지는 정도가 좀 심한 것 같았다. 자기도 모르게 이방인이라는 것을 느껴서인 걸까?

"괜찮아, 육식종은 아니야."

"으, 응?"

다혜는 저도 모르게 자신과 청윤만 아는 농담을 하고는 헛기침을 해댔다. 다혜는 청윤의 목에 '해치지 않아요' 하고 명찰이라도 달아줘야 하는 것 아닌가 생각해 보았다. 물론 전혀 실현 가능성은 없었지만, 그저 상상하는 것만으로도 즐거워졌다. 다혜는 혼자 그러다가 의심스러워하는 청윤의 시선과 부딪히고는 얼른 정신을 차렸다. 어휴, 큰일 날 뻔했네.

"제대로 인사도 못한 것 같아서 찾아왔어. 내일이 전시회구나……. 너무 예쁘다. 미안해, 나도 모르게 내팽개친 꼴이 됐네.

그런데 내 그림 더 많았으면 큰일 날 뻔했다. 지금도 자리가 부족해 보이는데?"

다혜는 욕심쟁이 윤지와 민혁의 할당량 이상의 작품들을 보며 숨죽여 웃었다. 한 작품밖에 내놓지 못한 그녀의 자리를 채우고도 남았다. 윤지는 다혜의 웃음과 수다에 긴장을 풀며 조그맣게 안도의 숨을 내쉬었다.

"저기, 그런데 누구?"

전시회보다도 윤지의 관심사는 청윤인 듯했다. 그녀는 청윤을 쳐다보지도 못하고 다혜에게 속닥이며 물었다. 다혜는 작게 얼굴을 붉히며 대답했다.

"그러니까, 우리…… 음, 우리……."

"사촌 오빠?"

윤지는 희망을 가지며 물었다. 물론 가까이 가기도 무서운 위압감이랄까, 존재감이랄까, 쳐다보기도 어렵게 만드는 남자였지만. 그래도 으음, 너무 숨 막히게 멋있잖아!

"대답, 똑바로 하셔야겠지요?"

청윤은 다정하게 속삭이며 사납게 눈을 반짝였다.

다혜는 헛기침을 하고는 빨갛게 달아오른 얼굴로 똑바로 대답했다. 이런 문제에 있어선 청윤은 정말로 화를 냈다.

"우리 신랑."

"응?"

다혜의 대답에 민혁과 윤지의 얼굴이 다이나믹하게 변했다. 청윤은 물론 배부른 사자처럼 만족스러워했지만, 어휴.

"너, 결혼했…… 아니, 언제? 그리고 너 민혁이 좋아했던 거 아니…… 읍!"

다혜는 죽음의 문을 오픈하고 있는 윤지의 입을 얼른 틀어막았다. 얘가 진짜 큰일 날 소리를!

"아니야, 절대 아니야. 예전부터 아니라고 했잖아."

다혜의 다급한 목소리와 표정에 윤지는 얼떨떨한 얼굴로 고개를 끄덕였다.

"그, 그랬지."

다만 윤지 그녀가 그 말을 믿지 못했을 뿐이었다. 왜냐하면 민혁은 옆에 두고 딴생각을 품지 않기엔 너무 맛있어 보이는 떡이었기 때문이다. 하지만 이제야 윤지는 믿을 수 있을 것 같았다.

그녀의 눈이 힐끔 청윤을 훔쳐본다. 겨우 그것만으로도 가슴이 쿵쿵거리고 입안이 바짝바짝 말랐다. 이런 남자가 옆에 있으니, 누군들 눈에 들어올까. 아…… 죽겠네, 진짜. 저 살굿빛 입술에 맺힌 미소가 미치도록 섹시했다. 대체 어디서 저런 신인류가 태어났단 말인가!

"결혼, 언제?"

민혁은 바로 눈앞에서 된통 차인 충격을 소화시키려 애쓰며 떨리는 눈으로 다혜를 바라보았다. 실연의 아픔이 아니더라도, 그는 윤지처럼 태평할 수가 없었다. 눈앞에 있는 저 남자가 누군지 알고 있었고 다혜가 어떻게 된 건지 예감할 수 있었기 때문에.

"며칠 안 됐어. 사실 오늘 인사하러 온 거야. 이제 만나기 어려울 것 같아서."

"왜, 시댁이 엄해?"

다혜는 윤지의 물음에 어설프게 웃었다.

"좀 그런 것도 있고. 너무 멀거든."

"어디, 외국이야?"

윤지는 하나부터 열까지 다 부러워했다. 다혜는 잠시 고민하다가 고개를 갸웃거렸다.

"외국이라면 외국일 수도 있고. 음…… 그냥 좀 멀어."

"무슨 대답이 그래?"

윤지는 투덜거리며 시샘 어린 눈으로 다혜를 바라보았다.

"그러게."

다혜는 그저 활짝 웃을 뿐이었다.

행복해 보이는 다혜를 보며 민혁은 차곡차곡 마음을 정리했다. 사실 정리하고 말고 할 것도 없었다. 다혜는 알지도 못하는 마음이었으니까. 하지만 우습게도 자신이 한 행동 중 그게 제일 잘한 짓이라는 생각이 들었다. 민혁은 눈을 돌려 청윤을 바라보았다. 마주 보기도 무서웠지만, 이게 마지막이라는 사실에 어쩐지 마음이 차분해졌다.

"세상에서 제일 웃긴 고백이었습니다. 광증 운운하면서 다혜가 없으면 불안하고 괴롭고 초조하고, 뭐 그래서 절대 못 놔주겠다는 그 고백 말입니다. 본인이 진짜 사랑한다는 걸 모르고 있는 것 같아서 정말 더 웃겼습니다. 님 좀 짱인 듯!"

민혁은 불끈 엄지손가락을 치켜들었다. 민혁은 담담했고 다혜는 하얗게 질려갔다.

"너 왜 그랬어?"

윤지는 걱정스럽게 민혁을 보며 물었다. 민혁은 시퍼렇게 멍이

든 광대뼈를 문지르며 씩 웃었다.

"이야기가 끝났으면 책장을 덮어야지. 야, 그래도 이 정도면 진짜 양호한 거다."

만날 어디 부러지고 피 터지고 하다가 한 대 맞고 끝나니 이게 꿈인가 싶었다. 윤지는 그 말을 미심쩍어하다가 땅이 꺼져라 한숨을 내쉬었다.

"진짜 다혜는 복도 많지. 언제 쥐도 새도 몰래 연애를 해가지고."

민혁은 부러워하는 윤지를 보며 고개를 내저었다.

"부러워할 것 없어. 넌 감당 못해."

"뭐?"

자존심이 상해 표독스러워지는 윤지의 눈을 마주 보며 민혁이 물었다.

"넌 그가 뭐라고 생각해?"

"무슨 소리야?"

민혁은 화가 나 있는 윤지에게 단 하나뿐인 다혜의 그림을 보게 했다.

"저게 뭘로 보여?"

사납게 일그러져 있는 검은 폭풍. 따뜻하고 포근한 색감을 좋아하던 다혜가 그린 것이라곤 믿기지 않을 만큼, 몹시도 거칠고 사나운 그림이었다. 사실은 조금 섬뜩할 정도로.

"저걸 감당할 수 있겠어?"

민혁은 윤지가 알아듣지 못하는 말을 하고는, 몸을 돌려 탁자 위에 올려져 있는 작은 상자를 열어보았다. 다혜가 작별 선물이라며 주고 간 것이었다.

"이, 이게 다 뭐야?"

어느새 바짝 다가온 윤지의 눈이 휘둥그레졌다. 상자 안에는 값비싼 금제품들이 한가득이었다.

"보증금…… 대신인가 봐."

많아도 너무 많이 주고 갔다. 갑부가 됐구나, 다혜야. 부럽다…….

"아니, 보증금을 걔가 왜 대신 줘? 지가 받아먹었나? 아, 갑자기 배가 너무 아파!"

민혁은 소화불량에 걸린 듯 푸르죽죽하게 변한 윤지를 보며 혀를 차댔다.

'얘가 원래 이런 애였나?'

민혁이도 슬슬 정신을 차려가고 있었다.

❊　　❊　　❊

"이제 만족해?"

청윤은 다혜의 손을 잡고 한산한 거리를 걸으며 물었다.

"굳이 때릴 건 없었잖아요."

다혜는 심통 맞게 대답하고는 방싯 웃었다. 그에게 계속 화를 내는 건 정말이지 힘들었다. 민혁이에겐 좀 많이 미안하긴 했지만. 미안하다…… 친구야, 흑. 사랑하는 걸 어쩌겠니.

"그 정도면 많이 참아준 거야."

"나도 알아요."

다혜는 작게 한숨을 내쉬고는 차가운 저녁 공기를 맞으며 만족스러운 얼굴을 했다. 지금껏 살아왔던 것보다 더 많은 일이 일어났던 8월이 지나가고 있었다. 행복했고 아팠고…… 마침내 평온해진 8월이었다. 이제 모든 것은 변해 있었다.

거리를 지나다니는 사람들은 그는 물론이고 자신도 볼 수가 없었다. 이제 그녀가 사람들 눈에 보이기 위해선 그렇게 되기를 염원해야 했다. 그녀는 인간 세상과 분리되어 있었다. 이제 이곳은 더 이상 그녀의 세계가 아니었다. 하지만 그것이 두렵거나 하지는 않았다. 바라던 모든 것보다 더 간절히 바라던 그의 곁에 함께 있게 되었으니까.

"여기 오면 불안해. 그대가 다시 이곳으로 돌아오고 싶어 할까 봐."

다혜는 가만히 고개를 젓고는 불안하게 흔들리는 청윤의 눈을 바라보았다.

"사실은…… 항상 이렇게 해보고 싶었어요. 당신하고 거리를 거닐면 어떤 기분일까 상상하고 그랬죠. 난 항상 내가 모르는 다른 세계가 어디엔가 있다는 생각을 하며 살았어요. 알지도 못하는 그곳을 그리워하며 살았어요. 역린 때문인가 했는데, 역린이 없을 때도 그랬죠. 하지만 그런 건 아무래도 상관없어요. 이제 어느 세계에 있던지 그런 건 아무래도 상관없어졌어요. 알아요? 나는요, 당신만 있으면 돼요."

다혜는 얼른 발개진 얼굴을 돌려 바닷속으로 내려앉는 석양을 바라보았다. 청윤은 부끄러워하는 다혜를 보며 가슴이 두근거리는 것을 느꼈다. 자신을 이렇게 만들 수 있는 단 하나뿐인 소중한 내 아내. 그 사실에 몹시도 행복해졌다. 그래서 청윤은 또다시 짓궂게 다혜를 놀려댔다.

"모자라. 겨우 그런 말에 발개지지 말란 말입니다, 왕후. 나를 안고 싶다거나, 나를 먹고 싶다거나…… 뭐, 그 정도 말은 해줘."

다혜는 하늘을 보며 탄식했다.

"못살아."

청윤은 웃음을 터뜨리며 다혜의 허리를 끌어당겼다.

"나도 이제 그대만 있으면 돼. 그대가 원하면 인계에서 함께 살아가도 좋아. 그대가 원하는 곳에서 그대와 함께 살아갈게."

청윤의 살굿빛 입술이 다혜의 입술에 닿았다. 다혜는 두근대는 심장을 느끼며 그의 옷깃을 꼭 쥐었다.

"같이 돌아가요."

다혜는 언젠가처럼 말했다.

"게다가 당신을 빼앗으면 신요님한테 혼난다구요."

다혜는 웃음을 터뜨리고는 사그라지는 적하 속으로 걸어 들어갔다. 그와 함께……. 그리고 그 너머, 내려앉는 동녘의 노을 너머에서 눈부신 자신의 세계와 만난다. 햇살에 닿은 물비늘이 날아오르는 곳…… 청빛 푸른 아름다운 동궁을. 다혜는 자신의 곁에 선 사랑하는 이를 바라보았다.

아름답고 강한 동궁의 왕, 그의 곁에서 다혜의 새로운 삶이 시작된다.

外傳

1

2년 후, 그들은

"……해서 그랬지 뭡니까?"

동궁왕후는 살포시 한숨을 내쉬었다. 하지만 티는 나지 않게. 그녀는 청룡 일족 부수장의 신세 한탄을 벌써 한 시진째 들어주고 있었다. 남정네의 수다가 여인 못지않다는 걸 깨닫는 순간이었다. 으으…… 청윤, 나 좀 살려줘요, 제발.

"일족이 일족의 안식처로 돌아가지 못한다니, 이게 무슨 말도 안 되는 말입니까?"

그러게요…… 왕후는 속으로 맞장구를 쳤다.

한탄의 요지는 이거였다.

청윤이 동궁왕으로 즉위하기 이전의 세월로 돌아가고 싶다는 것. 용족은 고급 인력이었고, 청윤은 쭉 짜서 기름 한 방울 안 나올 때까지 그들을 들들 볶고 있었다. 다혜가 여태껏 그들의 얼굴 한 번 제대로 보지 못한 데에는 다 이유가 있었던 것이다. 그들은 너무 바빴던 것이다. 그런데 왜 이제 와서 신세 한탄을 하는고 하니, 뭘 어찌해도 씨알도 안 먹히는 동궁왕의 약점이 왕후라는 사실이 널리 알려져 버린 탓이었다.

'청윤이 너무 티 나게 굴어서 그래. 하여튼 못살아.'

유별나다는 큰오빠의 말은 정녕 틀린 말이 아니었다. 절대 안 되는 것도 그녀를 통하면 천사만사 무조건 통과였다. 그러니 죽을 각오를 하고 왕의 감시를 피해 그녀를 찾아오는 손님이 끊이질 않는 것이었다.

"동궁의 왕후시면, 청룡 일족의 안수장이 아니십니까. 한데 일족이 식구들의 안수장 얼굴도 한 번 뵙지 못한다니! 이 무슨 말이나 되는 일입니까!"

부수장은 여러 각도로 현 세태의 말도 안 됨을 주장하고 있었다.

"진정하셔요. 부수장 대감께서도 아실지 모르겠으나, 저희 마마님께선 절대 바깥일에 참견을 하지 않으십니다. 전하께 직접 소청(疏請)해야 할 일로 어찌 저희 마마님을 괴롭히신단 말입니까."

참다못한 금화가 참견을 하며 나섰다. 사실 그 소문이란 것도 절대적으로 전하의 유별남 때문이었다. 마마께선 입도 벙긋하지 않으시는데 귀신같은 전하께서 마마의 의견을 미리 읽어내시는 바람에…….

"감히 일개 항아 주제에 어디서 말참견을!"

"그만두셔요."

왕후는 엄한 눈으로 부수장을 내려다보았다. 부수장은 화초처럼 약해 빠져 보이던 왕후의 단호함에 내심 깜짝 놀랐다.

"높고 낮음은 있을지 몰라도 귀천은 없다 배웠습니다. 저이에게 그리 대하지 말아주십시오. 그리고……."

왕후는 다시 부드러운 표정을 지으며 부수장을 달래주었다.

"제가 할 수 있는 일이라곤 이렇게 한탄을 들어드리는 일뿐입니다. 제가 어찌 왕께 바깥일을 주문할 수 있겠습니까. 하니 힘든 일 있을 때면 언제든지 찾아와 주세요. 제가 차 한잔은 대접해 드리겠습니다."

부수장은 단호하게 거절하는 왕후를 올려다보며 내심 미소를 지었다. 합격이었다.

다혜는 뭔지 모를…… 흐뭇한 미소를 짓고 있는 부수장을 돌려보내고 바깥으로 나왔다. 벌써 이곳에서 산 지 두 해가 흘렀지만 아직도 처음인 듯 모든 것이 새로웠다. 다혜는 기둥을 쓸며 모퉁이를 돌았다. 물낯돌 안의 물결이 그녀의 손길을 따라 일렁였다. 이제는 신력도 부쩍 늘어 있었다. 별달리 한 것이라곤…… 잠자리뿐이었는데. 역시 청윤은 거짓말은 하지 않았다. 본체와 접촉을 하면 확실하게 생체 활동이 좋아졌다.

'하지만 그래도 좀 줄여줬으면.'

다혜는 발갛게 얼굴을 붉히며 한숨을 내쉬었다. 욕심쟁이 청윤, 사랑스러운 청윤. 그녀가 웃음을 터뜨리자 꽃 위에 내려앉아 있던 령접들이 놀라 날아올랐다. 다혜는 그 투명한 날갯짓에 홀려 있다가 다시 천천히 걸음을 옮겼다. 후원 안의 온갖 꽃 냄새에 취해 머리가 몽롱해졌다. 후원의 끝에 이르자 차가운 바닷바람이 그녀를 씻겨주었다.

다혜는 난간에 걸터앉으며 그 맑은 공기를 마음껏 들이마셨다.

그녀의 송화색 치맛자락이 바람에 길게 흐르며 나부꼈다. 다혜
는 까마득히 아래에 있는 바다를 내려다보며 웃음 지었다. 그 아
래에서 검은 용이 흰 구름을 휘감은 채 몸을 뒤틀며 그녀에게로
달려들고 있었다.

[누나!]

다혜는 손을 뻗어 비늘 뒤덮인 흑룡의 뺨을 토닥거렸다. 난간
밖 허공에서 흑룡은 조그마한 여인의 손길에 행복한 듯 몸을 배배
꼬아댔다.

"우리 꼬맹이, 또 인계에 다녀온 거야?"

동궁 내에서 요하는 싸가지 없는 꼬마로 통하고 있긴 했지만,
다혜에겐 그저 사랑스러운 동생일 뿐이었다.

[아니, 가다가 큰형한테 걸렸어.]

다혜는 웃음을 터뜨렸다.

"네가 매일 공부는 안 하고 놀러만 다니니까 그렇지."

[하지만 할멈이! 갈비 재워놨다고 그랬단 말이야아. 그리구 비
지찌개랑, 도라지무침이랑, 칡냉면도!]

다혜는 작게 한숨을 내쉬었다. 조그만 게 식성은 완전 아저씨
식성……. 특히 저 비도칡(비지찌개, 도라지무침, 칡냉면)에는 사족
을 못 썼다. 할멈은 그걸 미끼로 툭하면 신계에서 요하를 낚아내
곤 했다. 게다가 요새 들어 점점 할멈의 낚시 성적이 좋아지는 것
같았다.

[그래서 큰형 몰래 백호족 애들이랑 설악산 가기로 했어.]

"……응?"

혹룡은 의기양양하게 말했다.

[거기 막국수 집 완전 맛있는 데 있거든!]

다혜는 인상을 찌푸리며 두 손으로 혹룡의 수염을 꽉 움켜잡았다.

"이 녀석!"

[윽! 아파 아파!]

다혜는 혀를 쯧쯧 차댔다.

"이놈. 혼자도 모자라서 백호족 애들까지 끌고, 큰오빠 요새 얼굴에 주름 생겼더라."

[으익! 그거 나 때문이 아니란 말이야!]

다혜는 요하의 말에 저도 모르게 손에서 힘을 풀었다. 요하는 좀 살 것 같다는 표정을 지으며 투덜투덜 거렸다.

[그거 다 소하 누님 때문이야.]

"언니? 왜?"

요하는 영문을 모르겠다는 듯 고개를 갸웃거리는 다혜를 보며 중요한 비밀이라도 말해주듯 의기양양한 얼굴을 했다.

[에헤이, 우리 누나 아무것도 모르시네. 며칠 전에 소하 누님이……]

"누나가 뭐?"

다혜는 귓가에 속닥대는 말에 신경을 곤두세웠다.

[큰형을 덮쳤잖아!]

"뭐!"

다혜는 입을 턱 벌리고 꺄악거리기 시작했다. 요하는 재밌는지 몸을 뒤틀며 웃음을 터뜨렸다.

[아고, 난 그만 가봐야겠다! 그럼 누나, 다녀올게요!]

다혜는 백호족 아이들이랑 접선하러 가는 흑룡의 꼬리에 대고 손을 흔들어댔다.

"내 것도 사와! 막국수!"

요하는 흰 구름을 일그러뜨리며 사라져 버렸고, 다혜는 뒤에서 한숨을 내쉬었다. 정말이지······

"와우."

설마 언니가 큰오빠를 덮칠 줄이야. 마음이 있다는 건 알고 있었지만. 그래도 그렇지, 정말······ 최고야! 언닌 정말 멋지다니까! 다혜는 혼자 입을 꾹 누른 채 키득거렸다.

"뭐가 그렇게 웃겨?"

다혜는 귓가에 낮게 울리는 미성에 놀라, 하마터면 난간 아래로 떨어질 뻔했다. 청윤은 얼른 그녀의 허리를 휘어 감으며 신음을 흘렸다.

"제발······ 놀라게 좀 하지 마. 아직은 잘 못 날잖아. 왜 이런 위험한 곳에 앉아 있는 거야?"

다혜는 청윤의 가슴에 몸을 기대며 또 키득거렸다.

"큰오빠 곧 결혼할 것 같아요."

청윤은 낮게 한숨을 내쉬었다.

"왜? 천궁 공주가 덮치기라도 했대?"

"어, 들었어요?"

청윤은 연신 키득거리는 다혜를 품에 꼭 끌어안은 채 그 여린 목덜미에 코를 비볐다.

"내가 모르는 건 없지."

다혜는 천연덕스럽게 웅얼거리는 신랑의 말에 끙끙거렸다.

"네에, 그럼요."

청윤은 너스레를 떠는 다혜의 목덜미를 물어 자국을 내며 낮게 중얼거렸다.

"나 일 끝났는데."

다혜는 그 말에 몸이 굳었다.

"나, 나는 이제 일하러 가려고 나온 건데……."

"안 되지, 왕후마마. 계약 조건 위반이야. 나 일할 때 일하고, 나 쉴 때 쉬고. 말했잖아, 일 끝내고 돌아오면 그대의 품에 안길 수 있게 해달라고. 이런 식으로 하면 곤란해."

청윤은 다혜의 귓불을 꼭 물었다.

"일 못하게 한다?"

"아으으…… 진짜 심술쟁이!"

청윤은 다혜를 안아 올리며 살살 달랬다.

"말 잘 들으면, 이번에 학교 하나 새로 지어줄게. 그게 싫으면 안식처에 있는 수루로 놀러 갈까? 북궁왕이 일을 꽤 잘 처리해서 한가해졌거든."

청윤은 정말이지 너무 바빴다. 다혜는 그 말에 망아지처럼 까만 눈을 반짝였다. 안식처 깊은 숲 속에 있는 예쁜 수루는 청윤이 그녀에게 준 첫 번째 선물이었다. 동궁을 벗어나 둘만의 공간이 필요했기 때문이었다. 두 번째 선물이 그림 학교였는데, 생각보다 인기가 좋아 다혜는 물론이고 청윤도 조금 놀랐었다. 최근 들어선 그림을 이용한 갖가지 신술(神術)이 유행이었다.

"갈래요, 갈래요!"

학교를 더 지어봐야 어차피 청윤이 일을 못하게 할 테니 별로 소용도 없었다. 지금 있는 학교만으로도 정신없었던 것이다. 다혜는 그에게서 일어난 바람이 몸을 휘감는 것을 느끼고는 또 깜짝 놀랐다.

"지금?"

"일 다 끝났다니까."

청윤은 입꼬리를 말아 올리며 씩 웃었다.

❋   ❋   ❋

빗물이 한 방울씩 연못 위로 떨어져 내렸다. 그 울리는 소리가 청아하니 맑았다. 하늘을 고이고 있는 연못 위로 빗방울이 떨어져 내린다. 날은 희미하게 밝아오고 있었다. 다혜는 아주 오랜만에 인계의 꿈을 꾸었다. 처음 청윤을 만났을 때, 처음 그의 이름을 들었을 때. 열여섯, 아직은 어렸던 중학생 때의 일이었다.

무언가에 쓸리듯 또 무언가에 휘말리듯, 교실에 앉아 있던 그녀의 발밑으로 바다가 찾아왔고, 뭉개지며 사라지는 현실 바깥에서 다혜는 처음으로 그를 만났다. 검고 긴 옷자락 아래로 드러난 발을 바다에 담근 채, 그는 원래부터 거기에 있었던 사람처럼 태연하게 앉아 있었다.

"당신은……."

그에게서부터 불어오는 바람이 뺨에 닿았다. 그의 손이 닿은 것처럼 가슴이 떨렸다.

　"청윤입니다."

　몹시도 건조한 목소리로 하기 싫은 숙제를 해치우듯 그가 말했다. 하지만 그때는 그런 것도 느낄 수가 없었다. 시선을 미혹케 하는 그 아름다움에 정신을 차릴 수가 없었기 때문이다. 그림을 그리기 시작했던 것도 다 그때부터였다. 그때는 그저…… 환상이라고만 여겼던 사랑하는 이의 얼굴을 자신의 세계로 끄집어내고 싶을 뿐이었다. 비록 그것이 보잘것없는 흰 종이 위라고 할지라도.
　다혜는 청윤의 가슴에 얼굴을 묻었다.
　그는 여전히 자신을 배 위에 올려놓고 자는 버릇을 못 고쳤다. 별로 고칠 생각도 없는 듯했다. 짐승처럼 커다란 그 밑에 깔려서 자는 것보다는 훨씬 나았기 때문에 다혜도 별다른 불평은 하지 않았다. 다혜는 수루 바깥으로 손을 뻗어 햇살을 한 줌 잡았다.
　"뭐 하시려고."
　다혜는 한쪽 손에 고개를 기댄 채 비스듬히 자신을 내려다보고 있는 청윤에게 방싯 웃어주었다.
　"이렇게."
　청윤의 흑단처럼 검은 머리 위에 금빛 투명한 빛나비를 얹어놓았다. 너무 잘 어울려서 조금 무서워졌다. 다혜는 다시 청윤의 가슴에 얼굴을 묻은 채 혼자 키득거리며 웃어댔다. 청윤은 혀를 내밀어 제 입술을 핥으며 낮게 중얼거렸다.
　"이럴 기운이 남아 있으신가 봐, 내 사랑? 힘들어해서 조금 봐

줬더니……."

그게 봐준 거라고! 정말이지 파업이라도 하고 싶다. 다혜는 또 죽은 시늉을 하며 숨을 죽였다. 청윤은 실소를 터뜨리며 귀여운 듯 다혜의 머리를 쓰다듬었다.

"내가 사랑한다고 말했나?"

"음…… 한 천 번쯤?"

다혜는 여전히 고개를 들지 않은 채 웅얼거렸다. 청윤은 다혜의 긴 머리카락을 손가락으로 감아 입을 맞췄다.

"그럼 한 번 더 하지, 뭐."

다혜는 숨 막히도록 껴안아주는 청윤의 품속에서 맑게 웃음을 터뜨렸다.

"사랑해."

"조금만 더요."

다혜의 장난에 청윤은 다시 웃음을 터뜨렸다. 날이 개고 있었다. 동녘의 바람은 잔잔했다.

外傳

2

4년 후, 그렇게

동궁의 하루는 신음 소리에서부터 시작되었다. 이상한 상상은 하지 마시라, 동궁의 주인께서는 애지중지 안달복달하는 귀여운 반려의 신음 소리를 바깥으로 흘려놓을 만큼 어수룩하지는 않으시니까.

"하으으……."

일단 첫 번째 신음 소리의 주인공은 금화였다. 그녀는 주인들의 아침 식사를 들여놓고 되돌아 나오며 무섭게 앓는 소릴 냈다. 그런 그녀에게 항아 하나가 다가와 조심스레 물었다.

"또, 입니까?"

금화는 그 항아를 힐끗 한 번 보고는 위벽에 구멍이 뚫릴 것 같은 자신의 심정을 한 문장으로 간단히 요약해 답해주었다.

"입으로 먹여주고 계신다."

"으익!"

몇몇은 질색을 했고 몇몇은 체념을 했다.

체념을 하는 쪽이 익숙해진 쪽일까. 따지고 보면 그것도 묘한 일이었다. 매번 하얗게 질려 질색을 하는 쪽이야말로 이 동궁에서 오래도록 버틴 알짜배기들이기 때문이었다.

그녀들은 동궁의 주인인 용왕을 아주 오래도록, 그러니까 역린 께서 오시기 훨씬 이전부터 모셔왔고, 그래서 용왕님의 예전 모습을 똑똑하게 기억하고 있었다. 설핏 웃음을 지으며 다가오는 어떤 것도 베어버릴 듯 시리고 날카롭던 그 본래 모습을. 그러니 이리 적응을 못하고 때마다 끽경을 하는 것이었다.

"누구 나랑 식사 당번 좀 바꿔……."

금화는 새로운 사실을 깨달았다. 얌전 떠는 항아들이 사실은 개처럼 순발력이 빠르다는 사실 말이다. 참 말이 부럽지 않을 속도였다. 어쩜 저렇게 순식간에 도망을 가버리는가. 놀랍다, 놀라워. 금화는 하릴없이 또 땅이 꺼져라 한숨을 내쉬어야만 했다.

"하아아."

이렇게 동궁의 아침은 매번 앓는 소리로 시작되고 있었다. 역린 께서 인계에 내려갔다 돌아오시고 딱 1,700일째 되는 날의 아침이었다.

❋　❋　❋

"으음……."

길고 미려한 사내의 손이 재촉이라도 하듯 제 무릎 위에 앉힌 조그마한 여인의 등허리를 쓸어 올렸다. 여인은 발갛게 달아오른 얼굴로 재빠르게 주위를 확인했다. 방 안엔 아무도 없었고, 해서 그녀는 낭군님의 요구를 거부할 마땅한 방법을 찾아낼 수가 없었다. 결국 다혜는 청윤의 살굿빛 입술에 물린 앵두를 얌전히 또 받아먹어야만 했다.

청윤은 만족스러운 미소를 지으며 안해의 조그마한 입술을 살짝 깨물었다.

"심술……."

"음?"

슬쩍 혀를 내밀어 문 자리를 천천히 핥으며, 등허리를 쓸던 손을 조금 더 위쪽으로 옮긴다. 청윤은 다혜의 부드러운 가슴을 지그시 누르며 엄지손가락으론 민감한 부분을 짓궂게 쓸어 올렸다. 다혜가 숨을 몰아쉬며 버둥거리자 청윤은 그녀의 목덜미를 덥석 물어버렸다.

"하지…… 아!"

"소리 내지 마, 참기 싫어지니까."

그러면서도 그는 혹시나 새어 나갈까 주변의 소리를 닫아버렸다. 만에 하나라도 누군가가 다혜의 소리를 듣기라도 하는 날엔 청윤은 제 자신의 화를 감당할 자신이 별로 없었다. 사고는 미연에 방지하는 게 제일 좋은 법이었다.

그는 사납게 눈을 반짝이며 안해의 하얀 말기를 가슴 아래로 슬쩍 끌어 내려 버렸다. 그러자 놀란 다혜가 작은 몸을 비틀었고, 청윤은 마침 잘됐다는 듯 아예 보료 위에 눕혀 버렸다. 옴짝달싹 못하게 두 손까지 묶어버린 그가 가냘픈 허리와 윗배를 쓸어 올리며 가슴 아랫부분을 움켜쥐었다. 다혜는 청윤의 검은 눈이 점점 사나위지는 것을 올려다보며 덜컥 겁이 났다.

"처, 청윤, 순막……."

푸른 빛이 반짝이며 새고 있었고 그의 이성 또한 그렇게 아슬아슬해 보였다. 다혜는 어떻게든 그를 말려보려 애는 써봤다. 하지만 그래 봐야 별 소용없다는 건 본인도 잘 알고 있었다.

"괜찮아."

누가 되었든 멋대로 들어와 실수로 죽는 거야 그도 어쩔 수 없는 노릇이었다. 청윤은 그런 생각을 하며 부드럽게 웃음 지었다.

"아흐윽……."

그의 손이 조그마한 유륜을 쓸어 올렸고, 다혜는 등줄기를 오싹 타고 오르는 감각에 눈을 질끈 감으며 팔에 얼굴을 숨겨 버렸다. 허리 아래까지 내려간 옷은 어느새 엉덩이 아래에 아슬아슬하게 걸쳐져 있었다. 젖가슴을 희롱하던 그의 손이 천천히 아래로 쓸며 내려가고 있었다.

"예뻐."

청윤은 긴장한 다혜의 작은 손을 자신의 가슴에 갖다 대었다. 다혜는 두근거리는 그의 심장박동을 느끼며 살그머니 눈을 떴다.

"밀어내지 마, 응?"

미끈한 고개를 비스듬히 기울이며 그가 또 그렇게 애원하듯 졸라댔다.

"……안게 해줘."

청윤은 다혜의 손을 고정되어 있는 자신의 옷깃에 가져다 댔고, 다혜는 하늘을 올려다보며 원통해했다. 아, 진짜 나쁘다…….

그녀의 낭군은 제 아름답고 관능적인 매력을 마음껏 풀어놓아 자신의 작은 안해를 홀리는 데 조금도 주저함이 없었다. 다혜는 바들바들 떨며 손을 내려 그의 옷깃을 풀어 내리고는 새빨갛게 달아올라 버렸다. 청윤은 그런 그녀를 보며 다시 짓궂은 웃음을 지었다.

"하아, 매번 이렇게 애를 태운다니까."

귀여워, 하여튼 귀여워 죽겠다. 청윤은 한입에 다혜를 잡아먹기로 했다. 작은 숨소리 하나까지도 남김없이 집어삼키며 탐욕스럽게. 가져도 가져도 늘 부족하기만 해서 욕심은 채워지는 날이 없었다. 발에 족쇄라도 채워서 가둬두면 좀 나아질까, 나도 참 정상이 아니라니까. 하아, 가둬놓으면 다혜가 싫어하겠지?

아고고……. 허리야, 허리가 아파 죽겠다. 다혜는 가기 싫어하는 청윤을 억지로 집무실 안에 밀어 넣고는 냅다 도망을 쳤다. 청윤은 그대로 종일 침전 안에 처박히길 원했다. 다혜는 결단코 그것만은 사양이었다. 동궁의 평화와 허리의 안녕을 위해서라도…… 응? 어, 어쨌든!

"바쁘잖아요. 당신은 바빠요, 무지하게!"

집무실 문 앞에 버티고 서서 안 들어가는 청윤의 잘빠진 등짝을 있는 힘껏 밀어대야 했다.

"당신은, 바쁘다구욧!"

청윤은 일부러 심술궂게 허리를 뒤로 젖히며 몸의 무게를 다혜 쪽으로 기울여 버렸다. 다혜는 숨을 몰아 삼키며 끙 소릴 냈다. 그 소리에 청윤은 쿡쿡대며 낮게 웃음을 터뜨렸다.

"내가?"

"그렇…… 대두요!"

다혜는 이번엔 몸을 돌려 등으로 그를 떠받치며 두 다리로 바둥바둥 그를 밀어댔다. 좀…… 들어가 주지, 좀! 또 왜 이렇게 커!

"일하기 싫은데?"

"아이고, 아니에요! 일하고 싶어요! 지금, 당신은 일을 무지하게 하고 싶다니까요?"

청윤은 더 뒤로 몸을 젖혀 버렸다. 다혜는 죽을상을 했다.

"에이, 내가?"

"일벌레잖아요! 일 중독자, 워커홀릭! 아, 멋있다! 우리 신랑 최고로 멋…… 있, 아, 무거워요!"

바둥바둥, 안으로 들여보내려고 밀어대는 게 왜 이렇게 귀여운지. 청윤은 도무지 다혜를 괴롭히는 걸 그만둘 수가 없었다. 귀여워, 귀여워. 하지만 너무 괴롭히면 울어버리니까 조심해야 했다.

청윤은 살짝 몸을 일으키며 고개를 돌려 다혜를 흘겨보았다.

볼이 복어만큼 빵빵하게 부풀어선 잔뜩 골이 나 있었다. 그런데도 제 힘으로 그를 밀어 넣는 걸 포기하지는 못해 계속 바둥대고 있는 모습이라니. 청윤은 웃음을 삼키며 슬쩍 밀려주는 척을 했다. 져주고 나면 환하게 밝아지는 얼굴이 또 얼마나 사랑스러운지. 하여튼 귀여워 죽겠다니까.

"해 지기 전에……."

"네, 들어와서 안아드릴게요. 진짜 꼬옥 안아드린다니까요!"

힘들어서 제정신이 아니시군. 청윤은 또 웃음을 터뜨렸다.

"기억하고 있을게, 왕후마마. 내가 워낙에 안기는 걸 좋아하잖아?"

설핏 위험하게 들려오는 그의 낮은 목소리에 다혜는 화들짝 정신을 차렸다.

"이, 이건…… 그러니까 그냥 순수한 의미로……"

청윤은 완전히 몸을 일으키고는 한 손으로 제 부드러운 머리카락을 헤집으며 비스듬히 다혜를 내려다보았다. 다혜는 그 미려한 움직임에 또 잠깐 홀려 있다가 고개를 마구 흔들어댔다. 못됐어, 진짜 못됐어!

"……도망갈 거야."

"으음?"

이번엔 그의 눈빛이 진짜 위험하게 반짝인다. 다혜는 침을 꼴깍 삼키며 냉큼 뒤로 물러섰다.

"그, 그러니까 빨리 서두르지 않으면 수련생들이 다 도망갈 거라구요."

청윤은 입꼬리를 말아 올리며 고개를 끄덕여 주었다. 다혜는 머리를 쥐어뜯고 싶은 심정이었다.

"조금은 더 기다려 줄 수 있을 거야. 아니면 내가 잡아다 줄게. 어디로 도망가든 나는 다 잡아다 줄 수 있어."

그의 눈이 장난스럽게 반짝였다. 다혜는 은근 돌려서 하는 그의 협박에 하늘을 올려다보며 한숨지었다. 어디로 도망가든 다 잡아 올 수 있으니 꿈도 꾸지 말라는 뭐, 그런 뜻인 게 분명했다.

"그럼요, 우리 낭군님은 무시무시한 동궁왕이시니까……"

"그렇다니까. 그러니 나랑 조금 더 놀아주고 가, 음?"

문틀에 기대서 있는 커다란 그의 몸이 다혜 위로 긴 그림자를 만들었다. 다혜는 움츠러들며 마구 고개를 내저었다. 입가에 걸려 있는 저 봄바람처럼 다정한 미소에 절대 속으면 안 된다.

"일해야죠, 일. 열심히 일해야 밥도 생기고 쌀도 생기고……. 그리고 또, 아, 맞다! 가끔은 부하 직원들하고 회식도 하고 그래야 되지 않아요? 이, 일도 많이 쌓여 있지 않아요? 저는 절대 신경 쓰지 마세요. 전 막 야근하고 철야한다고 바가지 긁은 속 좁은 마누라가 절대 아니거든요. 제 마음은 태평양처럼 넓으니까요!"

다혜는 두 손을 넓게 펼쳐 보이며 활짝 웃어 보였다. 눈은 굳어 있고 입가는 씰룩대고 있다. 청윤은 재미있게 구경했다.

"으음. 그래서요?"

"그, 그래서…… 야근도 하고 철야도 하고 회식도 하고……. 사회생활은 중요한 거라는, 뭐, 그런 거라는……."

"아하, 나는 참 운도 좋다니까."

청윤은 어쩐지 불안해 보이는 다혜의 횡설수설에 고개를 끄덕여 주었다. 다혜는 그 모습이 되레 수상쩍은 듯 청윤을 올려다보았다. 그녀는 동궁의 권속들에 제 주인이 호락호락하게 굴 때 왜 더 경계하는지 그 이유를 아주 빠르게 몸으로 체득해 가고 있었다.

청윤은 고개를 비스듬히 기울이며 다정하게 웃음 지었다.

"그런데 어쩌지요, 난 속이 아주 좁은데. 이해심이라는 게 없어. 그러니까 해 지기 전에 안 들어오면 아주 큰일 날 줄 알아요, 내 사랑. 해 지기 전에 들어와서 나 안아줘야지? 자기가 한 약속은 꼭 지켜야 돼. 나 화나면 조금 사나워지잖아. 음?"

청윤은 사색이 된 다혜의 입술에 쪽 소리 나게 입을 맞췄다.

"밤에 안 재울 거니까, 낮잠 자두고. 사랑해."

"청윤!"

놀림당하고 있다는 걸 깨달은 다혜는 발을 동동 굴러댔다. 그녀는 머리를 쥐어뜯으며 또 뭐가 그렇게 웃긴지 웃음을 터뜨리는 청윤을 집무실 안으로 밀어 넣고는 냅다 도망을 쳤다.

청윤은 순순히 안으로 들어가 주며 못 말리겠다는 듯 고개를 저어댔다. 정말이지 놀리는 건 이제 좀 그만두어야 하는데, 저렇게 귀여우니 도대체 그만둘 수가 없었다.

✽   ✽   ✽

신입 항아 사금 양은 도무지 이해를 할 수가 없었다.

아아, 용왕님은 어찌나 늠름하고 아름다우신지. 거미줄처럼 시선과 숨을 얽는 색기는 본체가 용이 아니라 여우지 않을까 의심스러울 지경이었다. 그런 용왕님의 명치께나 올까 말까 한 조그마한 역린께선 딱 두 가지 단어로 일축될 수 있었다.

짝퉁 반신. 그런 주제에 매번 튕기는 꼴은 정말 우습지도 않았다. 혼례 이후로 쭈욱 마마님을 향한 용왕님의 구애를 빙자한 애교, 조르기, 보채기 등등은 수시로 동궁전 안에서, 아주 그냥 수시로 목격되고 있었다.

그러다 보니 사금 양을 포함한 대다수의 신입 항아들은 착각에 빠지고 말았다.

용왕님께서 원래 저리 애달아하는 성격이시라고. 애정 표현하길 좋아하시고 한 여인을 바라보며 담뿍 사랑해 주시는 성격이시라고. 아아, 본래 그런 성격이시라고. 그렇지 않다고 하기엔 용왕님의 애교, 조르기, 보채기 기술은 너무도 능숙하시었다.

　신입 항아들은 그렇게 색기 어린 살굿빛 입술에 걸린 부드러운 미소와 역린을 대하시는 그 녹을 듯한 달콤함으로 인하여 헤어 나올 수 없는 착각의 늪으로 거침없이 속보 전진하고 있었다.

　"너무들 과민반응이십니다."

　사금은 웃전 항아들을 향해 되바라진 소리를 하는 데 주저하지 않았다.

　"그리 때마다 하얗게 질리실 건 뭐랍니까. 용왕님께선 여인이 많으셨으니 저 정도 애정행각이야 익숙한 것이 아닐는지요?"

　웃전 항아들은 도무지 적응을 하질 못했다.

　그 동궁의 오래된 항아들 중 한 명인 보령은 사금의 버릇없음을 굳이 탓하고 싶진 않았다. 새로 선별된 어린 항아들은 나이도 어렸지만, 무엇보다 동궁의 주인이 때때로 차갑긴 해도 평소엔 몹시 자애롭다는 세간의 소문을 철석같이 믿고 있었다.

　보령 자신도 수백 년 전 항아로 입궁할 때 그러했으니…… 참 소름이 끼치는 노릇이었다. 그때나 지금이나 이 한결같은 언론 조작. 아아, 정녕 두려운 일이었다. 빈틈이라곤 조금도 없는 그 구덩이 같은 말들 속에서 스스로 헤어 나오기란 지난한 일이었다. 해서 보령은 이렇게 한탄하는 수밖에 없었다.

　"야아, 헛소리도 작작하는구나. 참말 모르는 게 약이로다."

　저러다 몇 명 죽어나 봐야, 재수가 좋으면 편히 죽는 거고 재수가 더러우면 그냥 죽는 것보다 더 험악한 꼴을 보게 되는 거고. 하여튼 그래 봐야 정신을 차릴 테지?

　사실 뭐, 그건 동궁 항아로서 첫 통과의례이기도 했다. 동궁에

선배들의 애정 어린 신입생 환영회 따위가 없는 데에는 다 이유가 있었다. 굳이 성가시게 뭘 따로 할 것도 없이 그렇게 체에 거르듯 물갈이가 한 번에 싹 되어버리니.

선배들은 그저 동정 어린 눈길로 후배들의 무사안일을 비는 것 외에는 별달리 할 일이 없었다. 그래서 동궁 항아들은 후배들에게 친절하고 다정했다. 사금처럼 그런 것을 빌미로 되바라지게 기어올라도 딱히 누구 하나 나서서 야단치는 이도 드물었다.

얼마 안 있으면 집이나 염라국 둘 중 하나로 돌아갈 아이를 붙잡고 그리 귀찮은 일을 할 까닭이 없는 것이다. 그러나 안타깝게도 주인의 해맑은 과거에 대해 제대로 알지 못하는 것은 되바라진 신입 항아들만이 아니었다.

'그, 그런 걸까……?'

동궁에 들어온 날짜로만 따지자면 신입 항아보다 나을 게 없는 내궁의 주인 또한 별반 사정이 다르지 않았다.

그림 학교에 가기 위해 날듯이 걸어 나오던 다혜는 항아들의 말을 주워듣고는 흠칫 놀라 기둥 뒤로 숨어버렸다. 다혜는 콩닥 콩닥 뛰는 가슴을 꾹 누르곤 한마디라도 더 훔쳐 들으려 안간힘을 쓰고 있었다.

"굳이 들어야 알 일입니까. 신계 최고의 미인이시라, 여인도 그 아름다움을 따를 수가 없다 하는 분이시거늘. 게다가 전장을 누비며 단련된 그 강인함까지. 하, 그런 분이시니 어디 연인이 한둘이셨겠습니까. 저리 다정하시니 그 연인들 또한 얼마나 아낌을 받았을는진 굳이 보지 않아도 알 수 있는 것이겠지요."

사금은 괜히 저가 젠체하며 말했고, 다혜는 그 말들도 남김없이 주워 먹으며 오들오들 떨고 있었다.

"여기서 뭐 하십니까?"

뒤에서 들려오는 낯익은 목소리에 다혜는 울컥 눈물을 터뜨렸다.

"그런 거겠죠……?"

"예?"

다혜는 큰 눈에 눈물을 그렁그렁 맺고는 당혹스러워하는 신요를 물끄러미 올려다보았다.

"참말…… 그런 건가요?"

"예에?"

동문서답도 어지간해야 찍기라도 할 것인데, 머리 꼬리 다 떼어먹고 말 반 토막에 울먹이는 여주인을 신요는 도통 이해할 수가 없었다. 한 가지 확실한 것은 마마를 이대로 두었다가는 용왕님께 가뿐히 한둘은 죽어날 것이라는 것.

"무슨 일인지 천천히 말씀을……."

"아닙니다, 괜찮습니다. 그래도…… 나는 다 괜찮습니다."

조그마한 주먹으로 울음이 터지는 제 입을 꼭 틀어막으며 다혜는 질끈 두 눈을 감아버렸다. 못났다, 참으로 못난 계집이다, 나는. 이리 허리가 부서지도록 사랑을 받고 있는……. 생각이 그쪽으로 빠지니 이젠 얼굴이 토마토처럼 달아올라 버렸다.

신요는 점점 더 의심스러운 눈초리로 역린을 바라보고 있었다. 울다가 벌게졌다가…… 조울증인가? 한동안 하계에 못 내려가시더니 향수병에라도 걸리신 건가.

"그러니 그리 때마다 과민반응을 보이는 것도 사실 우습다는 말입니다. 어지간히들 하시어요. 항아라면 웃전을 모시는 것도 중요하긴 하지만, 무엇보다 언제 어느 때 후궁이 될지 모를 귀한 신분이 아니겠습니까. 이만한 일로 소란이라니, 낯이 깎일 일입니다."

기둥 뒤편에서 들려오는 항아들의 수다 소리. 귀를 쫑긋대며 그 쓰레기 같은 말들을 남김없이 주워 드시는 왕후마마.

신요는 땅이 꺼져라 한숨을 내쉬며 고개를 저어댔다.

이번에 새로 들인 항아들 중 또 몇몇이 문제인 모양이었다. 이번에도 어김없이 후궁 자리를 탐하는 항아들이 나타고야 말다니. 고른다고 골라 들여도 저 모양인 것은 모두 다 주인님이 문제였다. 여오님처럼 아예 얼굴을 다 가리고 다니게 했어야 하는 건데. 하여튼 얼마 안 가 싹 물갈이가 될 테지만, 그러고 나면 어린 항아들도 정신을 차리겠지만, 일단 지금은.

신요는 바들바들 떨고 있는 마마님을 힐긋 바라보았다.

그의 입에서 또다시 무거운 한숨 소리가 새어 나간다. 일단 지금은 마마님께서 들으셨다는 게 문제였다.

"왕후마마, 소신의 말을 들어보십시오."

다혜는 제법 진지한 신요의 눈빛에 작게 고개를 주억거렸다.

"용왕님께서 그리 살뜰하고 다정한 분인 것 같으십니까?"

다혜는 가만히 생각해 보았다. 다혜는 경계하며 고개를 저어댔다. 신요는 장하다는 눈빛으로 여주인을 바라보았다. 역시 눈이 밝으시다. 괜히 역린이 아니시란 말이지.

"그럼 신과 함께 빌어주십시오."

"무, 무엇을 말입니까?"

신요는 기둥 너머 벌써 주인의 눈에 들기라도 한 듯 콧대를 세우고 있는 사금을 바라보며 말을 이었다.

"명복을."

무언가 알 수 없는 불길한 말을 하는 신요를 뒤에 두고 다혜는 털레털레 성문 바깥으로 향했다. 문을 지키는 감문위 군사들은 감히 여주인의 앞을 가로막지 않았다. 알게 모르게 여주인을 호위하며 사방을 지키고 있는 장령(將領)들이 수두룩이 따르고 있는데 굳이 그럴 필요도 없었다.

다혜는 성문 밖으로 나와 아득하게 펼쳐져 있는 동향의 바다를 가만히 바라보았다. 그 위로 시가지는 반듯하게 놓여 있었고 겹겹의 성벽은 산맥의 등뼈처럼 아스라하게 일렁이고 있었다. 아름다웠다……. 묻어날 듯 짙푸른 하늘은 또 얼마나 깊은지. 이 세계의 일부분이 되었다는 것이 또 얼마나 감사한지. 다혜는 다리를 아래로 떨어뜨리고 털썩 주저앉았다. 상아색 치맛자락이 옅은 바람에 사락거린다.

"안개야."

숨어 있던 물방울이 허공에서 피어나는 듯 보였다. 주인의 부름에 안개는 긴 울음소리를 내며 날개를 퍼덕였다. 다혜가 동궁에서 처음으로 본 어린 안개새는 벌써 제 몫을 다할 만큼 자라 있었다.

"큰오빠네 가자."

출근하려던 것을 접어버리고 다혜는 언니, 오빠들이 있는 백호족 본가로 가기로 결정했다. 요하도 요새 늘상 그곳에 있으니 다혜에겐 백호족 본가가 친정이나 다름없었다. 제법 바람도 잘 부릴 수 있게 되었지만, 지금 같은 마음으로 바람을 부리다간 십중팔구 떨어질 게 분명했다.

다혜는 안개 위에 사뿐히 내려앉았다. 하지만 이내 위험을 무릅쓰지 않은 그 결정을 후회하게 되었다. 안개의 등 위에 편히 앉아 날아가는 동안 계속 그 항아의 말이 떠올랐기 때문이다. 혼례를 올린 지 사 년이 조금 더 흘렀다. 그가 정말 만약…… 정말…….

'후, 후궁…… 후궁을…….'

툭. 치맛자락을 꼭 움켜쥔 손등으로 투명한 눈물이 톡톡 떨어져 내린다. 다혜는 울먹이는 눈으로 먼 하늘을 올려다보았다.

"청윤, 바보!"

❊　❊　❊

북방 백색 호족…… 아니, 이젠 엄연히 동방의 일족이 된 백색 호족의 족부는 오늘도 매우 분주했다, 집안일로. 찾으려 들면 주부의 일은 정말이지 한도 끝도 없는 것이었다. 게다가 누군가가 시시때때로 사고까지 쳐주신다면 그야말로 금상첨화, 화룡점정이었다.

"다시는, 두 번 다시는 주방에……."

"발도 들이지 않을게, 약속! 진짜 약속!"

소하는 이를 가는 낭군 앞에 두 손을 탁 모아 싹싹 빌었다. 하지만 따지고 보면 이 집안의 안주인은 누가 뭐래도 그녀였는데…….

"내가 지난번에도 분명히 경고했지. 왜 자꾸만 살림을 하려 드는 것이냐?"

지하는 허리에 손을 짚으며 아내를 노려보았다. 소하는 뭔가 좀 억울한지 입을 꽉 다물다가 반항적으로 지하를 쏘아보았다.

"잘못했어."

지하는 한 발짝 가까이 다가오는 소하를 보며 움찔했다.

"그래도 나는 잘해보려고 그런 거지."

가까이로 다가온 소하의 손이 지하의 단단한 가슴을 타고 천천히 아래로 향한다. 지하는 앓는 소릴 내며 더 뒤로 물러섰다. 하지만 벽에 부딪혀 더는 도망갈 구석이 없었다. 소하의 얼굴에 예쁜 미소가 번지고, 마치 목이 탄다는 듯 혀를 내밀어 제 입술을 핥았다.

"미안해. 대신에 내가 정말 기분 좋게 해줄게."

소하는 낭군의 가슴을 제 말랑한 가슴으로 꾸욱 눌렀다. 지하는 작게 도리질을 했다. 마치 농락당하는 순진한 처자의 모습 같았다. 그 처자가 장신 2m의 건장한 근육질의 사내라는 점만 모른 척한다면.

"자, 잘못했다."

조금만 더 하면 살려달라는 말이 나올 것 같았다.

"아니야, 자기. 내가 다 잘못했어. 여기지? 자기. 자기가 제일 기분 좋은 곳……."

숨이 점점 뜨거워진다. 기분 좋게 해준다더니 제가 이성을 잃고 있었다. 지하는 소하의 손이 점점 더 아래로 내려가는 것을 느끼며 눈을 질끈 감았다. 끝났다, 다 끝났어. 잔소리는 1절만 할 것을!

"또 덮치고 있냐?"

소하는 등 뒤에서 들리는 주요의 목소리에 이를 바득 갈았다. 둘이 말을 터놓고 지낸 지는 이제 한 삼 년 정도가 지났다. 생각 외로 죽이 잘 맞아 주사로 다져진 술 냄새 나는 우정을 자랑하고 있긴 했지만, 늘 그렇듯 항상 좋은 건 아니었다.

"……초 치지 말고 꺼져, 노총각."

"요하야! 네 형수가 또 큰형을, 읍!"

소하는 나비처럼 날아 벌처럼 주요의 입을 틀어막았다.

"이 망할 새끼."

소하는 낮게 욕설을 중얼거렸지만 얼굴엔 낭패한 기색이 역력했다. 도대체 뭘 처먹고 자랐는지 싸가지라곤 눈 씻고 찾아봐도 없고, 사악하고 교활하기가 제 둘째 형부인 청윤을 닮아가는 요하는 약점을 잡으면 귀신같이 물고 늘어지는 더러운 습성을 지니고 있었다. 그동안 시달린 걸 생각하면 머리털을 다 쥐어뜯고 싶은 심정이었다.

"너 요하한테 말하면……."

이를 바득바득 가는 소하의 말을 가로막으며 주요는 손가락으로 창밖을 가리켰다.

소하는 불길한 예감을 하며 천천히 고개를 돌렸다. 요하가 강아지처럼 헤실헤실 웃으며 창문에 매달려 있었다. 소하의 얼굴이 새하얗게 핏기가 가신다.

주요는 좀 미안한 표정으로 데구루루 눈동자를 굴려댔다. 소하는 그 눈동자를 빼다가 망아지 목에 방울 대신 걸어주고 싶었다.

"작은누나 오고 있어."

요하는 방금 아무것도 못 봤다는 듯 해맑게 말했다. 하지만 아

무도 그 말에 속지는 않았다. 분명히 가슴 깊이 잘 간직해 두고 있
다가 적절한 순간에 꺼내 써먹으려는 게 분명했으니까. 하지만 이
미 엎질러진 물, 왈가왈부해 봐야 시간낭비일 뿐이었다.

"……누가 온다고?"

저놈아가 요구 조건을 말하기 전까진 그냥 묻어두는 수밖에. 지
하가 옷매무새를 바로 하며 낭패스러운 목소리로 물어왔다. 간간
이 헛기침을 하기도 했다. 얼굴 벌게진 것도 쉽게 가라앉지는 않
았고. 요하는 그것을 재미있게 구경했다.

"작은누나. 느껴지지 않아? 안개를 타고 오고 있어. 좀 짜증이
났나 본데."

요하의 표정이 사뭇 심각해진다.

요하에게 진지한 대상은 이젠 작은누나라 부르는 제 어미뿐이
었다. 다혜의 일에 있어서 요하는 정말로 가차가 없었다. 청윤이
그보다 심하기 때문에 눈에 잘 뜨이지 않는 것뿐이었다. 다른 것
이 있다면 청윤은 조용하게 한 번에, 요하는 끈질기게 여러 번 보
복을 한다는 점이었다. 독하기는 물론 전자였지만 후자도 여간 괴
로운 게 아니었다.

"다혜가?"

소하에게서 놓여난 주요는 의아한 표정을 지었다. 동궁 팔대 상
장군인 주요도, 천궁의 공주인 소하도, 군주 혈통인 지하도 다혜
의 오는 기색을 느낄 수가 없었다. 요하의 감각이 그들보다 예민
하다는 반증이었다. 이대로 성장한다면 꽤나 무서운 능력을 갖추
게 될 것이라는 생각이 들었다.

지금만으로도 충분하다는 생각을 하며 지하는 지끈거리는 머리

를 꾹꾹 눌러댔다. 동궁왕이나 북궁왕도 저랬다 한다, 어렸을 때부터. 될성부른 나무는 떡잎부터 노랗다더니. 청윤, 여오, 요하. 능력과 싸가지는 비례하는 모양이었다.

"정말이네."

약간의 시간이 지난 후, 소하는 감각 안쪽으로 느껴지는 낯익은 기척에 징그럽다는 표정으로 한숨을 내쉬었다. 요하의 말이 맞았다. 다혜가 오고 있었다. 어쩐지…… 울고 있는 것 같은데?

"어서 오십시오, 왕후마마."

백호 일족의 혼기 꽉 찬 청년 마루는 앞마당에 내려앉는 왕궁의 안개새 쪽으로 허리를 굽혀 예를 올렸다. 작은 체구의 긴 검은 머리채를 가진 동궁의 안주인은 늘 그렇듯 오늘도 몹시 귀엽고 사랑스러워 보였다.

"안녕하세요, 마루님. 큰오라버니께선 안에 계신가요?"

"예, 좀 전부터 기다리고 계십니다."

알리지도 않고 왔는데 기다리고 있다니, 예전 같았으면 깜짝 놀랐겠지만 지난 사 년간 다혜도 여러 가지 일에 익숙해져 있었다. 다혜는 마루의 대답에 고개를 끄덕이고는 몸을 돌려 안개를 바라보았다.

"잠깐 다녀올게. 먼저 궁에 돌아가 있을래? 갈 때는 바람을 타고 갈게."

안개는 바람을 타고 돌아온다는 주인의 말이 불만스러운 듯 투레질을 했지만 이내 투정을 접고 허공 속으로 날아올랐다. 너무 짜증을 부리면 다음부턴 아예 불러주지 않을지도 모르니까. 뭐든 적당히 해야 하는 거다. 안개는 세상의 이치를 깨달을 정도로 똑똑한 스스로가 흡족했다.

요즘 들어 살짝 공주병 증세를 보이고 있는 안개를 돌려보낸 다혜는 마루를 따라 본채 규방으로 걸음을 옮겼다.

규방은 이제는 백호 족부의 현합(賢閤:부인)이 된 소하의 거처였는데, 외부인이 함부로 발을 들일 수 없는 보통의 규방과는 조금 달랐다. 워낙에 지루한 것을 싫어하는 성정에 어지간한 잡기들을 다 들여놓은 소하의 규방은 규방이라기보다 사랑방으로 쓰이는 일이 더 많았다.

"언니, 나 왔…… 엑!"

문을 열기가 무섭게 불쑥 손이 나오더니 다혜의 작은 머리를 꽉 움켜쥔다.

"불어."

"후, 후우?"

소하는 주책 맞게 입바람을 부는 다혜의 뒤통수를 콱 쥐어박았다. 다혜는 악 소릴 내며 뒷머리를 움켜쥐었다.

"누가 바람 불래? 이거 바보 아냐. 왜 울었는지 불라고, 이 멍청아!"

소하의 말투는 처녀 적과 별로 달라진 게 없었다.

"마루, 주간(廚間:부엌)에 가서 다과를 좀 올려달라고 전해주시겠어요?"

백호 일족의 선신들에게 이미지 관리를 할 때만 제외하고.

"알겠습니다, 주인마님."

마루는 방금의 일, 주인마님이 왕후마마의 머리통을 쥐어박은 무엄한 일을 못 본 척하고는 규방 밖으로 빠져나갔다. 두 분은 항시 저 모양이시니 새삼 놀랄 일도 아니었다. 마루가 문을 닫고 나가자 묘한 눈길로 그를 보고 있던 주요가 불쑥 물었다.

"저놈이지?"

"뭐가 말이냐?"

영 무슨 말인지 못 알아먹겠다는 말투와는 달리 지하는 몸을 움찔하며 주요의 시선을 피했다. 그 자연스럽지 못한 행동거지에 지하를 바라보는 주요의 시선이 가늘어진다.

"옛날에 다혜한테 짝 지어주려고 했던 그 혼기 꽉 찬 놈, 그놈이 바로 저놈 아니냐고. 뭘 못 알아들은 척해?"

"그놈은 애저녁에 짝을 들여 벌써 애가 셋이다. 괜한 말로 산목숨 잡지 마라. 그리고 너 같으면 알아들은 척할 것 같으냐?"

주요는 가만히 생각해 보다가 뭔가 깨달아지는 표정으로 고개를 끄덕거렸다.

"아니, 그건 아니겠다."

투기가 칠거지악 중 하나라 했던가? 그렇다면 주인님은 죽을 죄인이었다. 주인님의 질투심은 정상적인 범위를 가뿐하게 넘어가 있었기 때문이다. 옛날 일이라 해도 사실을 알게 되면 무슨 일이 벌어질지 장담할 수가 없다. 주요는 그냥 산목숨은 살리기로 했다. 그러곤 시선을 다혜에게로 돌렸다.

"넌 또 왜 눈이 그렇게 팅팅 붓도록 울어댔어?"

누굴 잡으려고.

"주인님이 또 안 재우시든?"

주요는 음흉한 표정을 지으며 물었고, 덕분에 여과 과정이 없는 소하의 손에 시원하게 뒤통수를 얻어맞아야 했다.

"노총각, 너 요새 욕구불만이니? 왜 매사 그쪽으로 빠져?"

"……욕구불만은 공주 너님이시겠지. 매사 그쪽으로 빠지는 건 내가 아니라 너잖아?"

소하는 손을 치켜올렸다.

"한마디만 더 해."

주요는 입을 꾹 다물고 마구 고개를 저어댔다.

다혜는 둘이 장난치는 것을 보며 입을 가리고 웃다가 요하 옆에 자리를 잡고 앉았다. 요하는 기다렸다는 듯이 다혜의 다리를 베고 누웠다. 이제 사내에 가까워지는 모습으로 성장한 요하는 다혜에 겐 여전히 어리광쟁이였고, 다혜도 그런 요하를 여전히 아기처럼 대했다. 물론 청윤이 없는 자리에서만이었지만. 요하는 지금도 동궁왕이 올 기색만 보이면 귀신같이 알아채고 도망 다녔다.

"왜 울었어?"

다혜는 슬쩍 물어오는 요하의 머리를 토닥거렸다.

"그냥, 항아들이 너무 예뻐서. 그게 조금 부러워서……."

다혜는 잠깐 말을 멈추고 입술을 잘근잘근 씹었다. 그녀는 식구들의 눈치를 살피며 말을 할까 말까 계속 망설여 댔다.

"마, 만약에 저기, 그러니까…… 만약에 말이야."

"답답해! 빨리 말해!"

소하가 꽥 소리를 질렀고, 다혜는 저도 모르게 대뜸 대답해 버렸다.

"후궁!"

네 쌍의 눈동자가 뚫어져라 그녀를 바라보았고, 다혜는 밑도 끝도 없이 또 직구를 던져 버린 제 입을 아예 꿰매 버리고 싶어졌다. 잠시간 무거운 침묵이 흐르고 지하가 쑥 손을 뻗어 다혜의 목덜미를 채갔다.

"……가자."

"시, 싫어. 안 가!"

어딜 가자는 건지는 모르겠지만 이상하게 불길했다. 다혜는 안락의자의 팔걸이를 꽉 붙잡고 늘어졌다. 지하는 별로 힘도 들이지 않고 팔걸이에서 다혜를 떼어냈다. 다혜는 아등바등거리며 어떻게든 의자에서 떨어지지 않으려 안간힘을 다 썼지만 별 소용은 없었다.

"좀 다녀와야겠다. 늦을지도 모르니 기다리지는 말고."

지하는 힐끗 소하를 보며 말했고, 소하는 제 낭군을 마주 보며 오만상을 다 찌푸렸다.

"왜 자기가? 쟤한테 던져 줘."

소하는 주요를 가리키며 강력하게 주장했다.

"안 돼. 내가 가야 한다."

지하는 다혜를 옆구리에 끼고 다급하게 몇 발자국 물러섰다. 마치 다혜가 생명줄이라도 되는 양 꽉 움켜쥐고 절대로 놓지 않았다. 다혜는 근엄했던 큰오빠의 카리스마가 다 어디로 가버렸는지 참 궁금해졌다.

"저기, 큰오라버니, 나 여기 온 지 십 분도 안 됐거든? 마루님이 다과도 가지러 갔잖아. 그거라도 좀 먹고 가면 어떨까? 게다가 나이러고 있으니까 토할 것 같아."

아닌 게 아니라 진짜 속이 울렁거렸다. 옆구리에 끼여서 이리저리 휘둘리는 건 정말 싫었다. 게다가 청윤처럼 예쁘고 곱게 안아 주는 것도 아니고. 지하는 정말이지 딱 짐짝처럼 다혜를 옆구리에 끼워놓고 있었다.

"그, 그래? 그럼 당장 가자."

지하는 다혜를 들고서는 날래게 달렸다. 무시무시한 부인님을 피해서. 도망친 것이다. 소하는 손톱을 갈며 낭군의 뒷모습을 노려보았다. 밤이 길다는 걸 저 사랑스런 사내는 자꾸만 까먹는단 말이다.

✽　✽　✽

"후궁? 지금 나에게 묻는 말입니까, 백호 족부."

지하는 부드러운 동궁왕의 물음에 물론 아니라고 답하고 싶었다. 아, 차라리 부인님을 상대하는 게 낫지 싶었다. 내가 왜 이리를 피해 미친 용 굴로 뛰어들었을까.

"난 묻지 않았소. 마마께서 묻는 말이었소."

지하는 망설임 없이 방패막이로 다혜를 내밀었다. 다혜는 우물쭈물하며 당혜 코만 내려다보고 있을 뿐이었다. 정말…… 큰오라버니 바보.

"흐응, 그랬단 말이지요."

청윤은 기려한 손가락을 움직여 바람을 끌어들였다. 지하는 슬쩍 뒤로 도망갔고 다혜는 복어처럼 볼을 부풀렸다.

"궁금한 게 있었으면 내게 직접 물었어야지요. 응?"

다혜의 작은 몸이 바람에 휩싸였고, 다혜는 그렇게 한 치의 틈도 없이 잡힌 채 청윤의 품으로 떨어져 내렸다.

"아니, 나는 그냥……."

다혜는 청윤의 검은 눈을 힐긋 올려다보곤 다시 시선을 떨어뜨리며 우물쭈물 중얼거렸다.

"괜찮은데…… 그냥……."

"괜찮아?"

다혜는 차갑게 되묻는 청윤의 목소리에 움찔하며 목을 움츠렸다. 청윤은 차분한 눈으로 다혜를 내려다보고 있었지만, 속은 부글부글 끓어오르고 있었다.

"바쁘실 텐데, 이만 가보시지요."

청윤은 힐긋 백호 족부에게 시선을 두며 말했다. 요즘 들어 백호 족부는 그의 미움을 한 몸에 받고 있었다. 말하자면 약간…… 시샘 같은 거였다. 누구는 저리 도망쳐 다닐 정도로 사랑을 받는데 말이야.

"어, 어! 큰오빠!"

청윤은 내쫓듯 지하를 보내 버리고는 당황스러워하는 안해를 품에 안아 들고 침실로 데려와 버렸다.

"처, 청윤, 여긴 왜……."

사납게 반짝이는 낭군의 검은 눈을 보며 다혜의 목소리는 기어들어 가고 있었다. 청윤은 그런 안해를 보며 다정하게 웃음 지었다. 물론 다혜는 조금도 속지 않았다. 그는 잔뜩 화가 나 있었다.

"후궁? 하아, 체력이 남아돌아서그래. 그래서 그렇게 쓸데없는 생각을 하는 거야. 괜찮아. 이제 아무 생각도 할 수 없게 만들어줄 테니까."

청윤은 다혜의 귓가에 대고 나직하게 속삭이듯 말했다. 그 낮은 숨이 귓가를 간질이고 단단하고 미끈한 몸을 겹쳐 온다.

그의 차갑고 부드러운 머리카락이 목덜미에 닿아 다혜는 발갛게 달아오른 얼굴로 도리질을 쳤다. 그는 입으로 그녀의 치마끈을 풀어내고 있었다. 하얗고 아담한 가슴이 드러나자 청윤은 소복한 그 가슴에 부드럽게 입맞춤을 했다. 다혜는 순간 눈앞이 아찔해지며 숨을 쉴 수가 없어졌다.

"……정말 괜찮아? 말해봐. 내가 다른 계집을 들여도 너는 정말 괜찮다는 말인지."

싸늘하게 묻는 목소리에 다혜는 다시 순간적으로 정신을 차렸다. 그 말에 스스로가 의식하기도 전에 벌써 눈물부터 차올랐다.

"후, 후궁을…… 후궁을……."

골반이 얼핏 비칠 정도로 그의 옷깃은 느슨하게 풀려 있었다. 흘러내려 온 검은 머리카락, 유백색 피부. 그는 치명적으로 아름다웠다. 그리고 다혜는 그게 너무 슬펐다.

"얘기해 봐, 내가 다른 계집을 안아도 되는지."

"싫어…… 싫어, 싫어! 싫어요!"

청윤은 엉엉 울음을 터뜨리는 다혜를 보며 입꼬리를 길게 말아 올렸다. 그는 심술궂게 웃음 지으며 그녀 곁에 비스듬히 기대 누웠다.

"그러게 왜 괜찮다고 거짓말을 해서 날 화나게 만들어."

다혜는 여전히 눈물이 그렁그렁 맺힌 눈을 껌벅대며 그를 바라보았다. 눈이 깜빡일 때마다 맺혀 있던 눈물이 뚝뚝 떨어져 내렸다. 청윤은 안쓰러운 얼굴로 내려다보며 손등으로 눈물을 닦아주었다.

"그댄 꼭 이렇게 날 심술 나게 하더라. 그러지 마. 나 착하게 굴고 싶으니까."

"화…… 안 났어요?"

"글쎄?"

다혜는 청윤의 대답에 비 맞은 강아지 같은 얼굴을 했다.

"당신이 너무 예뻐서 그렇잖아요. 조, 조금만 덜 멋있었으면, 그랬으면…… 다른 여자들이 그렇게 당신을 탐내진 않았을 텐데."

끝말은 거의 기어들어 가고 있었지만, 그를 흡족하게 만들기엔 충분했다.

"다른 여자들이 날 탐내는 게 싫어?"

"……또 놀린다."

다혜는 울컥 화가 치미는 얼굴로 볼을 부풀렸다. 청윤은 작게 웃음을 터뜨리며 손가락으로 다혜의 볼을 꾹 눌렀다.

"알려줄까?"

"네?"

청윤의 긴 손가락이 다혜의 뺨의 곡선을 따라 천천히 느긋하게 목덜미를 그리고 쇄골 아래로 내려왔다.

"다른 여자들이 날 탐내지 못하게 하는 방법."

다혜는 눈을 가늘게 뜨고 불신 어린 표정을 지었다. 그 표정에 청윤은 또 장난꾸러기같이 쿡 웃음을 터뜨렸다.

"하아, 말아야겠다."

그러다가 또 갑자기 정색을 하며 눈을 낮게 내리간다. 다혜는 갑자기 다급해져서 느슨하게 풀린 그의 옷깃을 꽉 움켜잡았다. 다혜의 말캉한 가슴이 청윤의 단단한 가슴에 닿았고, 청윤은 그것을 모른 체하느라 침음을 삼켜야 했다. 하지만 이번에야말로 꼭 당해 보고 싶어, 청윤은 아랫입술을 살짝 깨물었다. 이리 안달복달하는 신세라니, 스스로가 가여울 지경이었다. 하여튼 내 작은 안해는 둔해 빠졌다니까. 하아, 하지만 그것도 귀여우니 어쩔 수 없지…….

청윤은 힐끗 강아지 같은 눈으로 간절하게 자신을 올려다보고 있는 그녀를 내려다보며 말했다.

"이렇게 하면 돼."

청윤은 목덜미를 가린 다혜의 긴 머리카락을 걷어 올리고 하얗게 드러난 여린 피부에 입술을 가져다 댔다. 곧 아릿한 아픔이 다혜의 목덜미에서부터 찌르르 몸을 타고 내려갔다.

"으읏!"

놀란 신음 소리를 들으며 청윤은 만족스럽게 자신이 낸 붉은 자국을 혀로 핥았다.

"이렇게…… 표시를 해둬, 내게. 네 것이라는 표시."

다혜는 묘하게 웃고 있는 그를 홀린 듯 올려다보았다. 또다시 호흡이 불규칙하게 흔들린다. 매료되어 숨 쉬는 걸 자꾸만 잊게 된다. 느슨하게 풀려진 옷깃 사이로 미끈한 쇄골이 드러나고 자신의 행동 하나하나에 민감하게 반응하는 안해의 수줍음을 즐기며 청윤은 고개를 비스듬히 기울였다.

다혜는 그의 옷깃을 꽉 여며 쥐었다.

그의 피부는 단단하고 매끄러웠다. 망설이던 다혜는 무언가 크게 결심한 얼굴로 비스듬히 누워 있는 그를 밀어뜨렸다. 청윤은 짜릿한 기대감에 낮게 숨을 흘렸다. 자아, 애는 그만 태우고 날 삼켜줘. 나 때문에 미치는 다혜가 보고 싶었다. 그래, 그렇게 날 삼킬 듯이 원하는 널 보고 싶어.

"흐음……."

비정상, 미친 건 확실히 내 쪽이었다. 청윤은 피식 웃음을 터뜨렸다.

"읏."

다혜의 작은 입술이 목덜미에 닿았고, 청윤은 척추를 타고 내려가는 짜릿한 자극에 신음을 삼켰다. 다혜는 깜짝 놀라 큰 눈을 끔벅이며 그를 올려다보았다.

"이걸로는 부족해……."

청윤은 다혜의 등허리를 눌러 숨 쉴 틈도 없이 몸을 밀착시키며 요구했다. 다혜는 조그마한 혀를 내밀어 붉어진 자리를 할짝거렸다. 다혜는 열에 들뜬 눈으로 짙게 가라앉은 그의 검은 눈동자를 바라보았다. 그녀의 작은 숨이 닿을 때마다 이렇게 아찔하도록 아름다운 그가 예민하게 반응했다.

"하아……."

그의 반응에 다혜는 조금씩 더 대담해져 갔다. 청윤은 아래로 내려가는 그 작은 숨결에 폭력적으로 솟아오르는 충동을 삼키려 있는 의지력을 다 써야만 했다. 이대로 자세를 바꿔 다혜를 내리눌러 송두리째 집어삼키듯 그녀를 가지고 싶어졌다. 내 몸을 즐기는 다혜를 보고 싶기도 하고 조금도 참아주지 않고 모조리 집어삼키고도 싶어져, 만약 다혜가 조금만 더 아래로 내려간다면 더 참아주지 못하고 그녀를 내리누르고 말 것 같았다.

"웃! 너……!"

다혜는 청윤의 남성을 조심스럽게 만져 보았다. 그의 반응이 약간 걱정스러웠지만. 말도 안 돼. 이건 너무…… 너무…… 비단결처럼 부드러웠지만 동시에 단단했다. 이, 이렇게 큰데 어, 어떻게 내 안에 들어왔던 걸까? 어떻게 내가 지금까지 부서지지 않은 걸까? 다혜는 청윤이 자신에게 했던 것을 더듬더듬 기억하며 어설프게 혀를 내밀었다. 진한 사향 냄새에 머릿속이 아찔해져 왔다.

"아……?"

다혜는 거칠게 몸이 눕혀지는 것을 느끼며 눈을 커다랗게 떴다.

"처, 청윤?"

화가 난 걸까? 그의 눈이 사납게 반짝이고 있었다. 옷깃은 어깨 아래로 아슬아슬하게 걸쳐져 있었고 숨은 몹시도 낮아져 거의 으르렁거리고 있었다.

"참아주려고 했는데…… 안 되겠어. 백호 족부는 이걸 대체 어떻게 참는 거지? 넌 오늘 잠 다 잔 줄 알아."

"처, 청윤! 잠깐만! 잠깐, 아…… 아훗!"

그녀의 낭군은 몹시도 지배적인 성격에 폭군이었다. 다혜는 그가 정말 자신을 잡아먹는 건 아닐지 약간 무서워졌다. 하지만 조금씩 눈앞이 아득해져 갔고 더 이상은 아무런 생각도 할 수가 없어졌다. 어설픈 자신과는 달리 그는 화가 날 정도로 능숙했으니까.

새벽녘, 잠든 다혜를 내려다보며 청윤은 비스듬히 기대 누워 있었다. 살짝 말아 올라간 그의 입가엔 만족스러운 미소가 머물러 있었다. 그는 하얗게 드러난 다혜의 등을 긴 손가락으로 천천히 부드러운 곡선을 따라 그려 내렸다.

"예뻐, 하아. 왜 이리 귀여워."

머리카락을 넘겨 목덜미가 드러나게 만들었다. 청윤은 그 여린 목덜미를 살짝 물어 또 자국을 만들었다. 다혜의 몸 곳곳이 그런 흔적 투성이었지만 태반은 있는 줄도 모르고 있었다. 청윤은 제 지독한 소유욕의 표시를 만족스럽게 내려다보았다. 마음 같아선 정말 아무도 못 보는 데 숨겨서 가둬 버리고 싶었다.

'그나저나……'

청윤은 약간 걱정스러운 시선으로 눈물자국이 어려 있는 다혜의 눈가를 힐긋 보았다.

'며칠간은 삐쳐서 나한테 말도 안 붙이겠군.'

청윤은 짜증스러운 얼굴로 작게 한숨을 내쉬곤 웅크려 자는 다혜를 안아 들어 몸 위에 올려놓았다. 버릇처럼 다혜가 품속으로 파고들었고, 청윤은 깃이불로 몸을 덮어주며 다정하게 토닥거렸다.

"참을 수 있을 거라고 생각했는데."

물론 기뻤다, 그 어설픔과 수줍음이 얼마나 날 기쁘게 하는지. 하지만…… 청윤은 살짝 아름다운 얼굴을 찡그리며 어쩔 수 없다는 듯 낮게 웃음을 흘렸다. 자극이 너무 심해. 못 견디겠어.

천궁 공주가 허구한 날 입맛을 다시며 백호 족부를 덮친다기에 얼마나 시샘을 했는지. 다혜도 그렇게 내 몸을 탐해주길 바랐다. 하지만 안 되겠어. 그러다간 다혜를 말려 죽이고 말 것 같았다. 오늘도 잠깐 그랬다고 다혜를 거의 잡을 뻔했지 않았나. 하아, 대체 백호 족부는 이걸 어떻게 견디는 거지?

사랑하는 연인이란 정말이지 무시무시한 존재라는 생각을 하며 청윤은 또 낮게 웃음을 터뜨렸다.

며칠간 근처에도 못 가게 하면 잡아채서 청웅으로 도망쳐야겠다. 그러지 말라고 약한 척 우는 척을 하면 다혜는 이번에도 속고 말 것이었다. 하여튼 귀여워 죽겠다니까.

청윤은 손가락으로 다혜의 머리카락을 동그랗게 말아 감촉을 즐기며, 쓸데없는 소리로 다혜를 울린 항아를 어떻게 처리할까 생각했다.

동궁 내에서 그의 눈과 귀가 닿지 않는 곳이란 없었고, 청윤은 물론 낮에 있었던 일을 전부 다 알고 있었다. 그는 금화까지도 함께 처리할 생각이었다. 그냥 모른 척 단순한 일화 따위로 넘어가 줄 생각은 애초부터 없었다. 사금의 명복을 빈 신요의 판단은 정확했던 것이다.

❊　❊　❊

금화는 우울했다.

'내가 그렇게, 그렇게 단단히 경고를 했는데도!'

금화는 으득 이를 갈았다. 그녀는 물론 신입 항아들의 첫 입궁 날 자면서도 줄줄 외울 정도로 단단하게 경고를 해두었다. 정신줄 놓고 홀리면 대책 없다는 것도 알고 있기 때문에 이번에는 정말이지 각별히 신경을 써두었었다. 그런데도 또 사단이다. 전에는 그래도 왕후마마의 귀에까지 들어가진 않아 그 하나 벌받는 것으로 끝이 났었다.

"사금, 너는 즉시 네 짐들을 챙겨 저분들을 따라가라."

퉁명스런 수장의 말에 사금은 뒤에 서 있는 병사들을 돌아보았다. 돌로 만든 듯 무표정한 얼굴에 사나운 기색도 은근했다. 다시 금화를 직시하는 사금의 눈에 거부감이 가득했다.

"제가 어째서 저분들을 따라가야 하는……."

"어휴, 골치야."

금화는 더 듣기도 싫은 듯 사금의 말을 잘라내며 이마를 짚었다. 사금 때문에 괜히 정 맞게 생긴 금화는 쏘아붙이듯 물었다.

"대체 믿은 게 무엇이야? 그 반반한 얼굴? 아니면 네 잘난 양부모인가?"

사금은 양부모라는 말에 표정이 싹 달라졌다.

"그게 무슨 말씀이십니까. 아무리 금어 일족의 족부시라 하더라도 그 같은 무례는 결코 넘어가지 않을 것입니다."

"이것 보세요, 경예 일족의 외동따님. 네가 그 집안의 몇 번째 외동딸인 줄은 알고 계실까? 댁네 마님께선 어찌나 자식 욕심이 많으신지 길거리에서 곱상한 아이만 보면 꼭 집안으로 데리고 들어와 딸로 삼는다니까. 그리고 꼭 잊을 만하면 이렇게 궁으로 들여보내요. 이번엔 좀 다를 줄 알았지? 맙소사, 이번에도 또 바라는 게 후궁 자리야?"

금화는 하얗게 질려가는 사금을 보며 지겹다는 듯 투덜거렸다.

"대체 그 댁 마님이 뭐라고 속살거린 게야? 무슨 소릴 들었길래 그렇게 단단히 착각을 하게 되셨어, 그래. 다정? 다아정. 하이고."

너 때문에 나도 죽게 생겼다, 야. 용왕께오서 자비롭게 허물을 보아 넘겨주시는 가차 있는 분이 아니시라는 걸 네 모르겠지. 그러니 길 한복판에서 그리 떠들어댔을 것이야."

금화의 말에 사금은 정신을 바짝 차려야겠다고 생각했다. 그녀의 머릿속으로 바쁘게 계산이 돌아갔다.

"오해입니다. 전하를 뵙게 하여주십시오."

양녀, 소문의 진실이야 어찌 되었든 그녀는 경예 일족의 하나뿐인 무남독녀였다. 그러니 말실수 좀 몇 마디 했다고 중죄를 물을 수는 없었다. 물론 벌이야 받을 테지만, 사금은 물론 논란이 될 만큼의 무거운 벌을 받게 되길 원했다. 그래서 용왕님을 직접 뵙게 되길.

"그리될 게다, 네 원하는 대로. 저분들을 따라가거라, 주인께서 오라 하시니. 한번 가서 알현해 보렴."

동정 어린 금화의 말투에 사금은 탐스러운 제 머리카락을 단정히 쓸어내리며 살풋 웃음 지었다. 감히 자신을 동정하는 금화가 우습다는 듯이. 그녀의 눈빛이 교활하게 반짝였다.

❋　❋　❋

사금은 두 병사를 따라 정전으로 나아갔다.

반쪽짜리 신. 그녀는 왕후에 대해 생각하고 있었다. 어쩌다 운 좋게 역린을 가지게 된 인간 출신에 역린이니 당연히 받는 귀애함을 뭔가 대단한 것인 양 착각하는 어리석음까지 두루두루 갖춘 그녀들의 여주인.

할 줄 아는 것이라곤 고작 그림 나부랭이뿐인 왕후를 곁에 두신 지도 이제 벌써 사 년이 넘어 있었다. 슬슬 물리실 때도 되었고 다른 여인이 그리우실 때도 되었다. 겉으로는 두 분 다정하다 하나 실상 사 년간 태기 한 번이 없지 않은가. 잠자리 일이 어떨지는 아무도 모르는 것이지.

'흥.'

이만하면 무르익은 시기였다. 왕후가 역린이니 대놓고 냉대는 못한다 하더라도 후궁 한둘쯤은 거두셔도 좋을 만한 그런 시기였다. 왕후 또한 감히 그것에 반대하지는 못하리라. 생각하는 와중에 정전이 코앞에 다가와 있었다. 사금은 자신이 있었다.

'어떤 사내라도 녹여놓을…….'

왕은 정전 안에 있었다. 긴 의자 위에 느긋하게 기대앉은 그 주위로 호박색 문양을 들인 검고 긴 옷자락이 흘러내려 와 있었다. 밤으로 빚어놓은 듯 아름답고 기려했다. 동시에 몸을 짓눌러오는 위압감, 칼처럼 날카로운 예기.

직접 마주 본 용왕은 풍문 이상의 존재였다.

그의 검은 눈이 낮게 그녀를 내려다보고 있었다. 사금은 갑자기 숨이 막히는 기분이 들었다. 그녀는 다급하게 몸을 숙이며 예를 올렸다.

"도, 동향 재색 경예 일족의 딸 사금이 주인을……."

왕은 단순히 시선을 돌리는 것만으로 사금의 말허리를 잘라 버렸다. 사금은 이상하게 등줄기가 오싹해지는 기분이 들었다. 왕후가 함께 계실 때 얼핏 훔쳐보던 것과는 전혀 딴판이었다. 표정 없는 왕의 얼굴은 지독히도 싸늘했다.

"말을 이상하게 하는 아이로구나. 주인이라. 내가 널 내 것으로 거두었던가?"

별말 아닌 것에 사금은 다시 목이 탁 메었다. 청윤은 마치 그것을 알고 있다는 듯 부드럽게 웃음 지었다.

"상관은 없을 테지. 내가 지금 그리할 테니까."

"……예?"

사금은 지금껏 고민하며 짜냈던 그 모든 꾀를 잊어버리고 멍청한 얼굴을 해 보이고 말았다.

"내 아이들을 돌봐줄 자가 없어서 걱정이었거든. 네가 와서 이 아이들을 돌봐주어라."

아이들? 사금은 왕의 말에야 겨우 그 곁에 반쯤 드러누워 있는 짐승을 볼 수 있었다. 왕에게 홀려 몸집이 호랑이만 한 저것들도 보지 못하고 있었던 것이다. 짐승은 얼핏 이랑(늑대)과 닮아 있었다. 네 발이 거북처럼 두꺼운 비늘에 덮여 있다는 것만 제한다면.

"저, 저건……?"

묘하게 소름 끼치고 거북스러운 느낌이 드는 짐승이었다.

"내 애완동물이지. 꽤나 귀여워. 먹이만 잘 준다면 돌보는 데 큰 문제는 없을 것이다."

왕은 손에 비스듬히 턱을 괴며 말했다.

"난 이 아이들을 자주 찾거든."

사금은 목 뒤로 침을 삼키며 재빨리 그 말을 헤아렸다. 그 말은 앞으로 자주 보게 될 것이라는 말과 조금도 다르지 않았다. 되었다, 사금은 그리 생각하며 번지는 웃음을 간신히 참아냈다. 조금은 모자라고 백치스러운 것도 사내에겐 어여쁘게 보였을 수도 있겠지. 그것이 그녀만 한 미녀라면 그럴 수도 있을 것이었다.

"이 아이를 새 거처에 데려다 놓아라."

왕은 또 관심 없다는 듯 병사들 쪽으로 시선을 돌려 버렸지만, 사금은 크게 걱정하지 않았다. 일단 한 번 품어지고 나면 그다음부터는 자신 있었다. 사금은 이 장면을 그대로 떠다 금화 앞에 놓아주고 싶은 심정이었다. 감히 불쌍하다는 듯 자신을 보던 금화에게. 후궁이 되면 고약한 그것부터 내치리라 생각하며 사금은 속으로 콧노래를 불렀다.

'흐응, 역린…… 역린이라.'

정전 밖에서 그녀는 기둥 뒤에 불안한 얼굴로 숨어 있는 왕후를 보았다. 사금은 마치 벌써 후궁이라도 된 양 뻔뻔하게 무릎만 살짝 굽혀 예를 올리는 척하고는 그대로 왕후를 지나쳐 버렸다. 왕후는 그렇게 무시를 당해놓고도 병사들이 자신을 볼까 얼른 몸을 피해 숨어버렸다. 사금의 비웃음이 더욱 짙어졌다.

'저런 물건이 왕후라니.'

운 좋게 가진 역린으로 천한 인간이 분수에 안 맞는 부귀를 누리는 게 속상했다. 게다가 왕의 사랑까지. 그녀는 시랑휴귀의 우리 쪽으로 걸어가며, 어떻게 하면 그 복을 제가 채올 수 있을까 다시 고심하기 시작했다.

"문제가 될 것입니다."

청윤은 약간 걱정스러운 얼굴을 하고 있는 신요를 힐긋 보았다. 신요는 제 주인을 올려다보며 말을 이었다.

"경예족이 비록 후사는 없다 하나 아직까진 무시할 수 없는 세

가입니다. 게다가 친딸로 속여 입적까지 해놓은 아이입니다. 그만큼 심열을 기울여 궁에 들여보낸 아이니 이유 없이 죽인다면 반드시 문제가 될 것입니다.”

그렇다고 해도 대놓고 주인께 불만을 표할 기개는 없을 테지만, 동정론이 일 가능성은 충분했다. 사금은 후사가 없던 경예족의 귀한 딸로 알려져 있었기 때문이다. 게다가 동정론의 화살은 왕이 아닌 왕후께 쏟아질 공산이 농후했다.

“이유라. 뭐, 만들면 그만이긴 하지만 그것도 조금 귀찮긴 할 거야.”

민심이 들썩할 만큼 어지간한 이유가 아니라면 별달리 소용도 없을 테고. 청윤은 피식 웃음을 흘렸다.

“하지만 말이지, 신요. 꼭 그 아이를 내가 죽일 필요는 없지 않을까, 음? 사망 원인이 꼭 나일 필요는 없잖아. 너도 알다시피 숨이 끊어지는 데는 수많은 경로가 있으니까. 그중 문제 안 될 걸로 하나 골라. 손바닥 뒤집듯 쉬운 일이지.”

그의 길고 아름다운 손이 시랑휴귀의 콧잔등을 어루만졌다.

“이를테면 실수로 시랑휴귀의 먹이 주는 시간을 잊어 잡아 먹혔다던가.”

그의 입꼬리가 길게 말아 올라갔다.

신요는 끔찍스런 소릴 태연하게 하는 주인을 멍하니 바라보았다. 아아, 잊고 있었다. 괜히 건들었다가 일족까지 말아먹은 남궁왕 흑사를 잊어버리고 있었던 것이다.

“그럼 경예 일족은……?”

“어차피 후사도 없는데 이승에 별달리 미련도 없을 테지.”

조심스런 신요의 물음에 청윤은 간단히 대답했다. 신요는 미련이 아주 많을 거라고 생각했지만 그냥 조용히 입을 다물었다.

"주인을 성가시게 하는 수족이 내게 무슨 필요가 있겠어. 도움은 안 되더라도 귀찮게는 하지 말았어야지."

주인의 검은 눈동자가 사나운 빛을 냈다. 그러다가 갑자기 언제 그랬냐는 듯 싹 눈빛이 개어나신다. 신요는 위압감에 목이 짓눌려 있다 겨우 살아나며 원망스럽다는 듯 하늘을 올려다보았다. 안 봐도 알 것 같았다. 왕후께서 정전 안에 숨어드신 모양이었다.

"그럼 저는 이만……."

예라도 올리고 싶었지만, 주인은 아직까지 있었냐는 표정으로 신요를 내려다보았다.

그렇게 내쫓다시피 해서 신요를 내보낸 청윤은 장난스럽고 짓궂은 얼굴로 한쪽 기둥을 바라보며 말했다.

"아무도 없어. 언제까지 그러고 있을 거야?"

"음."

다혜는 기둥 뒤에서 불쑥 고개를 내밀어 그의 말이 사실인지 이리저리 둘러보며 확인했다.

"청윤?"

"음?"

"화났어요?"

눈치 보는 다혜의 물음에 청윤은 짐짓 피곤한 듯 의자에 길게 기대 누웠다.

"응, 그러니까 이리 와서 화 풀어줘."

이번에도 다혜는 보기 좋게 걸려들었다. 다람쥐마냥 쪼르르 정전 안을 가로질러 온다. 그의 입가에 긴 웃음이 번졌다.

"에이, 또 나쁜 짓 하려고 그러죠?"

다혜는 청윤이 누워 있는 의자에 엉덩이를 대고 걸터앉으며 그를 주의 깊게 내려다보았다.

"왜 그렇게 생각해?"

"그냥…… 즐거워 보여서."

흥미롭다는 듯 눈을 반짝이는 청윤을 보며 다혜는 경계했다. 왜 또 이러실까.

"으음, 난 이래서 그대가 좋더라. 나에 대해 정확하게 알고 있거든. 그러면서도 날 사랑하잖아. 참 어려운 일인데, 그렇지?"

청윤은 다혜를 끌어당겨 안으며 작은 심장박동 소리에 가만히 귀를 기울였다.

"그거야 정신없이 홀려 있어서 그런 거잖아요. 불공평하다구요."

다혜는 조금 발개진 얼굴로 투덜거렸다. 청윤은 그 투덜거림에 낮게 웃음을 터뜨렸다. 그러다 무슨 생각이 들었는지 딱 웃음기를 지워 버리곤 사납게 되물어왔다.

"너 화나 있었잖아. 며칠은 나한테 말도 안 걸 거라고 생각했는데?"

다혜는 으르렁거리는 청윤의 머리카락을 달래듯 살살 쓰다듬었다.

"그게요, 사실은 할 얘기가 있어서……."

청윤은 의심스럽다는 눈빛으로 다혜를 올려다보았다.

"설마 또 인계 얘기를 꺼낼 셈이라면 다시 생각해 보는 게 좋을 거야."

하지만 다혜는 청윤의 속을 까맣게 태우며 한동안 멀뚱히 생각에 잠겨 있었다. 청윤이 결국 못 참고 벌컥 화를 내려 했을 때 다혜는 몽롱한 얼굴로 중얼거리듯 입을 열었다.

"사실은요, 어제 이상한 꿈을 꾸었어요."

"……뭐?"

다혜는 곰곰이 생각하며 계속 말을 이어갔다.

"어제요, 정말 이상한 꿈이었어요. 나 혼자 청웅의 숲에 있는데 웬 예쁜 꼬마아이가 웃으면서 따라오라고 하는 거예요."

청윤은 불안한 기색으로 그 말을 귀 기울여 들었다.

"그래서 쫓아갔죠. 꼭 숨바꼭질하는 것처럼 잡으려 하면 멀리 도망가고 또 멀리 도망가고. 그러다가 그 애가 풀숲에 숨어버렸거든요. 나는 또 살금살금 풀숲을 뒤졌어요. 그런데 아기는 없고…… 글쎄, 조그마한 알이 있는 거예요!"

"……."

다혜는 점점 표정이 없어지는 낭군을 바라보며 순진하게 종알거렸다.

"예전에 요하가 깨어났던 알 기억해요? 그거랑 느낌이 아주 비슷하더라구요. 매끈하고 동그랗다는 것만 빼면요. 진짜 신기하죠?"

"……하아."

다혜는 청윤이 조그맣게 망했다, 라고 중얼거리는 걸 듣고는 눈을 동그랗게 떴다.

"망해요? 뭐가요? 나쁜 꿈이에요?"

청윤은 땅이 꺼져라 한숨을 내쉰 뒤 낮게 투덜거렸다.

"태몽이야."

"에엑!"

벌떡 일어나 앉아 제 배를 더듬어보던 다혜는 다시 눈을 동그랗게 뜨고 꿍한 얼굴로 누워 있는 낭군을 바라보았다.

"태, 태몽? 태몽……! 나 아기 생긴 거예요?"

그녀는 눈을 껌벅거렸다. 하지만 알이 하나가 아니었는데?

✵　✱　✽

"축하드립니다."

청윤은 밝게 웃으며 인사를 건네오는 백호 족부를 힐긋 노려보았다. 지하는 움찔하며 뒤로 조금 물러섰다.

"왜……."

대답해 줄 수 없는 질문에 청윤은 낮게 한숨을 내쉬었다. 정신이 나갔던 게 분명하다. 사 년 동안 그렇게 조심했는데! 하루 만에 무너지다니! 하아, 진짜 이렇게 짜증이 날 수가 없었다.

"안 기쁘세요?"

눈치 없는 소하 공주께서 또 염장을 지르듯 물어왔다. 청윤은 입꼬리를 올리며 웃는 척을 해주었다. 기뻐? 하, 기뻐서 미치겠다, 진짜.

"당연히 기쁠 리가 없지요. 지금 저 녀석 속이 타 죽을 지경일 겁니다. 예쁜 아내를 나눠 갖게 생겼는데 좋을 리가 없지 않겠습니까."

소하는 재밌어 죽겠다는 듯 동궁왕을 놀려대는 북궁왕 여오를 바라보았다.

"나눠 갖다니요?"

여오는 소하가 아니라 여전히 청윤을 보며 계속 놀려대기에 바빴다.

"어제 무슨 일 있었어? 네놈이 실수를 다 하다니 말이야. 궁금해 죽겠으니까 말 좀 해주지? 대체 무슨 일이 있었기에 실수를 다 하셨어? 음?"

"……하아, 이놈 누가 불렀어?"

다혜는 백리와 함께 정자 안으로 들어오며 낭군의 물음에 해맑게 대답했다.

"제가요!"

청윤은 백리의 손을 꼭 잡고 있는 다혜의 손을 힐긋 내려다보았다. 그 눈빛을 본 여오가 웃음을 삼키며 영리하게 백리와 다혜를 떼어놓았다. 어째 저놈은 햇수가 지날수록 점점 더 심해지는 것 같았다.

"두 분 친해지신 것 같아 제 마음이 다 기쁘군요. 어서 자리에 앉으세요. 이 시기에는 항상 조심하셔야 합니다."

다혜는 쑥스러운 얼굴로 팔을 내미는 청윤의 곁으로 가 냉큼 앉았다. 청윤은 다혜의 머리를 쓱쓱 쓸고는 어쩔 수 없이 걱정스럽게 물었다.

"뭐 먹고 싶은 건 없어?"

"저기…… 그게요."

다혜는 어쩐 일이지 난감한 얼굴로 우물쭈물했다.

"왜, 뭐가 먹고 싶은데? 어디 몸이 안 좋아?"

언제 짜증을 부렸냐는 듯 또 안달복달하시는 주인의 모습에 신요는 남몰래 눈물을 훔쳤다.

"그러니까…… 저거요."

청윤은 다혜가 가리키는 물건을 한 번 보고 다시 고개를 돌려 불그레한 다혜의 얼굴을 한 번 보고, 설마 혹시나 하는 말투로 되물었다.

"……술?"

다혜는 부끄러운 듯 얼굴을 발갛게 물들이며 고개를 끄덕거렸다. 그러자 여기저기에서 한숨이 터져 나오고, 소하가 기가 막히다는 듯 따져 물었다.

"너 지금 입덧을 술로 한다는 거야?"

다혜는 대답 대신 침을 꼴깍 삼켰다. 그 꼴을 보던 청윤이 신음을 하며 아픈 머리를 손으로 꾹 눌렀다.

❀　❀　❀

그날 밤 늦도록 어울려 놀고 싶어 했던 다혜는 고집쟁이 낭군의 손에 붙들려 일찌감치 침대에 눕혀져야 했다.

"몸은 좀 괜찮아? 어디 불편한 데 없어?"

애걸복걸 졸라대던 통에 결국 술 두 잔을 허락한 청윤은 그것이 몹시도 마음에 걸렸다.

"한 잔만 더……."

"하아."

왈칵 짜증이 솟은 청윤은 다혜의 손을 꽉 내리누르고 작은 입술을 마음껏 유린했다. 입술을 핥고 입안을 탐하고 조그마한 설단을 삼킬 듯 맛보았다.

"미치겠다."

다혜는 숨을 색색 몰아쉬며 청윤의 검은 눈동자를 올려다보았다. 청윤은 잠시 감정을 고른 뒤 다혜의 입술에 다정하게 입을 맞췄다.

"행복해? 아기 생겨서?"

다혜는 그 물음에 아이처럼 고개를 끄덕거렸다. 청윤은 그 맑은 얼굴에 피식 웃음을 흘렸다.

"됐어, 그럼. 나도 행복해."

다혜는 청윤의 얼굴을 가만히 잡고는 쪽 하고 입술을 맞췄다.

"사랑해요."

부끄러운 듯 조그맣게 속삭이는 목소리. 청윤은 녹아날 듯 따뜻한 미소를 지었다. 다혜 혼자만 볼 수 있는, 세상에서 가장 아름다운 모습이었다.

"사랑해, 나도. 아주 많이."

다혜는 낮은 청윤의 목소리를 들으며 헤실헤실 웃어댔다. 술에 취한 것인지, 그에게 취한 것인지 눈앞이 몽롱했다.

"청윤, 나 졸려요……."

웅얼대는 다혜의 이마에 자신의 이마를 맞대며 못 참겠다는 듯 그가 또 웃음을 터뜨렸다.

"자."

"응."

금세 숨을 색색 몰아쉬며 잠든 다혜를 내려다보는 청윤의 눈빛이 더없이 다정했다. 어쩌다 입덧을 그런 이상한 걸로 하게 된 건지. 청윤은 가만히 다혜의 배를 쓸어보았다. 신기했다, 이 작은 몸에 내 아기를 담고 있다는 것이. 안쓰럽기도 했다. 눈에 넣어도 안 아플 어여쁜 이가 앞으로 고생할 걸 생각하니 짜증이 나기도 했다. 청윤은 뱃속 아기씨를 다정하게 어루만지며 낮게 속삭였다.

"모후를 힘들게 했다간 네 유년 시절이 평탄치는 못할 것이다."

반려 앞에 자식이고 뭐고 없었다.

※　※　※

"세상에, 부모란 정말 대단한가 봐."

항아들은 요즘 여러 가지 일로 입과 귀가 분주했다. 물론 그중 가장 큰 사건은 두말할 것도 없이 왕후마마의 회임 소식이었다. 하지만 그에 못지않게 항아들을 바쁘게 만드는 일이 하나 있었다. 한날 불운한 죽음을 맞이한 경예 일족에 대한 일이었다.

"무작정 시랑휴귀의 우리로 쳐들어갔다니, 조금 슬프기도 하다."

"그래. 아무리 멍청하다고 해도 자기 자식은 어쩔 수가 없나 봐."

다른 몇몇 항아들이 개탄스러운 듯 시랑휴귀의 밥때를 잊어 잡아먹힌 사금의 지능을 입에 올렸다.

"그런 힘든 일을 시켰다고 오히려 용왕님을 원망했다던데?"

"막지기자지악(莫知其子之惡)이라잖아. 지 자식 잘못은 모르는 거지."

"하, 어쨌든 안됐다. 이제 경예족은 쫄딱 망한 거네."

다른 항아가 말을 받으며 한탄을 했고 남은 항아들이 고개를 끄덕이며 동조를 했다.

"미련함을 발휘해도 어떻게 그렇게 십분 발휘를 하나. 어떻게 밥 주는 걸 잊어버려서 잡아먹히냐구. 진짜 동정도 안 간다."

금화는 멍한 얼굴로 그 말을 흘려듣고 있었다.

소문은 이랬다. 경예 일족의 딸 사금은 시랑휴귀를 관리하는 일을 임명받아 갔다. 그러나 미련하게도 그만 시랑휴귀의 밥때를 잊고 말았다. 배가 고픈 시랑휴귀는 사금을 잡아먹었다. 그 소식을 전해 들은 경예족의 족부 부부가 슬픔과 비탄에 잠겨 시랑휴귀의 우리로 달려들었다.

'그리고 다시는 돌아오지 못했다⋯⋯.'

뭐, 이런 스토리였다, 일단 공식적으로는. 그리고 그 밑으로 암암리에 뜬소문도 돌고 있었다. 경예족의 양딸 사금이 용왕님께 꼬리 치다 된통 걸려서 일가족이 망한 거라는.

진실은 유언비어처럼 은근히 입에서 입으로 떠돌 뿐이었다.

'경고겠지.'

금화는 식사 시중을 들기 위해 전각 안으로 걸어 들어가며 생각했다. 일부러 숨은 진실을 퍼뜨려 놓은 데는 다 이유가 있을 터였다. 이를테면 이런 거였다. 경예족과 같이 날 성가시게 만든다면 이에 합당한 선물을 받게 될 것이다, 라는 명문세가들을 향한 경고.

'이런 음험하고 성질 더러운…….'

금화는 또 마마님께 눈을 떼지 못하고 계시는 용왕님을 보며 설레설레 고개를 저었다. 그녀의 입가에 알게 모르게 미소가 번진다. 뭐, 아무래도 상관없었다. 불순분자는 신속하게 제거되었고 동궁은 평안했으니까. 비록 잘못 들인 항아 하나 때문에 같이 찍혀 한동안 시랑휴귀를 대신 떠맡게 되긴 했지만.

어쨌거나 왕후마마께선 욕심 없이 순수한 분이셨고, 그래서 더할 나위 없이 완벽한 용왕님의 짝이었다. 귀여운 왕후마마 덕분에 동궁 생활이 정말 사는 것같이 변했는데, 두 분 사이에 사소한 문제라도 생겨 예전처럼 살얼음판이 되는 건 절대 사양이었다. 그러나 금화의 미소는 식사 시중을 들고 밖으로 빠져나오면서 훅 사라져 버렸다.

"하아아아."

앓는 소리를 내는 그녀에게 항아 하나가 다가와 조심스럽게 물었다.

"설마 또…… 입니까?"

금화는 절망스러운 얼굴로 탁 이마를 짚었다.

"이번엔 입으로 먹여달라 보채고 계신다."

동궁의 아침은 여전히 신음 소리로 이어지고 있었다. 앞으로도 영원히 이럴 것 같다는 생각을 하며 금화는 어쩔 수 없다는 듯 웃음을 터뜨렸다. 이젠 정말 익숙해져야 할 것 같았다.

外傳

3

516년 후, 오래도록

동궁 전체를 뒤덮은 검은 구름이 쏟아질 듯 일그러져 내려오며, 가시 같은 뇌전이 날카롭게 명멸했다.

동궁은 지금 초상집 분위기였다.

"누가 좀 말려야 하지 않겠느냐?"

"형님 너를 추천할게."

지하와 주요는 벽에 딱 붙어 목소리를 죽이고 소곤닥거렸다. 하지만 그것도 잠시, 동궁왕의 시선이 이쪽을 향하자 둘은 죽은 듯이 입을 꼭 다물었다.

동궁왕은 지금 창가에 삐딱하게 걸터앉은 채 사방으로 신기를 풀어헤치고 있었다.

콰르릉!

창밖으로 섬광이 떨어지며 천둥이 울었다. 검은 구름이 바람에 뒤엉켜 동궁의 하늘 전체를 일그러뜨리고 있었다. 동궁의 날씨가

이 모양인 건 다 반쯤 미쳐 가고 있는 청윤 때문이었다.

그의 이성은 끊어지기 일보 직전이었다.

이유인즉슨, 왕후의 산통이 시작된 것이다.

산실 밖으로 옅게 흘러나오는 신음 소리에 그가 움켜쥐고 있던 창틀이 쾨지직 터져 나갔다. 동궁왕은 산실 문에서 눈을 떼지 않은 채 아랫입술을 짓이기며 팔짱을 꼈다. 팔짱을 낀 날카로운 손톱이 제 팔을 짓누르고 있는데도 알아채지 못하는 눈치였다.

'우와! 진짜 나가고 싶다.'

주요는 끔찍했다. 모두 다른 무엇보다도 저런 겁에 질린 주인의 모습에 모골이 송연해지는 것이다. 마치 있을 수도 없는 괴현상과 맞닥뜨린 기분이었다. 이 끔찍한 곳에서 있느니 차라리 밖에 나가 적과 싸우고 싶었다.

"아아아아아아아악!"

다혜의 비명이 터질 때마다 청윤은 당장에라도 산실 문을 밀어젖히고 싶은 충동과 싸워야만 했다.

식은땀으로 등허리가 축축하게 젖었다. 불안감과 두려움이 뱃속을 휘저었다. 할 수만 있다면 당장에라도 뱃속에 있는 것을 죽여 다혜를 고통에서 구해내고 싶었다.

왕좌 따위, 아무에게나 던져 주면 그만이 아닌가.

아직 그도 약관의 나이였고, 후계 따위 낳아야 할 이유가 없었다.

청윤은 사나운 눈으로 산실 문을 노려보며 중얼거렸다.

"뱃속의 것을 죽이면 다혜가 편해지겠지."

몸을 일으켜 산실로 걸어 들어가려는 걸 여오가 막아섰다.

"야, 이 미친 용아, 정신 좀 차려!"

"……비켜라."

청윤은 조용히 말했다.

순막이 시퍼렇게 벗겨지며, 미색 뺨 위로 비늘이 어른거렸다. 여오는 소맷단을 들어 순막이 열리는 동공을 막아내며 투덜거렸다.

"진짜 매번…… 대체 누가 날 여기로 부른 거야?"

"날 막으라고 왕후가 불렀지."

청윤이 턱을 치켜들며 말했다.

"하여튼 이런 미친놈인 걸 알면서도 은애 같은 걸 하다니, 작은 여자가 배짱이 두둑하단 말이야."

다시 투덜거리던 여오는 순백색 부채로 순식간에 치켜 들어오는 청윤의 손을 막았다. 단숨에 목줄을 움켜쥘 듯 부채에 막힌 청윤의 손톱이 길게 돋아나 있었다.

파지직, 전류가 튀었다.

그때 산실에서 가냘픈 목소리가 들려왔다.

"처, 청유운……."

무심한 얼굴로 여오를 죽일 것처럼 살기를 흘리던 청윤이 당장 울기라도 할 듯한 얼굴로 고개를 치켜들었다. 그는 산실 문 앞으로 한걸음에 걸어가 문에 이마를 댔다. 그렇게라도 해서 안에 있는 왕후를 느끼고 싶다는 것처럼.

"응, 나 여기 있어요."

순식간에 태도를 바꿔, 더없이 부드럽고 다정한 목소리로 문 안쪽을 향해 대답하는 청윤의 모습에 여오는 조용히 뒷목을 잡았다.

"아오, 저 미친."

동궁왕이 저 모양이란 걸 대체 누가 믿겠냔 말이야.

　한 식경쯤 흐른 뒤, 늙은 산파가 양팔에 강보를 감싸 안고 환히 웃는 얼굴로 산실 문을 나왔다.
　그렇다. 고작해야 한 식경이었던 것이다.
　초산임에도 불구하고 튼튼하고 씩씩한 작은 왕후는 매우 빠르게 순산을 한 것이다. 그런데 그 고작 한 식경이 그리도 긴 것이었을 줄이야. 왕과 함께 있었던 모두는 영원처럼 긴 한 식경을 맛보았다.
　"경하드리옵니다. 쌍둥이시옵니다."
　청윤은 물끄러미 늙은 산파를 내려다보았다.
　"……."
　막 알에서 깨어난 두 왕자를 안고 있던 산파는 까닭 모를 동궁왕의 시선에 얼어붙었다.
　"큭큭큭큭큭……."
　이 와중에 웃는 건 북궁왕 여오 하나뿐이었다.
　"왕후를 하나도 아니고, 둘과 나눠 가지게 생겼네?"
　"요즘 한가한가 봐."
　여오는 큭큭거리다가 저를 쳐다보는 청윤의 시선을 느꼈다.
　"바쁘게 해줘?"
　"아니, 괜찮은데."
　여오는 부채를 착 펴며 얼굴을 가렸다. 단호하게 거절이다, 이 자식아.

❊　　❊　　❊

그로부터 오백십육 년 뒤, 외궁 안.

신술(神術) 학교.

"……하, 하하."

학당 안으로 들어가기 위해 문을 열던 청우는 문을 열기 무섭게 멈춰 서야만 했다. 문가에 붙어 있던 수(水) 자 부적이 찢어지며 옴팡지게 물이 쏟아져 내린 탓이었다.

물벼락을 맞은 청우는 문가에 서서 어색하게 웃었다.

이번 주만 벌써 두 번째. 누군가가 고의로 붙여놓은 것이 분명했다.

이러다간 주요 외삼촌처럼 거북이가 될지도 모르겠다.

"처, 청우 도련님, 괜찮으세요?"

"어떡해! 다 젖었어."

학당 안에 있던 여자아이들이 몰려들어 닦아준다 어쩐다 하며 난리였다.

"괜찮아."

청우는 단정하게 웃으며 몰려든 여자아이들을 달랬다. 청우의 긴 손가락이 젖은 머리카락을 눈가 너머로 쓸어 넘겼다.

시끄럽게 난리를 쳐대던 계집아이들이 순식간에 조용해진다.

"어이쿠, 도련님. 또 물벼락을 맞았네?"

그런 미묘한 침묵 따윌 견딜 수 없다는 듯 사내아이들이 빈정거리기 시작했다.

"미련한 것도 병이지, 병이야."

서너 명 뭉쳐 앉아 있던 사내아이들은 배를 잡고 낄낄거렸다.

그 아이들 중 하나가 청우 보란 듯이 문에 붙어 있던 것과 꼭 같은 수(水) 자 부적을 팔랑팔랑 흔들어댔다.

"머리만 좋으면 뭐 해? 아니, 정말 머리는 좋은 거 맞아? 어떻게 똑같은 거에 또 당해?"

"그러게, 진짜 병신 같다니까!"

아이들의 치기 어린 장난은 슬슬 도를 넘어가기 시작했다.

반 아이들이 전부 술렁술렁 거렸다. 교실 창가 끝자리, 청우의 동생인 청성의 곁에 들러붙어 있던 여자아이들도 마찬가지였다.

"처, 청성 도련님, 어떻게든 도와드려야 되지 않아요? 요즘 계속……"

청성의 곁에 들러붙어 있던 여자아이들이 안달복달했다.

청성은 손에 턱을 괴고 물벼락을 뒤집어쓴 청우를 그냥 물끄러미 쳐다만 보았다.

"……."

이번에도 도와줄 생각은 없었다.

원래 남자아이들의 과녁이 되었던 건 곱상하게 생긴 청성이었다. 하지만 계집애만큼이나 곱상한 외모를 한 청성의 손에 두 명이나 팔다리가 부러졌다. 거기다 다른 반 애들 중에 반병신이 된 애도 있다는 소문까지 암암리에 돌자, 사내새끼들은 슬금슬금 청성을 피해 다녔다.

쌍둥이지만 얌전하고 만만한 청우와는 달리 청성은 제정신이 아니었다.

"처, 청성 도련니임!"

남자아이들은 계집애들만 그걸 모른다고 생각했다.

"괜찮아."

청성은 제게 안달복달하는 여자아이들을 힐긋 쳐다보며 부드럽게 웃음 지었다.

여자아이들의 얼굴이 벌겋게 달아올랐다. 그리고 한참을 벌건 얼굴로 얼어붙어 있다가 또 꺅꺅거리기 시작했다.

'……시끄러워.'

시큰둥하게 생각하며 청성은 다시 청우에게로 눈을 돌렸다. 청우와 청성의 눈이 서로 잠시 마주쳤다.

'흥.'

애들은 청성이 청우를 방치한다고 생각하지만, 별로 그렇지가 않았다. 자기가 손을 쓰기 시작하면 자제가 잘 안 되어서 일이 커지기도 했고, 사실 도와줄 필요도 없었다.

'차라리 내가 나을걸?'

지루하게 생각하며 청성은 창밖을 올려다보았다.

구름이 느리게 흐르고 있었다. 학교는 도통 재미가 없다. 아마 청우도 똑같은 마음일 것이다. 그러니 저러고 놀지. 혼자 편히 흑색 성에서 지내고 있는 요하 형이 부러울 뿐이었다.

❋　❋　❋

"어찌 당하고만 계십니까?"

하굣길, 두 왕자의 호위를 맡고 있는 적서는 치미는 화를 억누르며 첫째 왕자에게 물었다.

전하의 확고한 교육 방침 때문에 두 왕자는 정체를 숨긴 채 신민들 사이에 섞여 학교생활을 하고 있었다. 상상께선 학교는 멀면 멀수록 좋다는 주군의 이 교육 방침은 절대 바뀌지 않을 거라고 하셨다.

덕분에 왕자님들은 고귀한 지체에도 불구하고 이런 수모를 겪고 계셨다.

화를 내는 적서를 돌아보며 청우는 청아한 얼굴로 웃으며 대답했다.

"이런 유치한 장난 정도는 조금 당해줘야 녀석들도 나중에 죽을 때 이유라도 알 테니까요."

"네?"

적서는 귀를 후벼 파고 싶었다. 거기다 대고 청성이 시큰둥하게 말한다.

"그냥 내가 적당히 밟는대도?"

"네 적당히는 적당히가 아니잖아. 팔다리를 잘라 버리면 어마마마 귀에 들어가게 될걸."

어마마마 얘기가 나오자 청성은 우울해했다. 어마마마를 못 뵌 지 벌써 사흘째였기 때문이다.

"자르는 거 말고 부러뜨리는 정도면 괜찮지 않을까?"

청성이 사납게 물었다.

화풀이를 하겠다는 뜻이었다.

"아바마마께서 아시면?"

"음."

청성은 가정만으로도 피가 식는지 잠시 굳은 채 침묵했다.

"그리고 내가 이미 적당히 손써놨어."

청우의 말에 청성이 물끄러미 그를 쳐다봤다.

"혹시 인계에서 모아온 그걸 먹인 거야?"

"마침 데이터도 필요했고."

"흐음. H1N1 병원균이었지?"

청우는 상큼하게 웃는다.

"응."

두 왕자의 대화를 듣던 적서의 얼굴이 하얘졌다. 아, 그렇다. 잠시 잊고 있었던 것이다. 두 왕자가 어떤 성격들인지. 요 몇 달 인계에 왔다 갔다 하시는 것 같더니, 대체 무슨 짓들을 하고 다니시는 거야! 병원균? 병원균이라니! 아니, 아니다. 안 들린다. 무슨 얘기를 하는지 안 들려, 안 들려. 난 아무것도 안 들린다고!

"너무 걱정 마세요. 인간도 아닌데 별로 위험하지 않을 거예요. 그래 봐야 일, 이십 년 잠깐 앓고 말 거예요. 정말 죽거나 하진 않아요."

청우가 위로라도 하듯 적서에게 말했다. 적서는 잘도 위로가 돼서 십 년은 팍삭 늙는 기분이었다. 대체 내가 무슨 죄를 지어 이 괴물들을 떠맡게 된 거지?

"그런데…… 지금 어디 가십니까?"

자포자기한 적서가 체념하며 물었다. 두 왕자는 동궁과 반대 방향으로 가고 있었다.

"요하 형님께요."

두 왕자는 이구동성으로 대답했다.

적서는 골을 쥐었다. 또 삼위일체를 이루려나 보다. 둘로도 이미 너무 많은데!

✻   ✻   ✻

동궁 외벽, 흑색 성.

흑색 성은 검은 군주의 돌로 지어졌다. 검은 돌은 남향 군주 혈통인 흑룡 일족의 것이었는데, 직계인 요하의 피에 반응하여 이젠 동궁의 외성을 지키는 포탑 중 일부가 되었다.

전쟁이 끝난 지 이미 오백 년도 더 되었기 때문에 이런 강력한 방어 설비는 필요 없었지만, 동궁왕은 무슨 이유에서인지 검은 군주의 돌을 긁어모아 요하에게 흑색 성을 축성해 주었다.

항간에는 결국 그가 남향의 패권을 노리고 있는 것이 아니냐는 소문이 알음알음 떠돌기도 했다.

요하는 지금 성의 가장 높은 회랑의 긴 의자에 늘어져 누워 있는 중이었다.

"나 왔어."

다갈색 머리칼을 가진 청성이 흑색 성의 회랑을 넘어 들어오며 시큰둥하게 말했다.

"별일 없었지?"

청우가 청성의 뒤를 쫓아 들어왔다.

겉보기엔 계집애처럼 곱고 부드러워 보이지만 실상은 사납기 그지없는 청성과 선비처럼 바르고 곧아 보이지만 속은 구렁이처럼 음흉한 청우. 그리고 약점 잡는 게 주특기인 요하까지. 셋은 짝짜꿍이 지나치게 잘 맞아 동궁 사고사에 한 획을 긋고 있었다.

요하는 흑색 성에 온 두 조카를 즐겁게 맞이했다. 드러누워 본

척도 안 하는 걸로.

요하에게 다혜는 누이인 동시에 어미였기 때문에, 청우와 청성은 조카라기보단 동생들에 가까웠다. 나이도 거의 엇비슷했기 때문에 더했다.

사랑스러운 동생들이었다.

무엇보다 청우와 청성이 태어난 이후로 큰형과 작은형의 감시망에 구멍이 뚫리기 시작한 것을 고려해 보면 아주 더 사랑스럽기 그지없었다.

어쨌거나 셋은 따로 본 척하며 인사를 할 필요도 없을 만큼 붙어 살았다.

요하는 늘어져 누운 채 감시 카메라를 연결해 둔 휴대폰에서 눈을 떼지 않았다.

인계의 물건에 영력을 먹이면 신계에서도 꽤 쓸모가 있어진다는 걸 알게 된 건 사백 년쯤 전이었다.

"애들은 좀 어때?"

"똑같아."

요하는 들여다보고 있던 휴대폰을 청우에게 넘겼다. 청우는 넘겨받은 휴대폰 화면을 들여다보았다.

둘은 흑색 성 지하에 어린 괴물들을 키우는 중이었다. 요즘엔 인계에서 모아온 병원균을 먹이며 괴물들이 독성을 갖는 것을 관찰하고 있었다.

"형, 오늘 또 인계에 다녀왔어?"

청성은 둘이 키우고 있는 괴물엔 전혀 관심을 안 보이며, 밖으로 환하게 탁 트인 거대한 회랑(回廊)의 긴 의자에 털썩 앉았다.

"왜 자꾸 가? 볼 것도 없던데."

"먹을 게 득실거리니까."

요하는 어깨를 으쓱거리며 대꾸했다. 물론 고기 얘기를 하고 있다는 건 둘 다 잘 알고 있었다. 청성이 물끄러미 요하를 보다가 궁금하다는 듯 물었다.

"맛있어?"

청성의 물음에 요하가 쿡쿡거리고 웃어댔다.

"넌 못 먹어. 먹으면 배탈 나."

청성은 탁자 위에 놓여 있던 복숭아 하나를 집어 아삭 베어 먹었다.

"궁금한데. 아, 그렇지. 쟤들 고기 먹이면 안 돼? 병원균 모아오기도 귀찮아."

"나 먹을 것도 부족한데 뭘 줘."

어린 세 괴물은 끔찍한 얘기를 태연하게들 하고 있었다.

"시랑휴귀 데이터가 필요한데. 반 애들을 우리로 좀 들여보내 볼까?"

휴대폰 화면을 들여다보던 청우가 화면을 톡톡 두들기며 새로운 의견을 냈다.

"죽을 텐데?"

하지만 청성은 시큰둥한 반응이었다. 오늘은 뭘 해도 청성의 기분을 나아지게 할 수 없을 모양이었다.

"적당히 하다가 신병들을 좀 불러주면 되지."

청우는 웃으며 대답했다.

"이거 봐."

청우가 내궁 약도를 펼쳤다. 약도에는 세 곳의 붉은 표식이 있었다. 요하와 청성도 흥미가 동했는지 눈을 반짝이며 탁자로 모여들었다.

"여기가 들어간 신이 소리 소문 없이 사라지는 장소들이거든. 내가 찾은 건 세 개뿐이지만 더 있을 것 같아. 어쨌거나 이 장소들이 분명 시랑휴귀와 연결되어 있을 거야. 그래서 자꾸 실종 사고가 나는 거라고."

약도를 가만히 보던 요하가 말했다.

"네 말이 맞긴 한데, 가운데로 해. 왼쪽 다리 밑은 신병이 오기 전에 확실히 죽어. 여기 시랑휴귀 산란장이거든. 어미들이 침입해 들어오는 즉시 죽일 거야."

그러고들 궁리를 하고 있는데 뒤에서 불쑥 말소리가 들려왔다.

"가운데도 죽습니다."

적서가 등 뒤에서 입가를 씰룩이고 있었다.

"왼쪽이든 가운데든, 죽어요. 죽는다고요! 대체 무슨 짓들을 하시는 겁니까? 동궁 아래 괴물이 시랑휴귀 하나뿐인 줄 아십니까?"

물론 그 모든 괴물의 주인은 지금 동궁의 왕좌에 앉아 계시긴 했다.

"어, 하나 아니었어요?"

청우가 의외라는 듯 눈을 동그랗게 떴다.

"예, 아니었습니다. 화면 보시면 아시겠네요."

"무슨 소리…… 으악!"

화면 속에서 애써 키우던 괴물들이 뭔가에 우적우적 먹히고 있었다. 그건 사지가 비틀린 기괴한 짐승과 비슷했다. 다리가 여섯 개였는데, 그중 두 개는 기괴할 정도로 길었다. 몸길이에 비해 유독 가는 몸통의 반은 입이었다. 그 입을 빌려 청우와 요하의 어린 괴물들을 먹어 치우고 있었다. 화면이 보이던 것도 잠시였다.

칙, 치지지지직…….

백색 화면이 뜨더니 보이던 것이 툭 끊겨 버렸다. 동시에 모골이 송연할 정도로 무시무시한 동궁왕의 기운이 흑색 성을 휘감기시작했다. 그러곤 이내 여기저기서 비명 소리가 터졌다. 여기저기 숨겨놓았던 괴물들이 다 죽어 나가고 있었다.

적서는 시끄럽다는 듯 귀를 후비며 말했다.

"소리말이 왔습니다. 전하께서 당장 오시랍니다."

두 왕자의 얼굴에 핏기가 싹 가신다.

"싹, 다 오시랍니다."

요하의 얼굴의 핏기도 싹 가셨다.

❊   ❊   ❊

대전에 있던 신요는 고생이 많다는 듯이 들어오는 적서를 쳐다보았다. 이제 겨우 오백여 살 먹은 어린 괴물들을 옆에서 보살피느라 하루가 다르게 삭아가고 있는 적서의 얼굴을 보니, 내가 아니어서 참 다행이란 생각이 들었다.

"저어, 제가 꼭 힘들어서 그러는 것은 아니고 말입니다."

상상을 발견한 적서가 폭삭 늙은 얼굴로 대뜸 물었다.

"보직은 언제나 되어야 바뀔런지요?"

그런 일은 없을 거라고 솔직히 말했다간 동궁 대들보에 목이라도 맬 것 같은 얼굴이었다. 그럼 곤란했다. 적서가 죽으면 후임자를 선별해야 하는데, 그 일을 자신이 떠맡을 공산이 컸기 때문이다. 귀찮은 것은 딱 질색이었다.

"전하께서 대장군께 특별히 부탁하신 일이 아닙니까."

신요는 진지하게 감정을 섞어가며 말했다.

"전하께오서 적서 대장군을 얼마나 특별히 여기고 계신지는 잘 알고 계실 것입니다. 그러니 겨우 오백여 년 만에 대장군의 지위에까지 오르신 게 아니겠습니까. 남들은 그 배를 기다려도 못 오르는 자리입니다. 게다가 궁의 전각까지 내어주시고 말이지요. 참으로 이례적인 은혜를 입었음이 아닙니까. 한데 전하께서 부탁하신 단 한 가지 일을 힘들다고 해서야 되겠습니까? 그렇지요?"

"그, 그렇지요……."

적서는 눈물을 머금었다. 그래, 좋은 건 다 받고 있는데 왜 눈물이 나나. 상상, 그놈의 전각이 왕자님들 침전과 바로 옆에 붙어 있다는 중요한 사실은 빼놓지 마십시다. 왕자님들을 보살피는 일은 24시간이 모자랐다. 적서는 집에 가고 싶었다.

"상상, 혹시 제가 오백여 년 전에 왕후마마께 구사 청소를 맡긴 일을 가지고 전하께서……."

"환궁하셨습니까."

신요는 적서의 말을 못 들은 척 잘라내며 새삼스럽게 왕자들을 보며 말을 걸었다. 때론 진실이 다 좋은 건 아니었다.

"아니요, 계속 말씀 나누셔요. 저흰 신경 쓰지 않으셔도 됩니다."

청우 왕자가 웃으면서 말했다. 신요는 이마의 식은땀이나 닦으라고 손수건을 내어줄까 하다가 참았다.

"전하께서 부르셨지요? 조금 기다리셔야 할 듯합니다."

"그럼요! 저흰 얼마든지 기다릴 수 있습니다."

아무래도 영원히 기다리기만 하고 싶은 눈치였다.

"저기, 어마마마께선……."

혹시라도 아바마마께서 올까 봐 눈치를 살피던 청성이 조심스럽게 물어왔다.

"후원에 계십니다."

"그럼 저는 잠시 후원으로 가보겠습니다."

청성은 꾸벅 인사를 하더니 대뜸 후원 쪽으로 성큼성큼 가버렸다. 청우와 요하도 눈치를 보더니 청성의 뒤를 따라붙었다.

신요는 멀어져 가는 세 사고뭉치를 물끄러미 쳐다보다 혼자 중얼거렸다.

"……그냥 여기서 기다리는 게 좋으실 텐데."

난 모른다. 난 후원에 왕후마마 혼자 계시다곤 말 안 했어.

다들 가버리고 난 대전엔 신요와 적서만이 남았다.

적서가 문득 궁금하다는 듯이 물었다.

"왕자 저하 두 분 중 누가 더 전하와 닮았습니까?"

신요는 잠시 침묵하다가 대답했다.

"인계에 이런 말이 있다지요."

"네?"

"완전체라고."

"아……."

적서는 완전히 납득했다.

후원의 햇살은 좀 더울 정도로 따뜻했다. 바람은 산들했고, 나뭇잎은 눈부신 초록빛으로 반짝였다.

긴 석조 의자에 누워, 다혜는 청윤의 무릎을 베고 자고 있었다.

오후의 햇살이 그녀를 비껴갔다. 그는 그곳에 앉아 그렇게 그늘막이 되어주고 있었다.

다혜는 잠이 든 채 머리를 쓸어주는 그의 손길을 느꼈다.

얼마 후 그녀는 눈을 깜빡이며 어렴풋이 시야에 들어오기 시작하는 그의 얼굴을 올려다보았다. 다정하게 내려다보는 아름다운 얼굴, 부드러운 눈길과 그 옆을 스치듯 흐트러지는 검은 머리칼.

꿈인가 싶어서 다혜는 손을 뻗어 그의 얼굴을 만져 보았다.

손끝에 닿는, 조금은 차가운 그의 살갗에 다혜는 또 문득 놀라고 말았다.

다혜에겐 모든 기억이 여전히 생생했다. 오래전 그의 옷깃이 만져져서 깜짝 놀랐던 순간. 기억이 겹쳐지며 마음이 붕 떠올랐다.

"……."

청윤은 제 뺨을 놀란 듯 매만지는 다혜의 손바닥에 고개를 기울여 입을 맞췄다.

다혜의 심장이 처음 느끼는 것처럼 두근두근 뛰었다. 익숙해질 만도 한데, 때론 모든 것이 다 처음인 듯 생경하기만 했다.

다혜는 손끝으로 가만히 그의 갸름한 턱을 제게로 끌어 내렸다.

청윤은 얌전히 그녀의 손에 끌려 내려가 주었다. 사납게 다혜를 안고 싶은 광포한 충동이 그를 사로잡아 갔다. 하지만 사랑스러운

안해가 그를 바라고 있는 것을 보는 것은 충동을 내리누를 만큼이나 그를 만족스럽게 했다.

"일어났어요?"

그가 부드럽게 물었고 다혜는 가만히 웃으며 답했다.

"네."

둘은 서로에게 나지막이 일상적인 말들을 속삭이며 살갑게 입을 맞췄다. 두어 번쯤 더 살포시 닿았다 떨어지며 서로의 감촉을 느꼈다.

청윤은 그러쥐듯 다혜의 팔오금을 잡고 다른 손으론 다정하게 다혜의 이마를 쓸며 매만졌다.

그러던 그의 눈빛이 조금 싸늘해지며 짜증이 치미는 듯 날카롭게 손톱이 돋았다. 후원으로 들어오는 기척을 느낀 것이다.

"마, 마마……."

모후를 만나러 왔다가 느닷없이 부왕을 맞닥뜨리게 된 청성은 얼이 빠져 버렸다. 싸늘한 부왕의 시선과 마주치자 청성의 얼굴이 이내 창백하게 식는다.

청성은 울듯이 어마마마를 보며 오도카니 서 있었다.

"어?"

다혜도 청성을 보았다.

다혜는 청윤에게 팔오금이 붙잡힌 채 고개를 돌려 세 아들을 쳐다보았다. 그녀의 얼굴에 환한 웃음이 번졌다. 다혜는 냉큼 자리에서 일어났다. 청윤이 불만스럽게 중얼거리는 소리가 들렸지만 못 들은 척 무시했다. 붙잡혀 있으면 한도 끝도 없는 것이다.

"요 녀석들, 또 말썽부렸다며?"

다혜는 한걸음에 다가가 키가 훌쩍 큰 아들들의 머리를 헤집어 놓으며 웃음을 터뜨렸다.

"너희 덕에 외성으로 나가는 석교 다리 하나가 무너졌다고 소문이 파다하더라."

청윤은 긴 손가락에 턱을 괸 채 밉살맞은 아들들을 노려봤다. 그러다 몸을 일으키며 훼방 놓듯 말했다.

"오늘 저녁은 그대의 식구들을 다 불렀어요. 연등을 띄워도 좋을 것 같은데, 그럼 준비할 게 많지 않을까?"

"연등이오?"

다혜는 고개를 돌려 낭군을 바라보았다.

"음, 보름이어서. 보기 예쁠 거야."

"아, 그렇겠다."

다혜는 고개를 끄덕이더니 세 아들을 품에 꼭 끌어안았다.

"밥 먹을 때 늦지 않게 와?"

그러고는 냉큼 금화를 찾아 몸을 돌렸다.

"어, 어마마마······."

청우가 안타깝게 다혜를 불렀지만 이미 늦었다.

"그럼, 전 이만 가보겠습니다. 오붓하게 말씀들 나누세요."

요하는 마치 자기는 불려온 적 없다는 양 웃으며 뒷걸음질쳤다.

"저, 저도······."

청성도 합세했다.

청윤은 그 꼴을 물끄러미 보고 있다가 조용히 말했다.

"너희 셋은 잠깐 남으세요."

청우와 청성 두 왕자와 요하는 마치 귀신을 맞닥뜨린 듯 얼어붙었다. 남은 건 동궁왕과의 아름다운 대담뿐이었다.

❋　❋　❋

"작은오빠, 큰오빠! 언니!"

그날 저녁, 후원의 전각.

다혜는 환히 웃으며 오랜만에 입궁한 식구들을 반겼다. 그녀는 치맛단을 살포시 쥐고 잰걸음으로 식구들을 향해 걸어갔다.

"꼬모오오……."

소하의 품에 안긴 작은 여자아이가 다혜에게로 손을 뻗었다.

"이야, 꼬맹이 많이 컸네?"

다혜는 연지의 머리를 마구 쓰다듬으며 웃음을 터뜨렸다.

청윤은 조용히 의자에 앉아 그런 그녀를 바라보았다. 할멈과 인계의 친구들을 잃은 후론 그녀를 웃게 하는 게 청윤의 가장 큰 일과였다.

"이놈들아, 왜 그리 사고를 치고 다니는 것이냐. 요하 너는 형이 되었으면 진중해야 할 것이 아니야!"

한쪽에선 백호 족부에게 두 왕자와 요하가 나란히 혼이 나고 있었다.

"아, 큰외삼촌. 이미 아바마마께 혼이 났다구요."

"큰형, 난 잘못 없어."

"와, 요하 형, 이러기예요?"

셋이 나란히 변명해 대는 소리도 들려왔다.

조용히 술잔을 기울이고 있는 청윤에게 상장군이 들러붙었다.

"주군, 셋째는 소식 없습니까? 연지 같은 공주도 하나 있으면 예쁠 텐데요."

"나 같은 아들 둘로도 충분합니다."

청윤은 쓸데없는 소릴 하는 상장군의 말을 잘라먹었다. 그러자 주요는 회심의 미소를 지으며 단어를 바꿔 물었다.

"하지만 왕후마마 같은 딸이 있으면 좋지 않겠습니까?"

청윤은 표정 없는 얼굴로 무심히 상장군을 보았다.

"다혜만으로도 충분합니다. 더는 필요 없어요."

무심히 하는 말에서 진심을 느끼고 주요는 오싹 소름이 끼쳤다.

청윤은 또 술잔을 기울이며 다혜에게로 다시 시선을 돌렸다. 그와 눈이 마주친 다혜가 덜컥 놀라더니 슬그머니 눈을 피했다.

"흐음."

발갛게 달아올라 있는 다혜의 뺨을 보며 청윤은 심술궂은 얼굴로 입꼬릴 올렸다. 하여튼 정신 못 차리게 한다. 다 집어치우고 침전으로 데리고 들어가고 싶어졌다.

그러고 불만스럽게 투덜거리던 것도 잠시, 이내 환하게 웃는 다혜의 얼굴에 청윤의 얼굴에도 웃음이 배었다.

"언니, 우리 연등 띄우자!"

"연등?"

다혜는 소하의 되물음에 고개를 끄덕거렸다.

"달빛이 좋잖아."

"하긴 그러네."

소하는 구름 한 점 없는 밤하늘과 환히 밝은 보름달을 올려다보며 대꾸했다.

그러곤 이내 온 식구가 연등을 띄운다고 깔깔 웃으며 한바탕 소란이 일었다.

　소하와 지하, 그리고 주요. 언니, 오빠들과 아들 같은 요하, 어미 앞에선 아직 어린아이인 두 왕자와 조카까지. 식구들에게 둘러싸인 다혜는 환하게 웃으며 행복해했다. 그런 다혜를 보는 것만으로도 청윤은 즐거워졌다.

　맑은 밤하늘, 별이 뒤엉켜 쏟아질 듯 무리를 이뤘고 오늘따라 달빛은 유독 밝았다. 그 하늘 위로 연등이 하나둘 피어올랐다.

　다혜는 피어오르는 연등을 한동안 가만히 올려다보았다.

　그렇게 한참을 멀리 떠오르는 연등을 보다가 곁에 가까이 다가오는 청윤의 기척을 느꼈다. 그녀는 고개를 돌려 그를 바라보았다.

　그녀가 떠나간 사람들을 그리워한다는 걸 알아챈 청윤은 몸을 기울여 다혜의 입에 입술을 맞췄다. 다혜는 환히 웃으며 그의 손을 가만히 잡았다. 마주 잡은 손의 온기가 다정했다.

　하루가 또 그렇게 함께 지나간다.

　달빛과 어두운 밤이 서로 얽히는 것처럼, 사랑하는 이와 함께라면 그게 언제든 이리 아름다울 것이었다. 그게 언제까지든 서로 함께 있다면.

『동궁왕후』完

4년 전에 출간된 〈동궁왕후〉의 개정판을 낼 수 있게 되어 기쁩니다.

꽤 오래전에 작업한 책이라 작업이 생각보다 수월치가 않았습니다. 여전히 부족하지만, 옛 호흡을 맞추느라 그래도 나름 애썼구나, 쓰담쓰담 해주셨으면……

하고 기도해 봅니다.

개정판은 처음인지라 작업 내내 떨리기도 하고 혼란스럽기도 하고 그랬습니다.

아, 이때는 이랬구나. 그랬구나. 새삼 그 당시 일이 떠오르기도 하고요.

동궁왕후를 2008년 첫 연재했을 때는, 이것과는 내용이 사뭇 달랐었습니다.

요신 시리즈의 첫 씨앗이 거기 들어 있기도 하고요.

그때 연재에 반고가 나왔었거든요. 기억하시는 분은 아마 안 계실 듯하지만, 그랬었습니다. 이야기가 흩어지는 것 같아 반고를 빼고 처음부터 구조를 다시 잡아 이북이 나왔습니다(사실은 청윤이 반고한테 발리는 느낌이 있어서……. 설정상 옵션이 달라지고…… 마치 최배달이 초사이언4와 싸우는 느낌).

어쨌든 그때 빼버린 반고는 욕심을 부려 형제가 늘어나고(……) 맛있는 건 제일 나중에 먹는 옳지 않은 습관 때문에 백야가 먼저 나오게 되었습니다. 그렇다고 백야가 맛없다는 건 아니구요. 우리 백야 맛있슙…… 아, 이게 아닌가요.

어쨌거나 남의 집에서 깽판 치는 반고를 치워 버리고, 청윤과 다혜를 위해 새로 쓴 이야기가 동궁왕후였습니다.

후기를 오랜만에 쓰려니 본편보다 더 고민되네요.

처음엔 글을 뭣도 모르고 쓰다가, 그다음엔 제 멋에 쓰고, 또 그다음엔 모든 걸 새로 하나하나 다시 배워가면서 쓰는 것 같습니다.

그래서 가끔 지식인에 소설 잘 쓰는 법을 검색해 봅니다. 쥬니어네이버에 주옥같은 답글이 달려 있거든요. 제일 주옥같았던 답글은 국어 공부를 하란 것이었습니다. 드디어 제 문제를 깨달았죠. 국어가 문제였던 것입니다. 학교 다닐 때 공부를 했어야 했어요.

어쨌거나 글도 인생처럼, 모자라지만 그래도 앞으로 한걸음 한걸음 나아가는 게 중요하단 생각이 들었습니다. 실수하고 넘어져도 그래도 주저앉지는 않는 거요.

인생을 재밌게 살고 싶은 것처럼 글도 재밌게 쓰고 싶습니다. 계속 바라다보면 언젠간 글 쓰면서 머리를 쥐어뜯지 않을 날이 올지도 모르잖아요.

오래된 책 개정판 내면서 고생하신 청어람 문혜영님, 죄송하고 감사합니다. 늘 힘이 되어주는 카스티엘 언니, 고마워요. 사인본 때문에 같이 고생(할) 시링크스 언니, 양희 언니, 제가 맛있는 밥 살게요(한 번만. 소는 안 돼요. 63빌딩도 안 됨. 내가 집에서 소를 구워줄 수는 있지만, 맛은 없을 거예요…… 아마).

마감하는 내내 아이 둘 보살피느라 고생한 우리 신랑, 너무 고맙고 미안!

마지막으로 이 책을 읽어주신 모든 독자님들께 사랑과 감사의 말씀을 전하며, 후기 마칩니다!